나가시노長篠 전투(1575) 병풍도 앞부분.
오다·도쿠가와 연합군이 타케다 군을 공격하는 모습.

德川家康

도쿠가와 이에야스

야마오카 소하치 대하소설
이길진 옮김

德川家康

도쿠가와 이에야스

1부 대망 大望

6 미카타가하라 전투

솔

『도쿠가와 이에야스』를 바로 읽기 위해

1. 본문 중 °표시가 된 용어는 책 뒤에 풀이를 실었다.

2. 인명과 지명은 원음 표기를 원칙으로 하며, 된소리를 피하고 거센소리로 표기하였다. 단 도쿠가와와 도요토미만은 원음과 차이가 있지만 일반인에게 익숙한 이름이기에 외래어 표기법에 따랐다. 장음은 생략하였다.

3. 인명, 지명 및 고유명사는 처음 나올 때 원어를 병기하였으며, 강과 산, 고개, 골짜기 등과 같은 지명 역시 현지 음대로 카와(가와), 야마(잔, 산), 사카(자카), 타니(다니) 등으로 표기하였다.

4. 성과 이름 중간에 나오는 것은 대부분 관직명과 서열을 나타내는 것인데, 그 당시의 관습에 따라 이름과 혼용하여 쓰이는 경우도 있다. 각 관청 및 관직에 대해서는 부록에서 설명하였다.

    ex) 히라테 나카츠카사노타유 마사히데 → 히라테 마사히데(이름) + 나카츠카사노타유 (나카츠카사의 장관), 아마노 아키노카미 카게츠라 → 아마노 카게츠라(이름) + 아키노카미(아키 지방의 장관)

5. 시간과 도량형은 센고쿠 시대에 쓰던 것을 그대로 따랐으며, 역시 부록에서 설명하였다.

차례

《 아네가와 전투 대진도 》

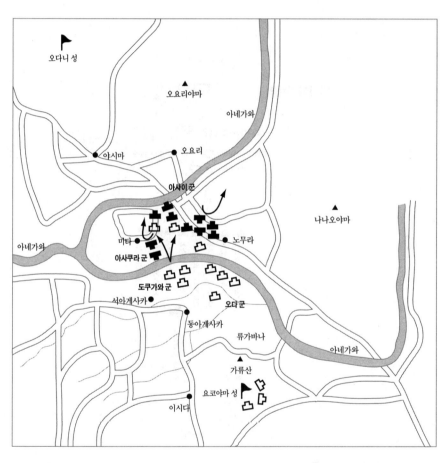

오다니 성

오요리야마

아네가와

아시마

오요리

나나오야마

아사이군

아네가와

미타

노무라

아사쿠라 군

도쿠가와 군

석아게사카

오타군

동아게사카

류가바나

아네가와

가류산

요코야마 성

이시다

█ ········ 아사이 · 아사쿠라 군

△ ········ 오다 · 도쿠가와 군

🚩 ········ 성

《 미카타가하라 전투 대진도 》

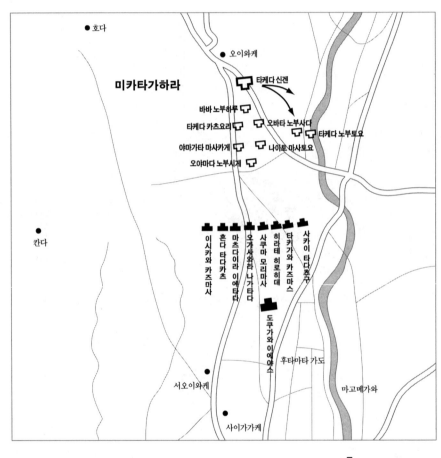

호다

오이와케

미카타가하라

타케다 신겐

바바 노부하루

타케다 카츠요리   오바타 노부사다

야마가타 마사카게   나이토 마사토요   타케다 노부토요

오야마다 노부시게

칸다

이시카와 카즈마사   혼다 타다카츠   마츠다이라 이에타다   오가사와라 나가타다   사쿠마 모리마사   히라테 히로히데   타키가와 카즈마스   사카이 타다츠구

도쿠가와 이에야스

서오이와케   후타마타 가도   마고메가와

사이가가케

■ ……… 도쿠가와 군

凸 ……… 타케다 군

불여귀不如歸

1

신록의 오다니야마小谷山는 맑게 갠 봄빛을 받아, 그 전체가 명장名匠의 손으로 빚어낸 비취 공예품처럼 아름다움을 반사하고 있었다.

요코야마橫山, 카나구소金糞, 이부키伊吹 등 세 산을 배경으로 하고, 왼쪽에는 토라히메虎姬, 오른쪽에는 멀리 호수를 바라보고 있었다. 카나구소다케金糞岳에서 시작된 아네가와姉川의 푸른 물줄기도 맑았고, 나뭇잎 사이로 첩첩이 지붕을 드러내 보이는 성곽도 평화로운 봄을 노래하는 것처럼 보였다.

본성을 정점으로 하여 가운데 성, 쿄고쿠 성京極城, 산노 성山王城, 아카오 성赤尾城 등 산의 모양을 그대로 살려 축조한 오다니 성이었다. 이 성이 할아버지인 스케마사亮政, 은퇴한 히사마사久政, 현재의 성주 나가마사長政 등 아사이淺井 가문 3대에 걸쳐 번영을 누리게 한 성이었는데 겉보기에는 마치 한 폭의 그림 같았다.

그 본성 안채에서 오이치ぉ市가 장녀 챠챠히메茶茶姬에게 종이학을 접어주고 있었다.

노부나가信長의 막내여동생으로 태어난 오이치. 목덜미에 봄빛을 받으며 무심히 손을 움직이는 그대로 햇빛에 녹아드는 듯한 그 옆모습은 기품이 있었다.

긴 속눈썹이 약간 애처로워 보였다. 하지만 그 얼굴의 윤곽도 이목구비도, 머리카락과 살갖도 어디 하나 흠 잡을 데가 없었다. 두 아이의 어머니…… 아니 이제는 셋째 아이를 임신한 어머니의 모습일 수 있을까. 아직 스무 살로도 보이지 않았다. 그 어머니를 닮아 종이학이 완성되기를 기다리는 챠챠히메 역시 깎아만든 인형처럼 사랑스럽고 아름다웠다.

방에 시녀는 없었다. 둘째 딸인 타카히메高姫가 무릎 옆에 길게 엎드려 때때로 뜻도 통하지 않는 말을 하면서 다다미를 탁탁 치고 있었다.

"아직 멀었어요?"

"곧 끝나. 챠챠는 착한 아이니까, 얌전히 기다리고 있어야 해."

"예, 챠챠는 착한 아이예요. 기다리겠어요."

미인들이 많다는 오다織田 일족 중에서도 특히 눈에 띄는 오이치. 오빠 노부나가의 패업覇業을 위해 이 아사이 가문으로 시집왔다.

그 어머니를 닮은 딸 챠챠히메의 앞날에는 어떤 운명이 기다리고 있을까?

오이치가 문득 이런 생각을 떠올렸을 때.

"오이치……"

정원에서 부르는 소리가 들렸다.

남편인 아사이 비젠노카미 나가마사淺井備前守長政였다.

나가마사는 스물여섯 살. 아버지 히사마사가 은퇴하여 두 단계 아래인 산노 성으로 옮긴 뒤부터 종종 이 본성으로 와서 여러 가문과 세력의 흥망성쇠를 지켜보고 있었다. 물론 노부나가와 인척관계를 맺은 것도 그러한 정략에서였으나, 지금은 진심으로 아내 오이치에게 끌리고 있었다.

"그대는 쿄토京都로 간 오빠의 진심이 무엇이라 생각하나?"

느닷없이 묻는 바람에 오이치는 그 뜻을 이해하지 못했다.

"오빠가 무슨……"

무심코 고개를 든 오이치는 깜짝 놀랐다. 남편의 표정에서 예사롭지 않은 곤혹의 그림자를 보았기 때문이다.

"오빠가 무슨 일이라도 저질렀나요?"

"아니, 아무것도 아니오."

나가마사는 생각을 바꾼 듯 한숨을 쉬었다.

"챠챠가 기다리고 있으니 어서 학이나 접어주구려."

그러더니 불쑥 한마디 던지고 그대로 정원 너머로 사라져갔다. 오이치는 저도 모르게 손놀림을 멈추고 남편의 뒷모습과 딸의 모습을 번갈아 바라보았다.

2

시아버지 히사마사는 언제나 '의義'라는 말을 버릇처럼 입에 올리고는 했다. 겉보기에는 남편보다 부드러웠으나 격한 기질은 남편 이상이라는 사실은 오이치도 알고 있었다.

그러나 솔직히 말해서 오빠 노부나가에 대해서는 오이치도 그 성격을 판단하기 어려웠다. 주위 사람들 중에서도 그를 '큰 멍청이'라고 하는 사람이 있는가 하면, '천하를 손에 넣을 그릇'이라 칭찬하는 사람도 있었다. 또 '잔인하기 짝이 없다'고 평하는 사람이 있는 반면에 사소한 일에까지 마음을 쓰는 인정仁政을 편다고 눈물을 흘리는 사람까지 있었다.

더구나 노부나가는 막내여동생인 오이치에게는 더 없이 다정하고 그리운 오빠였다. 도쿠가와德川 가문에 시집간 토쿠히메德姬에게도 그랬고, 타케다 카츠요리武田勝賴에게 출가했다가 산후 회복이 좋지 않아 일찍 죽은 조카딸 유키히메雪姬(노부나가의 매형 나에키 칸타로苗木勘太郎의 장녀)에 대해서도 마찬가지였다.

"여자란 슬픈 것, 그러나 사랑스러운 것."

무릎에 안고 뺨을 비빌 때는 눈물을 글썽거리는 일도 많았다.

그러한 오빠가 이번 상경 때는 일부러 도중에 씨름대회를 열거나 쿄토에서 꽃구경을 하거나 하며 느긋하게 즐기고 있다는 소문은 듣고 있었다.

시아버지 히사마사는 어떤 일에나 부드럽게 대처하면서도 자기 생각을 거침없이 말하는 성격이었다.

"방심해서는 안 돼. 노부나가는 속이 검은 사람이니까."

오빠가 쿄토에 오래 머무르게 되어 기후崎阜로부터 올케인 노히메濃姬를 부를 것이란 말을 듣고 오이치에게 들으라는 듯이 말했다.

"노히메의 일용품이라고 하면서 실어나르는 짐 속에 무엇이 들어 있는지 아무래도 수상하다. 아사쿠라朝倉를 공격하기 위한 총이라고 보는 것이 옳을 게야."

아닌 게 아니라 일부러 길을 돌아서라도 오이치를 찾아보고 가야 했을 노히메 일행은 오다니 성에 들르지도 않았다.

이때 히사마사는 빈정대는 미소를 띠고 말했다.

"쿄토에 간 것은 노히메가 아니다, 가짜일 거야."

시아버지는 왜 이토록 오빠를 경계할까. 이쪽에서 적의를 품고 있지 않다면 오빠가 그처럼 잔인한 짓은 하지 않을 거라 생각하는 오이치였으나, 히사마사는 철저하게 오빠를 싫어했다. 히사마사로서는 사정이 어떠했건 혈육인 동생 노부유키信行를 죽이고 노히메의 조카인 사이토

타츠오키齋藤龍興를 기후에서 몰아내고 그 대신 자기가 들어간 것은 용서할 수 없는 일인 듯했다.

"두고 보면 알 게야. 우리 가문도 틀림없이……"

이런 말을 듣는 것이 오이치에게는 가장 가슴 아픈 일이었고, 남편인 나가마사도 괴로워 보였다.

"세상에는 성격이 맞지 않는 사람도 있어. 아버지와 그대의 오빠 사이도 그런 것 같아."

나가마사의 말에 오이치는 그런 불행한 사태가 일어나면 죽음을 무릅쓰고라도 오빠에게 간언하겠다고 다짐했다.

그 오빠가 쿄토에서 무슨 일을 한 것일까. 남편의 안색이 예사롭지 않고, 질문을 하다 말고 그만둔 것도 마음에 걸렸다.

"챠챠야, 학은 이제 다 접었어. 너는 착한 아이니까 잠시 혼자 놀고 있거라."

오이치는 손뼉을 쳐서 시녀를 불러 옷매무새를 고치게 하고 방을 나갔다.

해는 아직 높았다. 그러나 정원을 거닐던 남편이 자기 거실에 들어가 무엇을 생각하고 있는지 직감적으로 느껴졌다. 오이치는 찾아가서 물어볼 생각이었다.

3

오이치가 예상했던 대로 아사이 나가마사는 토라히메야마虎姬山가 바라다보이는 작은 서원에서 아끼는 칼을 손질하며 생각에 잠겨 있었다.

"방해가 되지 않을까요?"

나가마사는 흘끗 오이치를 돌아보았을 뿐 말없이 계속 칼을 손질하고 있었다.

"오빠가 쿄토에서 무슨 일을 했나요?"

"음."

"걱정이 되는군요. 무슨 일인지 알고 싶어요."

나가마사는 칼을 내려놓았다. 그리고 자기 앞에 있는 아내의 불안한 표정을 보고는 가슴이 아팠다.

"나도 그 뜻은 잘 알고 있어."

"뜻이라니요?"

"천하통일…… 이 목표에 방해되는 자는 모두 제거하겠다는 생각 말이오. 보통 자신만만한 게 아니오. 내가 아니면 이 난세를 구할 자가 없다고 여기는 큰 자신감…… 하지만 그런 큰 뜻은 보는 사람의 눈에 따라서 오만불손하게도 비치게 마련이지."

오이치는 고개를 갸웃하고 남편을 쳐다본 채 잠자코 있었다.

"오다 일족의 지류에 불과한 건방진 녀석…… 이것이 아사쿠라 요시카게朝倉義景 님의 생각이오. 아니, 그 요시카게도 뒤에 혼간 사本願寺가 있고 히에이잔比叡山이 있으며 노부나가에 대한 쇼군將軍°의 불만이 있다는 것을 알았다면 지체없이 상경했을 테지만……"

"그럼, 오빠와 아사쿠라 님 사이에 싸움이라도?"

"오이치!"

"예."

"무슨 일이 있어도 놀라면 안 돼. 그대는 이 나가마사의 아내이고 아이들의 어머니이니까."

"예."

"사실은 에치젠越前에서 아사쿠라 가문의 노신 야마자키 나가토노카미 요시이에山崎長門守吉家가 밀사로 우리 성에 와 있소."

"저는 성주님의 아내, 알아듣기 쉽게 말씀해주세요…… 어떤 일이 있어도 동요하지 않겠어요."

나가마사는 고개를 끄덕이고 다시 한참 동안 오이치를 바라보고 있었다.

"아사쿠라 님은……"

"예."

"나와 노부나가 님이 교환한 서약의 파기를 요구하고 있소."

"그러면…… 오빠와는 적이?"

나가마사는 고개를 돌리고 끄덕였다.

"미요시三好의 잔당을 끌어들이고 쇼군을 뒤에서 움직인다. 그리고 카이甲斐의 타케다, 혼간 사의 종도宗徒, 히에이잔의 승려들, 여기에 아사이와 아사쿠라의 힘을 합쳐 오다를 무찌르자. 그렇지 않으면 아사이와 아사쿠라는 모두 흙 묻은 발굽에 짓밟힐 것이라고 전해왔소. 나는 잠시 생각할 여유를 달라며 밀사를 산노 성에서 기다리게 하고 왔으나……"

갑자기 말을 끊은 것은, 아무것도 모르는 아내에게 이런 말을 들려주는 것이 너무 가혹하다는 생각이 들었기 때문이다.

'이 나가마사가 망설일 정도의 일을 어찌 여자가 이해할 수 있을 것인가……'

이때 근시인 키무라 코시로木村小四郎가 나타났다.

"성주님, 큰 성주님으로부터 서둘러 산노 성으로 내려오시라는 전갈이 왔습니다."

"알겠다. 곧 가겠다고 전하라."

가볍게 대답하고 나가마사는 일어났다.

"너무 심각하게 생각하지 마시오. 이 나가마사에게도 생각이 있으니 어서 아이들한테 돌아가시오."

부드러운 목소리였으나 여전히 얼굴에는 수심이 깊었다.

4

나가마사가 본성에서 아버지가 있는 산노 성에 내려갔을 때, 에치젠의 아사쿠라로부터 새로운 사자가 와서 아버지를 만나고 있었다.

아버지 히사마사는 사자 두 사람을 대기실에 기다리게 하고 나가마사를 자기 거실로 데려갔다.

"비슈備州 성주, 노부나가가 이미 츠루가敦賀를 공격하기 시작했다는구나."

"예?"

"두번째 사자가 지름길로 말을 달려왔어. 더 이상 망설이고 있을 때가 아니다. 마음을 정해야 돼."

예순을 바라보는 히사마사는 나가마사보다 더 심각한 얼굴이었다.

"아사쿠라 집안과는 삼대에 걸쳐 공수동맹攻守同盟을 맺은 사이. 그 의리를 지킬 것인가, 아니면 이치히메市姬(오이치)와의 인연을 존중할 것인가를 결정해야 한다."

자식의 마음을 탐색하듯 일단 말을 끊었다.

"아무튼 확실하게 대답하지 않을 수 없게 됐어."

나가마사는 천천히 아버지 앞에 앉아 정원의 신록을 바라보았다.

"나뭇잎이 푸르게 물들기 시작했군요."

"음, 곧 두견새소리를 듣게 되는가 싶었는데 또 전쟁이 벌어질 것 같구나."

"아버님."

나가마사는 자기 거실에서 보였던 수심에 찬 얼굴을 이 자리에서는 보이지 않았다. 호쾌할 정도로 미소를 떠올리고 있었다.

"가르침을 받고자 합니다. 어느 쪽에 가담하는 것이 가문을 위하고 천하를 위하는 길일까요?"

"에치젠에서는 곧 군사를 동원하여 노부나가의 퇴로를 차단하라, 야전野戰이라면 몰라도 산간에서의 전투에는 자신이 있다, 이것으로 노부나가에게 쐐기를 박을 수 있다고 하고 있다……"

"아버님, 과연 아사쿠라 님의 말대로 카이의 타케다, 혼간 사의 종도, 히에이잔의 승려들이 궐기할 것 같습니까?"

"노부나가가 죽은 뒤라면 굳이 궐기할 필요가 없겠지."

"참고로 여쭙겠습니다마는, 노부나가가 죽고 나면 누가 천하의 안정을 도모하게 될까요?"

"글쎄, 그것은……"

"카이의 타케다가 득세하고 아사쿠라 님이 그 밑에 있게 될까요? 아니면 아사쿠라 가문이 득세하여 카이의 타케다가 그 휘하에 들어가게 될까요?"

"……"

"어찌 되었건 모처럼 궁전과 니죠二條의 저택까지 완성을 보았는데, 또다시 전란에 휘말리게 되었군요."

"성주."

"예."

"성주는 내게 충고를 하고 있구나. 아사쿠라 편을 들면 가문이 존속되지 못한다, 또 천하를 위해서도 옳지 않다고 말하고 싶은 것이냐?"

"아버님, 이것은 신중하게 생각해야 할 문제입니다."

"알겠다. 성주, 아사이의 후계를 이미 너에게 물려준 이상 은퇴한 내가 이래라 저래라 하는 것은 가풍을 문란하게 하는 일…… 그러나 부탁하겠다. 하다못해 나만은 에치젠의 편을 들게 해주면 좋다. 아사이 가문이 지금까지 무사할 수 있었던 것은 아사쿠라 가문의 덕이다. 나 한 대代만은 의리를 지킬 수 있게 해주기 바란다."

이렇게 말하고 무릎에서 두 손을 내려 다다미를 짚었다. 늙은 눈에 반짝반짝 빛나는 이슬이 맺혔다.

5

히사마사의 생각에 의하면, 에치젠의 아사쿠라 가문이 있고서야 비로소 북오미北近江의 아사이 가문도 존재하는 것이었다. 원래 오미는 사사키 겐지佐佐木源氏인 롯카쿠六角와 쿄고쿠京極 양가의 세력 아래 있었고, 양가의 공격을 받아 뻗어날 길이 없던 아사이 가문을 항상 뒤에서 도와준 것이 아사쿠라 가문이었다.

"성주."

히사마사가 다시 말했다.

"나 역시 정세의 흐름을 전혀 모르는 건 아니다. 그러나 나만은 여기서 작은 의리를 지키다 죽고 싶구나."

나가마사는 대답하지 않았다. 머릿속에서 무서운 돌풍이 휘몰아치기 시작했다. 아버지가 말하는 아사쿠라 가문에 대한 의리를 모르는 나가마사가 아니었다. 그러나 나가마사가 보기에 이미 그 의리는 충분히 지켰다고 생각되었다.

아사이 가문을 위해 아사쿠라 가문이 롯카쿠와 쿄고쿠 양가를 견제해준 것과 마찬가지로 아사이 가문 역시 아사쿠라 가문을 위해 미노美濃의 사이토 도산齋藤道三 부자를 견제해왔다. 아니 사이토 가문을 견제하기 위해 나가마사의 누나 아츠히메篤姬를 일부러 이나바야마稻葉山의 타츠오키에게 출가시켰다. 타츠오키가 쫓겨난 뒤에도 아츠히메는 계속 그 성에 머물면서 지금은 누구도 만나지 않고 고독과 우수에 찬 나날을 보내고 있었다.

아사이와 아사쿠라의 친선은, 말하자면 서로가 서로에게 필요했을

18

때의 공수동맹, 그것은 정세의 변화와 함께 재고해야 할 것이었다.

"성주, 그대는 이 아비의 마음을 모르겠는가?"

"그 점은 잘 알고 있습니다마는……"

"그렇다면 눈감아줄 수 없을까?"

"……"

나가마사는 다시 침묵했다.

가신들 중에는 엔도 키에몬遠藤喜右衛門, 유게 로쿠로자에몬弓削六郎左衛門 등 노부나가를 좋게 여기지 않는 중신들이 많았다. 그렇다고는 하지만 나가마사는 노부나가가 아사쿠라 요시카게에게 패할 것으로는 보지 않았다. 결국 뻔히 알면서도 아버지를 손위 처남의 손에 죽게 하는 게 아닌가.

"아버님, 다시 생각하실 수는 없겠습니까?"

"용서해라. 사자는 지금 촌각을 다투는 일이니 어서 대답하라고 나를 재촉하고 있다. 결단이 늦어지면 이길 수 있는 싸움도 지게 마련이다."

이때 부드러운 훈풍이 쓰다듬듯 불어왔으나, 그 바람조차도 나가마사에게는 짜증스러웠다. 의리란 도대체 무엇일까?

"나는 승낙할 수 없다."

이렇게 말하면서 자기와 오이치의 약혼에 대해서까지 노골적으로 간섭해온 아사쿠라 요시카게. 그 때문에 혼담이 성사되기까지는 꼬박 3년이나 걸렸다.

성급하기로 유명한 노부나가가 그 3년 동안 화도 한번 안 내고 결국 아사쿠라, 아사이, 오다 등 세 가문의 동맹을 성사시킨 것은 아사이 가문의 지리적 위치가 기후에서 쿄토로 가는 도중에 있었기 때문이기도 했으나, 가능하면 아사이와 아사쿠라 양가를 적으로 돌리는 어리석음을 피하려는 속셈 때문이었을 것이다.

아사쿠라 요시카게가 그 후 순순히 상경했더라면 이번 전쟁은 일어나지 않았을 터. 요시카게의 편협한 시기심과 정세를 내다보지 못하는 고집이 결국 이러한 비극을 낳았다.

"알겠습니다. 아버님 뜻대로 하십시오. 이 나가마사도 아버님을 따라 싸우겠습니다."

밝은 햇빛 속에서 진눈깨비의 비애를 느끼면서 나가마사는 불쑥 내뱉었다.

6

"뭣이, 성주도 나와 같이 싸우겠다고?"

"예. 저 역시 무사입니다. 처자에 대한 사랑에 구애되어 아버지 혼자만 죽음으로 몰아넣었다는 소리는 듣고 싶지 않습니다."

"허허, 전쟁이란 변화무쌍한 것. 어느 편이 이길지는 알 수 없어."

"그야 물론 알 수 없습니다마는……"

"성주, 역시 이 아비 혼자 하도록 내버려두는 게 좋겠다. 아사쿠라 님이 승리하면 이 아비가 성주나 이치히메에게는 아무런 화도 미치지 않도록 주선하겠다. 만일 패하더라도 성주는 아사쿠라 편에 가담하지 않았으니 무사할 수 있을 거야. 그렇게 하는 것이 좋지 않겠어?"

"아버님 —"

나가마사는 얼굴에 잔뜩 노기를 띠었다.

"의義를 지키겠다고 하신 아버님답지 않으십니다."

그리고는 나무라듯 말했다.

"진정한 무사의 지조는 승패를 초월해 있어야 합니다. 승리하면 좋고 패하더라도 도리가 없는 일입니다. 부자가 생사를 함께하는 것이 자식 된 도리라고 생각합니다."

"그래, 내가 잘못했다…… 나는 성주가 동의하지 않을 것으로 알았기 때문에."

"아버님, 승패가 어떻게 될지는 알 수 없으나 오이치에게는 아무 잘못도 없습니다. 오이치를 나무라지는 마십시오."

"그야 당연하지. 출가해온 사람은 우리 가문의 식구. 어찌 그런 좁은 마음을 갖겠느냐. 그럼, 어서 이리로 야마자키 나가토노카미를 부르도록 하자."

히사마사는 진정으로 흡족한 듯 손뼉을 쳐서 시동을 불렀다.

"아사쿠라의 사자를 이리 모시도록 하라."

그런 뒤 얼굴 가득히 미소를 띠고 무릎을 쳤다.

"이번만은 노부나가 놈도 제 발로 함정에 빠졌어."

원래 노부나가를 싫어했기 때문만이 아니라, 히사마사는 이번 싸움에 반드시 이길 수 있다고 확신하고 있음을 알 수 있었다.

야마자키 나가토노카미가 들어왔다.

부자가 어떤 결정을 내렸는지 탐색하려는 듯 창백하고 긴장된 얼굴을 들어 헛기침을 하며 말했다.

"날씨가 참으로 화창하군요."

히사마사는 몸을 앞으로 내밀었다.

"나가토노카미 님, 성주도 나의 뜻에 동의하여 함께 노부나가의 배후를 치기로 결정했습니다."

"참으로 반가운 일입니다."

마흔에서 한두 살 더 먹은 듯한 나가토노카미의 얼굴에는 희색이 가득했다.

"이제 승리는 우리 것입니다. 결정하셨으니 말씀 드리겠습니다. 사실은 이번 상경 거부도 쇼군 요시아키 님과 상의한 후에 결정한 책략이었습니다."

"뭣이 쇼군과……?"

나가마사가 깜짝 놀라 입을 여는데 상대는 미소를 지으면서 고개를 끄덕였다.

"그러면 노부나가는 성급해서 반드시 에치젠을 공격할 것이다. 그때는 아사이와 힘을 합쳐 독 안에 든 쥐로 만들 수 있다…… 하하하하, 우선은 그렇게 되었습니다마는."

"쇼군과는 진작부터……?"

"예. 노부나가 토벌의 밀서가 여러 번 저희들로부터 주군께 은밀히 전해졌습니다."

"으음."

나가마사는 머리에 오물이 끼얹어진 듯한 기분이 들어 입을 다물어버렸다.

'이 얼마나 배은망덕한 쇼군의 음흉함이란 말인가……'

7

에치젠의 츠루가고리敦賀郡, 한바라葉原의 북쪽 산등성이에 있는 키노메木の芽 고개의 기슭. 긴 겨울에서 깨어난 산이 신록으로 물드는 가운데 점점이 적갈색 깃발이 바람에 휘날리고 있었다.

4월 26일 점심때가 지났을 무렵이었다. 20일에 오미의 사카모토 성坂本城을 출발한 오다의 군사는 25일 츠루가에서 도쿠가와 이에야스德川家康의 미카와三河 군과 합류하여 벌써 이곳까지 파죽지세로 진격해왔다.

고개를 넘으면 아사쿠라 일족의 본거지인 이치죠가다니一乘ヶ谷까지 단숨에 공격해들어갈 수 있었다.

츠루가의 전면, 난공불락難攻不落을 자랑하는 카네가사키 성金ヶ崎

城을 지키던 아사쿠라 요시카게의 사촌동생 아사쿠라 카게츠네朝倉景恒는 테즈츠야마手筒山와 카네가사키에서 필사적으로 오다와 도쿠가와 동맹군을 저지하려 했으나 허사였다.

'……야전에는 강하겠지만 산악에서라면……'

이러한 생각이었으나, 그렇지 않다는 것을 깨달았을 때는 민중들조차 침입군에게 갈채를 보내고 있었다.

"얼마나 화려하고 씩씩한 군사들인가."

붉은 칠을 한 세 간짜리 창을 든 창부대도, 4열로 행진하는 총포부대도, 붉고 검은 호로母衣˚를 입은 기마부대도 모두 북쪽 지방의 들녘에 꽃을 뿌려놓은 듯이 화려한 모습으로 순식간에 성병城兵의 반격을 압도해나갔다.

"과연 오다 님은 대단한 인물이야."

"이렇게 되면 아사쿠라 님도 당하지 못할 거야."

"이제 천하대세는 결정이 났어."

불과 하루 만에 카네가사키 성을 함락하고, 이튿날에는 테즈츠야마를 공략하여 대번에 키노메 고개에 들이닥쳤다. 비록 이치죠가다니에서 원군이 온다고 해도 고개 위까지 후퇴한 패잔군은 그 이상 버틸 수 없었다.

오다 군의 선봉은 시바타 카츠이에柴田勝家, 제2진은 아케치 미츠히데明智光秀.

도쿠가와 군은 오다 군의 좌측, 해변에 포진하고 그들 역시 한치도 물러서지 않는 강한 힘을 과시했다.

선봉인 시바타의 군대가 키노메 고개의 진격로를 확보했다는 판단이 서자 노부나가는 타케다 신겐武田信玄이 선사한 명마 '리토쿠로利刀黒'에서 내렸다. 이곳 사람들이 멀리 보고도 놀랄, 세 개의 흰 별이 겹친 눈에 잘 띄는 투구를 벗으면서 전군에게 점심을 먹도록 했다.

"미츠히데를 불러라."

본진으로 들어가 이마의 땀을 닦으면서 노부나가는 말했다.

"고개만 넘으면 단숨에 쳐들어갈 수 있다. 미츠히데는 지리에 밝을 것이니 어서 불러오너라."

모리 산자에몬森三左衛門의 장남이 명령을 받고 나가 곧 미츠히데를 데리고 돌아왔다. 미츠히데도 금방 투구를 벗었는지 숱이 적어진 머리카락에서 김이 모락모락 나는 모습으로 노부나가가 앉아 있는 걸상 앞에 한쪽 무릎을 꿇었다.

"미츠히데, 그대는 고개를 넘거든 내 곁에서 떠나지 말도록."

"무슨 말씀인지요?"

미츠히데는 무거운 어조로 묻고 의아하다는 듯 노부나가를 쳐다보았다.

"하하하. 미츠히데, 내가 그대를 경계하고 있는 줄로 생각하나?"

"아니, 그렇지는 않습니다."

"거짓말 마라, 그 얼굴에 씌어 있어. 걱정할 것 없다. 그대가 요시카게의 가신이었다고 해서 경계할 정도로 이 노부나가는 속이 좁은 사람이 아니야."

"황송합니다."

"미츠히데, 나는 내일 이치죠가다니 성을 함락할 것이다. 문제는 그 뒤에 있는데, 에치젠을 누구에게 맡기면 좋을까?"

8

노부나가의 물음에 미츠히데는 금방 대답하지 않았다.

에치젠을 다스리는 사람——이라면 중대한 문제이다. 노부나가가 무슨 생각을 하고 또 무엇 때문에 그런 일을 맨 먼저 자신에게 상의하는 것일까? 미츠히데가 이런 생각을 하는 데에는 이유가 있었다.

"노부나가에게는 희망이 없다."

그는 지혜를 짜내어 계산한 끝에, 이렇게 결론을 내리고 아사쿠라 쪽에 가담했던 과거가 있었다. 괴승怪僧 즈이후隨風를 따라 타케노우치 나미타로竹之內波太郎를 찾아가 노부나가에게 추천해줄 것을 부탁해놓고도, 그는 노부나가의 난폭한 성격을 꺼려 아사쿠라 가문을 섬겼다.

노부나가에게는 교양과 옛것에 대한 경건함이 없었다. 이것이 스스로 교양인임을 자처하는 당시의 미츠히데로서는 참을 수 없는 일이었다. 에치젠의 아사쿠라 요시카게에게는 이것이 있었다. 이치죠가다니 성에 있으면서도 그의 생활은 풍류와 멋을 버리지 않았다.

에이로쿠永祿 2년(1559) 8월에는 일부러 쿄토에서 귀족과 가신들을 초대하여 아와가阿波賀 강변에서 쿄쿠스이노엔曲水の宴°을 열기도 했다. 다이카쿠 사大覺寺의 요시토시義俊, 요츠츠지 다이나곤 히데토四辻大納言秀遠, 아스카이 츄나곤 마사노리飛鳥井中納言雅教 등 쿄토의 고관들도 참석하여 그 연회석상에서 시가를 읊기도 했다.

꽃잎이 흐르는 세월을 떠서 산수山水를
부르는 가을의 서늘함이여

이러한 풍류가 방랑하는 교양인의 마음을 사로잡아 아사쿠라 가문을 섬기게 했으나, 막상 그 휘하에 들어가 보니 실망이 컸다. 풍류는 있어도 결단이 없었다. 멋은 있었으나 강인한 기상은 찾아볼 수 없었다.

그럴 때 역시 여기저기 떠돌던 아시카가 요시아키足利義秋(훗날의 요시아키義昭)가 호소카와 후지타카細川藤孝(유사이幽齋)를 따라 자신을 의탁하러 왔다. 요시카게에게 결단력이 있었다면 그때 즉시 요시아키를 받들고 쿄토에 올라가 마츠나가 히사히데松永久秀를 공격했어야 했다. 요시카게는 그럴 만한 실력이 있었음에도 행동을 일으키지 않았다.

요시아키를 데려간 호소카와 후지타카도 실망했으나 미츠히데도 크게 실망했다. 풍류와 무력은 같은 곳에 있지 않았다. 그렇다면 이 난세에는 무력이…… 이렇게 생각하고 후지타카와 짜고 노부나가에게 요시아키를 데려가, 미츠히데 역시 노부나가의 가신이 되었다.

노부나가는 요시아키라는 뜻하지 않은 선물을 가져온 미츠히데를 대번에 8만 석의 녹봉을 받는 다이묘大名°로 등용하여 여러 면으로 이용했다. 미츠히데는 감사하는 마음과 함께 어딘지 모르게 꺼림칙한 느낌을 지울 수 없었다.

"에치젠은 지난날 그대가 있던 곳이므로 백성들의 기풍쯤은 잘 알고 있겠지?"

"예. 하지만 그곳에는 이번 전투의 선봉이자 무공이 뛰어난 시바타 님이 적임이라고……"

"하하하, 그 대답은 내 마음에 들지 않아. 마음에 들지 않다는 말일세, 미츠히데."

"성주님의 뜻은?"

"어째서 그대는 자신이 다스려보겠다고 하지 않는가? 내 마음은 결정되어 있지만 이치죠가다니에서는 다스리기 어려울 걸세. 새 성은 어디에 지었으면 좋을까?"

"예, 제 생각에는…… 키타노쇼北の庄(후쿠이福井)가 좋을 듯합니다."

이때 본진의 막사 밖에서 갑자기 시끄러운 소리가 들렸다. 어디서 급한 전령이라도 온 모양이었다. 소란스런 소리를 뚫고 말발굽소리가 들렸다.

9

순간 미츠히데와 노부나가는 귀를 기울였다.

말발굽소리가 막사 밖에서 멎었다.

"어디서 왔소?"

묻는 소리.

"오다니 성에서 아사이 비젠노카미의 사자로 온 오노기 토사小野木 土佐라고 하오. 노부나가 님을 뵙게 해주시오."

이어 굵직한 목소리가 들렸다.

'아차!'

노부나가는 속으로 혀를 찼다.

오다니 성의 사자라는 말만 듣고도 곧 사태를 짐작할 수 있었다. 무서운 분노가 가슴에서 머리로 치밀어오르고 새파란 하늘에 번개가 마구 달렸다. 예전의 노부나가였다면 당장 벼락 같은 호통이 터져나왔을 것이다. 아니, 직접 뛰어나가 두말 않고 사자의 목을 베었을 것이다.

그러나 노부나가는 한 일자로 입을 꾹 다문 채 분노를 참았다. 그는 분노보다는 우선 사후대책이라는 분별력을 갖지 않으면 안 될 위치에 있었다.

미츠히데 역시 망연히 노부나가를 바라보고 있었다. 갑자기 노부나가가 큰 소리로 웃기 시작했다.

모리 요시나리森可成가 들어왔다.

"오다니 성에서 아사이 비젠노카미의 사자가……"

끝까지 듣지도 않고 노부나가는 소리쳤다.

"들어오라고 해라."

그리고는 미츠히데를 돌아보았다.

"진격을 멈추고 장수들을 소집하라. 그리고 마츠나가 히사히데가 도망치지 못하도록 해라."

"예."

마츠나가 히사히데는 틈만 있으면 쿄토에 풍파를 일으키는 음모병陰
謀病에 걸렸다고 여겨 이번에는 일부러 전열에 가담시켜 데려왔다.

얼굴이 핼쑥해진 미츠히데가 나간 뒤 곧 아사이 나가마사의 사자 오
노기 토사가 모리 요시나리의 안내를 받아 들어왔다.

이마에서 목에 이르기까지 땀으로 흠뻑 젖은 토사의 얼굴 역시 흙빛
이었다. 밝게 내리비치는 햇빛만이 인간의 감정을 비웃기라도 하듯이
화창했다.

"오노기 토사라고 했지? 용건은 물을 필요도 없이 서약서를 반환하
러 왔을 테지. 이리 내놓아라."

노부나가가 칼집으로 땅을 치며 말했다.

"우선 말씀부터 전하겠습니다."

상대는 반발하듯 말했다.

"귀하는 아사이, 아사쿠라, 오다 세 가문이 맺은 서약을 어기고 지금
아사쿠라 가문을 공격하고 있습니다. 의를 존중하는 우리로서는 결코
이를 묵과할 수 없습니다. 따라서 아사이와 오다 양가의 맹약은 이제
깨어졌습니다. 서약서를 반납하고 귀하와 일전을 불사하겠다는 결의
를 전하러 왔습니다."

"하하하……"

노부나가는 그 말을 웃어넘겼다.

"떨고 있구나, 오노기 토사. 내가 너를 죽일 줄 아는가. 돌아가거든
비젠노카미에게 전하여라. 그대의 의義는 우물 안 개구리의 의. 개구리
에게는 노부나가의 대의大義가 전혀 보이지 않는 모양이라 하더라고."

"그럼, 분명히 서약서를 반환했습니다."

"그래 틀림없이 받았다. 언젠가 싸움터에서 다시 만나자. 여봐라, 사

자에게 마실 물을 주어라."

상대는 노부나가를 흘끗 쳐다보고는 흙빛의 얼굴로 가슴을 떡 펴고 밖으로 나갔다.

사자가 사라지자 노부나가는 자리에서 일어났다. 그 역시 마음은 편치 못했다. 전방에서는 드디어 에치젠의 정예부대와 격전을 벌이려 하고 있었다. 운명의 큰 기로에 선 지금 배후의 아사이가 퇴로를 차단하고 나왔다.

'내 생애도 이것으로 끝나는 것일까……'

문득 불길한 생각이 들었을 정도로 그것은 뜻밖의 일이었고, 동시에 왠지 모르게 두려워하고 있던 일이기도 했다.

"대장님, 무슨 일입니까?"

미츠히데의 전갈을 들었던지 제일 먼저 본진으로 달려온 것은 키노시타 히데요시木下秀吉였다.

10

키노시타 토키치로木下藤吉郎가 히데요시로 이름을 바꾼 것은, 그가 이세伊勢의 키타바타케北畠를 공격할 때였다. 이때 자진해서 어려움을 떠맡은 토키치로의 용기를 가상하게 여긴 노부나가——

"아사히나 사부로 요시히데와도 비교될 만한 인물."

토키치로를 아사히나 사부로 요시히데朝比奈三郎義秀와 비교하여 칭찬한 적이 있었다. 그 요시히데를 히데요시秀義라고 거꾸로 하여 붙인 이름이었다. 그리고 후에 '요시義'란 글자가 쇼군 요시아키義昭의 '요시'와 같기 때문에 이를 피해 '요시吉'로 고쳤다.

"원숭이, 아사이가 아사쿠라 쪽에 가담했다."

노부나가의 말에, 웬만한 일에는 눈썹 하나 까딱하지 않는 히데요시도 오직 한마디만을 했다.

"아차!"

에치젠까지 진격하여 일부러 적을 이치죠가다니에서 유인해낸 결과가 되었다. 지금 철수한다면 상대는 틀림없이 추격해올 것이고, 퇴로는 지리에 밝은 아사이의 주력부대에 차단당할 터.

'이 계략은 아사이, 아사쿠라한테서만 나온 것은 아니다.'

배후에는 반드시 배은망덕한 쇼군 요시아키의 음모가 있었다. 지금 그것을 깨달았다고 한들 이미 소 잃고 외양간 고치는 격이었다.

"그래서…… 대장님은 어떻게 하시겠습니까?"

노부나가는 대답하지 않았다. 대답 대신 눈썹을 잔뜩 치켜올리고 눈빛을 번뜩이면서 어린 풀을 짓밟으며 돌아다녔다.

모리 산자에몬이 나타났다. 니와 나가히데丹羽長秀와 삿사 나리마사佐佐成政에 이어 최전선에 나가 있던 시바타 카츠이에가 피로 물든 투구를 쓰고 달려왔다.

"성주님, 아사이가 아사쿠라 쪽으로 돌아섰다면서요?"

노부나가는 이 말에도 대답하지 않았다. 어디까지나 신중하게 진퇴를 결정해야 한다는 생각과 함께 아사이 나가마사에 대한 분노의 불길이 이글이글 타올랐다. 여동생을 출가시키고 숙적인 롯카쿠 씨를 몰아내는 등 어떻게 해서라도 아사이 가문의 안녕을 도모하려고 노부나가가 설득도 하고 배려도 아끼지 않았던 그 나가마사에게 뒤통수를 얻어맞은 꼴이었다……

사쿠마 우에몬佐久間右衛門이 혈색을 바꾸고 들어왔다. 이어서 우익의 대장 마에다 토시이에前田利家가 갑옷의 팔 덮개에 피를 묻힌 채 달려왔다.

"성주님! 어떻게 하시겠습니까?"

그의 뒤를 이어 사카이 우콘坂井右近과 도쿠가와 이에야스도 나타났다. 이에야스의 모습을 본 노부나가의 마음은 더욱 아팠다.

아케치 미츠히데가 노부나가의 명에 따라 마츠나가 히사히데를 데리고 왔다.

"자리에들 앉으시오."

노부나가는 비로소 여러 장수들을 둘러보았다.

"모두들 소식은 들었을 것이오. 뜻하지 않게 배후를 치는 적을 만나게 됐소."

순간 본진은 쥐 죽은 듯이 조용해지고, 막사 밖에서 흐르는 시냇물소리만 들렸다.

"이 노부나가가 아사쿠라 따위에게 쫓겨갔다면 후세에까지 두고두고 치욕으로 남을 것이오. 운은 하늘에 맡기겠소! 일거에 이치죠가다니로 달려가 결전을 벌일 것이오. 나에게 운이 따른다면 아사쿠라를 괴멸시키고 아사이를 공격하겠소. 운이 없으면 싸우다 죽기로 마음을 결정했소!"

"지당한 결정이십니다."

카츠이에가 찬성했다.

"이치죠가다니를 단숨에 폐허로 만듭시다."

"옳은 말이오! 그것밖에는 다른 방법이 없소."

모두가 이에 동의하려 했을 때.

"오다 님, 잠깐."

노부나가를 바라보며 군선軍扇을 똑바로 무릎에 세운 것은 이에야스였다.

"내 의견에 반대한다는 말인가?"

노부나가가 대들 듯이 반문했다. 이에 대해 이에야스는 천천히 고개를 끄덕였다.

"오다 님답지 않은 좁은 생각인 것 같습니다."

모든 장수들의 눈길이 이에야스에게 집중되고, 다시 시냇물 흐르는 소리가 들려왔다.

11

그곳에 있던 모든 장수들은 일제히 이에야스와 노부나가의 얼굴을 번갈아 바라보았다.

어떤 경우에도 다른 사람의 말에는 귀를 기울이지 않는 노부나가의 성격. 노부나가가 '결정했다!'고 선언하면 이견을 다는 사람이 없었다. 이에야스는 그러한 노부나가에게 천천히 돌아앉아 정면으로 반대하고 나섰다.

노부나가는 튕겨내듯 눈초리를 치켜들고 반문했다.

"알고 싶군, 어떤 점이 나답지 않은지."

"그렇다면……"

이에야스는 부드러운 표정이었으나 그 눈은 똑바로 노부나가를 쏘아보고 있었다.

"아사이 나가마사가 왜 서약서를 일부러 돌려주었는지, 그걸 어떻게 생각하십니까?"

"그야 작은 의義를 내세우는 아사이 부자의 건방진 버릇 때문이지."

"그렇게 생각하셨다면 재고하십시오."

"뭣이! 그럼, 일부러 서약서를 반납하러 온 나가마사의 행위에 무슨 의심스러운 데라도 있다는 말인가?"

이에야스는 눈길을 똑바로 한 채 다시 가만히 고개를 저었다.

"거기까지 생각하는 것은 좀 지나친 일입니다. 실제로 의심스러운

데가 있다고 해도 그것에 의지하면 방심의 원인이 됩니다. 다만 서약서를 돌려주지 않으면 마음이 개운치 않다…… 그 성실한 성격에 유념해야 할 것입니다."

"으음."

노부나가는 신음하며 약간 노기를 가라앉혔다.

"생각한 바를 그대로 말해보게. 나는 허심탄회하게 귀를 기울일 것이니."

"성주님! 성주님의 적은 일개 아사쿠라에만 국한되어 있지 않습니다. 만일 이대로 장기간 대치하고 있으면 쿄토도 기후도 위태롭습니다. 진격하는 것처럼 보이고 곧 철수하십시오. 이 이에야스가 보기에, 아사이 부자도 아직 퇴로는 확실하게 차단하지 못하고 있을 것입니다."

"……"

"성실한 자의 싸움은 장기전에 강하고 갑작스런 출병에는 시간이 걸리는 법, 더구나 서약서를 반환하지 않고는 마음이 개운치 않다…… 그 마음에 아군의 활로가 있습니다. 만일 철수하는 것이 마음에 걸리신다면 이 이에야스가 성주님의 군사를 인솔하여 아사쿠라 군을 상대하면서 쿄토로 철수해 보이겠습니다."

"으음."

노부나가는 다시 한 번 고개를 끄덕이더니 갑자기 떠나갈 듯한 소리로 웃었다.

"어떻소, 다른 장수들은? 지금 그 의견을 어떻게 생각하시오?"

"대장님."

제일 먼저 히데요시가 입을 열었다.

"도쿠가와 님의 말씀이 옳습니다. 지체없이 여기서 철수하는 것이 옳다고 생각합니다."

"카츠이에의 생각은?"

"저는 반대입니다. 우선 뿌리부터 잘라놓고 철수하면 아사이 군은 싸우지 않아도 저절로 붕괴될 것입니다. 아사쿠라 군이 두려워 철수했다고 하면 훗날 위령威令이 서지 않습니다."

"토시이에는?"

"저는 키노시타와 같은 의견입니다."

"사쿠마는?"

"시바타 님의 의견에 따르고 싶습니다."

"하하하……"

노부나가는 또다시 웃었다.

"히사히데는 어떻게 생각하나? 마츠나가 단죠松永彈正는?"

그러자 위험인물로 지목되어 일부러 데리고 온 히사히데는 싱긋 웃으면서 노부나가에게 말했다.

"성주님 뜻에 따르겠습니다."

이에야스가 노부나가를 향해 홱 돌아앉았다.

12

"결단을 내리십시오. 이미 서약서를 반환한 사자는 오다니 성을 향해 무섭게 말을 달리고 있을 것입니다."

이에야스의 재촉을 받고 노부나가는 마음을 굳힌 듯 걸상에서 벌떡 일어났다.

과연 이에야스다. 놀라울 정도로 예리한 눈을 가지고 있다. 지금 당장 철수하면 아사이 부자는 아직 성에서 나오지도 않았을지 모른다.

"좋아! 다시 시작하자."

노부나가는 외쳤다.

"다시 시작하는 일에 어찌 무인의 수치가 있을 것인가. 이 노부나가는 천황이 계시는 수도를 맡고 있는 몸이다."

"지당하신 말씀입니다."

히데요시는 머리를 조아렸다.

"도쿠가와 님에게만 맡길 수 없습니다. 이 히데요시에게도 명을 내려주십시오."

노부나가는 이에야스의 얼굴을 보았다. 이때 한 사람이라도 그 일을 자원하고 나서는 자가 없었다면 노부나가는 이에야스에게 큰 빚이 생겼을 것이다.

'영리한 녀석……'

이 원숭이만은 위험이 닥쳤을 때 반드시 자기가 떠맡겠다고 나섰다. 용기라기보다도 그것은 자신에 대한 한없는 시련이고 운을 시험하는 일인 것 같기도 했다.

"그대가 능히 그 일을 감당할 수 있겠나?"

"걱정하지 마십시오. 이 키노시타 히데요시에게는 지모智謀의 샘이 있습니다."

"자신만만한 원숭이 놈이로구나, 그래 좋다. 그럼 이에야스, 쿄토에서 만나세."

"몸조심하십시오."

"가자. 여기서는 즉각 철수한다."

장수들은 안도의 숨을 쉬고 노부나가의 뒤를 따랐다. 그들 역시 배후를 공격당하면 불리하다는 것을 잘 알고 있었다.

그러나 지리에 익숙지 못한 원정에서 철수하는 것처럼 어려운 일도 없다. 기를 쓰고 추격하는 적을 만나면 군사들은 그대로 풍비박산이 나고 만다. 어차피 추격당할 바에는 차라리 치고 나가서 활로를 찾는 것이……라고 생각했던 것인데, 그러한 성주의 군사를 이에야스와 히데요시가 맡아준다면 문제는 달랐다.

노부나가는 일단 카네가사키로 돌아와 장수들의 철수순서를 정한 뒤, 자신은 모리 산자에몬과 마츠나가 단죠를 데리고 쿠츠키朽木를 넘을 계획이었다.

깃발과 장막을 그대로 둔 채 장수들이 나간 뒤, 키노시타 히데요시는 혼자 팔짱을 끼고 있는 도쿠가와 이에야스 앞으로 가서 한 손을 짚고 절했다.

"도쿠가와 님, 오늘의 조언助言, 깊이 마음에 새기겠습니다."

"과찬의 말이오."

"아니, 큰 용기가 없으면 그런 말씀은 하실 수 없습니다. 이것으로 우리 대장님도 재기할 수 있게 됐습니다."

이렇게 말하고 히데요시는 붙임성 있는 웃음을 떠올리면서 가볍게 말했다.

"자, 도쿠가와 님도 철수할 준비를 하시지요."

이에야스는 깜짝 놀란 듯이 히데요시를 바라보았다. 오다 가문에 키노시타가 있다는 말은 들었으나, 노부나가조차도 크게 우려하는 철수 작전을 이 조그마한 사나이가 혼자 떠맡을 생각인 것일까?

"키노시타 님, 내가 오다 성주님에게 약속한 말을 들었을 것이오. 아사쿠라의 추격을 이 이에야스가 훌륭하게 뿌리칠 테니 두고 보십시오."

"고마우신 말씀입니다."

히데요시는 싱글벙글 웃으면서 고개를 숙였다.

"후의는 감사합니다마는 그 일만은 거절하겠습니다. 어서 철수하십시오."

이에야스는 의아한 표정으로 새삼스럽게 히데요시를 바라볼 수밖에 없었다.

13

'이 친구, 참으로 배포가 두둑한 사나이로군.'

그 웃는 얼굴은 아주 보기 드문, 버릇없이 자란 아이 같았다. 체구도 작고 근골도 보잘것없었다. 그런데도 자기에게는 지모의 샘이 있다고 노부나가에게 호언장담했다……

"키노시타 님, 그러면 내가 철수작전에 방해라도 된다는 말이오?"

"당치도 않습니다!"

히데요시는 대답했다.

"단지 아사쿠라의 추격을 뿌리치는 따위의 일로 도쿠가와 님을 번거롭게 해서는 나중에 이 히데요시가 꾸중을 듣게 되기 때문입니다."

"으음."

이에야스는 상대의 마음을 꿰뚫어보는 눈으로 날카롭게 물었다.

"오다 쪽에도 이런 사람이 있다는 것을 과시하고 싶어서 그러는 것은 아니오?"

"천만의 말씀입니다!"

히데요시는 다시 녹아들어갈 듯한 소리로 웃었다.

"그 젊음에 의리가 깊고 남다른 용기를 지니신 도쿠가와 님, 그런 출중하신 대장님께 만일의 경우라도 생기면 천하의 큰 손실입니다. 이 일은 저에게 맡기고 철수하십시오."

"과분한 칭찬이라 듣기 거북하군요. 그런 말을 들으니, 이 이에야스는 더더구나 철수하지 못하겠다는 생각이 듭니다."

"그 생각을 누르고 철수하십시오."

"그랬다가 만약 키노시타 님에게 잘못된 일이라도 생기면 내 면목이 서지 않소. 절대로 자신이 있다는 말이오?"

"하하하……"

상대는 스스럼없이 웃었다.

"저의 생사를 예측할 수 없는 어려운 싸움이 될 것이므로 철수하시라고 부탁 드리는 것입니다."

"허어, 재미있는 말을 듣게 되는군."

"성주님, 저는 일개 아시가루足輕°에 지나지 않습니다."

"출세한 분인 줄 알고 있는데요?"

"원래 아시가루의 자식이기 때문에 목숨을 가볍게 여기고 있습니다. 어떤 전투에서도 위험한 곳이라면 자진해서 나가고, 거기서 죽더라도 아무 후회가 없습니다. 하지만 성주님은 명문이시니 저처럼 가볍게 움직이시면 안 됩니다."

히데요시는 드디어 평소의 버릇이 나왔다. 아무리 점잖게 말을 시작했다가도 도중에 그 나름대로의 설교가 뒤따르는 것이 도저히 못 말릴 그의 버릇이었다.

이에야스는 잠자코 히데요시의 유연하게 나불거리는 입을 바라보고 있었다.

"생각해보십시오. 저는 현재 오미의 이마하마今浜에서 삼만 석의 연공을 받고 부하는 고작 칠백 명에 지나지 않습니다. 그러므로 에치젠의 팔십만 석짜리 세력을 상대로 싸우다 죽어도 전혀 아까울 것이 없습니다. 왜냐하면 삼만 석을 가지고 전력을 다해 싸우다 죽을 운명이라 생각되기 때문입니다. 하지만 성주님은 그렇지 않습니다. 미카와, 토토우미遠江 등 욱일승천의 기세로 영지를 넓히시고, 오늘은 육십만 석이지만 내일은 또 어떻게 되실지 모릅니다. 그런 분을 삼만 석이면 될 싸움에 임하시게 했다가 만일에 생명이라도 잃게 되는 일이 생기면 저의 대장 노부나가 님의 빈축을 사게 되고, 이 히데요시는 죽어서도 염라대왕에게 꾸중을 들을 것입니다. 우선 이 문제에 관해서만은 제 생각에 따라주십시오."

이에야스는 말을 듣는다기보다도 히데요시의 그 묘한 입의 움직임을 바라보고 있었다.

"좋소. 그러면 귀하의 말에 따라 이 이에야스는 먼저 철수하겠소. 나는 와카사若狹의 오하마小浜에서 하리하타針畑를 넘어 쿠라마鞍馬로 나가겠소. 내가 무사히 지나가면 귀하도 안심하고 철수하시오."

"고맙습니다. 그럼, 쿄토에서 봅시다."

이에야스가 일어나자 히데요시는 출랑거리며 걸어와 갑옷에 묻은 먼지를 살짝 털어주었다.

14

노부나가는 진격할 때는 얼굴도 쳐다볼 수 없을 정도로 격렬한 투지의 화신이었지만, 철수할 때는 쉴 새 없이 농담을 걸어왔다. 이것은 그의 버릇이었다.

"쿄토에서 낙향한다는 말은 있지만, 카네가사키에서 낙향하는 것은 이 노부나가가 처음일 거야. 어떤가 히사히데, 야마토大和에 있을 걸 잘못했다고 후회하고 있겠지?"

시바타, 사쿠마, 니와, 마에다 등이 각각 부대를 나누어 철수하고 있었다. 그래서 쿠츠키를 넘어 고슈江州의 타카시마고리高島郡에서 쿄토에 이르는 사잇길로 접어든 노부나가의 본진은 고작 300기騎도 되지 않았다.

노부나가는 푸른 새싹을 보고는 껄껄 웃고 산을 바라보고는 눈을 가늘게 떴다. 잇따라 내뱉는 신랄한 빈정거림도 진격 때의 그 무서운 격정과는 다른 부드러움을 띠고 있었다.

"성주님은 이 마츠나가 단죠의 마음을 의심하고 계시군요?"

"당치도 않은 소리. 그대의 지모는 이 넓은 세상에서 당할 자가 없어. 그러므로 일부러 내 곁에 두고 있는 것일세."

말머리를 나란히 하고 가는 마츠나가 히사히데는 반백의 머리를 바람에 날리면서 못마땅한 듯이 입을 다물었다. 이전의 쇼군 요시테루를 멸망시키고 미요시의 삼인방을 눌러 쿄토의 패권을 잡으려 했던, 지모와 용기가 탁월한 히사히데. 그 히사히데가 노부나가의 휘하에 들어온 것은 물론 위장이었다.

노부나가의 말대로 그가 쿄토에 남아 있었다면 이 기회를 놓치지 않고 책략을 썼을 것이다. 즉 아사이 가문을 후원하여 병력을 보내 기후를 공격케 하고, 야마토로부터 이즈미和泉, 셋츠攝津를 구슬려 쿄토의 오다 세력을 궤멸시킬 절호의 기회를 포착했을 것이 분명했다. 그런 의미에서는 히사히데 역시 노부나가와 마찬가지로 크게 오산을 하고 말았다.

'아사이가 노부나가의 배후를 공격하다니……?'

단 하나 히사히데가 의아하게 생각하는 것은, 그의 속셈을 꿰뚫어보고 있으면서도 성질이 급하기로 유명한 노부나가가 아직까지 히사히데 자신을 죽이지 않고 그대로 살려두고 있다는 점이었다.

"성주님, 그토록 믿지 못하는 히사히데인데 어째서 한칼에 베어버리지 않습니까?"

"하하하…… 그대와 같은 사나이라면 목이 날아간 뒤에도 계속 책략을 꾸밀 거야. 이봐, 히사히데."

"예."

"때로는 독초도 약이 되는 것일세. 그대는 좀처럼 구하기 어려운 독초이기 때문에 그대로 두는 거야. 이 노부나가에게 빈틈이 보이거든 언제든지 자네 본성을 드러내어 목을 자르러 와도 좋아."

"성주님, 말씀이 지나치시군요. 그러시면 이 히사히데는 몸 둘 곳이 없습니다."

"몸 둘 곳이 없지 않을 거야. 그대는 물에 들어가면 깊은 바닥의 물귀신, 산에 올라가면 같은 권속까지 속이는 너구리가 아닌가……"

말하다 말고 노부나가는 좀 뒤떨어져 따라오는 모리 산자에몬을 옆으로 불렀다.

"산자에몬!"

이미 대열은 오미의 산속, 쿠츠키 골짜기에 도달해 있었다. 파릇파릇한 새싹들이 바위를 뒤덮고, 좁다란 산길 저쪽으로 쿠츠키 시나노노카미 모토츠나朽木信濃守元綱의 저택이 보이기 시작했다.

"그대가 먼저 가서 쿠츠키 모토츠나에게 오늘 밤 내가 머무를 수 있도록 얘기하고 오라."

"예."

모리 산자에몬은 얼른 부하 열여섯 명을 데리고 좁은 길을 달려갔다.

어제 27일 밤에는 사카키 성佐柿城의 아와야 엣츄노카미粟屋越中守로부터 따뜻한 영접을 받았다. 노부나가는 여기서도 그렇게 되리라 생각하고 있는 모양이었다.

모리 산자에몬의 모습이 보이지 않게 되자 마츠나가 히사히데는 일부러 노부나가가 들으라는 듯이 말 위에서 웃었다.

"후후후후."

15

"히사히데, 무엇이 우습나?"

노부나가가 나무라듯 말하자 히사히데는 진지한 표정으로 노부나가를 돌아보았다.

"깊은 물 속의 물귀신, 높은 산의 너구리가 생각하기에 쿠츠키 모토츠나는 우리를 쉽게 이 골짜기에서 벗어나도록 내버려두지 않을 것입니다."

"뭣이, 모토츠나가 이 노부나가에게 반항할 것이란 말인가?"

"그렇습니다. 모토츠나는 사사키의 일족으로 아사이의 적이기는 합니다마는 성주님께는 그 이상의 원한을 품고 있습니다. 여기서 아사이의 편을 들어 성주님과 일전을 벌이고 만일 운이 좋으면……"

"정지!"

노부나가는 히사히데의 말이 끝나기도 전에 군사들의 행진을 멈추게 했다. 확실히 히사히데의 말이 옳았다.

노부나가는 자기 군사를 히데요시에게 맡기고 츠루가에서 철수할 때부터, 아사이와 아사쿠라의 연합군을 언제 어디서 무찌를까 하는 데에만 정신이 팔려 있었다. 그래서 쿠츠키 모토츠나의 속셈 따위는 문제도 삼지 않았다.

"히사히데!"

노부나가의 목소리와 자세는 다시 전투에 임하는 무장의 그것으로 변했다. 무지개를 토하는 듯한 그의 두 눈이 상대를 응시하면, 이미 다음 작전이 번개처럼 뇌리에 떠올라 있었다.

"내가 그대를 데려온 이유를 이제 알겠나?"

"무슨 말씀인지요?"

"산자에몬이 돌아오거든 이번에는 너구리가 나설 차례야."

히사히데는 빙긋이 웃었다.

"물론 각오하고 있습니다."

"……그럴 것이다. 알고 있었구나."

"예. 전진해도 죽음, 후퇴해도 죽음이라면 이 너구리도 필사적이 될 수밖에 없습니다. 전국에 그 이름이 알려진 마츠나가 너구리, 쿠츠키 골짜기의 하찮은 너구리 따위에게 죽기는 싫습니다."

"맹독猛毒인 만큼 빨리 통하는군. 하하하하."

이미 해가 지고 양쪽이 절벽으로 막힌 하늘 위에는 저녁놀이 비치고 있었다. 이곳에서 적과 밤을 동시에 맞이하면 노부나가로서도 당해낼 도리가 없었다.

"성주님 ——"

히사히데는 신중하게 고개를 갸웃했다.

"이 너구리가 지혜를 짜내어 모토츠나를 우리편으로 만들겠는데, 상대가 동의할 경우에는 인질을 데려오겠습니다. 만약 제가 돌아오지 않거든 모토츠나와 싸우다 죽은 줄 아시고 길을 바꾸어 다른 곳으로 철수하십시오."

노부나가는 가볍게 고개를 끄덕였다.

"걱정할 것 없네, 히사히데. 이 노부나가가 쿠츠키 따위의 칼에 쓰러질 것 같아 보이거든 간 김에 그대로 쿠츠키와 손을 잡고 나를 죽이러 와도 좋아."

마츠나가 단죠는 다시 조용히 웃었다. 노부나가는 전혀 자기를 믿으려는 기색이 없었다. 그러므로 히사히데가 진지하게 모토츠나를 설득해야 할 입장은 확고하게 정해져 움직일 수 없는 것이 되었다.

이윽고 황혼이 깃든 골짜기의 사잇길로 모리 산자에몬이 숨을 몰아쉬면서 말을 달려 돌아왔다.

"성주님, 모토츠나는 갑옷으로 무장을 하고 군사를 동원할 태세로 우리에게 성문을 열어주지 않습니다."

"알겠네, 알겠어."

노부나가는 다시 산이 메아리칠 정도로 크게 웃었다.

"염려할 것 없어. 우리에게는 놀라운 지모를 가진 위대한 너구리가 있으니까."

16

마츠나가 히사히데는 모리 산자에몬이 말에서 내리는 모습을 미소를 띤 채 바라보고 있다가 노부나가에게 말했다.

"그러면 이 너구리의 혀가 얼마나 잘 움직이는지 기다려보십시오."

"그래, 눈을 크게 뜨고 지켜보고 있겠어."

노부나가는 말을 탄 채로 원을 그리면서 꾸짖듯이 쿠츠키의 저택을 가리키며 소리쳤다.

"가거라!"

히사히데는 웃음을 그치고 세 명의 부하에게 말했다.

"따라와."

단지 세 사람만을 데리고 무장을 갖추고 있다는 쿠츠키한테 가려는 모양이었다.

히사히데의 모습이 멀어지는 것을 보고 노부나가는 다시 큰 소리로 웃었다. 만일에 히사히데가 실패하면…… 하는 불안은 없었다. 나 같은 사람이 이런 데서 목숨을 잃을 리 없다는 깊은 자신감이 있었다.

노부나가에게 등을 돌리고 쿠츠키의 저택으로 달려가는 마츠나가 히사히데도 마찬가지였다. 전 쇼군도 미요시 일당도 짓밟아버릴 정도로 큰 별인 그가 쿠츠키 하나도 움직이지 못하고 이런 데서 노부나가의 손에 죽어서야 어디 될 말인가.

그러나저러나 노부나가는 무서웠다. 조직적인 이지理知를 동원하는 것이 아니라 번개처럼 번뜩이는 직감으로 언제나 진상을 꿰뚫어보았다. 빈틈이 보이거든 쿠츠키와 손잡고 자기 목을 베러 오라고 하다니 이 얼마나 무서운 말인가.

'두고 보라. 노부나가에게는 없는 이 히사히데만의 힘을 확실히 보여줄 것이다.'

히사히데가 말발굽소리도 요란하게 쿠츠키의 저택 문 앞으로 다가 갔을 때였다.

"누구냐!"

무장한 무사가 두 간짜리 창을 코앞에 들이댔다.

히사히데는 눈을 가늘게 뜨고 그를 바라보았다.

"수고가 많군."

문 앞에 서 있는 큰 느티나무를 올려다보았다.

"허어, 상당히 오래 된 나무로군. 육, 칠백 년은 되었을 것 같아."

창을 들이댄 무사는 어리둥절하며 물었다.

"어디서 오셨습니까?"

"아, 나 말인가? 쿠츠키 모토츠나 님에게 견고한 방비를 고맙게 생각 한다는 말을 드리러 오다의 진중에서 마츠나가 단죠 히사히데가 찾아 왔다고 전해주게."

"예?"

상대는 히사히데의 태연한 표정에 기가 질려 고개를 갸웃거리며 안으로 들어갔다.

그동안 히사히데는 말을 탄 채 의연히 주위 경치를 둘러보고 있었다. 문 안에는 사방에 모닥불과 횃불이 밝혀져 있었다. 역시 노부나가에게 야습을 감행할 생각인 것 같았다.

광대뼈가 툭 튀어나온 얼굴에 수염을 잔뜩 기른 쿠츠키 모토츠나가 서둘러 문 쪽으로 달려왔다.

"쿠츠키 모토츠나 님이십니까?"

"그렇소. 마츠나가 단죠 님이라고 들었습니다마는."

"오늘은 수고가 많았소. 노부나가 님에게도 아사이 나가마사 님에게 도 귀하의 호의를 잘 말씀 드리겠소. 노부나가 님이 이 근처에까지 오 셨으니 아드님이라도 보내 마중하는 것이 좋을 것 같군요."

"아니, 지금 뭐라고 하셨습니까?"

아니나다를까 쿠츠키 모토츠나는 눈이 휘둥그레졌다. 노부나가와 아사이 나가마사가 손을 끊었다는 말을 듣고, 나가마사 쪽에 가담하여 잘 하면 노부나가의 목을 벨 수 있을 것이라 생각하고 있었는데, 마츠나가 히사히데의 말은 너무나 뜻밖이었다.

아사이 나가마사에게도 노부나가에게도 호의를 전하겠다니 대관절 어떻게 된 일일까.

"쿠츠키 님."

히사히데는 능청스런 표정으로 시종의 도움을 받으며 천천히 말에서 내렸다.

17

"노부나가 님을 굳이 마중할 필요는 없다는 말씀이오?"

말에서 내린 히사히데는 갑옷에 묻은 검불을 털고 싱글벙글 웃으며 모토츠나 앞으로 걸어갔다.

"귀하의 생각이 부족하오. 귀하는 원래 오미 겐지의 사사키 일족, 아사이 나가마사와 노부나가 님의 합의 아래 이루어진 이번의 쿠츠키 통과에 모처럼 무장을 갖추고 도중의 경비까지 담당할 생각이라면 가능한 한 두 마음을 갖지 않았다는 것을 나타내는 게 분별 있는 처사라고 생각하오."

"뭐라구요? 이번의 쿠츠키 통과가 오다와 아사이 양가의 합의 아래 이루어진 것이란 말이오?"

"쉿, 이것은 비밀…… 입밖에 내어 말하면 안 됩니다. 쿄토에 있는 쇼군의 행동이 수상하다, 한시라도 빨리……라는 밀사가 아사이 쪽에서 와 있소……"

쿠츠키 모토츠나의 표정이 복잡하게 움직였다. 그가 들은 정보와는 정반대였다. 그보다도 잘 하면 목을 벨 수 있다고 생각한 노부나가로부터 도중의 경비를 담당해주어 고맙다는 칭찬을 들은 의외성이 완전히 그를 당황하게 만들었다.

히사히데는 껄껄 웃었다.

"늙은이는 괜히 주책없는 소리를 하게 마련이오. 노부나가 님은 단지 이 히사히데에게 수고가 많았다, 폐를 끼쳐서 미안하게 됐다는 말만 전하고 오라는 말씀만 하셨을 뿐인데…… 마중할 것인지 아닌지는 귀하의 생각대로 해도 좋을 것이오."

모토츠나는 초조하게 주위를 둘러보며 당황한 어조로 말했다.

"우선 들어오시지요. 게 누구 없느냐, 걸상을 가져오너라."

"고맙지만 이미 늦었으니 그만 돌아가겠소."

"아니, 잠깐만."

"그럼, 이 늙은이의 말에 따라 자제분이나 아니면 누구를 마중하러 보낼 생각이오? 이것은 노파심에서 하는 말인데, 모처럼 숙소를 빌리면서 이것이 사사키의 일족이었던가…… 하는 생각을 갖게 한다면 섭섭하게 여길 것 같아서 하는 말이오."

과연 너구리는 능란했다. 우선 기선을 제압하여 상대를 혼란에 빠뜨리고, 다음에는 꼼짝 못하게 쐐기를 박아나갔다.

이때 가신이 걸상을 가지고 왔다.

"모닥불을 피워라."

모토츠나가 말했다.

"노부나가 님이 곧 이리로 오실 테니, 서둘러 언덕길을 밝혀놓도록 하라……"

이렇게 말하고 고개를 갸웃하다가 말했다.

"당연히 마중을 나가야 하겠지요. 잠시 기다리시오."

"고마운 말씀이오. 하하하…… 인질을 보내시겠다면 이 노인도 안심하고 기다리고 있겠소. 아드님을 보내시렵니까?"

"예. 맏아들과 둘째아들을 함께."

"잘 생각하셨습니다. 누가 뭐라 해도 앞으로 천하는 노부나가 님의 것이오. 미리 깨달아 아는 것보다 더 좋은 일은 없습니다. 술이나 목욕은 필요없겠으나 더운물 정도는 준비할 수 있겠지요?"

"아니, 술도 목욕도 준비……시키겠습니다."

"빈틈없으신 배려, 이 히사히데가 새삼스럽게 감사 드립니다. 이제 내일이면 쿄토에 들어갈 수 있게 되었군요. 쿄토에서는 벌써 두견새가 울고 있을 것입니다."

"그럴 테지요……"

모토츠나는 이마의 땀을 씻고 마중할 준비를 시키려고 달려갔다.

히사히데는 미소도 띠지 않고 가만히 턱을 쓰다듬고 있었다.

한낮의 부엉이

1

　기후 성의 위용은 이나바야마 기슭에 있는 센죠다이千疊臺의 저택에
서부터 시작되었다. 큰 돌로 쌓은 튼튼한 돌담과 그것을 에워싼 파란
잎이 겹겹이 둘러쳐진 곳에 봄의 햇빛이 내리쬐고 있었다.
　기후 성은 이 성을 처음 방문한 포르투갈 선교사 플로가, 같은 선
교사로서 분고豊後에 와 있는 피겔렌드에게 다음과 같은 편지를 써보
내 소개한 적도 있었다.
　'돌의 크기가 엄청나고 또 이것들을 결합시키는 데 석회를 전혀 사
용하지 않았다.'
　플로에는 당시 포르투갈의 인도 총독 관저인 고어 궁보다 훨씬 더 크
다고도 썼다.
　그 센죠다이의 저택 정원에는 지금 배꽃이 만발해 있었다.
　쿄토에서 돌아온 노히메는 이 튼튼한 돌담의 문으로 들어왔을 때도,
정면의 현관에서 저택을 지나 배꽃이 바라다보이는 한 단 위인 내전으
로 들어갈 때에도 계속 입을 열지 않고 있었다. 이런 일은 평소 노히메

로서는 좀처럼 보이지 않는 태도였다. 내전 밖으로 황급히 마중 나온 소실들에게도 흘끗 일별을 던졌을 뿐 말없이 그대로 자기 거실로 들어갔다.

거실로 들어간 노히메는 곧 시녀 타마오玉緖를 불러 나직한 목소리로 물었다.

"오늘 바깥 대기실의 당직이 누구냐?"

"저어…… 어느 분인지 확실히는……"

"모른다는 말이냐? 그렇다면 주의가 부족하구나. 아마도 오늘은 후쿠토미 헤이자에몬福富平左衛門 님이 나오셨을 것이다. 계시거든 이리 들도록 일러라."

"예."

타마오가 당황하며 나가고, 뒤를 이어 나기사渚가 찻잔을 가지고 들어와 노히메 앞에 놓았다.

노히메는 차를 들고서야 비로소 배꽃이 만발한 정원으로 눈길을 보냈다.

아직 남편인 노부나가가 카네가사키에서 철수하기 전의 일이었다.

"아무래도 마음에 걸려……"

노히메는 중얼거렸다. 아버지가 쌓은 이 성은 그녀가 보는 앞에서 네 번이나 주인이 바뀌었다. 아버지 도산 뉴도道山入道로부터 아버지를 죽인 요시타츠義龍로 바뀌고, 다시 그 아들 타츠오키龍興를 거쳐 현재는 남편 노부나가의 손에 들어왔다.

그 노부나가가 에치젠에 군사를 출동시킨다는 말을 들었을 때는 노히메도 아무 걱정을 하지 않았다…… 부부의 애정으로서가 아니라 한 인간으로서, 노히메는 남편의 능력을 충분히 인정하고 있었다.

적으로 돌릴 경우에는 그보다 더 무서운 적은 없었다. 하지만 남편은 자신의 풍부한 재능을 알고 가까이 오는 자에게는 넘치는 정으로 대해주었다. 따라서 노히메는 자기가 느끼고 있는 판단에 따라 오이치의 남편 아사이 나가마사도, 노부나가의 도움으로 쇼군이 된 아시카가 요시아키도 노부나가를 인정하는 줄 믿고 있었다. 그러나 그것은 착각이었던 듯.

노부나가가 사카모토를 떠난 날 노히메가 숙소로 쓰고 있던 나카라이로안半井驢庵에 쇼군 요시아키로부터 차茶 모임에 참석하라는 초청이 왔다. 노히메는 아사야마 니치죠朝山日乘를 데리고 기꺼이 차 모임에 참석했다.

쇼군이 있는 니죠의 새 저택은 남편 노부나가가 민심을 안정시키기 위해 거액을 들여 지은 뒤 고스란히 헌납했다. 낙성식 때 쇼군 자신이 노부나가에게 직접 술을 따라주었다는 말도 들어 알고 있었다. 그런 만큼 조금도 주저하지 않고 응했다. 그러나 막상 도착해 보니 그 싸늘한 분위기가 예사롭지 않았다. 아무래도 상대는 노히메를 그대로 인질로 잡아두려는 속셈인 듯했다……

2

노히메도 이제는 그런 분위기에 당황하지 않을 정도로 충분히 단련되어 있었다. 노부나가를 '기후 왕'이라 일컫는 선교사 플로에 등에게 '왕비——'라고 불리게 된 노히메, 그래서 왕비라 불려도 손색없는 위엄과 아름다움을 갖추려고 노력하는 노히메였다. 그 점에서는 자식을 낳고서도 아직 방황하는 오카자키岡崎의 츠키야마築山와는 비교도 안 될 만큼 강한 면이 있었다.

전국에서 수집한 명석名石 주위에 마련된 니죠 저택의 다실茶室에는 주인인 쇼군 요시아키 외에 히노 다이나곤日野大納言과 타카쿠라高倉

재상이 초대되고 호소카와 후지타카(유사이) 및 미부치 야마토노카미 三淵大和守가 동석해 있었다.

그런 가운데서도 노히메는 전혀 주눅이 들지 않았으며 끝까지 침착했다.

'과연 도산 뉴도가 자랑하던 딸답다.'

호소카와 후지타카가 감탄했을 정도였다.

차를 마신 후 간단한 음식을 대접받고 나서 돌아오려 할 때 노히메는 심상치 않은 분위기를 느꼈다. 데려왔던 아사야마 니치죠가 급한 볼일로 궁전 공사장에 갔으니 잠시 기다려달라고 하면서 승려가 안내한 곳은 쇼군의 거처에서 멀리 떨어져 있는, 다다미 6장 크기의 좁은 탈의실이었다.

'아무래도 이상하다……'

노히메는 얼른 그 방에서 나와 정원으로 통하는 문을 확인했다. 그리고 댓돌 위에 있는 신발을 신고 태연한 표정으로 정원에 내려섰다.

보통여자 같았으면 아마도 이상한 분위기에 겁을 먹고 움츠러들었을 것이다. 그러나 노히메는 그 반대였다.

'적어도 노부나가의 아내인 내가……'

그녀는 유유히 정원의 배치에 눈길을 보내면서 쇼군의 거실 뒤쪽으로 나왔다.

"아름다운 정원에 넋을 잃고."

누가 물으면 이렇게 대답할 작정으로 쇼군의 거실 창 곁에 서 있는 오래 된 매화나무에 이르렀을 때 뜻밖에도 쇼군 요시아키와 호소카와 후지타카의 다투는 소리가 들려왔다.

호소카와 후지타카는 요시아키에게 신하의 예를 지키고 있었다. 그러나 실제로 그는 요시아키뿐만 아니라 이전의 쇼군 요시테루의 배다른 형이었다.

"쇼군은 과오를 범하고 있습니다. 이미 이 새로운 저택에서 아시카가 가문의 부흥을 이룩하였으니, 조용히 노부나가 님과 함께 천하를 도모하심이 첫째라고 생각합니다."

"후지타카, 그대는 노부나가를 모르고 있소. 나를 내세웠다가 기회를 보아 죽이고 스스로 쇼군이 되려는 것이 분명해요. 그래서 내가 간곡히 권했는데도 벼슬을 받지 않으려 한 거요."

"쇼군답지 않으신 말씀이군요. 보시다시피 지금은 난세, 쇼군께서 친히 무력으로 토벌하지 못하실 형편입니다. 대신하여 몸을 아끼지 않은 노부나가 님, 그 넓은 도량을 인정하지 않으면 안 됩니다."

"후후후후."

요시아키는 웃었다.

"이미 늦었소. 늦었단 말이오, 후지타카."

"이미…… 늦었다니요?"

"아마도 지금쯤은 아사쿠라를 공격하러 나선 노부나가의 배후를 아사이 부자가 공격하고 있을 거요. 나도 노부나가는 싫소. 나뿐만 아니라 히에이잔에서도 혼간 사에서도 아주 싫어하오. 그리고 말이오, 후지타카. 나는 이미 카이의 타케다에게도 밀서를 보냈소. 급히 상경하여 노부나가의 영지를 접수하라고."

노히메는 잔뜩 얼굴을 긴장시킨 채 부들부들 떨고 있었다.

3

노히메에게 이보다 더 놀라운 일이 없었다.

한낱 피신자에 지나지 않았던 요시아키.

"요시아키 님은 에치젠이 믿을 만한 곳이 못 되므로 오다 쪽에 의지하려고 합니다."

외사촌인 아케치 쥬베에明智十兵衛를 통해 영락한 몸을 노부나가에게 의탁해왔던 요시아키. 그러던 그가 지금은 세이이타이쇼군征夷大將軍°이 되어 아이들도 눈이 휘둥그레질 이 훌륭한 니죠 저택의 주인이 되어 있었다. 그것도 젓가락에서부터 신발에 이르기까지 노부나가의 숨결이 닿지 않은 데는 하나도 없었다. 그런 만큼 요시아키는 진정으로 노부나가를 고맙게 여길 것이라 믿고 있었다.

그런 쇼군이 아사이 나가마사에게 남편의 배후를 찌르게 하고, 카이의 타케다를 부추겨 남편 노부나가를 제거하려는 음모를 꾸미고 있을 줄이야……

이미 타케다 쪽에 밀서를 보냈다는 말에 호소카와 후지타카도 깜짝 놀란 모양이었다.

"아니, 어찌 그럴 수가 있습니까! 쇼군은 타케다가 그런 밀령을 받고 곧 상경할 거라고 생각하십니까?"

"하하하, 그대는 잊어버리고 있는 모양이군."

요시아키는 다시 웃었다.

"에치젠의 아사쿠라에게는 기후의 옛 성주 사이토 타츠오키가 몸을 의탁하고 있소. 사이토, 아사쿠라, 아사이 등 여러 장수는 히에이잔과 혼간 사의 후원을 받고 있소. 그러니 현재 무략武略에서는 첫 손가락에 꼽는 타케다 신겐이 상경을 주저할 리가 없지 않겠소?"

"천부당만부당합니다!"

후지타카가 그의 말을 가로막았다.

"타케다에게는 눈의 가시와도 같은 에치고越後의 우에스기 켄신上杉謙信이 있습니다. 사가미相模의 호죠北條, 미카와 토토우미의 도쿠가와도 있습니다. 가령 그들을 무찌른다 해도 킨키近畿에 있는 오다의 영지를 통과할 수 없습니다."

"아니, 그대의 계산이 잘못되었소. 그때는 이미 노부나가가 아사쿠라와 아사이의 협공을 받아 이 세상에 없을지도 몰라요. 만일 살아남았을 경우 인질로 삼기 위해 오늘 그의 아내를 내가 초대한 거요."

"그래서는 절대로 안 됩니다."

후지타카의 목소리에 장지문이 흔들렸다.

"이 후지타카의 눈에 흙이 들어가기 전에는 그녀를 인질로 잡지 못합니다."

"그럼, 무슨 일이 있어도 그대로 돌려보내겠다는 말이오?"

"말할 나위도 없습니다. 그런 고식적인 처사는 후세에까지 두고두고 웃음거리가 됩니다."

이때 노히메는 살그머니 창가를 떠났다.

이미 분노는 사라지고, 틈만 나면 음모를 꾸미려는 소인배들의 가련함이 가슴을 찔렀다.

노히메는 다시 아까 그 방으로 돌아와 손뼉을 쳐서 니죠 저택의 하인을 불렀다. 그리고는 곧 돌아가겠다는 뜻을 전하도록 했다.

잠시 후 호소카와 후지타카와 미부치 야마토노카미가 아무 일도 없었다는 표정으로 나타났다.

노히메는 그들을 향해 가볍게 절하고 숙소로 돌아왔고, 반 각(1시간)도 되지 않아 남자용 가마를 타고 숙소를 떠나 도중에 사카모토에서 일박한 후 이곳까지 왔다. 남편의 안부를 걱정하기보다도, 남편이 없는 동안에 처신하는 부드러우면서도 강한 여자의 의지였다고 할 수 있다.

그 노히메가 무사히 기후에 도착하여 차를 한 잔 마시고 났을 때 후쿠토미 헤이자에몬이 왔다.

"갑작스런 귀환이시라 마중도 나가지 못하여……"

이렇게 말하는 헤이자에몬을 바라보며 노히메는 조용히 찻잔을 소반에 내려놓았다.

4

노히메는 잠시 헤이자에몬과 정원의 배꽃을 번갈아 바라보다가 조용히 물었다.

"성주님으로부터의 연락은?"

헤이자에몬은 아직 아사이 쪽이 배반한 사실은 모르고 있는 듯했다.

"예, 에치젠으로 출전하신 후 지금까지 소식이 없습니다마는, 이미 이치죠가다니에 진입하셨을 것이라 생각합니다."

노히메는 그 말에 대해서는 아무 말도 하지 않고, 나이와 더불어 풍만해지는 턱을 옆으로 비스듬히 돌리며 한숨을 쉬었다. 기후에 아무 연락도 하지 않는다는 것은, 아사이 군에 의해 통로가 차단되어 연락할수 없는 상태를 뜻한다.

"헤이자에몬 님."

"예."

"오늘은 내가 좀 입을 열어야겠어요."

"예……?"

"바깥일에 대해서는 입을 다물라고 성주님이 말씀하셨지만 오늘은 분부를 어기겠어요."

헤이자에몬은 깜짝 놀라 노히메를 쳐다보다 말고 눈을 끔뻑거렸다. 부드러운 가운데서도 노부나가조차 두려워하는 강한 면을 지닌 마님. 그 마님이 노부나가의 부재중에 하는 말인 만큼 가슴을 찌르는 데가 있었다.

"헤이자에몬 님, 아사이 부자는 아사쿠라 쪽으로 돌아섰어요. 이에 대비한 준비를 설마 게을리 하고 있지는 않겠지요?"

"예? 아사이 부자가……"

헤이자에몬은 옷자락을 움켜쥐었다.

"그것이 사실입니까?"

"헤이자에몬 님, 나는 준비가 되어 있느냐고 물었어요. 질문에나 대답해주세요."

"예. 성주님께서 출전중이시니 분부가 내리면 언제든지 원군을 출동시킬 수 있도록 조치를 취해놓았습니다."

"원군을 말하는 게 아니에요."

노히메는 꾸짖는 어조로 말했다.

"즉시 성의 경계를 강화하고 우리가 먼저 아사이 부자의 오다니 성을 공격해야 합니다. 당장 그 준비를 서두르세요."

"예."

"아, 잠깐."

노히메는 일어서려는 헤이자에몬을 불러 세웠다. 별처럼 맑은 그 눈에는 빛이 감돌았다. 풍요로운 얼굴에 희미한 미소가 떠올랐다.

"이번 아사쿠라 공격에, 믿을 만한 하타모토旗本°들은 모두 성주님 곁에 있어요. 곧 오다니 성을 공격하라고 한 것은 표면상의 일…… 알고 계시겠지요?"

헤이자에몬은 꿀꺽 마른침을 삼키고 크게 고개를 끄덕였다.

"사실은 아사이 부자의 습격에 대비하여 농성할 준비를 하라는 말씀으로 받아들이라는 분부시군요."

"그래요. 단순히 농성만 하는 것으로 보이면 성주님의 힘이 되지 못해요. 에치젠으로 향하는 아사이의 배후를 당장 찌르려는 것처럼 보이지 않으면……"

헤이자에몬은 비로소 노히메가 한 말의 뜻을 분명하게 파악한 듯 가슴을 두드렸다.

"잘 알겠습니다."

"서두르세요. 촌각을 다투는 일입니다."

"예."

헤이자에몬이 사라진 뒤 얼마 안 되어 성 안팎에서 인마人馬의 발소리가 요란하게 들렸다. 노히메는 그 소리에 가만히 귀를 기울이며 소상塑像처럼 움직이지 않았다.

쇼군 요시아키의 불신과 아사이 부자, 이와 연결되는 오이치와 그 아이들, 인생이란 실의 복잡한 뒤엉킴이 답답하게 노히메의 가슴을 압박해왔다.

"성주님!"

노히메는 무한한 감개를 안고 남편의 환상을 향해 불렀다.

5

생각할 나위도 없이 아내로서의 노히메의 생활은 험한 가시밭길 그 자체였다.

틈이 나면 노부나가를 제거할 수단이 되기 위해 나고야 성那古野城으로 시집와서, 사랑하지 않으려고 마음속으로 경계하면서도 어느새 노부나가를 사랑하게 되었다. 인위人爲와 자연, 자연과 인위의 소용돌이 속에서도 여자의 행복은 남편을 사랑하는 데에 있다…… 이렇게 생각한 것은, 노부나가가 또한 자기와 같은 경로를 거쳐 자신을 사랑하게 되었기 때문이다.

신은 노히메에게 사랑하는 사람의 자식을 낳는 은혜를 베풀지 않았다. 그리고 자기와 사랑을 다투는 자리에 오루이ぉ類, 나나奈奈, 미유키深雪 세 여자가 나타났다.

이러한 경우 여자의 마음은 얼마나 슬프게 흔들리는 것일까…… 더구나 신은 그녀가 낳지 못한 노부나가의 자식을 세 소실에게는 잇따라

낳게 해주었다.

노히메의 격렬한 자신과의 투쟁은 이때가 절정이었다. 갓 태어난 토쿠히메를 처음 바라보았을 때의 그 말할 수 없는 감회. 이어서 키묘마루奇妙丸(노부타다信忠), 챠센마루茶筅丸(노부오信雄), 산시치마루三七丸(노부타카信孝). 계속해서 태어나는 아이들을 보고 있으면 소실의 위치는 움직일 수 없는 무게가 더해지고, 이와 반대로 아기를 낳지 못하는 자기는 불이 꺼진 촛불처럼 희미해지는 것 같았다.

그때 노히메가 조금이라도 동요했더라면 그녀의 그림자는 완전히 사라져버렸을 터. 그녀는 꿈틀거리는 질투를 애써 참았다. 소실과 총애를 다투는 대신 그녀들 위에 군림하여 부드럽게 다루어나갔다.

'이 여자들과 같은 수준으로 나를 끌어내리다니, 그건 있을 수 없는 일이다.'

이 불꽃 같은 투지는 마침내 노히메를 남편 노부나가와 함께 무럭무럭 뻗어나는 큰 나무로 성장시켰다.

지금 토쿠히메는 도쿠가와 가문에, 노부오는 키타바타케 가문에, 노부타카는 칸베神戸 가문에 각각 시집 또는 장가를 가서 부모 곁을 떠나 있었다. 그러므로 이 성에 있는 것은 장남인 노부타다뿐이었는데, 어느 자식도 모두 정실인 노히메를 진심으로 따랐다.

'나는 지지 않았다.'

노히메는 이렇게 생각하고 있었다. 아내로서도 여자로서도, 또 인간으로서도.

노히메는 잠시 배꽃을 바라보며 자신의 과거를 회상하고 있었으나, 이윽고 자세를 바로 하고 일어나 그대로 본성을 향해 내려갔다.

오다니 성을 공격하는 것처럼 보이게 하고 실제로는 농성. 이러한 계획을 세울 수밖에 없는 것은 믿을 수 없는 쇼군 요시아키와 아사이 부자의 거취에 자극받은 탓이었다. 이런 전시에 적자 노부타다를 섣불리

성밖에 나가게 할 수는 없었다. 예전의 키묘마루, 곧 노부타다는 이미 관례도 올리고 열네 살이 되어 있었다.

노히메는 센죠다이로 건너와 곧바로 큰 방으로 갔다.

이미 정면에는 노부타다가 갑옷을 입고 앉아 엄숙하게 주위를 둘러보고 있었다. 노히메가 나타나자 천진난만한 표정으로 돌아와 꾸벅 절을 했다.

"도령, 참으로 씩씩합니다!"

노히메는 위엄있게 걸상 옆으로 가서 앉았다.

"비록 아버님 신상에 어떤 일이 생기건 당황해서는 안 됩니다. 승패는 병가兵家의 상사常事입니다."

"예!"

노부타다는 굳어진 표정으로 고개를 끄덕였다.

6

노부타다 곁으로 성에 남아 있던 중신들이 속속 모여들었다. 오다 노부카네織田信包의 지시로 타키가와 카즈마스瀧川一益와 카와지리 히젠노카미川尻肥前守에게 사자가 달려갔다.

"오다니 성을 향해 기후의 군사가 출전!"

이러한 소문을 퍼뜨리기 위해 이코마 하치에몬生駒八右衛門, 후쿠토미 헤이자에몬 등의 지시로 첩자가 사방으로 흩어져갔다. 첩자가 퍼뜨리는 소문으로 아사이 군이 둘로 나누어지면 노부나가의 배후를 습격하는 군사는 반으로 줄어든다.

사방에서 소라고둥이 울려퍼졌다.

노히메는 그 소리에 귀를 기울이면서 조용히 얼굴에 미소를 새겼다.

너무도 격심한 인생의 변전變轉을 보아왔기 때문에 노부나가의 무사를 기원하기보다도 비웃음을 사지 않고 그 생애를 마감할 수 있게 되기를 비는 소원 쪽이 더 강했다.

'죽이는 자는 죽임을 당한다……'

이것이 피할 수 없는 현실인 이상 죽는 것이 문제가 아니라, 어떤 마음으로 그 죽음을 대하느냐가 문제였다.

'과연 최선을 다했는가?'

노히메는 이미 자신과 노부나가 사이에서 아무런 대립도 느끼지 않았다. 노히메 자신은 노부나가의 일부이고, 노부나가는 노히메의 일부였다. 자식의 유무와는 관계없이 '노부나가 부부'라는 일체감을 의식하며 살고 있었다.

소라고둥소리가 울려퍼지자 예상했던 대로 내전이 술렁대기 시작했다. 그녀들은 모두 노부나가의 자식을 낳았음에도 노부나가와는 다른 세상에 살고 있었다. 노부나가의 뜻을 알지 못하고 행동도 오리무중이었다.

오루이가 맨 먼저 허둥지둥 달려나왔다.

"도련님."

자기 아들을 부르고 그 옆에 있는 한 단 밑에 무너지듯 주저앉으며, 노히메에게 물었다.

"전쟁이 일어났습니까?"

이어서 오나나가 손에 단검을 쥐고 나타났다.

"출전을 알리는 소라고둥소리를 들었는데요……?"

노히메는 엄한 표정으로 두 사람을 제지했다.

"노부타다 님이 계십니다. 소란을 피워서는 안 됩니다."

노부타다는 그 말에 힘을 얻은 듯 의젓하게 말했다.

"걱정하지 마세요. 적에 대한 대비예요."

"그래요. 만일의 경우에는 산 위의 성채로 철수할 수 있도록 돌아가거든 단단히 준비해두어요."

"예. 그런데 공격해오는 적은?"

"오다니 성의 아사이가 배신했어요."

"아니, 아사이 님이……"

오나나와 얼굴을 마주보고 놀라는 오루이를 보고 있으면서 노히메는 자신과 그녀들이 살아가는 방법의 차이가 크게 가슴에 와닿았다. 오루이도 오나나도 노히메보다는 훨씬 더 가련한 위치에 있었다. 그녀들은 노부나가의 아내가 아니라 사육되고 있는 여자이고 기생목寄生木이었다.

그때 푸드득 하는 소리가 났다. 소라고둥소리에 놀란 부엉이 한 마리가 창으로 날아들어왔다가 북쪽 중방中枋에 부딪쳐 바닥에 떨어졌다.

"앗, 부엉이다, 부엉이야."

순간 어린아이로 돌아온 노부타다가 걸상에서 일어났다.

오루이와 오나나가 갑자기 날아든 침입자를 보고 놀라는 모습이 이 소년의 흥미를 돋운 모양이었다.

부엉이가 다시 푸드득 날갯짓을 했다.

7

"노부타다 도령!"

노히메는 주의를 주었다. 주의를 받은 노부타다는 자신의 늠름한 옷차림을 깨달은 듯 겸연쩍어하며 걸상으로 돌아왔다.

"부엉이가 인마의 시끄러운 소리에 놀란 모양이야."

겁을 먹은 부엉이는 다다미 위에서 날개를 오므렸다. 둥근 눈이 무섭게 빛나 과연 맹금다운 모습이었다. 그러나 이 새는 눈이 한낮에는 보이지 않는다.

노히메는 부엉이의 침입에 놀라 몸을 뒤로 빼는 오루이와 오나나의 모습을 보면서, 그것과는 아무 관련도 없는데도 쇼군 요시아키의 얼굴을 떠올리고 있었다.

'부엉이…… 한낮의 부엉이라……'

노히메는 부엉이 신세가 아니어서 다행이라고 새삼스럽게 자신의 생활을 돌아보았다.

"걱정할 것 없어요. 만일의 경우가 생기면 노부타다 도령으로부터 다시 지시가 내릴 거예요. 두 사람은 그만 물러가세요."

"예. 그럼, 실례하겠어요."

"실례하겠습니다."

두 여자가 사라진 뒤에 노히메는 비로소 노부타다에게 웃는 낯을 보였다.

"노부타다 도령, 잘못 찾아들어온 한낮의 부엉이, 어떻게 처리할 생각인가요?"

노부나가라면 누가 말려도 쫓아가서 날개를 찢어놓았을지 모른다…… 이런 생각을 하면서 고개를 돌렸더니 노부타다는 맑은 눈으로 노히메를 바라보았다.

"가만히 잡아서 놓아주겠습니다."

"어째서……?"

"아버님이 출전중이시기 때문에."

"오오, 분별있는 생각이에요. 그 따뜻하고 훌륭한 마음가짐."

"하치에몬, 그 부엉이는 눈이 보이지 않아. 불쌍하니 놓아주세요."

"예, 알겠습니다."

이코마 하치에몬이 푸드덕거리는 부엉이를 마루 밖으로 놓아주었을 때였다.

"전령이 왔습니다!"

야베 젠시치로矢部善七郎의 안내를 받아 첫번째 전령 시모카타 헤이나이下方平內가 땀으로 흠뻑 젖은 머리띠를 두르고 나타났다.

"오오, 헤이나이. 가까이 오세요."

노부타다의 말에 그는 흐느적거리며 앞으로 나왔다. 오래 말을 달렸기 때문에 무릎 관절이 뜻대로 움직이지 않는 모양이었다.

"헤이나이, 어서 보고하여라."

노부타다가 재촉했다.

"예. 대장님이 츠루가에서 카네가사키, 테즈츠야마로 진격하시고 이치죠가다니를 공격하려 하셨을 때 아사이 나가마사가 동맹을 폐기하겠다는 통보를……"

"그것은 알고 있어요. 그 다음에 아버님은?"

"에치젠에서 즉시 철수하여 쿄토로 돌아가신다고 합니다. 그러나 전쟁이 어떻게 전개될지 모르니 이곳의 방비를 게을리 하지 말라는 분부이십니다."

그 말에 노부타다는 흘끗 노히메를 바라보고 자랑스럽게 웃었다.

"그 준비라면 이미 되어 있어. 걱정할 것 없어요."

"도중에 듣기로는 방비가 아니라 오다니 성을 공격하려고 한다는…… 그것은…… 그것은 다음에 올 전령을 기다리셨다가……"

"염려할 것 없소. 섣불리 성에서 나가거나 하지는 않을 테니. 좋아, 가서 쉬도록 해요."

이번에는 노히메가 미소지었다.

그녀는 이미 노부나가의 마음을 읽고 있었으며, 그의 생각과 전혀 어긋남이 없는 것 같았다.

'이것이 부부……'

8

첫번째 전령이 온 이튿날인 4월 30일, 두번째 전령이 사카모토 성坂本城에서 왔다.

노부나가 일행이 무사히 쿠츠키 골짜기를 통과하여 쿄토로 가고 있다고 했다. 도쿠가와 이에야스가 예견했듯이 아사이 부자는 노부나가가 그렇게 빨리 철수할 줄은 꿈에도 생각지 못했기 때문에 퇴로를 완전히 차단하지 못했다.

전령의 보고를 듣고야 비로소 노히메는 노부타다 곁을 떠나 내전으로 돌아갔다.

"아버님으로부터 다른 지시가 있을 때까지 방비를 풀지 말도록."

지금쯤은 그녀가 내보낸 첩자들이 노부나가를 놓친 아사이 군을 당황하게 만들고 있을 것이 분명했다. 이런 생각을 하자 웃음이 치밀어올랐다.

진격의 빠르기는 번갯불에 비유되었지만 철수하는 속도 역시 '아!' 하는 탄성을 지르게 했다. 아마 아사쿠라 군의 진격도 뜻대로 되지 않았을 것이다. 노부나가가 기후로 돌아오지 않고 쿄토로 갔다는 것은 그동안의 여유를 단적으로 말해주었다.

내전에 돌아온 노히메는 즉시 세 명의 소실을 자기 방으로 불렀다.

그날은 아침부터 안개 같은 비가 내려, 정원의 배꽃이 감미로운 향기와 함께 녹을 듯이 젖어 있었다.

"부르셨습니까?"

"부르심을 받고 왔습니다."

오루이를 선두로 하여 미유키, 오나나가 차례로 들어오는 모습을 보니 누구 한 사람도 미워할 수 없었다. 이전에 총애를 다투던 상대로 격정에 휩싸였던 일이 도리어 우습게만 여겨졌다.

"다 모였군요."

"예."

"먼저 성주님 소식부터 전하겠어요. 성주님은 무사히 에치젠에서 쿄토로 철수하셨어요. 모두 안심하세요."

"어머나, 무사하시다니!"

"역시 성주님께는 신의 도움이 계셨던 것 같아요."

전에 노히메의 시녀였던 미유키만은 잠자코 있었으나, 오루이와 오나나는 그 기쁨을 감추지 못했다. 그것이 노히메에게도 흐뭇하게 느껴졌다. 정실이라는 노히메의 입장을 요지부동인 것으로 인정하고 각각 자신의 운명에 대해 아무런 회의도 갖고 있지 않았다.

"성주님은 어째서 이 성으로 돌아오시지 않고 쿄토로 가셨을까요?"

오나나가 이렇게 말했다.

"글쎄……?"

오루이는 노히메의 얼굴을 쳐다보았다. 그런 설명까지 노히메로부터 듣고 싶어하는 여자들이었다.

"성주님은……"

노히메는 미소를 띠고 부드럽게 말하면서 문득 가슴이 뜨거워졌다.

"이제는 미노와 오와리尾張 두 곳만의 태수가 아니에요. 우선 천황께 문안을 드리고 나서 돌아오시겠지요."

이미 천하를 손에 넣은 사람, 자기는 그 아내.

'이 여자들은 한낮의 부엉이……'

노히메는 자신의 행복이 더욱 절실해졌다. 소실들은 노히메의 말에 이상할 정도로 진지한 표정이 되어 고개를 끄덕이고 있었다.

비에 젖은 새잎

1

오카자키에 있는 츠키야마 저택의 정원도 5월의 비에 촉촉하게 젖어, 나날이 짙어가는 푸른 나뭇잎이 답답할 정도로 추녀 끝에 드리워져 있었다. 세나瀨名는 추녀 끝에서 떨어지는 물방울 하나를 눈길로 쫓았다.

"그대만은 나의 이 분한 마음을 알고 있을 거예요."

그러면서 볼멘소리로 말했다.

"요즘 날씨처럼 내 눈물은 마를 사이가 없어요. 성주는……"

"예."

세나 앞에 얌전히 앉아 있는 것은 이번 봄부터 회계담당자로 기용된 오가 야시로大賀彌四郞였다.

야시로는 오카자키의 무인 중에서는 보기 드물게 뼈대가 가늘고 예능인 같은 부드러움을 가지고 있었다. 이러한 그가 아시가루에서 회계담당자로 승격한 것은 계산하는 능력과 이중적이지 않은 성실한 성격이 이에야스의 인정을 받았기 때문이다.

"나날이 쓰는 비용까지 그대의 손을 거쳐 받아야 하다니…… 아니,

이것은 부족하다고 해서 하는 말은 아니에요. 듣자 하니 하마마츠 성浜松城에서는 전에 내가 데리고 있던 오만ぉ万에게까지 보란 듯이 방을 주고 총애한다는 소문이 있는데……"

야시로는 창백한 얼굴에 당황하는 빛을 띠고 맞장구를 쳤다.

"저도 성주님의 처사가 지나치시다고 생각합니다."

"본성에서는 토쿠히메에게 무시당하고 가신들로부터는 이마가와의 핏줄이라 하여 경멸당하고 있어요. 작은 성주님만 없다면 벌써 자결했을 거예요."

기후의 노히메와는 극단적인 차이였다. 어느 틈에 이에야스를 함께 살아가야 할 남편으로서가 아니라 태어나면서부터의 원수처럼 생각하게 되었다. 더구나 이같은 세나의 넋두리를 얌전히 들어줄 사람은 그녀에게 돈을 전해주러 오는 야시로밖에 없었다.

"야시로."

"예."

"그대는 요즘의 성주님을 어떻게 생각하나요?"

"어떻게……라니요?"

"그러면서도 미카와와 토토우미의 태수라 할 수 있겠느냐 하는 말이에요. 오다 님의 가신이 아닌가 하는 생각이 들어요."

야시로는 고개를 숙인 채 대답하지 않았다.

"그렇지 않은가요? 봄에 상경하여 에치젠 공격에 동원되었다가 겨우 목숨만 건지고 쿄토로 철수했다는 말을 들었어요. 겨우 지난 십팔일에 하마마츠에 돌아왔는가 싶더니 또다시 출전준비라니……"

세나는 더 이상 참을 수 없다는 듯 마침내 흐느끼기 시작했다.

"오다 님의 명령 한 마디에 이 세나에 대한 비용마저 줄이고 미노와 토토우미에까지 군사를 출동시키다니…… 야시로, 나는 이제 비용삭감 따위는 딱 질색이에요."

"그렇기는 합니다마는……"

"생각해보세요. 오다 님은 나에게는 외숙부님의 원수예요. 그런 원수를 위해 나날의 비용까지…… 아아……"

감정이 격화되면 경련을 일으킨다는 말은 듣고 있었다. 그러나 세나가 갑자기 새우처럼 등을 구부리고 괴로워했기 때문에 야시로는 깜짝 놀라 그 등을 받쳐주었다.

"아…… 누구 없느냐! 마님이…… 마님이……"

허둥지둥 소리지르는 야시로의 손을 붙들고 세나는 이를 악물고 고개를 가로저었다.

"부르지 말아요…… 부르면 안 돼. 으으으……"

2

야시로는 당황했다. 고통 때문에 제정신을 잃고 있는 모양이었다. 세나의 손이 꼭 그의 팔을 붙들고 아픈 곳을 누르고 있었다.

"좀더 세게…… 좀더 힘껏."

"예…… 예. 이렇게 말입니까? 이렇게……"

"좀더 왼쪽. 아아, 눈이 보이지 않아. 숨이 끊어질 것 같아…… 야시로, 더 힘껏."

야시로는 난처했다. 힘을 주는 것도 문지르는 것도 마다할 수 없었다. 손에 와닿는 서른 살 여자의 풍만한 살집이 섬뜩하게 느껴졌다. 아니, 그것도 몸과 마음을 바쳐 모시고 있는 성주 이에야스의 부인만 아니라면 별로 놀랄 일이 아니었다. 그에게도 아내가 있었다. 세나와는 비교도 안 될 만큼 정숙한 조강지처였는데, 그 감촉은 이처럼 섬뜩하고 기분 나쁜 것은 아니었다.

'두려워하고 있기 때문이다……'

야시로는 생각했다.

아시가루의 아들로 태어나 이에야스가 사냥을 갈 때는 화살을 들고 다니거나 점심을 짊어지고 다니곤 했다. 그 충성스러움이 이에야스의 눈에 들어 얼마 후 주방으로 옮기게 되었고, 다시 공사장의 감독 밑에서 일하게 되었다. 지금은 그의 정확한 계산능력이 가신 중에서 으뜸이라 하여 회계담당자로 승격했다. 겨우 다섯 명의 부하를 거느렸던 자리에서 80석의 녹봉을 받는 위치로.

야시로에게 이에야스는 절대적인 주군이었다. 그 부인이라는 생각에 기가 눌렸다.

"야시로…… 왜 좀더 힘주어 누르지 않나요? 그대도 이 세나를 이마가와의 핏줄이라 하여 업신여기는 건가요……"

"아닙니다. 당치도 않은 말씀입니다. 이렇게 말입니까……"

"오오, 거기를 좀더 힘껏……"

세나는 이마에서 줄줄 땀을 흘리며 당장에라도 숨이 끊어질 듯이 괴로워했다. 그러면서도 야시로가 사람을 부르려 하자 필사적으로 제지했다.

"아아, 좀 편해졌어……"

길게 숨을 내쉬었으나 아직도 손은 놓지 않았다.

"야시로…… 나의 이 병도 모두 성주 때문이에요."

야시로는 무서웠다. 핏기 없는 얼굴에 추녀의 풀빛이 반사되어 살아 있는 사람의 피부 같지 않았다.

"오래지 않아 성주도 후회하게 될 거야……"

"……"

"생각해봐요. 이 나라에는 무장이 오다 님만 있는 것은 아니지 않아요? 오다와라의 호죠도 있고 카이의 타케다도 있는데…… 결국 그들

중의 어느 한 사람에게 성주도 멸망할 때가 오겠지. 그때 이 세나는 큰 소리로 비웃어주겠어요."

"마……마님."

"그대가 보아도 알 수 있을 거예요. 성주는 어떻게 하면 나를 괴롭힐까 그것만을 생각하고 있어요. 그렇지 않다면 어째서 오만 따위에게 방을 주겠어요? 그년은 말도 못할 매음부라서 내가 여기서 쫓아낸 건데."

야시로는 더 이상 참지 못하고 가만히 손을 놓으려고 했다. 신불神佛이나 다름없이 생각하는 주군 이에야스에게 마님이 그런 원한을 품고 있는 줄은 상상도 못한 일이어서 온몸에 소름이 끼쳤다.

3

야시로는 세나의 이 저주가 질투 때문이라고는 생각하지 않았다.

'우리 주군은 마님에게 그렇게까지 냉혹하신 분일까?'

아니, 그렇지 않다. 마님이 무언가 오해하고 있다. 그 오해를 어떻게 풀어주어야 할 것인가…… 그런 생각을 했을 때 이번에는 세나가 소리내어 울기 시작했다.

"야시로, 그대만은 나를 이대로 내버려두지 않을 줄 알았는데, 어째서 나를 피하려고만 하나요?"

"그렇지 않습니다…… 특별히 피하려고는……"

"아니, 피할 생각에서 손을 놓으려고 했어요. 가엾다고 생각되면 꼭 껴안아줘요. 성주에게도 가신들에게도 버림받은 이 세나를."

어린아이처럼 중얼거리고 검은 머리를 마구 흔들어댔다.

야시로도 덩달아 슬퍼졌다. 가난한 자기 아내에 비해 아무리 감사해도 모자랄 정도로 행복한 마님이라 생각했는데, 그런 사람에게도 역시 슬픔은 있었다.

그러나저러나 한번 잡았던 손을 세나가 한사코 놓아주려 하지 않아 여간 거북하지 않았다. 상대가 고통스러워하고 있을 때라면 몰라도 이미 고통은 가라앉은 것 같았다. 그런데도 자기 팔에 손을 끼고 전보다 더 강하게 눌러왔다. 누른다기보다도 매달린다고 할 정도, 그것은 가련한 자태였다.

"마님, 저는 이만 물러가지 않으면 오늘 일을 끝내지 못합니다. 누군가 다른 사람을 부르도록 하시지요."

"야시로!"

"예."

"부탁이에요, 이 세나를 죽여줘요."

야시로는 소스라치게 놀라 펄쩍 뒤로 넘어갈 뻔했다.

"그게 무슨 말씀입니까. 당치도 않습니다."

"나는 죽고 싶어요. 이렇게 살아서 희롱을 당하는 것보다는 차라리 죽는 편이 나아요."

세나는 이렇게 말하고 꼭 붙잡은 야시로의 팔에 얼굴을 묻고 울었다. 세나 자신으로서는 거짓말을 하는 것이 아니었다. 비용절감 이야기에서부터 이에야스의 방자한 행동에 생각이 미쳤을 때 이미 머리끝까지 피가 끓어올랐다.

그 가증스런 오만이란 계집과 이에야스가 잠자리에서 정을 통하는 광경이 온몸이 저리도록 눈에 선했다. 그 광경이 떠오를 때마다 숨이 끊어지는 것 같고 심한 경련이 일어났다. 30대 여자의 정욕에 질투의 불길이 가해지면 그것은 이미 상식으로는 판단할 수 없는 광란으로 변한다. 모든 동성은 저주스럽고 모든 이성은 그리워진다. 그럴 때 하필 자리에 있었던 것이 오가 야시로의 불운이었다.

"야시로, 나를 죽여줘요……"

세나는 상대의 감정이나 곤혹 같은 것은 생각지도 않았다. 매달린 사나이의 손에서 떨어지고 싶지 않은 본능만이 그녀의 이성理性 위에 있었다.

"자, 죽여줘요. 싫다고 하면 안 돼, 야시로……"

왼손을 야시로의 팔에 감은 채 오른손이 그의 어깨를 감았다.

야시로는 깜짝 놀라 고개를 돌렸다. 그렇게 하지 않으면 능욕을 당한다…… 이것이 야시로의 '남성'에 반사되어왔다……

4

인간의 내부에 깃든 수성獸性은 계류溪流에 떨어지는 물의 힘과 비슷했다. 가로막는 것이 있으면 있을수록 광란의 물보라를 일으키며 기세를 더했다.

그것은 세나의 죄도 아니고 오가 야시로의 죄도 아니었다. 더구나 이 비극의 책임을 현재 하마마츠 성에 있는 이에야스에게 돌리는 것은 너무 가혹한 일이다.

이에야스는 에치젠 공격의 고배를 적에게 되돌려주려는 노부나가와 함께, 아사쿠라와 아사이 연합군을 어떻게 하면 무찌를 수 있을지 심혈을 기울이고 있었다. 카네가사키에서 쿄토로 철수한 것은 5월 6일, 그리고 5월 18일에는 일단 하마마츠 성으로 돌아왔다.

그 이에야스가 세나를 찾아오지 않은 것이 병적인 세나의 질투를 광란으로까지 몰고 갔다. 그러나 하마마츠로 돌아온 이에야스는 다시 전열을 가다듬고 한 달 이내에 오미로 출전해야 하기 때문에 촌각을 아끼고 있었다.

야시로가 자기 목을 껴안은 세나의 손을 뿌리친 것이 미쳐 날뛰던 그녀를 대번에 본능의 귀신으로 만들어버렸다. 이미 그녀는 이에야스의 아내도 아니고 노부야스信康의 어머니도 아니었다. 야시로라는 사나이를 정복하지 않고는 견디지 못하는 여자의 욕망 그 자체였다. 만약 약간의 이성理性이 남아 있었다 해도 그것은 이 자리에 불길을 더하는 겉치레에 지나지 않았다.

"야시로…… 그대는 이 세나가 자결하기를 바라나요? 이렇게 흐트러진 모습을 보이고도 내가 그대로 살아갈 줄 아는 건가요……"

"마님! 용서해주십시오…… 용서를."

"안 돼. 어서 나를 죽여요! 죽여줘요……"

필사적으로 팔이 다시 야시로의 목에 얽혔다. 푸른 잎을 적시던 비가 대지에 떨어져 세나의 광태를 후텁지근하게 감싸고 있었다. 드디어 야시로는 비밀을 가짐으로써 비밀의 누설을 막으려 하는 여자의 욕망 앞에 꼼짝도 못하게 되고 말았다.

다시 말한다. 그것은 세나의 죄도 아니고 야시로의 죄도 아니다. 신은 인간에게 그와 같은 약점을 주어 이를 시험해보는 냉혹함을 지니고 있었다. 그리고 이 시험에 이긴 자와 패한 자의 미래를 엄격하게 구별했다.

얼마 동안 시간이 흘렀다. 세나는 깜짝 놀라 손을 놓았다. 폭풍우가 지난 뒤 제일 먼저 머리에 떠오르는 것은 '간통'이라고 자기 이마에 찍힐 저주스러운 낙인이었다.

세나는 살며시 야시로를 바라보았다. 야시로는 고개도 들지 못하고 그 자리에 엎드려 있었다.

체면, 수치, 공포, 절망. 그 사이를 뚫고 불순한 생명력의 자기 변호가 슬그머니 고개를 들었다.

"야시로……"

"……"

"용서해줘요. 하지만 이것은 그대가 나쁜 것도 내가 나쁜 것도 아니에요. 모두 성주가 나쁜 거예요. 성주는…… 성주는 이런 것을 언제나…… 자기만이……"

세나는 다시 야시로에게 다가가 가만히 그 어깨에 손을 얹었다.

5

야시로는 다다미에 엎드려 있었으나 우는 것은 아니었다. 그에게도 이 있을 수 없는 신의 시험이, 앞으로의 삶에 변화를 강요하고 있었다.

'어떤 얼굴로 마님을 대해야 할 것인가……'

그에게는 절대적이라 할 수 있는 주군 이에야스. 그 부인이 자기 아내와 똑같은 여자였다는 막연한 놀라움과 함께 약간의 정복욕이라는 만족감마저 느끼고 있었다. 지금까지 우러러보기조차 눈부셨던 이에야스에게, 세나의 육체를 통해 한 걸음 다가갔다는 기분이 들기도 하고, 이런 생각을 하는 것이 이미 용서받을 수 없는 불신인 것처럼 생각되기도 했다.

한없이 이에야스를 증오하는 세나와 한없이 이에야스에게 심복하고 있는 자기가 다 같이 '간통자'로 전락했다.

'아니, 전락한 것이 아니라 야시로라는 사나이가 이에야스와 똑같은 인간이었다는 것을 가르쳐주는 신의 암시가 아니었을까?'

"야시로, 왜 가만히 있나요? 그대도 이 세나가 그렇게까지 싫은가요?"

야시로는 세나의 음성이 완전히 달라졌다는 것을 깨달았다.

'어째서일까?'

이전의 세나는 이에야스 다음으로 자기를 누르는 위엄 비슷한 것을 지니고 있었다. 그런데 지금은 자기 아내와 같은 가련한 여자로 바뀌어 있었다……

야시로의 아내는 아시가루인 콘고 타자에몬金剛太左衛門의 딸이었다. 아시가루들로부터는 미인이라는 평을 듣고 있었다. 그들이 조그마한 아시가루의 공동주택에서 혼례를 올렸을 때 노인들은 인형처럼 예쁘다고 칭찬했다. 이름은 오마츠ぉ松라고 했다. 오마츠는 언제나 야시로에게 이렇게 말했다.

"당신은 틀림없이 출세할 사람이에요."

그리고 출세를 거듭할 때마다 충고를 잊지 않았다.

"동료들에게 질투를 사지 않게 하세요. 벼는 익을수록 고개 숙인다는 말을 잊지 마세요."

지금은 작은 집도 가지고 있으나 채소는 직접 가꾸고 있었다. 그런만큼 손도 피부도 세나의 부드러움과는 비교도 되지 않을 만큼 거칠었다. 그런데 지금 세나가 오마츠와 같은 목소리로…… 그런 생각을 하다가 야시로는 다시 흠칫했다.

'혹시 이 불륜관계가 이에야스에게 알려지면……?'

"야시로, 왜 계속 입을 다물고만 있나요?"

세나는 더욱 안타까이 목소리를 떨면서 가만히 야시로의 목덜미에 입술을 밀어붙여왔다. 지금까지 깨닫지 못했던 고급스러운 향주머니가 살짝 코를 스쳤다.

야시로는 점점 더 고개를 들 수 없었다. 고개를 드는 순간 야시로의 인생은 새로운 결단을 강요받게 된다. 주군을 배신한 불신의 부하로 겁에 떨면서 살아갈 것인가, 아니면 세나를 정복한 사나이로서 작은 불륜 따위는 개의치 않고 살아갈 것인가…… 야시로에게는 죽느냐 사느냐 하는 문제였다.

이윽고 ── 야시로는 얼굴에서 모든 표정을 지우고 조용히 일어나,

세나를 무시하고 옷매무새를 고치기 시작했다.

6

"야시로, 왜 그렇게 싸늘한 표정을 짓는 거예요?"

세나는 참지 못하겠다는 듯 말을 걸었다.

야시로는 대답 대신 정원의 비에 젖은 나뭇잎으로 눈길을 보내며 천천히 옷매무새를 고쳤다. 이미 그는 마음속으로 어떻게 살 것인가를 결정한 모양이었다. 말하자면 지금 옷매무새를 고치는 것은 새로운 인생을 출발하기 위한 단장이라 할 수 있었다.

"마님."

야시로는 자세를 바로 하여 세나를 똑바로 쳐다보고 앉았다.

"저를 앞으로 어떻게 하시겠습니까?"

"야시로, 그렇게 무서운 눈으로 노려보지 말아요. 모두 성주의 잘못이에요."

"잘잘못을 말하는 것이 아닙니다. 굳이 말한다면 마님은 가신과 불륜을 저지르신 분, 저는 주군의 내전을 어지럽힌 비인간입니다."

"야시로, 그런 말은 할 필요 없어요. 아무도 본 사람이 없지 않아요? 그대와 나의 가슴에 깊이 묻어두면 그만이에요."

"그것이 마님의 뜻이라고 받아들여도 되겠습니까?"

"달리 방법이 없잖아요."

"그러시면 잠시 정원을 빌려주십시오."

"이렇게 비가 내리는데…… 정원에서 무얼 하려고?"

"할복하겠습니다."

야시로는 자기도 깜짝 놀랄 만큼 싸늘한 목소리로 말했다.

"아무도 본 사람이 없다는 것은 당치도 않으신 말씀. 이 야시로의 양심은 불타는 수레를 타고 있습니다. 언젠가는 발각되어 처형당할 몸, 저는 스스로 목숨을 끊어 성주님께 사죄를 드리려고 합니다."

"야시로!"

"예."

"그대는 성주가 그렇게도 무섭나요?. 여기저기서 여자에게 손을 대고 멋대로 놀아나는 성주가."

"마님, 무섭다기보다도 마님의 말씀에 정이 떨어집니다."

"내 말에 정이 떨어지다니?"

"분명히 말씀 드리겠습니다. 먼저 유혹하신 것은 마님, 그러나 이 야시로는 마님을 원망하지 않습니다. 저에게 빈틈이 있었다…… 무사의 마음가짐에 잘못이 있었다 생각하고 깨끗하게 할복하겠습니다. 할복하려는 심정을 이해하지 못하시는 마님의 말씀을 원망하겠습니다. 제가 할복하면 세상에는 이 불륜을 아는 사람이 아무도 없습니다."

"그러면…… 나를 위해서 할복하겠다는 말인가요?"

"예. 할복할 수 있도록 허락해주십시오."

야시로는 이렇게 말하고 내심 깜짝 놀랐다.

여태까지는 생각하던 바를 반도 말하지 못하던 자기가 지금은 생각지도 못한 일까지 거침없이 내뱉고 있었다. 남자와 여자라는 대등한 맺어짐이 대번에 세나와 동등하게 자기를 끌어올린 것일까. 아니면 세나가 자기 수준까지 끌어내려진 것일까.

"야시로, 과분하게 생각해요."

세나는 마치 사람이 달라지기라도 한 듯 눈물을 머금었다.

"그대의 심성, 꿈에도 소홀하게는 생각하지 않아요. 그러나 할복은 허락할 수 없어요. 세나를 위해 죽겠다고 생각한 그대, 세나를 위해 살아주세요. 세나도 그대에게 모든 것을 걸고 살겠어요."

야시로는 이렇게 말하는 세나를 싸늘하게 바라보고 있었다.

7

비는 여전히 푸른 나뭇잎을 두드리고 있었다. 성안에서는 이렇다 할 소리도 들리지 않고, 비구름 위에서 움직이는 해의 위치만이 시각의 흐름을 느끼게 해줄 뿐이었다.

"마님, 지금 하신 그 말씀에 거짓은 없겠지요?"

"어찌 거짓이 있겠어요. 세나는 이미 그대에게 몸을 맡겼는데."

야시로는 입을 다물었다. 몸을 맡겼다는 여자가 그렇게 약해진다고는 생각되지 않았다. 몸을 맡겼다는 것은 주군 이에야스에게나 할 말이었다. 그런데 도리어 이에야스를 저주하면서 그 말단에 있는 가신 따위에게 엄청난 부정不貞을 요구하고 있었다. 약하기는커녕 주군인 이에야스조차 어떻게 할 수 없는 강함이라 할 수 있었다.

'이 여자가 약한 면을 보이는 원인은 무엇일까……'

야시로는 생각했다.

도덕에 대한 양심의 가책일까. 아니! 그런 면은 전혀 보이지 않았다. 알고 있는 것은 두 사람뿐이라고 한 대담한 말이 바로 그 증명이었다.

'그렇다. 두려워하는 것은 이에야스의 칼에 의한 제재…… 그 폭력, 무력에 대한 두려움뿐이다……'

야시로는 점점 더 냉정해졌다.

"말씀대로 할복은 단념하겠습니다."

"잘 생각했어요. 내가 거짓말을 할 리가 없지 않아요?"

"하지만……"

야시로는 목소리를 낮추어 말했다.

"마님, 만약에 변심하시면 이 야시로는 성주님께 분명히 제 죄를 고백하고 깨끗이 목숨을 끊겠습니다."

세나에게 마지막 쐐기를 박는 협박이었다. 세나는 이미 그 말은 듣고 있지 않았다. 모든 것이 이성異性에 굶주린 마성魔性 때문이었다.

"나를 변심할 여자로 보다니 그 무슨 섭섭한 말을……"

야시로가 할복을 포기해서 안도한 탓인지, 아니면 아직 내부에서 꿈틀거리는 욕망 때문인지 세나는 갑자기 야시로에게 다가앉았다.

"야시로……"

불처럼 뜨거운 말을 던지고 그대로 가슴에 안겨왔다. 아내가 그렇게 했던 그 어느 날의 경험보다도 야시로에게는 더 짙은 교태였다. 야시로는 문득 격렬한 분노를 느꼈다. 이 여자를 무릎 밑에 깔고 앉아 마음껏 꾸짖고 때려주고 싶은 충동에 사로잡혔다. 그 어딘가에서 자기 생애의 방향을 바꾸어놓은 보이지 않는 것에 대한 분노 때문인지도 몰랐다.

그는 이미 자기가 이에야스의 가신이고, 세나가 주군의 아내라는 사실을 망각하고 있었다. 오로지 한 마리의 거칠고 사나운 황소가 되어 세나에게 군림했다. 그 다음에 어떤 파멸이 다가올지 헤아리지 못하게 하는 것이, 이런 종류의 일에 대해 신이 행하는 수법.

야시로의 분노에 세나는 새끼고양이처럼 순순히 따랐다.

8

오가 야시로는 츠키야마의 방을 나온 자신의 감각이 들어올 때와는 전혀 달라진 것에 대해 고개를 갸웃했다.

지금까지 오카자키 성에서 가장 다루기 힘든 존재였던 츠키야마. 잠시 동안도 얼굴을 똑바로 쳐다볼 수 없었던 아름답고 요염한 여자. 그런데 이제는 자기 앞에 모든 것을 내던지고 단지 눈물을 떨구는 여자로 전락했다.

어제까지 야시로를 위압하며 명령을 내리던 사람.

"이렇게 하십시오."

내일부터는 야시로가 지시할 수 있게 될 것 같았다.

'묘한 일이야……'

야시로는 시녀의 배웅을 받으며 현관을 나오면서, 다른 때보다 훨씬 더 당당하게 가슴을 펴고 있는 자신을 깨달았다. 아니, 놀라움은 그것만이 아니었다. 이런저런 생각을 하며 빗속을 걸어 본성으로 돌아오는 도중, 주위의 것들이 완전히 달라져 보였다. 어마어마한 누각도, 하얀 망루도 모두 자기에게 허리를 굽힌 듯이 작게 보였다.

주군의 여자를 무릎 꿇게 했다는 것이 그의 성격까지도 완전히 바꾸어놓은 것일까?

본성에 돌아왔을 때 히사마츠 사도노카미久松佐渡守가 작은 성주님이 기다리고 있다고 전했다. 히사마츠 사도노카미에 대해서도 전과 같은 경외감이 일지 않았다.

"알았습니다."

대답하는 목소리도 당당했고, 전과 같이 소심하고 주저하는 기색이 없어진 것도 이상했다.

노부야스 앞에 나갔다.

나라奈良의 와카쿠사야마若草山를 크게 그려넣은 삼나무 문을 등지고 앉아 있는 소년 노부야스 앞에 머리를 조아리고 절을 했다.

"오가 야시로, 지금 돌아왔습니다. 마님으로부터 별고 없으신지 문안 드리라는 말씀이 계셨습니다."

고개를 들면서 웃음이 터져나오려는 것을 겨우 참았다. 왜 그랬는지 자신도 몰랐다. 아마도 지금 자기 앞에 엄숙하게 앉아 있는 것이 세나의 배에서 나온 인간이라는 생각 때문이었는지도 몰랐다.

"야시로."

"예."

"아버님의 명령을 전하겠소. 깊이 마음에 새기도록 하시오."

"예."

"이 달 이십팔 일까지 쌀 육백 섬, 말먹이 이백 가마를 준비하시오."

"잘 알겠습니다."

다시 오미로의 출병. 그 비밀을 제일 먼저 알 수 있는 위치에 있었다. 더구나…… 하고 생각하며 고개를 들자 또 웃음이 치솟으려 했다. 왠지 노부야스가 우습게 보였다. 아무것도 모르는 어린아이가 상좌에 앉아 사방침에 의젓하게 기대기도 하고 화려한 옷을 걸치고 위엄을 부리기도 하고…… 이 모든 것이 우스꽝스러운 짓으로 눈에 비쳤다.

이러한 느낌이 배신의 씨앗이 된다는 것을 야시로는 깨닫지 못했다. 그는 노부야스 앞에서 물러나와 고개를 갸웃거리고 히죽히죽 웃으면서 자기 집으로 돌아왔다.

비는 여전히 투둑투둑 푸른 잎사귀를 두드리고 있었다.

남자 대 남자

1

이에야스가 다시 하마마츠 성을 출발하여 오미로 향한 것은 한낮의 태양이 지글지글 대지를 불태우는 6월 22일이었다.

5월 18일, 일단 성으로 돌아온 후 약 한 달 만의 출전이었다. 도중에 오카자키 성에 들러 아들 노부야스와 만나고 24일 아침에 오카자키를 떠났다. 이번에도 노신들 중에는 노부나가를 위한 출병을 탐탁하게 여기지 않는 사람도 있었으나 이에야스는 그것에 신경쓰지 않았다.

오카자키 성을 지킬 총대장 노부야스는 열두 살. 물론 불안이 없는 것은 아니다. 그러나 스물아홉 살인 이에야스의 핏속에는 그냥 앉아서 노부나가의 아사이, 아사쿠라 공격을 방관하고만 있을 수 없는 것이 있었다.

지난 봄 처음으로 상경하여 노부나가의 실력을 보고 드디어 그 휘하에 들어갈 마음을 갖게 된 것이 아닐까…… 이렇게 생각하고 불만을 품은 사람도 없지 않았으나 이에야스의 생각은 그런 것과는 전혀 달랐다. 많은 위험과 희생을 무릅쓰고 일부러 에치젠까지 군사를 동원했으면서도 그는 자기 군사의 강인함을 노부나가에게 보여줄 기회가 없었다. 보기에 따라서는 훌륭하게 '의리'를 지켰다. 그러나 이에야스는 에치젠에서까지 의리를 지켜야 할 정도로 계산이 어두운 것은 아니었고, 노부나가를 두려워하고 있지도 않았다.

그의 출병에는 어디까지나 젊은 나이로 일어서는 자의 정열과 선견지명이 숨겨져 있었다.

노부나가가 그에게 과시한 힘, 그것은 이에야스에게 묵과할 수 없는 중대한 문제였다. 앞으로 그가 노부나가에게 무시당하지 않으려면 이에야스 역시 그의 실력을 확실하게 노부나가의 마음에 새겨넣을 필요가 있었다.

'과연 이에야스. 의리도 굳고 군사도 강하다.'

이런 생각을 심어주는 것만이 노부나가에게 무시당하지 않을 유일한 길이었다.

그런 의미에서 에치젠 출병은, 이를 통해 비로소 자기가 살 수 있는 길이 열리는 것, 망설인다면 이전의 출병은 약자가 강자의 강요로 마지못해 응했던 무의미한 것이 되어버리고 만다.

"나는 오다 님에게 내 힘을 분명히 보여줄 것이다. 너도 성을 지키는 동안 내 아들답다는 말을 들을 수 있게 가신들을 감동시키도록 하라."

노부야스에게 이렇게 말하고 오카자키 성을 나설 때 이에야스는 배웅하는 사람들 속에서 세나의 모습을 찾았다. 성의 정문 앞에는 어머니 오다이於大도 나와 있었고 카케이인花慶院의 모습도 보였다. 열두 살의 토쿠히메도 세 명의 시녀를 거느리고 몰라볼 정도로 어른이 되어 이에야스에게 목례를 보냈다. 그러나 당연히 나와 있어야 할 그의 아내는 어디서도 모습을 찾아볼 수 없었다.

이에야스는 말에 올라 가볍게 고개를 가로젓고는 다시 전쟁터로 나가는 엄숙한 자세로 돌아갔다.

이번에도 선두는 사카이 타다츠구酒井忠次와 이시카와 이에나리石川家成. 하타모토로는 스물세 살이 된 혼다 헤이하치로 타다카츠本多平八郎忠勝를 비롯하여 토리이 모토타다鳥居元忠, 사카키바라 코헤이타榊原小平太, 그리고 만치요万千代라고 불렸던 이이 나오마사井伊直政가 별처럼 눈을 빛내며 뒤따르고 있었다. 총병력은 엄격한 선발을 거친 정예부대 5,000.

성질이 급한 노부나가는 이미 오다니 성을 향해 기후를 출발했다. 그에 대한 통보는 이에야스가 야하기가와矢矧川를 건넌 지 얼마 안 되었을 때 받았다.

"모두 서둘러야 한다!"

전열은 미카와를 거쳐 오와리, 미노를 지나 투지를 불태우며 오미의 전쟁터에 도착했다. 그것이 6월 27일, 깃발도 땀에 젖는 무더운 한낮이었다.

2

도쿠가와 군이 오미에 도착했을 때는 이미 노부나가가 아사이 부자와 치열한 일전을 벌인 뒤였다. 적의 원군인 아사쿠라 부대가 에치젠 골짜기로 속속 병력을 보내왔다. 그 전에 선제공격을 가해 유리한 위치를 구축하려고 노부나가는 먼저 오다니 성을 공격했다. 그러나 아사이 군은 위협공격을 당하고 있는 동안에도 숨소리를 죽이고 성에서 나오지 않았다. 아사쿠라의 원군이 도착하기를 기다리고 있었다.

22일 노부나가는 일단 군사를 아네가와姉川 남쪽으로 철수시켰다. 아사쿠라 군에게 배후를 차단당하지 않으려는 대비책이었다. 그리고 아네가와 기슭에 있는 적의 전초기지 요코야마 성을 맹렬한 기세로 공격했다.

요코야마 성에서 계속 구원을 청해왔기 때문에 마침내 아사이도 오다니 성을 나와 노무라野村로 본진을 옮기기 시작했다. 이에 호응하여 아사쿠라 군도 노무라의 왼쪽 미타三田에 진을 쳤다.

드디어 아네가와를 사이에 두고 양군의 결전은 시시각각 다가오고 있었다.

27일 넉 점 반(오전 11시) 무렵이었다.

노부나가는 적의 요코야마 성에 솟아 있는 가류산臥龍山과 이어진 산줄기의 북쪽 끝 류가바나龍ヶ鼻에 진을 치고 있었다. 주위에 장막을 두르기는 했으나 노부나가의 막사에는 천장이 없었다. 6월 말의 폭양이 사정없이 내리쬐고 휘장마저 바람을 막는 차폐물로 바뀌었다. 격식을 무시하는 노부나가가 이 찜통 같은 더위 속에 갑옷을 입고 있을 리 없었다. 갑옷을 벗어버리고 하얀 홑옷 위에 은박으로 나비 문장紋章이 찍힌 진바오리陣羽織°를 걸치고 검은 삿갓을 쓴 모습으로 벼락 같은 소리를 지르고 있다가 마침내 그 진바오리까지 벗어던졌다.

"엄청나게 찌는군. 이래야만 해. 에치젠의 촌놈들, 갑옷 속에 땀띠가 돋고 무척 쇠약해져 있을 거야. 그래, 이것도 벗어야겠어."

마지막에는 속옷까지 벗어던졌다. 흰 살갗에 잘 단련된 근육을 그대로 드러낸 채 삿갓만을 쓰고 있었기 때문에 그 모습은 절로 웃음이 터져나올 정도로 익살스러웠다.

이때 무장을 한 니와 나가히데가 마치 물 속에서 나온 사람처럼 땀을 뻘뻘 흘리면서 달려왔다.

"미카와의 이에야스 님이 도착하십니다."

"뭐, 하마마츠의 사돈이 왔다구…… 정말 잘 됐어."

노부나가는 얼른 일어나 장막 밖으로 나갔다.

"여어."

언덕길을 올라오는 이에야스에게 손을 흔들었다.

"나가히데, 하마마츠의 사돈이 왔으니 곧 군사회의를 열어야겠어. 장수들을 이리 부르게."

손을 들어 지시했다.

"와하하하."

그리고는 큰 소리로 웃었다. 그 웃음소리가 이에야스를 맞이하는 환영의 말이었다.

"자, 들어와. 들어와서 땀부터 씻게. 굉장한 무더위야. 올해도 풍작이 틀림없군. 기분 좋은 전투가 될 것 같아. 하하하."

이에야스는 말에서 내려 정중하게 절했다.

"지금 도착했습니다."

3

이에야스가 막사 안으로 들어와 투구를 벗자, 노부나가의 지시로 병졸 두 명이 좌우에서 큰 부채로 바람을 보냈다.

"살이 더 쪘군. 나는 이렇게 말랐는데."

노부나가가 철썩 하고 아무것도 걸치지 않은 팔을 두드렸다.

"별로 좋은 것도 먹지 않았는데, 천성이 느긋하기 때문에 그런 것 같습니다."

"하하하, 천성이 느긋하다고? 카네가사키에서는 혼이 났었지. 그런데도 마르지 않았다니 그대의 배포도 여간이 아니야. 방심하면 안 되겠는걸."

말하다 말고 문득 자기가 벌거벗었다는 것을 깨달았다.

"너무 더워. 미안하네."

노부나가는 삿갓을 툭툭 쳤다. 이에야스는 녹아들 듯이 웃었다.

겉으로 보기에는 조금도 격의가 없는 형제 이상으로 친밀한 사이처럼 느껴졌다. 그러나 이런 가운데서도 전시를 살아가는 사나이와 사나이의 마음가짐에는 한치의 틈도 없었다.

"하마마츠 성주, 자네는 빈틈없는 사람이니 이곳에 오는 동안 적의 정세를 살피고 왔을 테지. 어디에 본진을 둘 생각인가?"

"적은 아네가와의 건너편, 노무라와 미타 두 곳에 포진한 것으로 압니다마는."

"과연 놀라워! 오른쪽이 아사이, 왼쪽이 아사쿠라일세."

"우리는 일부러 미카와에서 달려온 만큼, 서아게사카西上坂 부근에서 강을 끼고 아사쿠라의 본진과 대치하고 싶습니다."

노부나가의 눈이 번쩍 빛났다.

"그렇게 되면 자네가 불쌍해. 그것만은 사양했으면 좋겠어."

이에야스도 노부나가를 똑바로 바라보았다.

"사양하라니 뜻밖의 말씀을 하시는군요."

"아니, 그렇지 않아. 이 노부나가를 위해 일부러 달려온 호의, 그 호의를 잊고 그대를 에치젠의 정예부대와 맞서게 했다가 만일의 경우라도 생기면 이 노부나가는 무사도를 모르는 자라고 후세사람들의 비웃음을 사게 될 것일세."

이에야스의 표정이 비로소 굳어졌다. 노부나가가 한 말에 담긴 두 가지 의미를 깨달았기 때문이다. 첫째는 자기 힘만으로도 이길 수 있는 전투이므로 되도록 남의 은혜를 입지 않으려는 것, 둘째는 이에야스의 군사를 다치지 않게 하려는 것이 책략이 아니라 마음속에서부터 우러나오는 진심이라는 것.

그 후자가 이에야스의 젊은 피를 뜨겁게 끓어오르게 했다.

노부나가의 시동이 냉수를 가지고 와서 두 사람 앞에 내밀었다. 이에야스를 따라와 있던 이이 만치요가 얼른 그것을 받아 독이 들었는지 맛을 보았다.

"후후후."

노부나가는 웃었으나, 이에야스는 만치요의 행동도 노부나가의 웃음도 깨닫지 못한 듯 냉수를 들이켜고 나서, 조용히 말했다.

"성주님은 이 이에야스의 나이를 잊으신 것 같군요."

"잊었을 리가 없지. 올해 스물아홉이 아닌가?"

"스물아홉 살이라면 한창 일할 나이라고 생각지 않으십니까? 그러한 제가 여기까지 와서 나이 든 사람처럼 제이선에 있을 수 없습니다. 역시 에치젠에서 달려온 아사쿠라 군을 무찌르겠습니다."

"알겠네! 자네의 생각은 잘 알겠어. 하지만 자네에게 만일의 경우라도 생기면 스루가와 토토우미 일대가 혼란에 빠질 텐데, 이에 대한 것도 생각해보았나?"

4

노부나가에게서 남자다운 면을 발견하면 할수록 이에야스는 더더구나 뒤로 물러설 수 없다는 생각이었다.

미카와와 토토우미에 60만 석의 영지를 가진 이에야스가 240만 석의 영지를 가진 노부나가에게 동정을 받는다면 결국 꼼짝도 못하는 입장이 되고 만다. 영원히 남의 밑에 있게 될 것인가의 여부는, 이런 경우의 기개와 마음먹기에 따라 결정된다. 강한 상대에게 의지하려는 마음이 생긴다면 영락없이 노부나가의 가신 위치로 전락한다.

이에야스는 정색하고 노부나가를 대했다.

"성주님답지 않은 말씀입니다. 우리가 여기까지 달려온 것은 이 일이 미카와나 토토우미의 수비보다 더 중요한 일이라 생각했기 때문입니다."

"자네의 영지가 혼란에 빠져도 좋다는 말인가?"

"두말할 것도 없습니다. 천황이 계시는 부근 일대의 평정이야말로 가장 중요한 일입니다. 이 이에야스는 싸우다 죽어 후회할 것 같은 전쟁터에는 소중한 가신들을 절대로 데려오지 않습니다."

"알겠네!"

노부나가는 손을 내저었다.

'과연 이에야스답다. 이치에 닿는 말을 하고 있어.'

이런 생각을 하니 이에야스가 믿음직스럽기도 하고 밉기도 했다.

노부나가도 이에야스도 다 같이 천하의 무장, 누가 더 낫고 못함이 없다는 독립 자존의 패기가 은연중에 맥맥히 감돌고 있었다.

"자네는 이번 전투가 천하의 대세를 가름하는 중요한 일이라 생각하고 달려왔다는 말인가?"

"이번 전투만이 아닙니다. 생명을 건 진퇴는 어떤 경우에도 마찬가지입니다."

"내가 이번 전투만은 직접 나서겠다고 한다면…… 자네는 어떻게 하겠나?"

노부나가가 예리한 눈에 미소를 띠고 물었다. 이에야스는 서슴없이 대답했다.

"이 이에야스는 즉시 하마마츠로 돌아가겠습니다."

"으음."

"성주님! 성주님은 이 이에야스의 정예부대가 아사쿠라 군을 이기지 못하리라 생각하십니까?"

"아니, 그렇지는 않아. 그러나 실은 이미 제일진은 사카이 우콘, 제이진은 이케다 카츠사부로池田勝三郎, 제삼진은 키노시타 토키치로 등

부대편성을 끝냈네. 자네가 약하다고 생각했기 때문은 아닐세. 멀리서 달려온 자네에게 힘겨운 싸움을 시키고 싶지 않아서였어."

"그런 염려는 하지 마십시오. 우리 군사가 어떤 타격을 받건 그것은 천하대세에 영향을 주지 못합니다. 만일 성주님의 군사가 큰 손실을 입으면 어떻게 하겠습니까? 미요시 일당을 비롯하여 마츠나가 히사히데, 혼간 사의 승도……"

그가 손을 꼽기 시작하자 노부나가는 다시 떠나갈 듯 큰 소리로 웃으며 말을 막았다.

노부나가의 마음속에 자기 딸의 시아버지를 위하는 진정한 우려가 있는 것과 마찬가지로 이에야스의 호탕한 의협심 속에도 자진하여 위험을 무릅쓰려는 뜨거운 성의가 엿보였다.

'그런 점은 원숭이와 많이 닮았어.'

다른 장수들은 거의 전부라고 해도 좋을 정도로 그 행동의 이면에서 출세와 보신保身이란 목적을 노골적으로 풍기고 있었다. 원숭이 키노시타 히데요시에게는 그것이 없었다. 언제나 노부나가의 의도를 미리 알고 '천하를 위해' 자진하여 위험한 곳에 몸을 던졌다. 지금 이에야스는 그 원숭이와 똑같은 정열을 확실하게 노부나가에게 나타내 보이고 있었다.

"자네는 이 노부나가더러 일단 결정한 일을 번복하라는 말이로군."

노부나가는 목소리를 낮추었다. 힐문하는 어조였다.

5

이에야스는 또 서슴없이 대답했다.

"번복하실 수 없다면 이 이에야스는 이대로 하마마츠로 돌아가겠습니다.”

“하마마츠, 그 말에는 온당하지 못한 의미가 깔려 있다는 것을 알지 못하겠나?”

노부나가는 땀이 흘러 번들거리는 가슴을 아무렇게나 주먹으로 문지르면서 말했다.

“그렇게 되면 세상에서는 자네와 나 사이에 틈이 벌어졌다고 말할지도 몰라.”

이에야스는 근엄하게 고개를 가로저었다.

“그 반대일 것입니다. 성주님은 자신만만하여 이에야스의 원군도 받아들이지 않았다는 소문이 날 것이 분명합니다.”

“만일 자네가 내 말대로 예비병력으로 대기하고 있으면 자네의 체면이 어떻게 깎인다는 말인가?”

내던지듯 질문하자 이에야스는 상반신을 앞으로 내밀었다. 그가 하고 싶은 말은 이 한마디에 있었다.

“이 이에야스는 후세에 이르기까지 웃음거리가 됩니다.”

“용기가 부족했다고 해서?”

“아니, 성주님께 아부하는 멍청이라고 비웃을 것입니다.”

“뭐……뭐라고 말했나? 멍청이라고……?”

뜻하지 않은 말을 들은 노부나가의 눈이 야릇하게 빛났다. 그러나 이에야스는 더욱 침착해졌다.

“그렇습니다. 필요치도 않은 전쟁터에만 비위를 맞추려고 달려간다, 이에야스의 군사는 나라를 평안케 해야 하는 대의大義를 망각한 사심을 가진 군사, 이 땅에 혼란만 초래하는 노부시野武士°의 근성을 가졌다고 비웃음을 삽니다.”

“으음.”

노부나가는 신음했다. 정통으로 한 방 얻어맞은 기분이었다.

'이 녀석, 어느새 큰 인물이 됐어!'

노부나가의 가신 중에는 이토록 분명하게 자기 뜻을 말하는 사람이 없었다. 사실 노부나가의 불 같은 성질에 겁을 먹고 누구나 어느 정도는 아부하는 경향이 있었다. 어쩌면 이에야스는 그런 것에 대한 경고의 의미도 포함시켜 노부나가를 상대하고 있는지도 몰랐다.

노부나가의 얼굴이 묘하게 일그러졌다.

"그럼, 자네는 이 노부나가에게 자신의 군사가 얼마나 강한지 확실하게 보여주겠다는 말인가?"

"그렇습니다. 그렇지 못하다면 도움이 될 수 없겠지요."

"가능하면 내 얼을 빼어 놀라게 해주겠다는 것이로군."

이에야스는 지체없이 고개를 끄덕였다.

"성주님을 놀라게 하는 데는 이 이에야스를 당할 사람이 없을 것이라고."

"아하하하…… 정말 배포가 두둑한 사내로군. 이 노부나가가 일단 결정한 것을 번복시킨 사람은 자네뿐일세. 알겠어! 그럼, 자네에게 제일진을 맡기겠네."

"들어주시겠습니까? 이제는 이에야스도 가신들에게 면목을 세우게 되었습니다."

"그럴 듯한 말을 하는군…… 아니, 이제 후련해졌어. 좋은 기분이야. 그럼, 자네는 여기서 곧 내려가주게."

이에야스는 비로소 환하게 웃었다.

이에야스가 도착했다는 말을 듣고 군사회의를 위해 장수들이 속속 모여들었다. 이에야스에게 제1진을 맡겼다는 것을 알면 가신들 중에서는 반대하고 나설 사람이 분명히 있었다.

"그러면 서아게사카에 진을 치겠습니다."

이에야스는 절을 하고 일어섰다. 매미가 요란하게 울고 있었다.

6

이에야스는 부근의 지형을 살피면서 류가바나를 내려갔다.

어디까지나 얕은꾀가 아니라 당당하게 노부나가를 상대하여 과연 믿음직스러운 사나이라는 확실한 인상을 갖게 해야 했고, 그렇게 하기 위해서는 전력을 다해 실력을 나타내 보여야 했다. 노부나가를 통해 나타내 보이는 '실력'만이 지금 일본에 이에야스의 존재를 확인시킬 수 있는 방법이었다.

눈 아래로 은빛 뱀처럼 굽이쳐 흐르는 아네가와. 그 너머 오요리야마大依山에는 에치젠에서 온 아사쿠라 군의 수많은 깃발이 푸른 나무 사이로 휘날리고, 그 왼쪽 오다니야마에서 인베伊部와 야시마八島에 이르는 길에는 요코야마 성을 구원하러 온 아사이 군의 전진하는 모습이 보였다. 그들은 아네가와 건너의 노무라 부근에 진을 치고, 아사쿠라 군은 오요리야마를 내려와 미타로 진출할 것이 분명했다.

이에야스는 아네가와 기슭에서 벌어질 결전의 모습을 머릿속에 그리면서 서아게사카에 집결하도록 명한 미카와 군의 뒤를 쫓았다.

이에야스의 예상은 적중했다. 이튿날인 28일, 아사쿠라 군은 미카와 군 전면으로 강을 끼고 진격해와 이들을 맞아 싸워야 했다. 선봉대장은 아사쿠라 카게타카朝倉景隆인 듯.

이에야스의 주장에 따라 변경된 오다 군의 편성은, 아사쿠라 군을 상대할 제1진을 이에야스에게 맡겼기 때문에 제2진에 시바타 카츠이에와 아케치 미츠히데를 배치하고, 제3진은 이나바 잇테츠稻葉一鐵가 맡았다. 아사이 군을 상대할 제1진에는 사카이 우콘, 제2진에는 이케다 노부테루池田信輝. 니와 나가히데는 요코야마 성의 방비로 돌리고, 노부나가 자신은 키노시타 토키치로와 모리 산자에몬 등의 하타모토를 거느리고 본진을 이에야스의 오른쪽 동아게사카東上坂로 이동시키고 있었다.

이에야스는 빙긋이 웃었다. 그의 진언에 따라 노부나가도 물샐틈없이 철통 같은 태세로 적이 공격해오기를 기다리는 것 같았다.

"이렇게 해야만!"

노부나가는 이미 쿄토 주변의 안정세력으로 군림하고 있었다. 그렇다고 화려하게 전투대형을 짠다면 이에야스에게 비웃음을 산다——이런 것을 배려한 포진이라는 것을 알 수 있었다.

날이 밝으면 6월 28일(양력 8월 11일).

새벽의 강 안개가 북쪽으로 흘러가기를 기다리던 아사이, 아사쿠라 군은 일제히 아네가와를 건너 이에야스와 노부나가의 본진을 향해 공격해들어왔다.

아사쿠라 군은 8,000여 기騎. 이들이 창을 휘두르며 5,000의 미카와 군을 단숨에 궤멸시키려고 쳐들어왔다. 상대가 강을 반쯤 건넜을 때 미카와 군도 공격에 나섰다.

이에야스는 강가에 서서 아침 해를 등지고 가만히 상황을 관망했다.

"이 전투는 미카와 군의 진면목을 천하에 보여줄 수 있는 기회다. 용기를 잃지 마라."

준엄한 명령을 내린 뒤 양군이 맞부딪는 격전의 순간.

"와아——"

아군은 아우성과 함께 둘로 갈라지며 밀렸다.

"이럴 수가?"

이에야스는 전투대열을 향해 발돋움했다. 아군의 일선을 무너뜨리며 아수라처럼 달려오는 적의 기마무사騎馬武士 하나가 시야에 들어왔다. 말도 무사도 아주 컸으며, 무사는 검은 갑옷으로 무장하고 있었다. 그 머리 위에서 크게 원을 그리며 춤추는 흰 칼을 보고 이에야스는 그만 손에 땀을 쥐었다.

"에치젠의 유명한 마가라 쥬로자에몬 나오타카眞柄十郞左衛門直隆, 졸개 따위는 상대하지 않겠다. 이에야스와 한판 겨루어야겠다."

다섯 자 두 치, 언제나 부하 네 사람에게 메고 다니게 한다는 큰 칼을 휘둘러 아군을 쓰러뜨리며 달려왔다.

이에야스의 온몸에서 젊은 피가 끓어올랐다.

7

에치젠의 마가라 그 이름은 그의 명도名刀와 함께 인근 일대에 널리 알려져 있었다. 나이는 이미 쉰이 지났으나 단련에 단련을 거듭한 체력은 전혀 쇠약해지지 않았다. 어쩌다 덤비는 자가 있으면 아침 햇빛에 금세 피의 무지개가 일었다.

그 기세에 밀려 아군은 진격할 엄두를 내지 못하고 한발한발 물러나고 있었다. 이렇게 되면 적의 사기가 올라간다.

건너편 강기슭에 나와 무어라 소리지르면서 지휘하는 적장 아사쿠라 카게타카의 모습이 보였다.

"나를 따르라!"

이에야스는 두 눈을 부릅뜨고 말고삐를 확 당겨 2, 30간 앞으로 나갔다. 그때 이미 전선에서 이쪽으로 방향을 돌린 자가 있었다. 이에야스가 부드득 이를 가는 소리가 투구 안에서 들렸다.

탕! 어디선가 총포소리가 아침 하늘에 메아리쳤다. 그러나 그것은 맨 앞에서 달려오는 마가라 나오타카 옆으로 빗나가 도리어 그에게 저돌적으로 공격할 기회를 주고 말았다.

"성주님!"

하타모토인 혼다 헤이하치로가 이에야스의 얼굴을 노려보았다.

"기다려!"

이에야스는 대답했다.

헤이하치로에게보다도 자기 자신의 혈기를 누르려는 질타였다.

"성주님! 적에게 등을 보이면 이 전투는 끝장입니다. 성주님!"

"멍청한 놈!"

이에야스의 이마에서 진땀이 흘렀다. 그는 오른쪽의 오다 군이 아사이 군을 공격할 때를 기다리고 있었다. 물밀듯이 몰려오는 군사는 어떤 힘으로도 막을 수 없다. 도리어 몰려오도록 내버려두었다가 일단 한숨을 돌릴 때, 물살이 약해질 그때가 바로 기회였다. 더구나 오다 군이 강을 건너면 적은 배후에도 신경을 쓰게 된다.

오다 군 선봉이 강을 건넜다.

"성주님, 뭐하십니까!"

헤이하치로가 창으로 안장을 두드리는 것과 이에야스가 등자를 밟고 일어서는 것은 동시의 일이었다.

"하타모토, 돌격하라!"

지휘용 부채가 아침 햇빛 속에서 춤을 추었다. 측근의 장수를 보내 싸우게 한다…… 그것은 이제 한 발짝도 물러서지 않겠다는 결전의 증거였다.

일제히 활을 쏘아대는 가운데 헤이하치로의 말이 쏜살같이 강가로 달려갔다. 이가 하치만伊賀八幡 신사의 신관神官이 만든 사슴뿔 장식의 투구는, 미카와 군의 명물로 이 역시 인근에 널리 소문이 나 있었다.

그는 곧바로 마가라 나오타카 앞으로 말을 달려갔다.

"나는 미카와의 사슴이다!"

코끝에 창을 들이대자 마가라의 말이 앞발을 들고 일어서려 했다. 쥬로자에몬 나오타카는 말머리를 홱 돌려 이를 진정시키며 소리쳤다.

"헤이하치로냐, 비켜라!"

"쥬로자에몬, 물러가라!"

헤이하치로도 소리쳤다.

"나의 진로에 방해된다. 늙은이는 물러가라."

"으음. 그게 미카와의 애송이가 하는 인사냐."

적군의 피를 뒤집어쓴 네모진 얼굴이 히죽 웃었다.

"각오해라, 애송이야!"

"덤벼라, 이 늙은이!"

네 개의 눈이 공중에서 뒤얽히는 순간 미카와 군은 걸음을 멈추었다. 적과 아군의 소라고둥소리가 강변에 울려퍼졌다.

8

마가라 나오타카는 정면으로 칼을 쳐들었다. 에치젠의 치요즈루千代鶴가 아리쿠니有國, 카네노리兼則 등의 도장刀匠과 함께 만든 이 다섯 자 두 치의 칼은 치요즈루의 타로太郎라고 했다. 치요즈루는 지로次郎라는 칼도 만들었는데, 이 지로는 넉 자 세 치. 지로는 마가라의 아들 쥬로사부로十郎三郎가 가지고 있으며, 그 역시 어디선가 이것을 휘두르고 있을 것이다.

혼다 헤이하치로는 그 타로 앞에 창을 들이대고 서서히 말을 왼쪽으로 돌렸다. 이런 명검에 걸리면 사람도 말도 남아나지 못한다.

틈을 보아 창을 휙 내지르자 나오타카는 싱긋 웃고 오른쪽으로 피하면서 한달음에 말을 몰아왔다.

그 순간이었다.

"헤이하치로를 죽여서는 안 된다! 너희들은 겁쟁이냐!"

뒤따라 달려온 이에야스의 목소리 ─라고 생각했을 때 와악 하고 젊은 하타모토들과 헤이하치로의 부하들이 일제히 두 사람 사이로 쏟아져들어갔다.

사카키바라 코헤이타의 얼굴이 보이고, 카토 키스케加藤喜介, 아마노 사부로베에天野三郎兵衛가 있었다. 그들은 헤이하치로를 구하기보다 이에야스의 울타리가 되기 위해 뛰어들었는데, 이들의 모습은 미카와 군에게 맹반격의 용기를 주었다.

"물러서지 마라! 오다 군에게 웃음거리가 된다."

이에야스의 목소리가 다시 울려퍼졌다. 사카이 타다츠구의 1번대, 오가사와라 나가타다小笠原長忠의 2번대는 고무되어 함성을 지르며 반격을 가해 순식간에 강을 건넜다.

혼다 헤이하치로는 한번 스치고 지나간 말을 되돌려 다시 마가라에게 덤벼들었다.

"혼다 님, 그 적을 우리에게 맡기시오."

"누구냐! 사키사카向坂 형제로구나."

"그렇소, 나는 사키사카 시키부式部."

"나는 그 동생 고로지로五郎次郎."

"막내동생 로쿠로사부로六郎三郎, 그 적은 우리 형제가 맡겠소."

"오, 장하다. 그렇다면 그대들에게 맡기겠다."

헤이하치로는 도망치려는 아군의 발길을 되돌리게 하는 역할을 이미 완수했다. 마가라 나오타카를 사키사카 형제에게 맡기고 곧바로 전선으로 말을 달렸다.

이 무렵 우익인 오다 군의 형세가 불리해졌다. 아사이 군 1번대 이소노 카즈마사磯野員昌가 오다 군의 선봉 사카이 우콘 마사히사坂井右近政尙와 그 아들 큐조久藏를 죽이고 이케다 노부테루의 제2진을 향해 파죽지세로 밀려들고 있었다.

해는 점점 높이 떠올랐다. 아네가와의 강변과 논은 피로 물들고 소라고둥과 북소리, 고함소리가 가득 찼다.

아사이 나가마사는 이소노 카즈마사가 노부나가의 본진 가까이 있는 키노시타木下 군에 공격을 가하기 시작한 것을 확인하고 총공격을 명했다.

이에야스는 이를 보고 사카키바라 코헤이타에게 명했다.

"코헤이타, 오다 군에 가세하는 것처럼 보이면서 아사쿠라의 본진 오른쪽을 공격하라."

우선 아사쿠라 군을 혼란에 빠뜨려 대세를 결정지은 뒤 스스로 노부나가 곁으로 달려갈 생각이었다. 코헤이타는 부하를 거느리고 물보라를 일으키며 강을 건넜다.

그 무렵부터 아사쿠라 군은 패색이 짙어갔다. 최전선에는 사키사카 형제에게 에워싸인 마가라 쥬로자에몬 나오타카 한 사람만이 남아 있었다.

9

마가라 나오타카도 마침내 피로를 느끼기 시작했다. 사키사카 형제는 나오타카의 칼을 경계하여 빙빙 원을 그리기만 하면서 공격을 가하지는 않았다. 그러면서도 물러가려 하면 얼른 창을 들이댔다.

아군의 패색이 피부로 느껴지고 폭양 밑에서 목도 몹시 말랐으나, 말을 돌릴 생각은 없었다. '마가라가 도망쳤다'는 말은 결코 듣고 싶지 않았다. 다섯 자 두 치의 칼을 든 그에게 사는 보람은 무사다운 무사, 호걸다운 호걸이라는 것 하나뿐이었다.

"덤비겠느냐!"

그가 하늘을 향해 칼을 높이 쳐들고 말을 멈추었을 때는, 사카키바라 코헤이타의 미카와 군이 함성을 지르며 아사쿠라 군의 본진을 향해 돌격했을 때였다.

"후후후, 천하에 명성이 자자한 마가라 나오타카, 어찌 우리가 살려둘 수 있겠나."

시키부가 대답했다.

"그 집념이 마음에 든다. 천하무적으로 알려진 이 마가라가 너희 형제에게 공을 세우도록 해주겠다. 나이가 많은 놈부터 차례로 덤벼라."

"뭣이!"

"그럴 용기가 없다면 짓밟아버리겠다."

"알았다. 어디 붙어보자!"

시키부는 이렇게 외치고 번개처럼 창을 내질렀다. 그 창끝이 마가라의 쿠사즈리草摺°에 닿는가 싶었는데, 마가라의 타로 칼이 윙 소리를 내며 그것을 뿌리쳤다.

"앗!"

시키부는 말 위에서 몸을 젖히고 땅바닥으로 굴러떨어졌다.

투구의 뿔이 잘려나가고 손에서 창이 날아갔다.

마가라도 말에서 내렸다.

"이놈, 고로가 여기 있다!"

마가라가 다시 휘두르는 칼을 고로지로는 형을 보호하기 위해 자기 칼로 받았다. 그러나 보통 칼로는 이 명검을 막을 도리가 없었다. 고로의 칼은 손잡이 부분에서부터 잘려 근처에 있는 버드나무 가지로 날아갔다.

"막내 로쿠로사부로가 여기 있다!"

간발의 사이를 두고 로쿠로사부로가 십자창을 휘둘러 고로를 방어했다. 그러나 고로는 칼이 부러졌을 뿐만 아니라 오른쪽 허벅지에 칼끝이 스쳤는지 검붉은 피가 부근의 흙을 물들이고 있었다.

형제의 부하 야마다 소로쿠山田宗六도 주인을 보호하려고 칼을 마구 휘두르며 달려들었다.

나오타카는 그 두 사람을 베려 하지 않았다. 그는 이미 자기다운 죽음을 생각하고 있었다.

양쪽 모두 부상을 입은 시키부와 고로지로를 번갈아 바라보았다.

"도리를 아는 녀석, 아깝기는 하지만⋯⋯"

이렇게 중얼거리고 비틀거리며 일어나 칼을 뽑았다. 가장 상처가 깊은 고로지로의 머리 위에서 칼이 번뜩였다. 고로지로의 몸은 소리도 없이 두 동강이 나고 피가 콸콸 쏟아졌다. 그 순간 로쿠로사부로의 십자창이 나오타카의 어깨를 파고들었다.

"하하⋯⋯"

나오타카는 웃었다.

"장하도다! 자, 어서 내 목을 쳐서 공을 세워라."

그는 칼을 내던지고 뜨겁게 타오르는 땅에 무너지듯 주저앉았다.

로쿠로사부로는 지체없이 창을 휘둘렀다. 옆구리를 푹 찔렀으나 나오타카의 몸은 움직이지 않았다.

"형님, 어서 목을!"

시키부는 상처를 입었기 때문에 칼이 빗나갈 우려가 있었다.

"로쿠로사부로, 너에게 맡기겠다. 용사의 목이다. 성심으로 쳐라."

그렇게 말하고는 모래 위에 푹 무릎을 꿇었다.

10

로쿠로사부로는 칼을 쳐들고 마가라 나오타카의 뒤로 돌아갔다. 나오타카는 눈을 부릅뜨고 자기 손으로 투구를 벗은 뒤 오요리야마 정상을 응시했다. 말라붙은 피와 자기 어깨에서 뿜어나오는 피로 나오타카의 반신은 범벅이 되어 있었다.

"얏!"

로쿠로사부로는 칼을 내리쳤다. 그리고는 두 눈을 부릅뜬 나오타카의 머리를 높이 쳐들고 강변을 압도하는 큰 소리로 외쳤다.

"천하에 이름을 떨친 에치젠의 용사 마가라 쥬로자에몬의 목을 미카와의 사키사카 형제가 베었노라!"

그리고는 그 머리에 합장한 뒤 눈을 감겨주었다.

나오타카의 죽음을 알고 어지러워진 아사쿠라 군에서 기마무사 하나가 쏜살같이 달려나왔다. 나오타카의 아들 쥬로사부로 나오모토直基였다.

"이놈, 어딜 가느냐!"

가로막는 것을 나오모토는 칼을 휘둘러 뿌리쳤다.

"아버지의 것보다는 못한 지로 칼이지만 네놈들의 하찮은 목을 치기에는 아깝다. 길을 비켜라!"

양쪽으로 갈라지는 병졸들을 뚫고 아버지가 죽은 곳까지 단숨에 달렸다.

"아버님! 뒤를 따르겠습니다."

이렇게 말하고 사키사카 형제를 상대하려 했을 때 아오키 토코로에몬 카즈시게青木所右衛門一重가 느닷없이 오른쪽에서 카마야리鎌槍°를 들이댔다.

"사키사카 형제는 지쳐 있다. 이 아오키 토코로에몬 카즈시게가 상대해주마."

나오모토는 얼른 그 창을 뿌리치고 나서 망연자실했다. 카즈시게의 부하 네댓 명이 난데없이 나타나 주인을 감싸며 온몸을 내던졌다. 이런 일은 누가 가르친다고 해서 되는 일이 아니었다. 주인을 위하여 그 부하가 본능적으로 자기 몸을 내던지는 행동은 카즈시게의 인간됨을 생각하기에 충분했다.

"아오키 토코로에몬 카즈시게란 말이냐."

"그렇다. 무사의 명예를 걸고 에치젠의 그 유명한 용사의 아들에게 도전하겠다."

"주인님, 저희가!"

"저희가 대적하겠습니다."

부하들이 카즈시게를 둘러쌌다.

"장하다!"

외치는 것과 동시에 나오모토는 말에서 내렸다.

미카와 군의 아름다운 주종관계가 쥬로사부로 나오모토의 가슴에 찡하고 울렸다.

작렬하는 태양은 하늘의 꼭대기로 다가가며 강가의 돌을 뜨겁게 달구었다.

온몸에 일고여덟 개의 화살이 꽂히고 세 군데에 상처를 입은 나오모토는 그 뜨거운 조각돌 위에 펄썩 주저앉아 소리쳤다.

"쳐라!"

"용서해라!"

다시 핏방울이 사방으로 튀며 나오모토는 아버지의 유해 쪽으로 푹 고꾸라졌다.

"아오키 토코로에몬 카즈시게가……"

그 목을 주위 높이 쳐들었으나 카즈시게의 목소리는 낮게 깔렸다. 전장의 무상함보다는 부자간의 비극적인 정애情愛가 가슴에 치밀어 '목을 베었다' 고 외치는 대신 합장을 하고 싶은 마음이 앞섰다.

"와아."

그때 함성이 강 건너에서 들려왔다.

사카키바라 코헤이타 야스마사의 본진기습이 성공을 거두었다. 아사쿠라 군이 사방으로 흩어져 도주하고 있었다. 패해 흩어지는 아사쿠라 군들 사이에서 코헤이타와 헤이하치로의 투구가 좌우로 햇빛을 반사하며 달리고 있었다.

"이겼다!"

그 모습을 서아게사카의 둑에서 바라보고 있던 이에야스는 비로소 안도하고 미소를 지었다.

11

미카와 군의 놀라운 승리에 비해 오다 군은 별로 성과를 올리지 못했다. 아니, 그렇다기보다는 오다니 성을 나온 아사이 군의 기세가 맹렬했다고 해야 할 것이었다.

미카와의 사카키바라 군이 아사쿠라 군의 본진을 공격하고 있을 무렵, 오다 쪽에서는 아사이의 맹장 이소노 카즈마사 일대一隊가 드디어 노부나가 본진에 쇄도하려 하고 있었다.

1번대의 사카이 마사히사 부자가 전사한 것이 뜻하지 않은 결과를 낳았다. 2번대의 이케다 노부테루도 중앙을 돌파당하고, 이어서 키노시타 토키치로의 일대와 시바타 카츠이에의 군사 역시 그들의 저돌적인 공격을 저지하지 못했다.

지금은 사카모토 성의 성주 모리 산자에몬 요시나리森三左衛門可成가 본진에 적이 들어오는 것을 막기 위해 필사적으로 분전하고 있었다. 만일 그의 군사가 무너지면 노부나가는 직접 적과 칼을 맞대지 않으면 안 되었다.

"성주님, 어떻게 하시겠습니까?"

노부나가가 옆에서 침착하게 형세를 관망하고 있던 가모 츠루치요蒲生
鶴千代까지도 안색이 변했다. 그러나 노부나가는 아직 옆에서 대기하
고 있는 말에 오르려 하지 않았다.

"성주님!"

다시 츠루치요가 말했다.

"후후후."

노부나가는 웃었다.

"츠루, 자네는 어떤 일에도 놀랄 줄 모르는 사나이로 알았는데 의외
로 간이 작구나."

츠루치요는 얼굴을 붉혔다. 그런 말을 들은 것이 뜻밖이라는 듯 잘생
긴 눈썹이 꿈틀 움직였다.

"승산이 있다면 얼마든지 침착할 수 있습니다."

"승산 있는 싸움이 어디 있겠나."

"그러시면?"

"이기지 못하면 지고, 지지 않으면 이긴다. 노부나가는 생각이 있어
서 진을 쳤어. 진을 친 이상 그 다음의 일은 나도 모른다."

츠루치요는 그 말의 의미를 알지 못해 물끄러미 노부나가를 쳐다보
기만 했다. 이때 전방 두 군데에서 함성이 일어났다.

하나는 모리 산자에몬의 군사가 끝내 우익을 돌파당하고 무너지는
소리, 또 하나는 이에야스의 후방에서 대기하고 있던 이나바 잇테츠 미
치토모稲葉一鐵通朝의 군사가 승리에 들떠 있는 이소노 군의 좌익을 공
격하는 소리였다.

모리 산자에몬의 완강한 저항을 겨우 무너뜨리기 시작한 때였던 만
큼 이 기습은 이소노 군을 크게 당황하게 했다. 새벽부터 시작된 잇따
른 전투로 사람도 말도 이미 지칠 대로 지쳐 있었다. 이에 비해 이나바
잇테츠 군은 미카와 군이 고전하고 있을 때도 움직이지 않고 꾹 참고

기다려온 덕에 힘과 투지가 하늘을 찌를 듯했다.

이윽고 함성은 비명소리와 섞여서 들려왔다. 이렇게 되자 무너지는 것도 빨랐다. 나란히 공격하고 있던 아사쿠라 군은 붕괴되어버렸다. 자칫 미카와 군이 뒤로 돌아와 퇴로를 차단할 우려가 있었다.

"츠루, 전황은 어떤가?"

노부나가가 말했다.

가모蒲生의 기린아麒麟兒는 부드러운 미소를 되찾았다.

"성주님의 교훈을 명심하겠습니다."

"전투에서는 자신을 믿을 수밖에 없어."

"예."

"이제 요코야마 성의 예비부대가 우익을 공격해올 거야. 이것으로 아사이 군은 세 방향에서 적을 맞이하게 돼. 얼마 안 되어 모두 무너지게 될 게야. 그렇지 않으면 이 노부나가가 이에야스에게 손가락질을 당하게 되지."

노부나가는 이렇게 말하고 다시 혼자 웃었다.

"후후후."

걸상에 앉은 채 오늘 같은 결전의 날에 땀 한 방울 흘리지 않은 노부나가였다.

12

노부나가의 계산대로 우지이에 나오모토氏家直元와 안도 노리토시安藤範俊가 요코야마 성의 포위를 뚫고 나오자 아사이 군은 무너지기 시작했다.

"지금이다, 말을 끌어라!"

노부나가는 비로소 걸상에서 일어났다. 그가 일어서면 반드시 질풍을 일으켰다. 투구의 끈을 꼭 동여매고 폭염 밑으로 나와 명령을 내리면서 정면으로 공격해들어갔다.

"사와야마佐和山로 가는 퇴로를 차단하라!"

그 무렵 이에야스의 미카와 군은 이미 아사쿠라 군을 크게 무찌르고 아사이 군의 후방으로 돌아가 있었다.

사방이 모두 적이라는 것을 알았을 때, 아사이 군의 맹장 이소노 카즈마사는 자기네 거성居城인 사와야마 성이 걱정되어 더 이상 싸우고 있을 수 없었다. 맞닥뜨린 우지이에와 안도의 군을 치는 한편 남쪽으로 후퇴했다. 아사이 본대도 오다니 성으로의 철수를 생각지 않으면 전멸을 피할 수 없었다.

아홉 점 반에서 여덟 점(오후 1시에서 2시)에 이르러 전세는 이미 완전히 아사이 군에게 등을 돌렸다. 아사이 진영의 이름난 용사들이 잇따라 전사했다.

"대세는 이미 기울었다."

아사이의 중신 엔도 키에몬遠藤喜右衛門은 이렇게 된 이상 아사이 가문을 구하는 길은 노부나가를 죽이는 것밖에는 없다고 생각했다. 지금까지 그가 제안한 작전계획들이 나가마사 부자에게 전혀 받아들여지지 않아 언제나 좋은 기회를 놓쳐왔다.

그가 처음으로 노부나가를 죽이자고 한 것은, 노부나가가 롯카쿠 씨를 치고 상경하는 길에 카시와바라柏原의 죠보다이인上菩提院에서 술자리를 마련했을 때였다.

"지금 그를 죽이지 않으면 다시는 기회가 없습니다. 이 키에몬에게 맡겨주십시오."

그때 나가마사 부자는 '의義'를 내세우며 허락하지 않았다.

이번 전투가 시작되었을 때도 그는 아카오 미마사카노카미赤尾美作

守와 함께 이를 극력 반대했다.

"이미 노부나가는 아무도 맞설 수 없는 큰 고래가 되었습니다. 사돈 사이이기도 하니 다른 마음을 가지시면 가문에 파멸을 초래하게 됩니다. 지난해와는 다르므로 재고하시기 바랍니다."

성의를 다해 설득해보았으나 나가마사 부자는 역시 '의'를 내세우며 받아들이지 않았다.

그 결과가 오늘의 패전이었다. 키에몬은 말에서 내렸다. 투구가 벗겨진 채 깊은 상처를 입고 쓰러져 있는 친구 미타무라 쇼에몬三田村庄右衛門의 옆으로 갔다.

"카이샤쿠介錯°!"

말하는 것과 동시에 그의 목을 쳤다.

'이것이 마지막 충성. 신의 가호가 있기를!'

한 손에는 머리, 한 손에는 피가 흐르는 칼을 들고 퇴각해오는 아군과는 반대로 곧바로 오다의 본진을 향해 달려갔다. 온몸이 피로 물들어 있었다. 다섯 군데나 상처를 입었으나 그 우렁찬 목소리는 주위를 압도했다.

"성주는 어디 계시냐? 적장 미타무라 쇼에몬의 목을 바치러왔다. 성주는 어디 계시냐?"

노부나가의 하타모토는 그가 아군인 줄 알았다.

"오오, 미타무라의 목을……"

그래서 길을 비켜 키에몬을 통과시켰다.

"성주는 어디 계시냐……"

키에몬은 드디어 노부나가를 찾아냈다.

노부나가는 부하 대여섯 명을 거느리고 전방을 응시한 채 우거진 녹음 사이를 빠져나와 막 강가에 도착하고 있었다.

키에몬은 피 묻은 칼을 고쳐쥐고 다가갔다.

13

노부나가는 말 위에서 손을 이마로 가져갔다.

수많은 시체를 두고 패주하는 아사이 군과 아사쿠라 군이 가끔 서로에게 공격을 가한다. 미카와 군의 공격으로 피투성이가 된 아사쿠라 군은 적과 아군도 구별할 수 없을 정도로 혼란에 빠져 있었다.

'과연 전쟁에는 천재야!'

아네가와를 건넌 이에야스는 아사쿠라의 본진 뒤로 군사를 몰아 패주하는 적을 좌충우돌하며 무찌르고 있었다.

문득 얼굴에 미소가 떠올랐다. 이번 전투에서 이에야스는 노부나가에게 보여주기 위해 실력을 발휘하고, 노부나가는 이에야스를 의식하며 싸우고 있었다. 단순한 아사이와 아사쿠라 공격이 아니었다. 말하자면 남자 대 남자의, 또 다른 승부를 이면에 감춘 결전이었다.

'이에야스 녀석, 틀림없이 내가 승리의 여세를 몰아 오다니 성을 공격하리라 생각하고 있을 것이다.'

"후후."

노부나가는 웃고 후쿠토미 헤이자에몬을 불렀다.

"이것으로 오다니 성의 손발은 잘렸어. 군사들이 지쳐 있으니 너무 깊이 추격하지는 말도록 하라."

바로 그때였다.

"대장님, 여기 계셨군요. 적장 미타무라 쇼에몬의 목입니다."

"뭣이, 미타무라의 목?"

노부나가가 돌아보는 순간.

"성주님, 위험합니다!"

타케나카 한베에竹中半兵衛의 동생 큐사쿠 시게노리久作重矩가 뛰어들어 엔도 키에몬을 칼로 후려쳤다.

"아."

키에몬이 비틀거렸다.

"분하다! 간파했구나."

"이놈! 이 타케나카 시게노리, 반드시 네가 여기 올 줄 알고 있었다."

"……뭐……뭣이…… 알고 있었다고?"

"어느 전투에서나 후위는 네가 맡고 있었다. 네 성격으로 보아 그대로 가만히 있을 놈이 아니라는 것을 알고 있었다는 말이다."

키에몬은 칼을 지면에 세운 채 쇼에몬의 목을 툭 떨어뜨렸다. 타케나카 큐사쿠가 휘두른 칼이 갑옷의 어깨에서 뼈까지 깊숙이 파고들었던 모양이다. 허리에서 쿠사즈리로 뚝뚝 피가 떨어지기 시작했다.

"그렇구나…… 알고 있었구나……"

순간 키에몬의 얼굴이 일그러졌다. 웃으려 했던 모양이다.

"노부나가 앞에 내……내…… 내가 스스로 목을 갖다 바치러 온 꼴이 되었군. 하하…… 하하……"

타케나카 시게노리 앞으로 비틀거리면서 가다가 그대로 풀 위에 푹 쓰러졌다.

"어서 쳐라, 내 목을……"

"성주님, 위험할 뻔했습니다."

노부나가는 이 말에는 대답하지 않았다.

"이제 오다니 성의 기둥이 부러졌어. 좋아, 목을 자르고 시체를 적당한 곳에 묻어주어라."

이렇게 말하고 그대로 말을 몰아 앞으로 나갔다.

이제 강변에서 싸우는 적의 그림자는 찾아볼 수 없었다.

전선으로 명령이 하달되었는지 철수를 알리는 소라고둥소리가 울리기 시작했다. 그럭저럭 여덟 점(오후 2시)쯤 되었을 것이다.

'적의 전사자 일천 칠백 —'

노부나가는 마음속으로 이렇게 계산하면서 반짝반짝 빛나며 흐르는 강물의 반사를 피하기 위해 손을 이마에 얹고 적군이 패주해가는 강 건너의 들길을 바라보았다.

"와아!"

도쿠가와의 군대가 한 곳으로 집결하여 함성을 올리고 있었다.

보이지 않는 실

1

하마마츠 성의 소나무는 오늘도 여느 때와 다름없이 바람에 흔들리고 있었다. 하마나浜名 호수에서 불어오는 시원한 바람이었다. 휘장을 둘러친 장막 안에는, 머지않아 돌아올 장병들을 위해 주먹밥이 산더미처럼 마련되어 있었다.

주방에서 일하는 사람들은 말할 나위도 없고, 성안에 사는 하급무사의 부인들도 총출동하여 일하고 있었다. 여자이면서도 장작을 패는 사람이 있는가 하면, 아궁이의 불을 열심히 불고 있는 남자도 있었다.

사이고 요시카츠西鄕義勝의 미망인인 오아이お愛도 그 속에 섞여 하녀들을 지휘하고 있었다.

남자들이 출전할 때의 차림새가 화려했던 것에 비해, 성안에서 일하고 있는 여자들의 옷차림은 아주 검소했다. 각자 칼이나 창, 갑옷과 말 등을 마련하는 데 비용이 들기 때문에 여자의 옷에까지는 미처 손이 가지 못했다. 그러나 여자들은 결코 불평하지 않았다.

일단 집을 나서면 어느 산야에서 시체로 변할지 모르는 남자들. 따라

114

서 남자의 무장은 수의壽衣이기도 했다.

'하다못해 그 죽음이라도 장식해주고 싶다!'

이것이 난세를 사는 여자들의 애절한 사랑의 표현이었다.

오아이도 지금 그런 생각을 하고 있었다. 허름한 무명옷을 입고 땀을 뻘뻘 흘리며 일하는 아낙들의 얼굴이 신성할 정도로 아름답게 보였다. 모두 남편을 맞이하려는 기쁨에 가슴을 설레고 있기 때문이리라.

"지금쯤은 어디까지 왔을까?"

"벌써 이사미伊佐見는 지났을 거야."

"그럼 반 각刻(1시간)이면 도착하겠네."

어디에 가나 속삭이는 소리는 이런 것뿐이었다. 그리고 이러한 사람들 중에 남편에게 입혀준 갑옷이 정말 수의가 되어버린 것을 알게 될 몇몇 여자들이 슬픈 난세의 모습이기는 하지만……

오아이에게도 그런 경험이 있었다.

"장렬하게 전사했습니다."

기다리고 기다리던 끝에 이런 통지를 받은 경험. 그때는 아무것도 생각할 힘이 없었다. 다만 울지 않겠다, 놀라지 않겠다, 지지 않겠다고 노력하는 것이 고작이었다.

자기 한 사람만이 유독 불행한 것은 아니다. 쉴 새 없이 계속되는 전쟁으로 지금도 어디선가 죽어가는 사람이 있다…… 이런 생각을 하자 살아남은 여자라는 것이 행복하다는 마음이 들어 남자들이 더욱 가엾게 여겨졌다.

지금 그 가엾은 남자들이 전공戰功을 선물로 가지고 자랑스러운 모습으로 오미의 전쟁터에서 돌아오고 있었다.

오아이는 부지런히 일하는 여자들을 보면서 문득 쓸쓸함과 부러움을 동시에 느꼈다.

'나에게는 이제 돌아올 남편도 없다.'

오아이는 곧 부끄럽게 생각했다. 지금은 성에서 일하는 몸이었다. 순수한 마음으로 성주가 돌아오기를 기다려야 했다.

"와아."

성문 쪽에서 함성이 울렸다. 망루에서 개선해오는 군사들을 보고 그것을 밑에 알리는 것이었다.

"아아, 돌아왔어."

"얼마나 지쳤을까."

자기 일을 끝낸 사람부터 성문으로 마중하러 나갔다.

돌아오는 사람에게 무엇이 가장 기쁜 일인가는 잘 알고 있었다. 떠들어대는 것도 아니고 손을 흔드는 것도 아니었다. 그러나 양쪽에 도열하여 예의바르게 쳐다보는 눈과 돌아온 사람의 눈이 마주칠 때, 가슴 가득히 감개가 교류했다. 살아 있는 기쁨! 바로 그 한 순간의 감개를 말하는 것이리라.

오아이도 그러한 기쁨을 안고 주군을 맞이해야지 하며 손을 닦으면서 성문으로 향했다.

2

도착을 알리는 소라고둥소리가 행렬에서 들려왔다.

겐키元龜 원년(1570) 7월 8일.

노부나가와 기치를 나란히 하여 싸웠다.

"미카와 군이야말로 천하 제일!"

그리고 좀처럼 남을 칭찬하지 않는 노부나가로부터 이런 말을 듣고 돌아왔다. 남자 대 남자의 면목은 섰다.

이에야스는 자기를 한나라 고조高祖에 비유하고 혼다 헤이하치로를 장비張飛에 비유한 노부나가의 말을 상기하면서 자기 거성의 성문을 들어섰다.

양쪽에 길게 도열하여 환영하는 사람들에게 평소와 다름없는 부드러운 표정을 보여줄 수 있다──이것이 돌아오는 자에게는 더할 나위 없는 기쁨.

이에야스는 모두에게 웃는 얼굴로 인사를 받으면서 두번째 망루의 문을 지나려 했을 때, 환영 인파 속에 섞인 한 사람의 얼굴을 보고 깜짝 놀랐다. 그 얼굴은 이전의 히쿠마노曳馬野 성주 이오 부젠飯尾豊前의 아내, 아니 사이고 야자에몬 마사카츠西鄕彌左衛門正勝의 손녀 오아이의 얼굴이라는 것을 깨달았다.

오늘 오아이의 얼굴은 정말 인상적이었다. 유달리 살결이 희기 때문이기도 했다. 눈부시게 빛나는 구슬이 길가의 풀숲에 섞여 있는 듯한 느낌이었다. 아니, 그 구슬은 더할 나위 없는 우수憂愁의 이슬을 머금고 있었다. 눈물을 떨어뜨리려는 듯한, 애원하는 듯한, 무시하는 듯한, 도전하는 듯한…… 어쩌면 마음속의 슬픔을 억누르고 주군의 개선을 기뻐하려고 애쓰는, 그 의지와 자연이 교차된 아름다움인지도 몰랐다.

이에야스는 저도 모르게 말을 세우려다가 깜짝 놀라 등자를 말의 배에 꼭 대었다. 그런데도 입으로는 이미 말하고 있었다.

"오아이인가……"

"예, 무사히 개선하신 것을 삼가 축하 드립니다."

이에야스는 당황했다.

"부인은…… 아니, 그대는…… 음, 아직 성에 남아 있었군."

자신도 모르게 말을 더듬고 얼굴이 붉어졌다. 물론 그 이상 말할 자리가 아니었다. 일부러 눈길을 앞으로 돌리고 천천히 말을 몰았다. 그후에 인사하는 사람들의 얼굴은 기억하지 못했다.

이에야스는 우스운 생각이 들었다. 노부나가에게조차 한치도 물러

서지 않았던 자신이, 한 사람의 미망인을 본 순간 냉정을 잃다니 어찌
된 일일까?

　한동안 여자를 가까이하지 않은 탓이라는 생각도 들고, 자기에게는
그러한 욕망이 남보다 한층 더 강해서 그런지도 모른다는 생각도 들었
다. 순간 이상하게도 그것들을 부정하고 '인연 ——' 이란 글자가 문득
머리에 떠올랐다. 이 세상에는 사람의 지혜로는 헤아릴 수 없는 '힘' 이
움직이고 있다. 그 힘이 자기에게 오아이를 주목하라고 명하고 있는 것
이 아닐까?

　이에야스는 현관 앞에서 말을 내려, 그곳에 마련되어 있는 장막 안으
로 들어갔다.

　'남자들이란 여자가 탐날 때는 여러 가지로 구실을 늘어놓게 마련이
다……'

　걸상에 걸터앉아 자신의 망상을 비웃으려 했을 때.

　"보리차를 가져왔습니다."

　다시 오아이가 그 앞에 나타났다.

3

　오아이가 세번째로 이에야스 앞에 나타난 것은 그가 군장軍裝을 풀
고 오랜만에 본성의 목욕실로 왔을 때였다.

　이에야스는 한증이나 증기 목욕보다도 더운물이 찰찰 넘치는 붉은
빛이 도는 삼나무 통에 들어가 목욕하기를 좋아했다. 그 안에 들어가앉
아 통 밖으로 넘쳐흐르는 물소리를 듣고 나무향내를 맡는 것이 더없이
즐거웠다.

　"이제 살맛이 나는군!"

아직 해는 지지 않았다. 안을 밝게 하기 위해 일부러 열어놓은 창으로 석양의 붉은 하늘이 바라다보이고, 근처에 있는 오동나무 잎이 계속 바람에 흔들리고 있었다.

"등을 밀어드리겠어요."

욕조에서 나와 잠시 쉬면서 승전의 감회에 젖어 있을 때 뒤에서 가만히 문이 열렸다.

"응, 그래."

무심코 돌아본 이에야스는 깜짝 놀랐다. 다시 오아이가 나타났던 것이다. 오아이는 주군의 나신을 보고 눈을 감기가 두려운 모양이었다.

애써 조용히, 그리고 태연한 눈으로 우러러보려 했다. 그러나 마음속의 수치심이 의지에 따르지 않아 당황하고 있는 듯했다.

"안 돼!"

이에야스는 소리쳤다. 그 소리가 좁은 욕실에 메아리쳐 이에야스 자신도 놀랄 만큼 크게 들렸다.

"무어라 하셨습니까?"

"안 된다고 했어. 그대는 안 된다고 했어."

이에야스는 왜 그런 말을 하는지 자기도 모르면서 성급하게 같은 말을 되풀이했다.

"……제가 무슨 잘못이라도……"

"아니, 하지만 안 돼! 이런 일은 미천한 여자가 하는 것, 어째서 그대가 왔어?"

"저어…….."

"바꿔, 다른 사람으로 바꿔."

"예. 그러면 다른 사람을 들여보내겠습니다."

오아이가 그대로 나갔다.

"이것 봐!"

이에야스는 얼른 다시 부르려 했다.

"후후후."

그러다 생각을 바꾼 듯 웃었다.

"바보 같은 것, 꾸중을 들은 줄 알고 있군."

그렇다면 어처구니없는 일이었다. 오아이의 얼굴을 보는 순간 그녀에게 등을 밀게 한다면 잔인하다는 생각이 들었다. 그대는 훌륭한 명문출신——이런 의미를 담고 한 말이 그만 꾸짖는 어조가 되어 입밖으로 나왔다.

오아이의 지시로 다른 여자가 들어왔다. 겨우 17, 8세 정도가 되었을 촌스러운 여자. 이에야스는 그 여자에게 묵은 때를 밀게 하면서 다시 웃음을 터뜨렸다.

오아이의 표정에서도 수치심을 억누르려는 노력의 흔적을 찾아볼 수 있었으나, 자기가 오아이를 쫓아낸 데 대해서도 수치심과 비슷한 낭패감이 있었는지도 몰랐다.

"너는 이름을 무엇이라 하느냐?"

"키쿠노菊乃입니다."

"음, 좋은 이름이로군. 아까 들어왔던 오아이가 무어라고 하더냐?"

"나는 무언가 성주님께 잘못한 일이 있는 것 같다. 네가 가서 잘 밀어드리라고 말했습니다."

"그래? 역시 그렇게 생각했군."

전쟁터에서 돌아온 주군, 내 손으로 직접 모셔야지 하는 성실한 마음에서 나온 행위였을 텐데…… 이런 생각을 하자 이에야스는 왠지 쓸쓸해졌다.

"사쿠자에몬이 말했듯이 나는 아직 여자 다루는 방법을 모르는 것 같아."

"예, 무슨 말씀인지요?"

"아니다, 나 혼자 말하고 있는 거야. 수고했다. 너는 이만 물러가도록 해라."

4

그런 뒤 이에야스는 다시 물 속에 잠겨 황홀한 듯 반쯤 눈을 감고 있었다.

성에 돌아올 때까지 가끔 생각나던 것은 오만이었다. 그런데 그 오만도 나를 마중 나왔던 것일까? 그것마저도 확실하게 생각나지 않았다. 환영 나온 사람들 속에서 발견한 오아이의 얼굴이 오만의 모습을 멀리 했던 모양이다.

"후후후."

이에야스는 웃었다. 무언가 두 사람 사이를 보이지 않는 실이 연결하고 있다…… 이런 어린아이 같은 공상이 떠올랐다.

어쩌면 죽은 키라吉良 부인이 자기와 닮은 오아이를 이에야스 곁으로 가게 했는지도 모른다. 그렇다면 키라 부인은 짓궂은 눈으로 이에야스가 오아이를 어떻게 하는지 어디선가 보고 있을 것이다.

이에야스가 목욕을 끝내고 나오자 오아이는 다시 갈아입을 옷을 들고 기다리고 있었다. 아까 이에야스가 한 말을 꾸중으로 생각한 모양인지 약간 굳어 있었다. 눈길이 이에야스와 마주칠 때마다 자세를 고치곤 했다. 소심하고 고지식하며 외유내강의 성격인 듯했다.

이에야스는 일부러 한 마디도 하지 않고 오아이 옆을 지나 큰 방으로 나갔다.

이미 승리를 축하하는 자리가 마련되어 있었다. 주위는 아직 밝았으나 두 간마다 켜놓은 촛불이 흔들리고 탁주가 넘치도록 잔에 따라졌다.

사카이 사에몬노죠酒井左衛門尉와 마츠다이라 이에타다松平家忠가 차례로 일어나 춤을 추었다. 여자들은 들어오지 못하게 했다. 술이 한 순배 돈 뒤 7할의 보리쌀이 섞인 밥과 멀건 장국이 나왔는데, 이것이 혀를 녹일 만큼 맛있었다.

축하연은 날이 어두워질 무렵에 끝났다.

모두가 흡족해하면서 물러간 뒤 이에야스도 서늘한 바람을 찾아 정원으로 나왔다. 이이 만치요는 칼을 들고 묵묵히 뒤따라왔다.

"너는 마루에서 기다리고 있어라."

이렇게 말하고 연못 가장자리를 돌아 동산의 정자로 향했다. 하늘에는 또렷하게 모습을 드러낸 은하수가 걸려 있고, 바다에서 불어오는 바람에 파도소리가 섞여 있었다.

이에야스는 문득 노부나가를 떠올렸다.

노부나가는 이미 출전준비를 서두르고 있을 것이다. 이에야스가 오미에서 철수할 무렵, 시코쿠四國를 떠난 미요시 일당이 이시야마石山 혼간 사 부근에까지 진출해 성채를 쌓고 있다는 정보가 들어왔다.

'이 한두 해가 노부나가의 운명을 결정하게 될 텐데……'

노부나가는 분명 잇따라 몰려오는 그 파도를 훌륭하게 극복할 것이었다.

'그동안에 이 이에야스가 할 일은……'

"성주님 —"

갑자기 뒤에서 그를 부르는 소리가 들렸다.

"사쿠자에몬이로군. 왜 그러나, 깜짝 놀랐어."

"타케다 쪽의 첩자가 토토우미에 들어와 있습니다."

"예상했던 일일세. 카이(타케다 신겐의 성지城地)에서는 노부나가 님에게 선수를 빼앗겨 먼저 쿄토에 들어가게 했다고 이를 갈고 있네."

혼다 사쿠자에몬은 천천히 이에야스 곁으로 다가와 나란히 앉았다.

"카이의 군사를 맞아 싸우기에 이 성은 너무 작습니다."

이에야스는 대답 대신 가슴을 열고 시원한 바람을 받아들였다.

5

"카이는 전혀 방심할 수 없는 적입니다. 에치젠의 아사쿠라와는 다릅니다."

혼다 사쿠자에몬이 단둘이 있을 때 그런 말을 하는 것은 반드시 다른 할 이야기가 있기 때문이었다.

"사쿠자에몬."

"예."

"그대는 에치고의 우에스기에게 사자를 보내라는 말을 하려는 게지?"

"후후후."

사쿠자에몬은 웃으면서 말했다.

"알고 계시다면 더 이상 말하지 않겠습니다. 그 촌놈이 이마가와의 옛 영지를 모두 삼켜버렸습니다. 뒤에 무서운 것이 없으면 슬슬 다음 사냥감을 찾게 될 것입니다."

"알고 있네."

"그렇다면 말씀 드릴 것까지도 없군요. 시원한 냉수라도 가져오라고 할까요?"

"음. 여기서 소나무에 불어오는 바람소리를 듣고 있으려니 감회가 새롭군. 훌륭한 성이야."

"그렇습니다. 언제나 머리 위에서 바람이 꾸짖고 있지요. 이래도 되는가, 그래도 좋은가 하고."

사쿠자에몬은 날카롭게 비꼬는 말을 던지고 그대로 정자에서 내려갔다.

이에야스는 그 뒷모습을 바라보면서 중얼거렸다.

"짓궂은 사나이야. 무언가 한마디 않고는 못 견디는 자라니까."

사쿠자에몬의 충고와 자기 생각이 합치되는 것에 만족하고 미소를 떠올렸다.

이번 아네가와의 전투에서 이름난 용사를 거의 모두 잃은 아사이와 아사쿠라는 결국 마지막 발악을 할 것이 분명하다. 시코쿠에서 올라온 미요시 일당과 손을 잡을 수도 있고, 혼간 사, 히에이잔과도 결탁하려 할 것이다. 그것만으로는 오다의 세력을 당하지 못한다. 그러므로 당연히 카이의 타케다 신겐 뉴도武田信玄入道와도 접촉할 것이다.

신겐 뉴도가 가담하면 야마토의 기회주의자인 츠츠이筒井와 마츠나가松永도 동요하게 된다. 아니, 그보다도 쇼군 요시아키義昭가 직접 타케다 신겐을 맹주로 하는 반反오다 군의 대연합을 구성하려고 움직일 것이 분명하다. 그렇게 되면 신겐은 당연히 토토우미에서 미카와와 오와리로, 이마가와 요시모토今川義元가 지나온 길을 그대로 지나 상경을 시도할 것이다. 이때 제일 먼저 공격당할 것은 이에야스였다.

'그렇다, 시급히 에치고와 연락을 취하지 않으면 안 된다.'

에치고의 우에스기 켄신만이 타케다 신겐을 뒤에서 견제할 수 있는 유일한 존재였다.

'그렇다면…… 과연 누구를 우에스기에게 사자로 보낼 것인가?'

아직 양가 사이에는 아무런 접촉도 없었다. 그러므로 예사 인물로는 사자의 사명을 다할 수 없다.

눈길을 은하수에 던진 채 그 일을 깊이 생각하고 있을 때.

"시원한 보리차입니다."

방울벌레소리와도 같은 여자의 목소리가 바람을 타고 들려왔다.

이에야스는 번쩍 정신이 들어 뒤를 돌아보았다.

"오아이인가……"

말하면서 숨을 삼켰다.

"사쿠자에몬이 그대를 보냈군."

"예. 성주님이 혼자 바람을 쐬고 계신다, 혹시 시킬 일이 있을지도 모르니 곁에서 모시라고 하셨습니다."

"뭐, 내 곁에 있으라고?"

"예, 무엇이든 분부를 내려주십시오."

오아이는 가만히 이에야스에게 찻잔을 바치고 그대로 꿇어앉았다. 그 희고 부드러운 얼굴을 어둠 속에 떠올린 채……

6

이에야스는 찻잔 너머로 바라보는 자기 시선이 오아이에게서 떨어질 줄 모른다는 것이 우스웠다. 일단 군략軍略 쪽으로 돌려졌던 생각이 다시 인간적인…… 너무도 인간적인 번뇌 앞에 놓이고 말았다.

오아이는 여자였다. 오늘 밤 이에야스는 그 여자를 마음속 어딘가에서 의식하고 있는 사내였다.

그 사내 앞에 오아이는 아무런 위험도 느끼지 않고 온 것일까. 아니, 그럴 리가 없다. 한번 남편을 가졌던 여자는 남자의 습성을 잘 알고 있을 것이다. 그렇다면 이미 오아이는 주군인 이에야스의 사랑을 안타깝게 기다리고 있는 것일까. 아니면, 세상에서 흔히 말하는 색을 밝히는 여자일까?

"오아이……"

"부르셨습니까?"

"그대는 아까 목욕실에서 내가 꾸중을 한 줄 알았겠지?"

"예……못난 여자라 성주님의 꾸중을 받은 것이라 생각합니다."

"왜 꾸중을 했는지 생각해보았나?"

오아이는 대답할 말이 생각나지 않았다. 어둠 속에서 얼굴을 이에야스에게 향하고 조각처럼 움직이지 않았다.

"왜 대답이 없나? 나는 왜 꾸중을 했는지 알고 있느냐고 물었어."

"그것은…… 미천한 몸이라 알 수가 없습니다."

"허어, 그러면 알지도 못하고 사죄했다는 말이로군. 그대는 자신의 잘잘못은 생각지 않고 꾸중을 들으면 언제나 사죄만 하는 여자인가?"

"아닙니다. 성주님이 아니면 사죄하지 않습니다."

오아이는 또렷하게 대답했다.

"내가 성주이기 때문에 사죄했나?"

"예…… 아니, 그것은 좀 다릅니다."

"허어, 그거 재미있군. 어떻게 다른지 말해보게."

"저는 성주님을 매우 현명하신 분으로 생각하고 있습니다. 그러므로 꾸중을 듣는 것은 반드시 제게 무슨 잘못이 있고, 또 그것을 깨닫지 못하는 저의 어리석음…… 이렇게 생각하고 사죄를 드렸습니다."

"뭣이, 내가 매우 현명하다고."

이에야스는 그 말에서 자기가 가장 싫어하는 아부 같은 것을 느끼고 저도 모르게 비꼬는 투로 말했다.

"그럼, 어리석은 사람이라고 생각되면 비록 나이 많은 사람이라도 멸시한다는 말인가? 남편이 노망이라도 나면 섬기지 않을 여자인가?"

오아이는 다시 입을 다물었다. 아마도 뜻밖의 말을 듣고 당황했음이 틀림없다.

"왜 잠자코 있나? 내가 속이 뻔히 들여다보이는 아부를 듣고 기뻐할 줄 알았나?"

"아니, 그것과는 다릅니다."

"어떻게 다르다는 건가?"

"입으로는 말씀 드릴 수 없습니다. 다만 저는 아부 같은 것은 할 줄 모릅니다."

"음, 그럼 정직하게 말했다는 것이로군. 그렇다면 나도 정직하게 말하겠어. 나는 그대를 꾸짖은 것이 아니야."

"예…… 그러시면?"

"바보 같은 것, 사랑스럽게 생각했기 때문에 걱정해준 거야."

이에야스는 내뱉듯이 말하고 꿀꺽 침을 삼켰다. 오아이가 무슨 말을 할 것인가? 가슴이 두근거리는 것이 우습기도 하고 즐겁기도 했다.

7

오아이는 당황한 듯 자세를 고쳤다. 사랑스럽게 여겼기 때문에 꾸짖었다…… 그 기묘한 이에야스의 말이 몇 겹으로 쌓여 머릿속에서 소용돌이쳤다.

'사랑스럽게……라는 것은 무슨 뜻일까?'

불쌍한 가문의 미망인이라고 가엾게 생각했다면 고마운 일이었다. 하지만 그 이상의 의미가 있다면 무서운 일이었다.

오아이는 아직 마음속으로 죽은 남편을 잊지 못하고 있었다. 가능하면 두 아이의 장래를 지켜보면서 두 남자를 섬기지 않고 혼자 살아가고 싶었다.

"그대는 재혼하는 것이 좋겠어."

그러나 성주가 자신을 동정해 이렇게 말한다면 거절할 수 없었다. 상대가 누구이건 '예'라 대답하고 다시 한 번 새로운 남편과 살아야 한다. 성주의 눈에 들어 권하는 상대, 전남편인 요시카츠 이상으로 무용에 뛰어난 분……이라면 오아이는 다시 한 번 혼신을 다해 사랑하고 섬겨 화목한 가정을 이루고, 그런 뒤 또다시 남편의 훌륭한 최후를 맞는 슬픈 '이별'을 경험하지 않으면 안 된다.

오아이는 막연한 두려움으로 아무 대답도 하지 못했다.

"왜 가만히 있어, 알겠나?"

이에야스는 짓궂게도 위압하는 목소리로 말했다.

"그대는 대관절 나이가 얼마인가?"

"예, 열아홉입니다."

"뭐, 열아홉…… 나는 너무 분별이 있어 스물이 넘은 줄로 알았네. 음, 열아홉이란 말이지. 그렇다면 무리가 아니야."

이에야스는 자신도 모르게 입가에 미소를 떠올리려다 얼른 말에 힘을 주었다.

"사이고는 우리 집안에는 잊을 수 없는 가문, 그러한 가문의 그대에게 차마 때를 밀라고 할 수 없어서 물러가라고 했어. 음, 아직 열아홉이란 말이지."

"예…… 예."

"열아홉이라면 미망인으로 일생을 보낼 수는 없지. 가련한 일이야."

"성주님!"

오아이는 그 다음에 나올 말이 두려워 얼른 이에야스의 말을 가로막았다.

"그런 동정은 거두시고 평생 성주님 곁에서 일하도록 해주십시오. 저는 어떤 일이라도 기꺼이 하겠습니다."

"뭐, 어떤 일이라도?"

이에야스는 더욱 엄한 소리로 물었다.

"그런 오만한 말을 하다니. 여자가 할 수 있는 일에는 한계가 있게 마런이야. 여자는 여자답게 살아야 해."

"그렇다고 이제 와서 성에서 나가기는 싫습니다."

"그게 본심인가?"

"예. 저의 평생 소원입니다."

"그게 사실이라면 다시 일러둘 말이 있어."

"무슨 말씀이건…… 기꺼이 받들겠습니다."

"그대는 나를 곁에서 섬기도록."

"예."

"알고 있겠지, 내 곁에 있으면 아이를 낳게 돼. 이것은 그대에게는 가장 행복한 섬김이야."

"예?"

오아이는 곁에서 섬기라는 말이 이에야스의 소실이 되는 것임을 알고 당황했다. 재혼하라는 말을 듣고 싶지 않아 평생을 곁에서 섬기겠다고 한 것인데, 이에야스에게는 사모한다는 여자의 말로 들렸던 것일까.

"성주님! 그것은…… 그것은 다릅니다. 저는……"

오아이는 정신없이 어둠 속에서 무릎걸음으로 다가앉았다.

8

"어리석은 것, 잠자코 있지 못하겠어!"

이에야스는 다시 꾸짖었다. 꾸짖으면서 언젠가 혼다 사쿠자에몬이 한 말이 떠올라 우스운 생각이 들었다. 입으로만 여자를 위로하는 것처럼 무책임한 장난은 없다던 말.

오아이는 이에야스의 이성理性과 부합되었다. 감정은 그 이전부터 계속 정화情火를 부채질하고 있었다. 그리고 평생을 곁에서……라고 한 이상, 비록 착각이라 해도 낯선 남자에게 재혼하기보다는 훨씬 더 납득이 가는 많은 뜻을 포함하고 있을 것이다.

'입으로만 위로하지는 않겠다……'

"그대에게 무슨 할말이 있겠는가, 잠자코 있어!"

"예."

"그대는 뭐라고 말했지, 평생을 두고 곁에서 모시겠다고 했지 않아? 설마 마음에도 없는 말을 한 것은 아니겠지. 열아홉이면 평생을 미망인으로 보낼 수는 없어. 또 그렇게 하는 것이 신불神佛의 뜻도 아니야. 내가 아기를 낳으라고 한 말을 거부하려 하다니 무엄하군. 그대는 유아遺兒를 훌륭하게 키우고, 또 그보다 더 나은 아이를 낳는, 여자에게 부과된 중요한 소임을 어째서 꺼린다는 말인가. 아직 큰 방에는 그대의 숙부 사에몬노스케 키요카즈가 남아 있을 테니 불러오도록 하라."

이렇게 말하면서도 이에야스는 낯이 간지러웠다. 그러나 웃어서는 안 된다는 생각이었다.

남녀의 맺어짐이란 일시적인 것이 아니라, 이를 통해 새로운 생명을 낳게 되면 그것은 영원히 꼬리를 무는 무한한 신비를 간직하게 된다. 백년 후에도 천년 후에도.

이런 생각을 하고 보니 아무리 엄숙하게 말해도 모자랄 정도로 엄숙한 일이었다.

오아이는 넋이 나가 한참 동안 멍하니 앉아 있었다. 아마 그녀는 상상 속에서도 이처럼 묘한 남녀관계는 생각하지 못했을 터였다.

"왜 가만히 있나. 숙부를 불러오라고 하지 않았어?"

"예……"

오아이는 조용히 일어났다. 이것이 주군이란 입장에서 명하는 폭언이라 느꼈다면 순순히 일어날 오아이가 아니었다.

부드러운 태도 속에 할아버지의 강직하고 격렬한 성격을 이어받은 오아이였다. 그런 오아이였지만 성주의 말에 분노를 느끼지 못했다. 어쩌면 아이를 훌륭하게 키우고 그보다 더 나은 아이를 낳는 것이 여자의 소임……이라고 한 말에서 안심할 수 있는 애정을 느꼈기 때문인지도 모른다.

이윽고 오아이는 숙부인 사이고 사에몬노스케 키요카즈西鄕左衛門佐淸員와 함께 정자로 돌아왔다.

"성주님, 부르셨습니까?"

"오오, 키요카즈, 그대는 이 오아이를 그대의 양녀로 삼게."

"예? 무슨 말씀인지요?"

"말귀가 어두운 사람이로군. 오아이를 그대의 양녀로 삼으라는 말일세. 어서 집으로 데려가게."

"그러시면…… 오아이가 무슨 잘못이라도 저질렀습니까?"

"음, 이대로 잡일이나 시킨다는 것은 잘못이야. 다시 내가 부를 때까지 잘 맡아두게. 소중하게 보살피면서."

사에몬노스케는 이해할 수 없다는 표정으로 고개를 갸웃했다.

오아이는 얼굴이 빨갛게 되어 숙부 뒤에 움츠리고 있었다.

혼다 사쿠자에몬은 그 한 단 아래에 있는 정원석에 걸터앉아 꾸벅꾸벅 졸고 있었다.

카이의 바람

1

코후 성甲府城은 봄에는 동쪽에서 오는 사자使者가 많고, 가을이 되면 서쪽에서 오는 사람들의 출입이 잦았다. 그것은 이곳을 근거지로 하여 상경할 기회를 노리고 있는 타케다 하루노부 뉴도 신겐武田晴信入道 信玄에게 숙명적인 적이 한 명 있어서였다.

그 적은 다름 아니라, 에치고의 우에스기 켄신이었다. 그는 마치 신겐과 싸우는 것을 즐기기라도 하는 것 같았고, 또 신겐이 마음속에 품고 있는 상경에 대한 야망을 싸늘하게 비웃고 있는 것 같기도 했다.

지난 20년 동안 북쪽 지방의 산야를 뒤덮는 명물인 눈이 녹기 시작하면 반드시라고 해도 좋을 정도로 켄신은 신겐에게 싸움을 걸어오고는 했다. 어떠한 계략에도 넘어가지 않고 화해에도 응하지 않았다. 참선參禪의 깊은 경지에 들어선 그는 때때로 날카로운 칼을 휘둘러 신겐의 간담을 서늘하게 만들었다.

에이로쿠 4년(1561)에는 단신으로 카와나카지마川中島의 본진에 쳐들어와 그의 애도愛刀 아즈키 나가미츠小豆長光를 휘두른 예상치 않은 기습까지 감행했다. 그때 신겐은 남만南蠻의 철로 만든 지휘용 부채로 막으며 싸우다가 팔과 어깨에 부상을 입었다. 한두 번이 아니라 전광석화와 같이 대번에 여덟 번이나 휘두르는 칼 앞에 신겐이 자랑하는 스와홋쇼諏訪法性라는 투구에도 세 군데나 칼자국이 생겼다.

호시탐탐 상경의 기회를 노리고 있는 신겐으로서는 이런 끈질긴 적 때문에 언제나 그의 군사를 양분하지 않으면 안 되었다.

신록의 계절이 되어 산야에 눈이 녹기 시작하면 동쪽을 대비하는 작전을 세우고, 눈이 내릴 무렵이면 상경의 야망을 달성하기 위해 군사를 이동시켰다. 봄에는 동쪽으로부터, 가을에는 서쪽으로부터 사람들이 출입하는 것은 이와 같은 신겐의 숙명적인 입장과 성격 때문이었다.

동쪽에 있는 켄신의 존재가 두려워 상경의 야망을 포기할 신겐이 아니었다. 그렇다고는 하지만 켄신을 무시하고 섣불리 상경할 수도 없었다. 만일 같은 시대에 켄신이라는 사나이가 태어나지 않았더라면, 그는 이마가와 요시모토가 쓰러졌을 때 이미 자신의 목적을 달성했을지도 몰랐다.

신겐은 벌써 쉰을 넘어섰다.

열여섯 살 때 처음 출전하여 신슈信州의 사쿠 성佐久城에서 히라가 겐신平賀玄眞의 목을 자른 이래 수많은 경험을 통해 단련된 이 시대의 거봉巨峰이었다.

탁월한 정치력으로 백성들을 부유하게 만들고, 날카로운 이해타산으로 외교적 수완을 발휘했으며, 틈만 나면 영지를 확장시켜왔다.

카이의 전지역	25만 석
시나노信濃의 대부분	51만 석
스루가駿河의 전지역	17만 석
토토우미의 일부 지역	1만 석
미카와의 3개군郡	4만 석

코즈케上野의 일부 지역	16만 석
히다飛驔의 일부 지역	1만 석

이 모든 것을 합쳐 지금은 약 120만 석에 달하는 영지와 1만 석당 250명의 비율로 약 3만에 이르는 군사를 보유하고 있었다.

이러한 그에게 하늘은 아직 상경의 기회를 주지 않았다.

신겐은 지금 카이 성의 자기 방에서 눈을 반쯤 뜨고 요가이잔要害山의 단풍을 바라보며 조용히 앉아 있었다.

무념무상無念無想의 경지에 들어가 있는 것 같기도 했다. 전쟁으로 일관한 52년의 생애가 그대로 바위로 화한 듯한 중후함이었다. 무언가를 깊이 생각하고 있는 것이 분명했다.

아까부터 몇 번이나 근시들이 마루까지 왔다가 그 모습을 보고는 소리나지 않도록 주의하며 물러갔다.

때까치소리가 계속 가을의 정원을 시끄럽게 하고 있었다.

2

세번째로 신겐의 거실을 들여다본 것은 그의 사랑하는 아들 시로 카츠요리四郎勝賴였다. 카츠요리는 생각에 잠겨 있는 아버지를 보고 일단 물러가려 하다가 생각을 바꾼 듯 다시 앉았다. 아버지가 좌선을 풀 때까지 자기도 그곳에 앉아 있을 생각이었다.

이런 행동이 아버지가 카츠요리를 사랑하는 이유이기도 했다.

아버지가 움직이지 않았다. 아들도 꼼짝 않고 앉아 늦가을의 정원에 눈길을 던지고 있었다. 아버지가 네모난 바위를 옮겨다놓은 듯 듬직한 데에 비해 카츠요리는 여자라고 해도 손색이 없을 만큼 화사한 모습의 귀공자였다.

"카츠요리로구나."

잠시 후 신겐이 말했다.

"카가加賀에서 밀사가 왔느냐?"

카츠요리는 그 한마디로 아버지가 무엇을 생각하고 있는지 알았다.

"카가에서 사자가 온 것이 아니라, 오다 쪽에 보낸 첩자들이 돌아왔습니다."

"어때, 노부나가는 여전하다더냐?"

"예, 계속 쇼군에게 위협을 가하면서 카와치河內, 셋츠, 야마토, 오미, 에치젠 등의 방비강화에 여념이 없다고 합니다."

신겐은 고개를 끄덕이는 대신 그 큰 눈으로 카츠요리를 흘끗 바라보고, 나직하게 말했다.

"기회는 무르익어가고 있는데……"

"그렇습니다. 쇼군은 미요시 일당, 야마토의 마츠나가, 에치젠의 아사쿠라, 오미의 아사이, 이세의 키타바타케 잔당 등을 비롯하여 사사키 롯카쿠의 무리까지 모두 서약서를 보내왔다면서 아버님의 상경을 기다리고 있습니다."

"카츠요리, 타나카 성田中城의 바바 노부하루馬場信春와 에지리 성江尻城의 야마가타 마사카게山縣昌景에게 그 뜻을 도쿠가와의 영내에 퍼뜨리라고 일러라."

"그러면 이에야스에게 항복을……?"

카츠요리는 진지한 표정으로 물었다. 신겐은 가만히 고개를 저었다.

"그는 항복할 사람이 아니야. 그러나 기회를 엿보는 데는 약삭빨라."

카츠요리는 그 말에 동의할 수 없다는 듯 희미하게 웃었다.

"말씀하신 대로 하겠습니다."

그리고는 순순히 대답했다.

"그러나 오다와 도쿠가와의 동맹은 우리가 생각하고 있는 것보다 훨씬 더 굳건한 줄로 알고 있습니다마는."

"그러기에 접촉해보라는 것이 아니냐. 적이 강대함을 알면 그만큼 신중해지는 것이다. 카가의 사자가 오면 곧 알려라. 그때까지 나는 혼자 있고 싶다."

카츠요리는 고개를 끄덕였으나 곧 일어서려고는 하지 않았다. 그로서는 아버지가 아직 결단을 내리지 않는 것이 안타까웠다.

'세상에 만전을 기할 수 있는 것이라고는 없다……'

쇼군 요시아키가 거듭 밀사를 보내 상경을 독촉하고 있고, 노부나가 타도의 동맹도 이루어졌다. 아니, 무장들의 동맹만이 아니라 민심도 노부나가의 포악함을 원망하여 드디어 원한을 품기 시작했다고 카츠요리는 생각하고 있었다.

노부나가는 지난해(겐키 2년, 1571) 9월에 히에이잔을 불태운 전례 없는 폭거를 감행했다. 그 폭거에는 모든 계층의 사람들이 깜짝 놀랐다.

왕성을 수호하는 성역聖域. 본당과 21개소에 달하는 사찰을 모두 불태우고 승려들을 닥치는 대로 학살하여 스스로 부처의 적이라는 오명을 얻었다. 따라서 지금이야말로 절호의 기회라 생각하고 있는데도 아버지는 아직 무언가를 생각하고 있었다.

"아버님!"

카츠요리는 무릎걸음으로 다가앉았다.

3

신겐은 다시 눈을 반쯤 감고 대답하지 않았다.

그 역시 지금이 절호의 기회라고 생각하는 점에서는 카츠요리와 같은 의견이었다. 아니, 쉰둘이 되는 지금까지 오로지 그것만을 위해 책략을 짜내고 심혈을 기울인 그였다. 궐기할 의사가 충분히 있기 때문에 새삼스럽게 미비한 점이 없는지 깊이 생각하고 있었다.

> 빠르기는 바람과 같고
> 고요하기는 숲과 같다
> 쳐들어갈 때는 불과 같고
> 움직이지 않을 때는 산과 같다

『손자孫子』의 군쟁편軍爭篇에 나오는 한 구절을 대장기大將旗에 크게 쓰게 하고 행동하는 신겐. 지금 그의 심사숙고는, 말하자면 태풍이 불기 전의 정적이고, 급류를 지켜보는 산악이었다.

가능한 조치는 이미 모두 강구해놓았다. 동쪽으로는 멀리 아시나葦名, 사타케佐竹, 사토미里見 등의 가문과 긴밀한 관계를 맺어놓았고, 서쪽의 연맹도 완벽할 뿐 아니라 키타바타케의 떠돌이무사들을 모아 이세에서 반란을 일으켜 수군水軍으로 하여금 오다의 배후를 찌르게 하는 계획까지 마련해놓고 있었다. 오우奧羽로부터 시코쿠에 걸친 포석, 아마도 이처럼 웅대한 계획은 다른 어떤 무장도 시도하지 못할 것이었다.

이러한 신겐에게 여전히 불안한 것은 오직 에치고의 우에스기 켄신이었다.

겨울철에는 눈이 켄신의 출격을 억제해주었다. 그렇다고 눈만을 믿고 코후 성을 떠날 수는 없었다. 그래서 그는 카가와 엣츄越中의 잇코一向 종도들에게 반란을 일으키게 하여 켄신과 맞서게 할 비책을 짜내고 있었다.

이미 켄신을 억제할 비책은 마련되어 있었다. 그리고 그들이 언제 어떻게 궐기하여 어떤 방법으로 켄신의 진출을 막을 것인지 그 통보를 기다리고 있었다.

평생에 걸쳐 두 번 다시 있을 수 없는 상경을 위한 전투.

52년의 생애를 이 한 번의 싸움으로 결판지어야 할 전투.

켄신에 대한 대책만 완벽하다면 승리는 손 안에 들어온 것과 마찬가지였다.

신겐의 정실은 조정 대신인 산죠 다이나곤三條大納言의 딸이었다. 그리고 이 정실의 동생은 이시야마 혼간 사로 출가해 있었다. 그 연줄을 활용하지 않을 신겐이 아니었다. 카가와 엣츄의 잇코 종도를 자기편으로 끌어들인 것도 그런 연유에서였다. 신겐이 상경을 결정하면 이시야마의 혼간 사 승려들도 또한 오사카에서 노부나가의 배후를 공격하게 될 것이다.

"아버님 —"

다시 카츠요리가 말했다.

"그토록 카가와 엣츄가 불안하시다면 이쪽에서 사자를 보내 자세히 둘러보게 하시면 어떻겠습니까?"

"……"

"이번 가을을 그대로 넘기면 다시 일 년…… 그때는 노부나가가 야마토, 카와치, 셋츠의 경비를 더욱 강화할 것이므로 기회를 잃게 됩니다."

"카츠요리."

"예."

"너도 이제는 스물일곱 살, 좀더 신중할 줄 알아야 한다."

"그러시면 잇코 종도의 힘을 믿지 않으시는 것입니까?"

신겐은 눈을 반쯤 감은 채 조용히 고개를 가로저었다.

"이쪽에서 부채질한 불은 꺼지기 쉽다. 안에서 타오를 불을 기다리고 있는 거야. 그 불길만이 켄신을 막아낼 수 있어."

이 말을 하는 신겐의 목소리는 그 옆의 기둥이 말하는 것같이 견고하고 무거웠다.

4

카츠요리는 잠자코 그 자리를 물러났다.

그는 자기 용모는 어머니를 닮았으나 마음은 아버지를 닮은 줄로 알고 있었다. 이렇게 믿으면서도 아버지에게 한 가지 불만을 품고 있었다. 그의 외할아버지가 아버지 신겐이 마련한 술자리에 참석했다가 칼에 맞아 죽었다는, 난세에는 흔히 있을 수 있는 육친 상잔相殘의 원한이 있기 때문은 아니었다.

신겐에게 죽은 카츠요리의 외할아버지 스와 요리시게諏訪賴茂는 신겐의 고모부이기도 했다. 따라서 요리시게의 딸이었던 카츠요리의 생모와 아버지 신겐과는 고종사촌이었다.

그 생모가 아버지에게 사랑받은 것과 마찬가지로 카츠요리 또한 정실 소생인 타로 요시노부太郎義信보다도 훨씬 더 아버지의 사랑을 받았다. 이 때문에 형인 타로 요시노부는 스루가의 이마가와 우지자네今川氏眞와 짜고 아버지를 제거하려다 도리어 아버지에게 붙잡혀 옥에서 처형당했다. 그리고 동생이었던 시로 카츠요리가 정식으로 타케다 가문의 후계자로 결정되었다.

카츠요리가 스무 살 때의 일이었다. 그 무렵 그는 아버지에게 빠져 있었다. 어째서 자기만이 이렇게 사랑을 받는지 고개를 갸웃거리고, 그것은 자기가 아버지의 영매英邁함을 닮았기 때문이라고 결론지었다.

그런데 요즘에 와서 하나의 의혹을 느끼고 있었다. 아버지가 자기를 후계자로 삼은 것은 아버지의 대망을 물려받을 사람이 바로 자신이라고 생각했기 때문인가 하는 의문.

아버지의 목적은 말할 나위도 없이 쿄토에 올라가 천하를 호령하는 일이었다. 그 후계자라면 당연히 카츠요리 또한 천하를 호령할 자로서 자격을 인정받고, 바로 그런 점 때문에 사랑도 받았어야 했다.

'과연 그런 것일까?'

이 아들이야말로 내 뒤를 이어 천하를 호령할 자——그런 의미로 나를 보고 있는 것일까?

그 대답은 아니올시다였다. 아버지가 형인 타로 요시노부를 제쳐놓고 자기를 후계자로 삼으려 한 것은, 이 코후의 땅에서는 조정 대신의 딸을 어머니로 가진 형보다도 시나노의 토호인 스와 가문의 후예인 편이 통치하기에 유리하다는 타산 때문이었다.

이것이 카츠요리에게는 더할 나위 없이 섭섭했다. 카츠요리가 이런 생각을 하게 된 것도 오다 가문과의 혼담에서 너무나 야박한 계산을 목격했기 때문인지도 모른다.

그가 오다 가문에서 맞이한 정실 유키히메는 첫아들 타케오마루竹王丸를 낳고 얼마 후에 죽었는데, 그 유키히메를 맞이했을 때 아버지가 기뻐하던 모습. 그리고 타케오마루가 태어났을 때 벌였던 그 대대적인 축하연.

지금은 카츠요리의 마음에 그늘을 떨구고 있는 그런 일 따위는 아버지 마음에는 전혀 남아 있을 것 같지 않았다. 그렇지 않다면 이 험악한 난세에 살아남을 수가 없다.

생각은 그렇게 하지만, 인생의 모든 것이 살아남기 위한 깊은 배려이고 계략이라고 한다면 너무나 서글픈 일이었다.

상경을 위한 전투에 승리한다. 그때 아버지는 카츠요리를 쿄토에 있게 할 것인가, 시나노를 무마하기 위해 카이에 남겨둘 것인가……

'좋다, 앞으로는 내 힘으로 내 위치를 확립한다.'

이것이 카츠요리의 마음이어서, 아버지와는 다른 의미에서 초조감을 느끼고 있었다.

5

아버지와 아들이 서로 상대를 인정하면서도 어느 틈에 경쟁자가 되어 있다는 것은 도대체 무엇을 의미하는 것일까? 이런 점에서 외부의 일을 도모하는 데는 뛰어난 재능을 보이는 신겐도 내부에 관한 문제에서는 계산이 밝지 못했다.

카츠요리는 아버지만큼 엣츄나 카가에 대한 걱정은 하지 않았다. 그들 잇코 종도는 이시야마의 혼간 사 지시에 따라 전력을 다해 켄신의 진출을 저지할 것이 틀림없었다. 오히려 우려되는 것은 출전했을 때 제일 먼저 통과해야 하는 토토우미와 미카와의 도쿠가와 이에야스였다.

이에야스와 아버지는 에이로쿠 11년(1568) 2월, 이마가와 일족의 내부에 불화가 일어났을 때 오이가와大井川를 경계로 스루가와 토토우미의 영지를 분할하는 밀약을 맺었다.

토토우미의 이누이 성犬居城 성주 아마노 카게츠라天野景貫가 내응한 것을 기화로 아버지는 이 밀약을 깨고, 신슈의 이다 성飯田城 성주 대리 아키야마 노부토모秋山信友를 시켜 미카와와 토토우미를 공격하게 했다. 그때 토토우미의 쿠노 성久野城 성주 쿠노 무네요시久野宗能, 우마후시츠카 성馬伏塚城 성주 오가사와라 나가타다小笠原長忠 등은 미카와의 츠쿠데 성作手城 성주 오쿠다이라 타다요시奧平貞能와 더불어 노부토모의 군사를 맞아 악전고투했다.

청년 이에야스는 불같이 화를 내며 곧 출병하여 아키야마 노부토모를 격퇴하고, 신겐에게 밀약의 위반을 통렬하게 비난하는 글을 보내,

이것으로 양가의 밀약은 파기되었다.

에이로쿠 12년 정월의 일이었다.

아버지는 그런 일 따위로는 이에야스를 안중에도 두지 않고 '흥' 하고 비웃었을 뿐이었다. 그러나 신겐과 관계를 끊은 이에야스는 당시 슌푸에 있던 타케다 가문의 명장 야마가타 마사카게를 봄이 무르익은 슌푸에서 몰아내어 놀라운 의기를 발휘했다. 더구나 이에야스는 마사카게를 무찌르고도 공을 서두르지 않고 '여기 이에야스가 있다!' 는 기개를 나타내고는, 카이 군의 반격이 가해지기 전에 바로 하마마츠로 철수했다.

그 놀라운 전략에 카츠요리는 새롭게 떠오르는 자의 '힘' 을 뼈저리게 느꼈다.

이마가와 요시모토는 신흥세력인 오다 노부나가를 가볍게 보고 상경하다가 그 첫번째 전투인 덴가쿠하자마田樂狹間에서 목숨을 떨구지 않았는가.

'이에야스를 가볍게 보아서는 안 된다……'

문제는 엣츄나 카가에 있는 것이 아니라, 맨 먼저 지나가야 하는 전면의 토토우미와 미카와에 있었다.

아버지는 카이의 대군이 치밀한 준비 아래 움직이기 시작했다는 것을 알면, 이해타산에 밝은 이에야스이므로 하마마츠 성에서 모른 체하고 아버지를 그냥 지나가게 할 것이라 계산하고 있었다.

카츠요리는 그렇게 생각하지 않았다. 도리어 이에야스에게 과감한 항전을 강요하는 결과가 되리라 내다보고 있었다.

아버지의 예상이 적중할 것인가?

아들의 예측이 과녁에 꽂힐 것인가?

이 미묘한 갈등 속에는 카츠요리의, 아버지와 경쟁하여 아버지에 못지않은 재목임을 과시하려는 기개가 있었다.

카츠요리는 자기 방으로 돌아와 시동에게 명했다.

"겐케이減敬를 불러라."

이곳 역시 가을의 밝은 햇빛이 비치고, 때까치의 울음소리가 쉴 새 없이 들려왔다.

카츠요리는 창가에 서서 하늘을 찌를 듯이 첩첩이 이어진 산을 바라보고 있었다.

"의사 겐케이가 부름을 받고 왔습니다."

"오오, 가까이 오시오."

뒤를 돌아보던 카츠요리의 눈이 휘둥그레졌다. 겐케이 뒤에 열서넛으로 보이는 아름다운 처녀가 겁먹은 모습으로 따라오고 있었다.

6

"겐케이, 수고가 많았네. 그런데, 저 처녀는?"

카츠요리는 앉으면서 가벼운 어조로 물었다.

"예. 휴가 야마토노카미日向大和守 님의 딸입니다."

"뭣이, 마사토키昌時의 딸이라고?"

"실은 야마토노카미 부인의 딸이 아니라 소실의 몸에서 태어났기 때문에 심한 구박을 받고 있어서 여간 불쌍하지 않습니다. 그래서 제가 데리고 있습니다."

"으음, 그것 참 안 됐군."

카츠요리는 처녀의 모습이 어딘가 자기 생모와 비슷하다는 생각이 들어 서글픔을 느꼈다.

"이름은 뭐라고 하느냐?"

"아야메(붓꽃)라고 합니다."

"음, 모습과 어울리는 이름이로구나. 나이는?"

"열넷입니다."

"허어. 그런데 겐케이, 그대는 이 아야메를 오카자키에 데리고 갈 생각인가?"

"예. 양녀로 삼은 이상 어디로 데려가건 제 자유입니다. 그것이 이 아이를 위하는 길이기도 합니다."

카츠요리는 고개를 끄덕였다.

서른다섯 살, 지금 한창 나이인 겐케이는 카츠요리가 은밀히 미카와에 파견한 첩자 중 한 사람이었다. 그런 겐케이가 일부러 데려가려 하는 처녀, 그 말을 듣고 보니 대강 짐작이 갔다.

겐케이는 자신의 음모를 꾸미는 데 이 아름다운 처녀가 필요한 모양이었다. 아야메는 그러한 사실을 아는지 모르는지, 소문난 미남인 카츠요리 앞에 나온 것이 눈부신 듯 눈길을 내리깔기도 하고 눈을 깜빡이기도 했다.

"겐케이, 이 처녀 앞에서 말해도 괜찮은가?"

"예. 일부러 듣게 하려고 데려왔습니다."

"주위에 아무도 없겠지?"

"예."

겐케이는 일어나서 옆방과 정원을 주의깊게 둘러보았다.

"염려하실 것 없습니다."

"그래, 도쿠가와의 급소를 발견했나?"

겐케이는 히죽 웃었다.

"유일한 급소는 이에야스 님과 츠키야마의 불화입니다."

"허어, 이에야스는 정실과 사이가 안 좋다는 말이지?"

"예. 츠키야마는 죽은 이마가와 요시모토의 조카딸, 이에야스와는 사사건건 뜻이 맞지 않습니다."

"그래서, 그대의 생각은?"

"츠키야마는 심한 우울증에 걸려 있고, 노상 허리와 어깨가 결린다고 호소하고 있습니다. 그래서 저는 고심 끝에 침을 가지고……"

"접근하는 데 성공했다는 말이지."

"예. 지금은 크게 신임을 받는 사람 중의 하나가 되었습니다."

"성안에 끄나풀은? 물론 만들어놓았을 테지."

"예, 조금의 빈틈도 없이, 회계를 담당하고 있는 오가 야시로라는 자…… 그 이름을 잘 기억해두십시오."

"오가 야시로…… 그래, 분명히 기억하고 있겠네."

"그 사람은 언젠가는 우리편이 될 자입니다. 현재 츠키야마나 이에야스, 그리고 노부야스로부터도 깊은 신임을 받고 있어 기세가 등등합니다."

카츠요리는 크게 고개를 끄덕였다.

"그러면 여기 있는 아야메는?"

"예, 이 아야메는 오다와 도쿠가와 양가의 관계에 쐐기를 박을 소중한 아이입니다."

겐케이는 거침없이 말하면서 흘끗 아야메를 돌아보았다.

7

카츠요리 역시 아야메를 바라보았다.

오다와 도쿠가와 양가의 관계에 쐐기를 박는다……고 하면 이 처녀를 오카자키 성에 들여보낼 생각임이 틀림없었다. 그런데 이 처녀에게 성안에서 어떤 일을 시키려는 것일까, 카츠요리로서는 이해가 되지 않았다. 그 정도로 아야메는 순진해 보였다.

"쐐기라고만 해서는 이해가 되지 않아. 아야메는 납득하고 있나?"

"예, 그것은 이미."

겐케이는 의미있는 웃음을 떠올렸다.

"오카자키의 노부야스는 올해 열네 살입니다."

"음, 그래서?"

"그 정실인 토쿠히메도 동갑인 열네 살. 지금은 남이 부러워할 정도로 화목하여 마치 한 쌍의 원앙과도 같은 부부입니다."

카츠요리는 그 말을 듣고 약간 이맛살을 찌푸렸다. 자기가 오다 가문에서 맞이했던 첫번째 아내 유키히메에 대한 생각이 났다. 유키히메도 카츠요리도 한 폭의 그림 같다는 말을 들었고 한 쌍의 원앙에 비유되기도 했다. 첫 아이가 태어났을 때는 아버지 신겐까지 싱글벙글했다.

"이 녀석은 우리 가문의 보배가 될 거야."

이렇게 말하고 타케다 가문으로서는 유서 깊은 타케오마루라는 아명을 주었을 정도였다.

"그 원앙과도 같은 부부 사이에 이 아야메를 들여보내겠다는 말이로군."

"예."

"그런 무자비한 짓을…… 다른 방법은 없겠는가?"

"주군답지 않은 말씀을 하시는군요."

겐케이는 짐짓 엄숙한 표정으로 카츠요리를 쳐다보았다.

"아버님 못지않은 용장이신 주군이 사소한 정에 얽매이시면 안 됩니다. 왜냐하면 이것이 오카자키의 유일한 약점, 놓칠 수 없는 급소이기 때문입니다."

"이에야스의 내실은 노부야스와 토쿠히메 두 사람의 화목한 관계를 질투하고 있다는 것인가?"

겐케이는 다시 히죽 웃고 고개를 끄덕였다.

"외삼촌인 요시모토의 목을 자른 오다 가문과의 혼담, 처음부터 반대했던 츠키야마입니다."

"그럴 테지."

"이것은 책략이라기보다도 자연스런 인간의 심정입니다. 이쪽에서 아야메를 보내지 않더라도 츠키야마는 틀림없이 다른 처자를 아들에게 권할 것입니다."

카츠요리는 다시 낯을 찌푸렸다.

"아야메."

"예."

아야메는 깜짝 놀란 듯 카츠요리를 쳐다보았다.

"너는 노부야스를 섬길 각오가 되어 있느냐?"

"예…… 예."

"그래…… 알겠다. 노부야스가 그 어머니와 함께 우리편이 되어준다면 그 후에는 안온해질지도 모르지."

이것은 카츠요리가 자기 자신을 납득시키기 위한 말이었는데, 아야메는 진지한 표정으로 머리를 조아렸다.

"저는 태어난 집에서 살 수 없는 몸입니다. 반드시 겐케이 님의 지시대로 하겠습니다."

계모의 학대를 받는 처녀의 목소리는 오후의 정적에 스며드는 듯한 슬픔을 머금고 있었다.

8

카츠요리는 아야메로부터 눈길을 돌렸다. 겐케이의 말대로 한 처녀의 운명 따위에 구애받고 있을 때가 아니다…… 이런 생각을 하면서도, 화목한 노부야스와 토쿠히메 부부의 사이에 이 처녀를 보내 풍파를 일으켜야 한다고 생각하니 마음이 편치 않았다.

"그래, 너는 집에 있을 수 없는 몸이었어."

다시 한 번 자신에게 하듯이 말하고 카츠요리는 겐케이에게로 눈길을 돌렸다.

"아버님은 이에야스가 모른 체하고 미카와와 토토우미를 통과시킬 것이라 생각하고 계시지만……"

겐케이는 천천히 고개를 가로저었다. 그의 생각도 역시 카츠요리와 같은 모양이었다.

"나는 반드시 무서운 공격을 받게 될 것이라고 생각해. 그렇다고 일단 카이를 출발한 이상 도중에서 오래 체류할 수도 없는 일. 일부를 남기고 본진은 곧 쿄토로 향하지 않으면 안 돼. 그렇지 않은가?"

"명심하고 있습니다."

"오카자키에서 내응이 있어야만 비로소 우리는 성공할 수 있어. 차질이 없도록 대비해주기 바란다."

"알겠습니다."

"아야메도 겐케이의 말에 잘 따르도록 해라."

"예."

"그만 물러가라. 부디 조심해야 한다."

두 사람이 거실을 나간 뒤 오다와라에 보냈던 밀정을 불렀다.

그는 맹인으로 비파를 타거나 안마, 침술 등을 업으로 하고 있는 자였다. 오다와라의 호죠 씨와는 화친을 맺고 이번 출정에 2,000명의 병력을 보내주기로 되어 있었다. 이를 실행하는 데 다른 마음이 없는지 탐색하기 위해 밀정을 보냈다.

"다른 마음은 품고 있지 않습니다."

밀정은 보고했다.

"상경을 위한 이번 전투에서는 틀림없이 승리한다고 하면서 협력하겠다고 합니다."

상경하는 길목에 있는 크고 작은 여러 성주의 향배에 대해 이야기를 나누고 있을 때 시동 아토베 사토타跡部左藤太가 들어왔다.

"카가에서 밀사가 도착했습니다."

"음, 드디어 왔다는 말이지."

카츠요리의 눈이 빛났다. 그는 얼른 거실에서 하던 말을 끝내고 사자가 기다리는 방으로 갔다. 아버지가 기다리던 잇코 종도의 동향을 보고하러 온 밀사였다.

'사자의 말에 따라 아버지의 결단이 내려진다……'

이렇게 생각하자 카츠요리는 흥분되었다.

"사토타, 그대는 잠시 물러가 있게."

아버지를 만나게 하기 전에 먼저 두 사람만이 이야기를 나누고 싶었다. 좌우에 맹호를 그린 장지문을 열게 하고 카츠요리는 혼자 사자가 기다리고 있는 방으로 들어갔다.

"수고가 많았다. 북쪽에서는 이미 눈이 내리고 있겠지? 나는 카츠요리일세. 그런데, 엣츄와 카가의 동향은?"

"아, 시로 카츠요리 님이시군요."

밀사는 흘끗 카츠요리에게 일별을 던졌을 뿐이었다. 한눈에 승려임을 알 수 있었다. 일부러 머리를 기르고 의사나 가인歌人으로 보이도록 변장하고 있었다. 예사로워 보이지 않는 얼굴에다 왼쪽 손목에는 신앙을 나타내는 염주를 감고 있었다.

"혼간 사에서 온 중요한 밀사이오니 먼저 신겐 님부터 뵙고 싶습니다."

상대는 카츠요리를 무시하고 오만하게 정원으로 눈길을 보내면서 말했다.

9

카츠요리는 버럭 화가 났다.

혈연의 반목은 생생하게 살아 있었다. 스와 가문과 이어지는 자기를 혼간 사 쪽에서는 달갑게 여기지 않는 것이 분명했다. 카츠요리인 줄 알면서 자신의 이름도 밝히지 않고 아버지부터 만나겠다니 이 얼마나 오만불손한 자인가.

치밀어오르는 분노를 억누르고 카츠요리는 웃었다.

"중요한 밀사여서 이 카츠요리가 안내하러 나왔다. 그런데 그대는?"

"보다시피 승려는 아닙니다."

"과연 승복이 아니라 속세의 차림이로군. 그렇다면 이름은?"

"이름은 말해도 모르실 것입니다. 그러나 일부러 물으시니 대답하지요. 카가의 아타카安宅에 사는 의사로 이름은 후지노 쇼라쿠藤野勝樂라 합니다. 나무아미타불."

카츠요리는 잔뜩 눈썹을 치켜올렸다.

"후지노 쇼라쿠라고 했지. 잠시 기다리게."

이렇게 말하고 거친 걸음으로 나갔다.

신슈의 무장들에게 호감을 사면 쿄토에서 싫어하고, 쿄토와 가까워지면 백성과 장수들의 눈총을 받았다.

카츠요리는 문득 아버지가 죽은 후의 일을 생각했다. 아버지가 죽으면 아마도 혼간 사의 종도들을 뜻대로 움직일 수 없게 될 것이다. 그렇다면 지금은 꾹 참고 어쨌든 중앙에 타케다의 기치를 세워야 할 때······

신겐은 여전히 요가이잔을 향해 앉아 있었다.

"아버님, 카가에서 밀사가 왔습니다."

신겐은 가늘게 눈을 떴다.

"누가 왔느냐?"

"후지노 쇼라쿠라고 하더군요."

"후지노……라면 토가시富樫의 일족인데."

잠시 생각하다가 고개를 끄덕였다.

"알겠다. 기다리라고 해라."

카츠요리는 초조했다. 이 밀사의 말 여하에 따라 곧 궐기할 줄로 알았는데.

"기다리게 해도 괜찮겠습니까?"

"응. 도착했다면 이미 뒤에서 일은 정해진 거야. 나는 잠시 더 생각을 하고 싶구나."

"아버님!"

"왜 그러느냐?"

"이제 와서 고민하시다니 아버님답지 않은 것 같아서……"

신겐은 크게 눈을 떴다.

"전쟁은 이겼어!"

"무슨 말씀인지요?"

"밀사가 도착했다는 것은 엣츄와 카가의 잇코 종도가 나를 대신하여 이번 겨울에는 에치고의 진격을 막아주겠다는 뜻이야."

"그렇다면 한시라도 빨리……"

"아니, 지금 내가 생각하는 것은 전쟁에 이긴 뒤의 일이다. 카츠요리……"

"예."

"인간 세상에는 전투 이외의 싸움이 있어."

"전투 이외의 싸움……?"

"인생에는 수명이란 것이 있다. 전쟁에 이기고 난 뒤 몇 년이나 내가 더 살게 될 것 같으냐?"

"글쎄요…… 그것은."

"너도 모르고 나도 모른다. 그동안에는 그저 싸울 뿐이다. 싸우다 죽어도 후회가 없을 계략이 있어야 하는데…… 나는 그것을 생각하고 있었다. 이번 가을에 출병하겠다는 결심은 했다. 그러니 내가 좀더 생각할 수 있게 해다오. 밀사에게는 내 지시라고 하면서 상을 차려주어라."

말을 마치고 신겐은 다시 가볍게 눈을 반쯤 감았다. 이미 가을 해는 기울어 단풍잎이 더욱 붉게 타오르는 듯 보였다.

인생의 기로岐路

1

카이에 태풍의 징조가 보이면 토토우미와 미카와에는 겨울이 오기에 앞서 찬바람이 부는 것은 당연한 일이었다.

쉰두 살, 원숙기의 극에 달한 타케다 하루노부 뉴도 신겐은, 말하자면 난세에 태어난 거대한 짐승이었다. 그 거대한 짐승이 지금 일어서지 않으면 자기 생애에 두 번 다시 상경할 기회가 없을 것이라 단정하고 드디어 고개를 들려 하고 있었다.

오카자키에 있을 때는 가을이 깊어질 때까지 스고가와에서 수영으로 몸을 단련하던 이에야스였다. 하마마츠 성으로 온 뒤에는 그것이 매사냥으로 바뀌어 있었다.

겐키 3년(1572) 9월 말.

서른한 살인 이에야스는 그날도 성을 나와 사이가가케犀ヶ崖 왼쪽 서오이와케西追分에서 미카타가하라三方ヶ原까지 나가 하얀 갈대 사이로 열심히 사냥감을 쫓고 있었다. 아니, 사냥감을 쫓는 모습은 표면적인 것이고 사실은 카이의 거대한 짐승이 일어섰을 때 어떻게 대처할 것인가를 심각하게 생각하고 있었다.

잡은 산토끼를 이이 만치요에게 들게 하고 마고메가와馬込川로 흘러
드는 작은 시냇가로 온 이에야스는 하늘을 가득 덮은 비늘구름을 보며
걸음을 멈추었다.

"헤이하치로를 불러오너라."

"예."

"매는 그만 쉬게 해라. 나도 여기서 잠시 쉬겠다."

만치요가 사라지자 이에야스는 마른 풀 위에 털썩 앉았다.

'이것이 내 운명의 갈림길이다.'

자꾸 이런 생각을 하게 되는 자기 자신이 안타까웠다.

두려움을 아는 자에게는 반드시 비극이 뒤따랐다. 큰일을 당했을 때
동요하지 말라는 것은 어려서 슨푸에 있을 때 셋사이雪齋 선사가 누누
이 가르친 교훈이었다.

크게 눈을 뜨고 우주를 보라. 그러면 순리順理와 역리逆理가 저절로
마음의 눈에 보일 것이다. 다가오는 겨울은 어떤 용사라도 막지 못하고
어떤 지자智者라도 피하지 못한다. 겨울을 피하는 것처럼 보이고 막는
것처럼 보이는 것은 자기 마음의 거울이 일그러졌기 때문이다. 그 일그
러짐이야말로 미망迷妄이고, 미망을 가진 자는 반드시 패한다…… 그
교훈은 이미 자신의 피와 살이 되었을 텐데도, 예상하고 있던 카이의
태풍 앞에서는 동요되는 마음이 아직 가라앉지 않았다.

싸우는 것이 순리일까? 모른 체하고 통과시킨다면 역리일까?

모른 체하고 있으면 신겐도 아마 하마마츠 성을 공격하지 않고 통과
할 것이 분명하다. 그러나 그 결과는 타케다 가문에 대한 자신의 예속
을 의미한다.

'이마가와나 오다에도 결코 굴복하지 않았던 내가……'

그렇다고 무모한 싸움에 장졸들과 그 가족들을 희생시켜도 될까?

움직이지 않는 구름을 잔뜩 노려보고 있을 때 옆의 조릿대나무 그늘에서 소리를 죽이고 킥킥 웃는 소리가 들렸다.

"누구냐?"

이에야스가 돌아보았다. 원기왕성한 혼다 헤이하치로였다.

"성주님, 왜 그런 표정을 짓고 계십니까?"

그 역시 피를 흘리는 토끼를 손에 들고 다가왔다.

2

그 무렵 이미 가신들은 이에야스를 '성주님' 이라 부르지 않고 '주인님' 이라 부르고 있었으나 헤이하치로, 사쿠자에몬, 모토타다 등은 예전 그대로 '성주님' 이라 부르는 호칭에 더 익숙해져 있었다.

"무엇이 우스워?"

이에야스가 나무라듯 묻자 헤이하치로는 소리내어 웃었다.

"성주님 얼굴이 토끼처럼 뾰족합니다."

"뭐, 토끼 같다고……"

헤이하치로가 손에 들고 있는 토끼를 흘끗 바라보았다.

"내가 신겐을 두려워한다는 말이라도 하고 싶나?"

"하하하, 두려워하지 않는데 왜 그렇게 여위셨습니까?"

혼다 헤이하치로 타다카츠는 스물다섯 살이 되어 더욱 씩씩하고 두려움을 모르는 장수가 되어 있었다.

"성주님, 성주님은 사이고의 오아이 님을 측실로 삼겠다고 약속하고도 아직 그대로 맡겨두고 계신다면서요?"

"사냥터에서는 아녀자 얘기 같은 것은 하는 게 아니야. 여기 앉게."

"말씀하시지 않아도 앉겠습니다. 그런데 약속하고 맡기신 여자를 부르지 않아 여위시다니 무척 상심하고 계신 것 같군요."

헤이하치로는 조롱하듯 말하고 옆에 와서 앉았다.

"성주님은 설마 카이의 난쟁이를 두려워하시는 것은 아니겠죠?"

"난쟁이……라면, 야마가타 사부로베에 말이냐?"

타케다 가문의 명장 야마가타 사부로베에 마사카게山縣三郎兵衛昌景는 4척도 안 되는 몸집이 작은 사나이로 그가 갑옷을 입으면 허리 길이가 3, 4치 정도로밖에 보이지 않았다.

"내가 마사카게 따위를 두려워하는 줄 아느냐?"

이에야스는 흘끗 헤이하치로를 바라보고 눈길을 그대로 코후, 시나노, 토토우미의 경계와 이어지는 산줄기로 돌렸다.

그 산줄기 너머에서 이미 상경을 위한 전투준비는 착착 진행되고 있을 터. 신겐이 코후의 츠츠지가사카 성을 나오면 열흘도 안 되어 이 부근은 3만 가까운 대군을 맞이하게 된다.

이에야스가 현재 확보하고 있는 영지는 56만 석, 만일 신겐을 맞아 싸운다고 가정하고, 요시다와 오카자키의 수비를 합쳐도 적과 정면으로 대치할 수 있는 병력은 고작 5, 6천에 지나지 않았다.

물론 노부나가에게 원군을 요청해놓았다. 그러나 사방팔방에서 적과 맞서고 있는 노부나가가 과연 얼마나 원군을 보낼 수 있을 것인가.

"역시 연공年功을 두려워하시는군요."

헤이하치로가 말했다.

"여우는 오래 될수록 잘 홀린다고 하는데 인간도 마찬가지인 모양입니다. 성주님도 그 인간에게 홀리기 시작하고 있습니다."

"헤이하치로, 그대는 코후의 대군을 무찌를 자신이 있다는 말인가?"

"자신이란 도대체 무엇입니까. 이 헤이하치로에게는 그런 것이 필요치 않습니다. 두려움이 없는 자에게는 자신 같은 것은 필요치 않습니다. 다만 저는 성주님이 두려워하시는 신겐의 나이를 거꾸로 생각하고 있습니다."

"거꾸로……라니?"

"늙었다는 것입니다. 이 혈기왕성한 우리의 힘이 늙은이에게 진다고
는 생각지 않습니다. 빈틈이 보이면 뛰어들고 추격을 당하면 재빨리 철
수합니다. 다만 싸우고 또 싸울 뿐입니다."

"음. 그러나…… 만일 전사를 하게 되면."

"죽으면 그뿐입니다."

"죽음이 두렵지 않은가?"

"모르겠습니다. 저는 아직 죽어본 일이 없으니까요."

3

이에야스는 어이없다는 표정으로 헤이하치로를 바라보았다. 그가
헤이하치로를 부른 것도 그러한 자신감을 얻고 싶어서였으나, 그렇다
해도 이처럼 명쾌한 대답을 듣게 될 줄은 몰랐다.

"음, 죽어본 일이 없다는 말이지."

"왜 태어났는지도 모릅니다. 그러므로 생사 같은 것은 생각하지 않
습니다. 성주님도 태어나셨을 때의 일은 알지 못하실 것입니다."

"멍청이 같으니라구!"

상대에게 말려들 것 같아 이에야스는 호통을 쳤다.

"함부로 입을 놀리지 마라. 인생이란 무거운 짐을 지고 한 걸음 한 걸
음 언덕을 올라가는 것과도 같은 거야. 나는 그렇게 생각하기 때문에
지나치게 방심하고 있는 것은 아닌가 심사숙고하고 있다."

"그러면 나가 싸우실 결심은 하셨습니까?"

"물론이다!"

말하고 나서 깜짝 놀랐다. 그것은 깊이 생각하고 한 말이 아니라 자신을 바라보았을 때 저절로 나온 대답이었던 것 같았기 때문이다.

인생은 노력에 따라 결정된다. 이 말에 대해서는 추호도 의심하지 않았으나, 그 이상의 무엇이 있다는 것도 부정할 수 없었다. 그 무엇인가가 지금 이에야스의 머릿속에서 소용돌이치고 있었다.

'노부나가는 왜 오와리에서 태어나고, 신겐은 어째서 카이에서 태어난 것일까……?'

신겐의 병법과 노부나가의 병법 사이에 큰 차이가 있다고는 생각되지 않았다. 따라서 노부나가가 카이에서 태어나고 신겐이 오와리에서 태어났더라면, 지금 공격을 가하는 쪽은 노부나가이고 쿄토로 진출하는 것은 신겐이었을까.

그러고 보니 이마가와 요시모토와 오다 노부나가의 덴가쿠하자마의 일전도 무언가의 힘이 분명히 작용한 것 같았다. 당연히 이겼어야 할 자가 패하여, 노부나가는 그 후 파죽지세로 뻗어나가고 있었다.

"헤이하치로——"

"왜 그러십니까, 성주님."

"혹시 이 근처에 시치로에몬七郎右衛門이 있느냐?"

"시치로에몬의 의견도 듣고 싶다는 말씀이시군요. 알겠습니다, 데려오죠."

헤이하치로는 일어서서 큰 소리로 오쿠보 시치로에몬 타다요大久保七郎右衛門忠世를 불렀다.

타다요는 죠겐常源 노인의 조카로 숙부보다는 모가 나지 않은, 그러나 한 걸음도 뒤로 물러서지 않는 대표적인 미카와 사람이었다.

"왜 그러나, 멧돼지라도 나타났다는 건가?"

타다요는 이렇게 말하고 풀을 헤치며 가까이 왔다.

"오, 성주님이 계시는군."

이에야스의 모습을 발견하고, 뒤를 향해 손을 흔들었다.

"성주님이시다. 절을 해라."

열네댓 살로 보이는 눈과 귀가 아주 큰 소년이 손에 나뭇가지를 들고 주위의 관목을 후려치며 다가왔다.

"시치로에몬, 그 아이는?"

"예, 막내동생인 헤이스케平助입니다. 헤이스케, 절하라니까."

소년은 아무렇게나 무릎을 꿇고, 형을 향해 입을 삐죽 내밀어 보이고 꾸벅 절을 했다.

"헤이스케가 아니라 히코자에몬 타다타카彦左衛門忠教입니다. 아직 관례는 올리지 않았으나 미리 이름을 지었습니다."

"음, 진시로甚四郎의 막내아들이란 말이군. 그러면 너에게 묻겠는데, 이 이에야스와 타케다가 싸우면 누가 이길 것 같은지 솔직하게 말해보아라."

"아니, 대답하지 않겠습니다."

헤이스케는 생각해보지도 않고 고개를 저었다.

4

"뭐, 싫다고? 어째서 싫다는 것이냐?"

이에야스는 미소 뒤에 진지한 생각을 담고 다시 물었다.

"솔직하게 말씀 드리면 성주님이 노하실 것이기 때문입니다."

"그래? 그렇다면 묻지 않아도 그 대답을 알겠다. 어째서 내가 진다고 생각하느냐?"

헤이스케는 흘끗 맏형 타다요를 바라보고 나서 불쑥 대답했다.

"모릅니다."

그리고는 아직도 손에 들고 있던 나뭇가지로 옆에 있는 풀을 후려쳤다. 타다요는 짐짓 눈썹을 치켜올리면서 말했다.

"저의 집안의 심술꾸러기입니다. 이놈, 헤이스케."

"헤이스케가 아니라 히코자에몬입니다."

"네 생각을 그대로 성주님께 말씀 드려라."

"그래도 화내시지 않겠습니까?"

"화내지 않겠다. 말해보아라."

이에야스가 말했다.

"부하들이 나쁘기 때문입니다."

헤이스케는 태연히 말하고 형과 헤이하치로를 짓궂은 눈으로 번갈아 쳐다보았다.

"뭣이, 이 꼬마 녀석아. 부하들의 어디가 나쁘다는 말이냐?"

헤이하치로가 일부러 눈을 부릅뜨고 노려보았다.

"후후후."

헤이스케는 웃었다.

"그것은 말할 수 없어요. 말하면 미움을 받게 될 테니까."

"바보 같은 녀석, 이미 말했지 않아? 이왕 미움을 받게 되었으니 어서 말해라."

"싫어요. 절대로 말할 수 없어요. 하지만 이 히코자에몬을 곁에 두고 부려보시면 알게 될 것입니다. 성주님, 저를 써주십시오."

"이 녀석, 뻔뻔하구나! 와하하하."

헤이하치로는 큰 소리로 웃었으나 이에야스는 웃지 않았다.

"좋아, 네 말대로 하겠다. 시치로에몬."

"예."

"그대는 어떻게 생각하지? 싸우는 게 좋을까, 피하는 것이 좋을까."

오쿠보 타다요는 흘끗 혼다 헤이하치로를 보았다.

"저는 헤이하치로와 약간 생각이 다릅니다."

"어떻게 다른가?"

"헤이하치로는 성주님을 설득하여 어떻게든 싸우려 하고 있습니다. 그러나 저는 권해드릴 수가 없습니다."

"반대한다는 말인가?"

타다요는 천천히 고개를 가로저었다.

"찬성도 반대도 하지 않겠습니다. 성주님의 결심 앞에 무無라는 한 글자로 따르겠습니다."

"으음."

이에야스가 고개를 끄덕이는 것과 헤이하치로가 웃음을 터뜨린 것은 동시의 일이었다.

"그럴 듯한 말을 하는군, 시치로에몬. 성주님의 의견에 따르겠다는 말이지. 하기야 그럴 수밖에 없을 테니까."

"성주님……"

이때 헤이스케가 말했다. 헤이하치로의 말을 흉내내어 성주님이라고 불렀다.

"이번 싸움에 제가 창을 들게 해주십시오."

이에야스는 가볍게 고개를 끄덕이고 일어섰다.

역시 가신의 의견을 들으려 한 것은 잘못이었다. 만일 의견을 말하게 했다가 그것을 받아들이지 않으면 불만의 씨앗만 남았다.

"해가 기울었으니 그만 돌아가세."

말하고 나서 이에야스는 다시 한 번 코후와 시나노로 이어지는 산줄기를 바라보았다. 타케다나 도쿠가 어느 쪽이 이기든 저 산들은 냉담하기만 할 것이다…… 이런 생각을 하자 갑옷을 입은 가슴이 꽉 조여들었다.

'싸울 것인가, 피할 것인가?'

5

성으로 돌아온 이에야스는 전에 없이 술을 가져오게 했다. 밥상은 여전히 보리를 섞은 밥에 국 한 그릇과 야채 세 접시.

이에야스가 이렇게 절약을 강조했기 때문에 오카자키에도 하마마츠에도 창고마다 군량이 가득했다. 맛의 좋고 나쁨은 진기한 음식을 배제했기 때문에 결국 어떻게 씹느냐 하는 데에 있었다. 잘 씹어서 몇 번에 걸쳐 혀로 맛을 보면 보리 한 알에도 무어라 형용할 수 없는 맛이 있었다. 인생도 전쟁도 이 점에서는 마찬가지일 것.

"오늘은 술맛을 볼 생각이다."

이에야스는 시중을 들러 온 시녀 오타미에게 말하고 씁쓸한 얼굴로 탁주를 마셨다. 술을 좋아하기 때문이 아니었다. 그 어느 것보다 술이 좋다고 덤벼드는 자들의 마음을 알아보기 위해서였다.

'어디가 좋아서 마시는 것일까?'

단지 취해서 자기를 잊기 위해서만 마시는 것 같은 술. 그러나 몇 모금 마시자 역시 술 속에서도 떠오르는 것은 신겐에 대한 것.

"으음."

톡 하고 쓴맛이 느껴질 뿐 달콤한 맛까지는 혀에 녹아들지 않았다. 그대로 삼키면 술이란 쓴맛으로만 끝날 것 같았다.

"단맛이 남는군. 과히 나쁘지는 않구나."

생각났다는 듯이 오타미에게 말했다.

"사이고 영감을 불러오너라."

그리고는 물에 만 밥을 후룩후룩 마시기 시작했다.

사이고 사에몬노스케 키요카즈는 퇴청하려다가 부름을 받았다.

"부르셨습니까?"

"음, 곧 끝날 테니 잠시만 기다리게."

이에야스는 그를 완전히 무시하고는 세번째 공기를 비우고 나서 물었다.

"그대에게 맡겼던 것이 있지?"

"무엇……인지요?"

"잊었나? 재작년 여름의 일이라서."

"오아이 말씀입니까?"

"기억하고 있었군. 그 오아이에게 잠시 이리 들라고 하게."

사이고 사에몬노스케 키요카즈는 어이가 없다는 듯 이에야스와 그곳에 있는 술병을 번갈아 바라보았다.

술기운으로 여자를 가까이하는 주군이 아니었다. 더구나 성안 사람이 모두 타케다의 내습으로 전전긍긍하고 있는 이때 갑자기 오아이를 부르라니 너무나 황당했다. 키요카즈는 이에야스의 명령에 따라 2년 전 여름부터 오아이를 양녀로 삼아 그녀의 아이와 함께 데리고 있었다. 그러나 내심으로는 적잖이 불만을 품고 있었다.

양녀로 삼게 하여 맡긴 이상 늦어도 2, 3개월 후에는 불러들여 소실로 삼을 줄 알고 있었는데 1년이 지나고 2년이 지나도 아무 소식이 없었다. 그 사이 오만은 한 번 임신을 해서 사내아이를 낳았다. 아기는 곧 죽었으나 만일에 살아 있었다면 오카자키에서 츠키야마가 달려왔을지도 모른다.

그 정도로 츠키야마는 전에 자기가 데리고 있던 오만을 미워하고 있었다. 그런 사정이 있었기 때문에 그 일은 성주의 일시적인 농담이었다고 자신도 체념하고 오아이에게도 넌지시 귀띔을 해두었다.

'그런데 이 년 반이나 지난 오늘에 와서……'

일어나지 않고 있는 키요카즈에게 이에야스가 말했다.

"무엇을 생각하고 있나? 오아이가 앓아 누운 것은 아니겠지?"

취했다고는 볼 수 없는 이에야스의 엄한 재촉이었다.

6

"예."

대답하고 키요카즈는 무슨 말을 하려다 말고 밖으로 나갔다. 말대답을 할 수 없는 무언가가 오늘 밤의 이에야스에게는 있었다.

키요카즈가 나가자 이에야스는 다시 잔을 쳐들었다.

"술을 따라라."

식사를 하고 나서 술을. 묘한 일을 한다……는 표정이었으나 시녀는 시키는 대로 술을 따랐다. 이에야스는 그것을 마시려고는 하지 않고 밥상을 물린 뒤 사방침을 끌어당겼다.

드디어 해가 저물고 단 하나뿐인 촛대에서 천장을 향해 촛불이 타오르고 있었다. 아직 어디에서인가 가냘픈 벌레소리가 간간이 들려왔다.

오아이가 키요카즈의 뒤를 따라 들어온 것은 그로부터 한참이 지나서였다.

"부르셨다고 해서 대령했습니다."

이렇게 말하고 조아리는 오아이를 이에야스는 아무 말도 없이 바라보고 있었다.

2년하고도 반 년. 전쟁으로 세월을 보내며 이기느냐 지느냐 하는 것만 생각해온 바쁜 시간 속에서도 문득 마음에 그림자를 떨구곤 하던 것이 오아이였으나, 그녀를 불러들여 사랑할 마음의 여유는 없었다. 츠키야마가 오카자키에서 끊임없이 편지를 통해 원망하는 말을 전해오는 것도 영향이라면 영향이었다…… 지금도 만일 오만이 아기라도 낳는다면 반드시 찔러 죽이겠다고 위협을 가하고 있었다. 말하자면 그 으름장에 못 이긴 탓도 있어서 생각은 간절하면서도 부르지 못했던 오아이.

오아이로서도 전혀 뜻밖이었던지 몹시 당황해했다. 눈가에 떠오른 부끄러움과 이에야스의 마음을 헤아릴 수 없다는 두려움이 전보다 훨씬 더 오아이를 젊어 보이게 했다. 하얀 살갗에 촛불이 반사되었다.

"영감은 돌아가 쉬시오."

이에야스는 오아이를 바라본 채 키요카즈에게 말했다.

"예."

대답했으나 키요카즈는 아직 일어날 수 없었다.

"뭘 우물거리고 있나, 돌아가서 쉬라고 했는데."

"예. 그러면 오아이……"

숙부는 아직도 머리를 조아리고 있는 조카딸을 흘끗 바라보고 일어섰다.

시중을 드는 두 시녀도 몸이 굳어져 있었다.

"오아이."

"예."

"고개를 들라. 그렇게 하고 있으면 그대의 얼굴이 안 보인다."

"예…… 예."

"좀더 앞으로 와라. 그대에게 명할 것이 있다."

"무엇인지요?"

"그대도 기억하고 있을 것이다, 내가 한 말을. 오늘 밤부터 내 곁에 있도록 명한다. 알겠느냐?"

오아이는 깜짝 놀라 이에야스를 쳐다보며 꺼질 듯한 소리로 대답하고 깊이 고개를 수그렸다.

"예."

"알겠느냐, 분명하게 대답하여라."

"예…… 잘 알겠습니다……"

"좋아, 결정했어! 일전을 벌이겠다!"

이에야스는 단호하게 말했다. 그리고 비로소 우습다는 듯이 배를 흔들며 웃었다.

"후후후."

지금 무엇을 생각하고 있는 것일까? 아무도 이에야스의 마음을 알지 못했다.

7

운명은 인간의 힘으로 움직일 수 있는 것일까?

움직일 수 없는 것을 움직이려 한다면 헛된 일이고, 움직일 수 있는 것에 손을 대지 않는다면 그것은 태만이었다. 인간의 활동에 따라 움직이는 운명과, 운명의 움직임에 따라 활동하는 인생은 분명히 있다……이런 생각과 함께 함부로 움직일 수 없는 망설임이 고개를 들었다. 그 어느 쪽도 행운을 놓치지 않으려는 욕심에서 비롯되는 것이기는 하지만. 이에야스는 지금 그 기로에 서서 양쪽의 비중을 계산해보았다.

운명을 절대적인 것으로 본다면 그것은 하나의 체념과 통하고, 자신을 절대적인 것으로 본다면 그것은 남의 눈에 망동妄動으로 비칠 터였다. 비록 세상의 눈에 어떻게 비치건 인간에게는 절대적인 것으로 믿고 움직일 수밖에 없는 빠듯한 하나의 선이 있었다.

통과시켜도 좋고 그렇게 하지 않아도 좋다. 원한 대로 해볼 뿐이다.

이에야스의 엄한 명을 받고, 오아이는 지금 갖은 노력을 다해 따르려 하고 있는 듯했다. 얼른 보기에는 잔인한 처사였다. 그러나 그렇게 함으로써 망설이는 사람들의 방향은 결정되어나가는 것이었다.

"오아이, 알았거든 네게 잔을 주겠다. 이리 가까이 오도록."

"예."

잠시 후 오아이는 결심한 듯 이에야스 앞으로 다가왔다. 이에야스는 잔을 비우고 그것을 오아이에게 건넸다. 그리고 오아이의 손이 아까처럼은 떨리지 않는 것을 보고 빙긋이 미소를 띠면서 시녀에게 명했다.

"혼다 영감을 이리 불러라."

시녀가 혼다 사쿠자에몬을 불러올 때까지 이에야스는 오아이를 계속 바라보고만 있었다.

그렇게 하고 있으려니 오아이가 무엇을 두려워하고 있는지 잘 알 수 있었다. 다시 몸과 마음을 바치게 된 뒤 상대가 죽게 되지 않을까 두려워하고 있었다. 그러나 혼다 헤이하치로의 말처럼 생사를 누가 알 수 있다는 말인가.

이상하게도 이번에는 마음이 누그러져 오아이의 아름다움을 잘 바라볼 수 있었다.

'술맛과도 비슷한 인생은⋯⋯'

쓴맛을 보고 나서야 비로소 혀에 남는 달콤한 맛.

"감사히 받았습니다."

잔을 비우고 말하는 오아이에게 이에야스는 부드러운 목소리로 말했다.

"오아이, 그대는 마음도 곱고 몸매도 아름다워. 앞으로 좋은 일이 생길 것이다."

"고⋯⋯고마우신 말씀입니다."

"긴장할 것 없어. 이제 혼다 영감이 오겠지만 편한 마음으로 있어도 좋아."

"예."

혼다 사쿠자에몬이 어슬렁어슬렁 입구에 나타나 안에 오아이가 있는 것을 보고는 히죽 웃었다.

"전에 없이 약주를 다 드셨군요."

"사쿠자에몬."

"예."

"나는 참을 수가 없어. 내 베개를 밟고 지나가는 것을 그대로 둔다면 후세에까지 치욕으로 남을 거야."

사쿠자에몬은 시치미를 떼는 표정으로 이에야스를 쳐다보았다.

"장하십니다. 그런데 무엇을 두고 하시는 말씀입니까?"

"카이의 군대 말일세."

"음, 신겐 중놈 말씀이군요."

8

사쿠자에몬은 가능하다면 싸움을 피하도록 이에야스에게 권하고 싶었다.

그의 경험에 따르면 세차게 흐르는 분류奔流는 옆으로 피하는 것이 상책이었다. 바다로 흘러들어갈 때까지 계속해서 격렬하게 흐르는 물줄기는 없다. 언젠가 그 세력이 약해졌을 때 제방을 쌓는 것이 도리에 맞는다.

"사쿠자에몬, 그대에게 이의는 없겠지?"

"신겐 중놈 말씀이군요."

"음. 베개를 밟고 지나가게 한다면 후세에까지 비겁하다는 말이 남게 될 것일세."

"만일에 이의가 있다고 말씀 드리면 들어주시겠습니까?"

사쿠자에몬이 눈을 치뜨고 바라보았다.

"못난 것!"

이에야스는 꾸짖었다.

"있거든 말하라고 했을 뿐이야. 결정을 내릴 사람은 바로 나야."

"그 분부…… 고맙게 생각하겠습니다."

사쿠자에몬은 무슨 생각을 했는지 문득 자세를 바로 하고 머리를 조아렸다.

"지금 그 말씀을 들으니 아무것도 드릴 말씀이 없습니다. 죽으라고 명하신 장소에서 각자 죽기로 하겠습니다."

이에야스는 사쿠자에몬을 잔뜩 노려보다가 오아이에게로 눈길을 옮겼다.

"오아이, 사쿠자에몬이 모두 죽겠다고 말하는군. 이상한 녀석이야."

오아이는 가만히 있었으나 그녀 역시 사쿠자에몬의 말에서 무언가 깨달은 것이 있는 듯했다.

"나는 승패를 초월했어. 생사는 신불에게 맡기고 해야 할 일을 하겠다는 것뿐일세."

"성주님……"

"말하게, 사쿠자에몬."

"저는 성주님이 좀더 겁쟁이인 줄 알고 있었습니다."

"말이 너무 지나치구나, 사쿠자에몬."

"아니, 사실을 사실대로 말씀 드렸을 뿐입니다. 아직도 젊은 나이이신데 노성하셔서 목숨을 건 싸움은 못 하실 거라고."

"계속 지껄이겠느냐, 이 늙은 것이!"

"그런데 제가 잘못 보았습니다. 대번에 젊음으로 돌아와 호기豪氣가 사방에 떨치는 것 같습니다."

이렇게 말하고 다시 평소와 같은 얼빠진 듯한 표정으로 돌아왔다.

"지나치게 젊어지시면 안 될 텐데……"

"뭐라고 했나, 사쿠자에몬?"

"아니, 이것은 늙은이의 노파심입니다. 지나치게 젊어지셔서 오다의 원군이 오기도 전에 일부러 위험을 저지르는 일이 없었으면 하는 어리석은 생각이 들어서 드린 말씀입니다."

이에야스는 이마를 찌푸리고 쓴웃음을 지었다.

"그대는 언제나 말을 하고 나서 냉수를 끼얹는다니까. 나는 그 정도로 호기가 있는 사람은 못 돼."

"당치도 않습니다. 언제나 우러러보고 있습니다. 이렇게 된 이상 그 결의를 병졸에 이르기까지 널리 알리시도록 부탁 드리겠습니다."

이에야스는 고개를 끄덕였다.

가신들이 생각하고 있는 분위기를 은근히 귀띔해주는 사쿠자에몬. 정말이지 카이의 군사가 한 명도 이곳을 지나가게 하지 않겠다는 각오를 모두에게 알려야겠다고 생각했다.

"좋아, 이것으로 결정은 났어!"

이에야스는 단호한 표정으로 일어나 성큼성큼 마루에 나가 밤하늘을 쳐다보았다. 이미 두려움도 망설임도 없었다. 바람이 그대로 마음을 스치고 지나갔다.

사쿠자에몬은 그러는 이에야스는 보려고도 하지 않고, 여전히 얼빠진 표정으로 오아이를 보기도 하고 천장을 올려다보기도 했다······

미카타가하라

1

타케다 신겐이 대군을 거느리고 코후에서 출발한 것은 겐키 3년 (1572) 10월 3일.

우선 신슈의 이나伊奈를 떠나 야마가타 사부로베에 마사카게山縣三郎兵衛昌景에게 동미카와에서 토토우미로 나와 본대와 합류하도록 지시하고, 10월 10일에는 자신도 토토우미에 들어왔다. 그 진군은 신중하게 바둑돌을 놓듯이 정확했다. 타타라多多羅와 이다 두 성을 함락하고 쿠노 성으로 육박해왔다.

이에야스도 텐류가와天龍川로 군사를 전진시켰다. 여전히 가신들 중에는 싸움을 피하자는 의견도 있었으나 이에야스는 단호히 이를 뿌리쳤다.

10월 13일에 신겐은 토토우미의 외각에 있는 성에서 에다이시마江臺島로 진격하여 후타마타 성二俣城의 나카네 마사테루中根正照를 공격하기 시작했다.

한편 야마가타 사부로베에는 동미카와에서 요시다 성吉田城을 공격하여 이하라伊平 성채를 점령함으로써 하마마츠 성으로 향하는 오다 쪽 원군의 통로를 차단했다.

물론 이에야스는 기후에 사자를 보냈다. 아네가와 전투 때는 직접 이에야스가 오미까지 가서 오다를 도왔다. 그뿐 아니라 이번에 이곳에서 타케다 군을 저지하는 것도 결코 도쿠가와 쪽을 위해서만은 아니었다. 그러나 노부나가의 원병은 도착하지 않았다.

겨울의 발소리와 더불어 마침내 전운戰雲은 위기를 안고 하마마츠 성에 접근하고 있었다.

그 무렵 신겐은 아직 이에야스가 운명을 걸고 결전에 임하리라고는 생각지 않고 있었다.

"아키야마 노부토모에게 미노를 공격하게 하라. 그리고 성을 지키는 오다 카츠나가織田勝長의 항복부터 받아놓아라. 그러면 발등에 불이 떨어진 노부나가는 절대로 원병을 보내지 못한다."

오다의 원병이 오지 못하는 것이 확실하면 이에야스는 싸움을 피하고 코후 군을 통과하도록 할 것이다. 이렇게 생각하고 10월 27일에는 아키야마 하루노부秋山晴信와 아마노 카게츠라에게 미카와 북부에서 행동을 개시하게 했다.

타미네 성田峰城, 츠쿠데 성, 나가시노 성長篠城 등을 공략케 하여 하마마츠 성의 도쿠가와 군을 굴복시키려는 그 용병의 치밀함에는 놀라운 데가 있었다. 세 성이 함락되는 순간, 당연히 도쿠가와 문중에서는 동요가 일어났다.

이에야스는 분해서 견딜 수 없었다.

"이제 두고 보아라. 이에야스는 틀림없이 겁을 먹고 싸움을 피하려 할 것이다."

진중에서 이렇게 말하고 있을 신겐의 얼굴이 눈에 선했다.

역시 쉰두 살과 서른한 살이라는 나이의 차이는 군사를 배치하는 데도 확실하게 나타나기 시작했다.

'서두르지 마라, 오다의 원병이 도착할 때까지는.'

이에야스는 스스로 조급해지는 마음을 억제하면서도 입으로는 정반대의 말을 했다.

"무얼 꾸물거리고 있느냐. 여기까지 왔는데 물러갈 줄 아느냐. 만일 모두가 결전을 피하려 한다면, 나는 오늘을 기해 군사들을 버리고 중이 되겠다. 이 이에야스가 머리 깎는 것을 보고 싶으냐. 세상을 버리라는 말이냐!"

이런 상황에서 겨우 노부나가로부터 도착한 정보는 사쿠마 모리마사佐久間盛政, 히라테 히로히데平手汎秀, 타키가와 카즈마스 등 세 장수에게 군사 3,000을 주어 파견하겠다는 것이었다.

이에야스는 원군이 도착하는 때를 신겐과의 결전의 날로 정했다. 그리고는 첩자를 이용해 토토우미에서부터 미카와 일대에 걸쳐 유언비어를 퍼뜨렸다.

"오다의 원군 일만 이천 군사가 토토우미를 향해 밀물처럼 몰려오고 있다."

오다의 원군 3,000이 도착한 것은 12월 초순.

이에야스의 운명을 건 결전의 날은 시시각각 다가왔다.

2

하마마츠 성 정면에 있는 후타마타 성이 함락된 것은 12월 19일.

후타마타 성은 나카네 마사테루中根正照, 아오키 요시츠구靑木吉繼, 마츠다이라 코안松平康安 등이 지키고 있었으나 타케다 군의 공격은 집요하고도 교묘하기 짝이 없었다.

신겐은 혈족인 타케다 카츠요리, 타케다 노부토요信豊 등과 아나야마 바이세츠穴山梅雪 등에게 공격에 나서서 단시일에 함락시키라고 명령했다. 그러나 좀처럼 뜻을 이루지 못하자 야마가타와 바바의 진언에 따라 이번에는 수로水路를 이용했다.

후타마타 성에서는 서쪽을 흐르는 텐류가와에서부터 높은 망루를 쌓고, 그 안에서 우물처럼 도르래가 달린 두레박으로 물을 퍼서 쓰고 있었다. 타케다 쪽은 그 두레박이 내려오는 밑으로 많은 뗏목을 떠내려 보내 수면을 메워버렸다. 이렇게 되자 아무리 용맹한 성병城兵도 싸울 도리가 없었다.

이에야스는 후타마타 성 함락을 막기 위해 직접 2,500명의 군사를 이끌고 카미마스무라神増村까지 갔다. 그러나 이미 성이 함락되었다는 말을 듣고 그대로 하마마츠로 철수했다.

이제 하마마츠 성은 앞을 가리는 것이라곤 하나도 없이 적의 정면에 그대로 노출되고 말았다.

이틀 후인 21일.

하마마츠 성의 이에야스 앞으로 마지막 전략회의를 열기 위해 속속 장수들이 모여들었다.

사카이 타다츠구, 오가사와라 나가타다, 마츠다이라 이에타다, 혼다 타다카츠, 이시카와 카즈마사를 비롯하여 사쿠마 모리마사, 히라테 히로히데, 타키가와 카즈마스 등 오다 쪽 세 장수도 참석했다.

솔직히 말해 결코 사기가 올라 있는 것은 아니었다. 맨 처음의 이치겐사카一言坂 전투에서는 혼다 타다카츠의 지휘로 한 명도 죽이지 않고 퇴각했다.

"오늘 활약하는 걸 보니 헤이하치로가 아니라 하치만八幡 보살°의 화신을 보는 것 같더군. 큰 전투를 앞두고 함부로 군사를 잃는 것은 어리석음의 극치야."

이에야스는 이렇게 말하고 칭찬했으나, 이 역시 승리와는 거리가 먼 퇴각이었다. 그리고 안전하다고 믿었던 후타마타 성까지 함락되었으니 그 다음은 말할 나위도 없었다.

오늘 아침에 들어온 첩보에 따르면, 신겐은 여전히 싸울 생각이 없는 듯하다고 했다. 어쩌면 노부나가의 원군이 속속 도착한다고 도쿠가와 쪽이 퍼뜨린 소문 때문인지도 몰랐으나, 신겐은 교부刑部의 나카가와中川 부근에서부터 이이노야井伊谷를 거쳐 동미카와로 나갈 모양이라고 했다.

"오다의 원군 중에서 이미 하마마츠에 도착한 것은 아홉 개 부대. 그리고 오카자키와 시라스白須 사이를 행진하고 있는 오다 군도 있다고 한다. 하마마츠 성을 포위하여 일시적인 승리를 거둔다 해도 노부나가의 원군은 틀림없이 우리가 피로해 있는 틈을 노릴 것이다. 도리어 교전을 피하고 전진하는 것이 좋겠다."

신겐이 이렇게 말하고 있는데도 굳이 이쪽에서 싸움을 걸 필요가 있을까? 상대는 이미 예정대로 집결하여 3만에 가까운 대군이고, 아군은 오다 군을 합친다 해도 1만이 안 되는 병력. 그런데도 일부러 싸우는 것은 무모한 일이 아니냐는 분위기가 감돌고 있었다.

이러한 생각들을 지닌 장수들을 앞에 놓고 이에야스는 단호한 태도로 말했다.

"타케다 군은 내일 이십이일에 노베野部를 출발하여 텐류가와를 건너 다이보사츠大菩薩에서 미카타가하라로 나올 것이다. 그곳이야말로 최대의 격전장, 우리는 이것을 사이가가케 북쪽으로 나가 대기한다. 문제는 군사의 배치인데……"

서기가 건네는 명부를 받아들고 먼저 사카이 타다츠구에게 날카로운 눈길을 던졌다. 평소의 이에야스가 아니라 무언가 신이 들렸다고밖에 할 수 없는 사나운 표정이었다.

3

미카타가하라는 하마마츠 성 북쪽에 있었다.

후타마타 가도의 왼쪽으로 이어진 사이가가케 위에 있는 고원으로 길이 30리, 폭 20리에 걸쳐 관목이 멋대로 자라 있는 황무지. 이에야스는 그곳에서 기어코 일전을 벌이겠다고 한다.

이에야스의 눈길을 받은 사카이 사에몬노죠 타다츠구는 저도 모르게 그 눈길을 피할 뻔했다.

"타다츠구, 그대에게 우익을 명한다."

"예."

타다츠구는 대답했다. 단지 우익이라고만 했으므로 반대할 이유도 없거니와 의견을 말할 수도 없었다. 전체적인 배치상태를 알기까지는 함부로 입을 열 수 없었다.

"카즈마사, 그대는 좌익이다. 알겠나?"

"알겠습니다."

카즈마사는 덥수룩한 수염에 불만이 담긴 표정으로 입을 다물었다.

"이 좌우 날개 사이에 전군을 배치한다. 우익인 타다츠구 왼쪽에는 타키가와 카즈마스, 그 좌측에는 히라테, 사쿠마 등 오다의 세 장수가 포진하도록."

"알겠습니다."

오미에서 미카와 군이 분전한 것을 알고 있는 세 장수는 이에 대해 이견을 달지 않았다.

"또 좌익 카즈마사 오른쪽에는 헤이하치로가 나가거라."

혼다 헤이하치로 타다카츠는 빙긋이 웃고 고개를 끄덕였다.

"헤이하치로 왼쪽에는 이에타다 —"

역시 엄한 어조로 명령받은 마츠다이라 이에타다는 흘끗 헤이하치로를 바라보며 대답했다.

"예."

"이에타다 오른쪽은 오가사와라 나가타다, 나는 중앙에 있겠다. 그리고 시로자에몬, 그대는 감찰을 담당한다. 두 번 다시 없을 전투라 생각하고 충실하게 임무를 완수하라."

"성주님 ——"

토리이 시로자에몬 타다히로鳥居四郎左衛門忠廣가 조용한 목소리로 말했다.

"성주님은 미카타가하라에 학익진鶴翼陣°을 펼치시렵니까?"

"그렇다. 전후 좌우는 모두 사이가가케의 절벽으로 이어진 곳, 어디에도 퇴로는 없다."

타다히로는 고개를 갸웃했으나 더 이상 묻지 않았다.

이에야스의 마음을 알 것 같았으나 불안하기도 했다. 3만 가까운 타케다 대군을 맞아 횡일선橫一線으로 진을 치는 방어전술은 없다. 어디를 돌파당하건…… 더구나 이에야스의 말대로 퇴각로도 없다.

삼면이 모두 절벽인 배수진이어서 전군에게 전멸이 아니면 승리를 강요하는 배치라고밖에는 생각할 수 없었다. 이것이 그다지 사기가 높지 않은 원군의 결의를 굳게 하고, 또 그 속에 다른 뜻을 함축하고 있다면 다행이지만, 그렇지 않다면 큰일이 벌어질 것만 같은 생각이었다.

오다의 세 장수가 있기 때문에 토리이 타다히로는 그 이상 물을 수 없었다.

"알겠으면 곧 물러가서 각자 출발 준비를 하라. 그리고 한조."

"예."

내키지 않는 듯이 대답하며 와타나베 한조 모리츠나渡邊半藏守綱는 고개를 들었다.

"그대는 적의 상황을 살피고 오도록. 각 부대는 이십이일, 그러니까

내일 아침 날이 밝았을 때는 적을 한 발짝도 나가지 못하게 할 각오로 미카타가하라에 나가 있어야 한다, 알겠느냐."

일동은 숙연하게 대답했다. 그러나 모두가 납득한 것은 아니었다.

일단 패하면 교체할 아군도 없었다. 정말 학익진으로 타케다 군을 맞아 싸울 생각일까?

4

이에야스는 이미 아무것도 생각하지 않았다.

그의 머릿속에는 어떤 일이 있어도 타케다 군에게 굴복하지 않는 사나이의 존재를 나타내 보이는 것, 단지 그것 하나뿐이었다. 아니, 타케다 군만이 아니었다. 어떠한 대군이라도, 그리고 어떠한 전략으로 공격해온다고 해도 납득할 수 없는 상대에게는 결단코 무릎을 꿇을 수 없었다. 이렇게 하는 것이 바로 이에야스라고, 운명과 천지를 향해 부르짖는 그러한 일전이었다.

운이 따르지 않으면 모두 죽는 편이 나았다. 그때는 살려둔다고 해도 별로 쓸모없는 놈이라고 신이 결정 내린 것으로 알고 죽을 생각이었다.

일찍이 찾아볼 수 없던 이에야스의 엄한 명령을 받고 각 부대는 미카타가하라를 향해 움직이기 시작했다.

그런데 ―

타케다 군은 이와 같은 이에야스의 결의 앞에서 무엇을 생각하고 어떻게 움직이고 있었을까?

22일 아침 타케다 군의 실제 병력은 2만 7,000 정도였다. 신겐은 이들을 거느리고 서서히 텐류가와를 건너 미카타가하라로 향했다. 그는 어디까지나 신중에 신중을 기했다. 이오가하라飯尾ヶ原에 이르러서는

행진을 멈추고 척후의 보고를 기다렸다.

신겐은 아직도 이에야스가 전멸을 각오하고 도전하리라고는 생각지 않았다.

"우리 대군에게 도전한다면 이에야스는 생각했던 것보다 훨씬 더 어리석다고 할 수밖에 없다."

카츠요리의 의견은 이와 반대였다.

"이에야스는 반드시 저지하려 할 것입니다. 저라도 한 번도 싸워보지 않고 통과시키지는…… 그렇게는 하지 않을 것입니다."

아직 주위가 어두운 겨울 아침의 안개 속에서 신겐은 배를 끌어안고 웃었다.

"그렇다면 이에야스와 너는 똑같이 지각이 없는 자야. 하하하."

이때 척후로 내보냈던 우에하라 노토노카미上原能登守가 숨을 헐떡거리며 돌아왔다. 그는 오야마다 노부시게小山田信茂의 부하로, 전날 밤부터 사이가가케 깊숙이 들어가 하마마츠 군의 동향을 낱낱이 살피고 돌아왔다.

오야마다 노부시게와 바바 노부하루는 노토노카미를 데리고 신겐 앞으로 왔다.

"노토노카미, 그대가 본 대로 보고하도록."

"예."

대답한 노토노카미는 스스로도 고개를 갸웃거리면서 말했다.

"하마마츠 군은 아홉 개 부대를 총동원하여 학익진을 쳤습니다."

"뭣이, 그게 사실이냐?"

신겐은 깜짝 놀라 몸을 앞으로 내밀었다. 그 바람에 걸상이 삐걱 하고 소리를 냈다.

"예. 그런데다 몹시 어수선하고 들떠 있는 것처럼 보였습니다."

"아버님!"

카츠요리의 단아한 얼굴에 예리한 웃음이 떠올랐다.

"제 눈도 그다지 무디지는 않았습니다."

"으음."

신겐은 신음했다. 그 허술한 학익진으로 맞서려 하다니. 그렇다면 상대의 마음을 손바닥 뒤집듯이 알 수 있었다.

"그렇군, 죽으러 왔다는 말이로군."

그 무서운 결심에 놀라지 않을 수 없었다. 그렇다고 하더라도 생각이 모자란다고 할 수밖에 없었다. 대장이 무서운 결심을 했다고 해도 전쟁은 혼자 하는 것이 아니었다. 대군을 앞에 놓고 그런 식으로 진을 치면 손발이 맞을 리 없었다.

"그렇군. 역시 아직 어려."

5

이에야스의 학익진에 대해, 신겐은 어느 한 부대가 패해도 절대로 본진으로는 적이 접근하지 못하게 하는 종대縱隊의 어린진魚鱗陣˚으로 대비했다.

선봉은 오야마다 노부시게, 그 뒤에는 야마가타 마사카게, 왼쪽 뒤에는 나이토 마사토요內藤昌豊, 그 오른쪽 뒤에는 타케다 카츠요리, 왼쪽 뒤에는 오바타 노부사다小幡信貞, 그리고 신겐의 본대는 거대한 예비부대로서 그 한가운데에 바바 노부하루를 배치했다.

이 대군이 밀고 들어가면 학익진은 순식간에 잘려나갈 터. 신겐은 이에야스의 젊음이 실망스럽기도 했지만, 그러나 이번 상경을 위해 더 없이 기뻤다.

"일전을 벌이셔야 합니다."

바바 노부하루도 옆에서 말했다.

"자진해서 패하러 나온 것을 마다할 필요는 없습니다."

"음."

신겐은 미소를 지우지 않은 채 짓궂게 물었다.

"확실히 이길 수 있겠느냐?"

노부하루에게라기보다 신겐은 자기 아들 카츠요리로부터 대답을 듣고 싶었다.

"물론 이깁니다. 싸우지 않는다면 스스로 복을 차버리는 것과 같습니다."

예상했던 대로 카츠요리가 몸을 앞으로 내밀며 물었다.

"이길 수 있다는 증거는?"

"단도로 비단을 자르는 것과 같습니다. 홑옷으로는 숯불을 싸지 못합니다."

그래도 신겐은 당장 싸우겠다고는 말하지 않았다.

"좋아, 그럼 무로가 노부토시室賀信俊를 불러라."

노부토시는 측근에 있는 척후 중에서도 가장 신중한 사나이였다.

노부토시가 왔을 때.

"우에하라 노토노카미를 데리고 가서 다시 한 번 정찰해보아라. 그동안에 다른 부대는 아침 식사를 하도록. 싸움을 하든 전진을 하든 겨울에는 배를 채우는 것이 가장 중요하다."

아침 안개가 아직 짙게 깔려 있었다. 물론 이곳에서는 취사를 할 수 없다. 전군이 재빨리 식사를 끝냈을 무렵 무로가 노부토시가 돌아왔다.

"우에하라 노토노카미의 보고 그대로입니다. 전투를 서두르는 것이 좋을 듯합니다."

"음, 무로가 그대까지도 싸우자는 말이로군. 그럼 카츠요리, 각오는 됐느냐?"

"분부만 내리십시오."

"알겠다. 오야마다 노부시게부터 공격에 나서라. 무리하면 안 된다. 지치거든 곧 물러나서 교대하여 번갈아 싸우도록 하라."

"예."

모여 있던 장수들은 곧 자기 부대로 말을 달렸다.

신겐은 적이 횡대로 포진했다는 것을 알았을 때부터 싸울 생각이었다. 그러나 끝까지 신중한 태도를 보인 것은 첫째로 카츠요리에게 가르침을 주기 위해서였고, 둘째는 궁지에 몰린 상대를 가볍게 보아서는 안 된다는 전군全軍에 대한 훈계에서였다.

거대한 어린진이 다시 움직이기 시작했다. 이들을 맞이하는 도쿠가와 쪽에서는 토리이 시로자에몬 타다히로가 단단히 결심을 하고 마지막 간언을 하기 위해 이에야스를 찾아갔다.

그때 이에야스는 걸상 앞에 모닥불을 피워놓고 팔짱을 긴 채 눈을 감고 있었다.

바깥 기온은 계속 내려가고 있었다.

오늘은 하루 종일 햇빛을 보지 못할 정도로 음산한 날씨일 것 같았다. 둘러친 장막 밑으로 스며드는 안개의 움직임이 역력하게 보였다.

6

"드릴 말씀이 있습니다."

토리이 시로자에몬 타다히로의 조심스러운 말에도 이에야스는 눈도 뜨지 않았다.

"뭔가?"

내뱉듯이 말할 뿐이었다. 토리이 타다히로는 이에야스와 같이 자란 모토타다의 동생으로 강직하고 용맹하기가 형에게 뒤지지 않았다. 그 분별력은 아버지 타다요시를 방불케 했다.

"성주님! 몹시 안색이 나쁘신 것 같습니다."

"쓸데없는 소리는 하지 말게. 용건은?"

"저는 감찰 책임자이므로 본 대로 말씀 드리겠습니다. 오늘의 전투는 아군에게 불리……"

"알고 있어."

"적은 예상 밖의 대군이고, 그것이 열 겹 이상으로 진을 치고 있습니다. 격퇴시킨다 해도 뒤에서 계속 밀려들어와 끝이 없을 듯합니다."

이에야스는 대답하지 않았다. 여전히 눈을 감고 있었다. 그러나 얼굴의 근육이 꿈틀꿈틀 움직였다.

"성주님! 제가 보기에는 아군을 성안으로 철수시키면 신겐은 싸우지 않고 그대로 지나갈 것 같습니다."

"닥쳐!"

이에야스가 번쩍 눈을 떴다.

"그런 것은 반 년 전부터 알고 있었다. 건방진 소리는 하지 마라."

"성주님, 저는 성안으로 철수하여 그대로 적을 지나가게 하자는 것은 아닙니다."

"뭐라고?"

"이대로 일전을 벌이기보다는 철수하는 것으로 보여 이 불리한 벼랑에서의 싸움을 피하고, 적이 홋타堀田 부근에 이르렀을 때 일제히 뒤에서 습격하면 어떻겠습니까? 승리를 장담할 수는 없으나 무사의 기개만은 충분히 보여줄 수 있다고 생각합니다."

"시로자에몬."

"예."

"그대는 언제부터 나에게 충고를 하게 되었나?"

"그런 것이 아니라……"

"닥쳐라! 그런 생각도 해보지 않고 군사를 지휘하는 난 줄 알았느냐, 겁쟁이 같으니라고!"

"성주님답지 않은 말씀이시군요. 제가 언제 적에게 등을 보인 적이 있습니까?"

"적에게 등을 보이지 않는 것만이 용사는 아니다. 적의 대군을 보고 나의 지휘에 의심을 품는 것, 그 근성이 겁쟁이란 말이다. 우리가 동요하면 오다의 원군이 싸울 것 같으냐, 이 겁쟁이."

시로자에몬은 입을 꼭 다물고 원망스러운 듯 이에야스를 노려보았다. 이처럼 혈기만 앞세우는 대장이 아니었다. 분명 무언가에 홀려 있다—시로자에몬은 이렇게 생각하고, 한편 이에야스는 서글픈 생각이 들었다.

'아무리 말해도 내 마음을 모르는 녀석……'

생각할 수 있는 것은 모두 생각하고 하늘의 처분만을 기다리고 있었다. 여기서 몸부림쳐서 살아남고, 부질없이 남의 의사에 따라 비참한 싸움을 반복하는 일개 성주가 되는 것보다는 차라리 자신을 죽게 해달라고 기원하고 있었다. 이러한 심정을 모두가 알아주기를 바라는 것은 무리일지 몰랐다.

이에야스는 운명과 승부를 겨루지 않을 수 없을 정도로 이미 크게 성장해 있었다.

"성주님!"

"뭔가?"

"결심이 확고하시다는 것을 알았습니다. 제가 겁쟁이인지 아닌지를 잘 지켜보십시오. 반드시 깨닫게 되실 때가 있을 것입니다."

타다히로는 나직한 소리로 힘주어 말하고 벌떡 일어나 장막 밖으로 나갔다.

7

무서운 추위 속에서 시간이 흘렀다.

적의 대군은 겨울 바람을 등지고 유유히 진격해왔다. 서두르거나 초조해하는 기색도 없이 그 진용은 중량감을 가지고 미카타가하라를 서서히 압박해왔다.

한낮이 지나서였다. 오쿠보 타다요의 동생 타다스케忠佐가 시바타 야스타다柴田康忠와 함께 이에야스 앞으로 와서 말했다.

"성주님! 이제 쌍방의 거리는 오 리 정도로 압축되었습니다. 나가 싸우겠습니다."

이에야스는 선선하게 대답했다.

"그러시오."

두 사람은 무사다운 태도로 장막 밖으로 나가 외쳤다.

"여봐라……"

그때였다. 와타나베 한조가 강력하게 제지해왔다.

"기다려!"

"이 마당에 무엇을 기다리라는 말인가!"

"기다려!"

한조는 똑같은 말을 되풀이했다.

"성주님은 여전히 자신만만하시던가?"

"전투에 임해서 자신 없는 대장이 어디 있겠나."

"참으로 이상한 일이야."

한조는 목소리를 낮추고 고개를 갸웃했다.

"잘 보게. 적은 철벽과도 같은데 아군은 마치 종잇장 같지 않은가. 지금 성주님이 생각을 바꾸지 않으면……"

"한조, 그대는 또 사기를 떨어뜨리려고 하나?"

"사기문제가 아니야. 나는 성주님을 걱정하고 있는 거야. 다시 한 번 성주님께 의견을 말할 생각인데 소용없는 일일까, 타다스케……?"

그 말이 장막 안에 있는 이에야스의 귀에 들렸던 모양이다.

"그건 안 된다, 한조."

이에야스는 장막 밖으로 걸어나와 천천히 하늘을 쳐다보았다. 깃발을 펄럭이게 하는 바람에 눈 냄새가 섞여 있었다.

"눈이 내릴 모양이다. 승패는 하늘에 맡기고 싸우도록 하라."

"예."

한조는 한쪽 무릎을 꿇고 무언가를 말하려 했다.

"그대도 시로자에몬처럼 겁쟁이가 되었느냐?"

한조는 분하다는 듯 이에야스를 노려보고 결연한 태도로 일어섰다.

"타다스케."

"예."

"이대로는 싸움이 되지 않겠다. 그대와 시바타가 선봉에 서고, 이시카와 카즈마사는 진지 앞에서 우선 총포를 쏘도록 하라."

"예."

"그것을 신호로 하여 나도 하타모토를 이끌고 진격하겠다. 죽음을 두려워 말라, 알겠느냐!"

"예."

바람이 점점 기세를 더하고, 하늘은 해질 무렵처럼 어두워졌다.

그 속을 오쿠보, 시바타가 200명 정도의 아시가루를 데리고 먼저 출발했다. 이렇게 되자 다른 장수들도 움직이지 않을 수 없었다.

"탕탕!"

총포의 신호가 좌익의 선두인 이시카와 카즈마사의 진지에서 타케다의 선봉 오야마다 노부시게의 진지를 향해 발사되었다.

"와아!"

양군에서 함성이 울리고 소라고둥을 부는 소리가 바람을 제압하고 울려퍼졌다.

타케다의 마름모꼴 깃발과 세 잎 접시꽃 깃발이 양쪽에서 실을 당기듯 가까워졌다.

보일까 말까 하는 싸락눈이 바람을 타고 흩날리기 시작했다.

이에야스도 말에 올라 유심히 좌우를 바라보고 있었다.

적의 진영으로부터도 히라테 히로히데 1대를 공격해오는 자가 있는 것 같았다.

찬바람 속에서 히힝거리는 말의 울음소리가 미카타가하라에 가득 퍼져나갔다……

8

"보고 드립니다."

"무슨 일이냐, 어서 말하라."

"방금 이시카와 카즈마사의 부하 토야마 마사시게外山正重가 오야마다의 적군을 향해 제일 먼저 돌격해들어갔습니다."

"장하다!"

"보고 드립니다!"

"오오."

"이시카와 군이 오야마다를 공격하고 있을 때 와타나베 한조가 오른쪽에서 가세하여 오야마다 군이 무너지기 시작했습니다."

"알겠다. 한치도 물러서지 말라고 한조에게 말하라."

"아뢰옵니다! 오야마다 군이 패주하고, 적은 바바 노부하루의 부대와 교체하고 있습니다."

"좋아! 헤이하치로에게 새로운 병력과 맞서도록 이르고 한 걸음도 물러서면 안 된다고 전하여라."

이미 때는 신시申時(오후 4시)가 다 되어갔다. 싸락눈은 점점 더 굵어져 거의 시야를 가렸으나, 이에야스에게 들어오는 보고는 반드시 불리한 것만은 아니었다.

'운명의 신이 보살피고 있다!'

"보고 드립니다. 혼다 타다카츠, 사카키바라 야스마사, 오쿠보 타다요가 일제히 바바의 적군을 추격하고 있습니다."

"알았다."

"보고 드립니다."

"무엇이냐?"

"히라테 히로히데 님 일대가 적의 수군 삼백 여 명으로부터 돌로 습격을 받아 무너지기 시작했습니다."

"뭣이, 돌로…… 오다 님의 원군이 벌써 무너졌다는 말이냐?"

이에야스는 잔뜩 오른쪽을 노려보았다.

"타다츠구에게 지원하도록 하라."

이렇게 말했으나 마음속으로는 이를 갈았다.

히라테 군의 바로 왼쪽은 사쿠마 모리마사, 모리마사가 무너지면 그 왼쪽은 바로 이에야스의 본진이었다.

"좋아, 우리도 나갈 때가 됐다. 소라고둥을 불어라."

"예."

진군명령을 내리려 했을 때였다.

무섭게 쏟아지는 눈 속을 뚫고 말을 달려온 아군의 무장 한 사람.

"잠깐! 잠깐 기다리십시오……"

이에야스 앞에서 훌쩍 뛰어내렸다.

"주군께서는 잠시 이대로 계십시오. 지금 하타모토를 내보내시면 안 됩니다."

"아니, 타다츠구가 아니냐."

이에야스는 사카이 사에몬노죠 타다츠구를 알아보고 꾸짖었다.

"그대는 어째서 전열을 이탈했느냐, 멍청한 놈!"

"꾸중은 각오하고 있습니다. 지금 하타모토를 전진시키면 어둠과 눈 때문에 적과 아군을 구별할 수 없습니다. 이곳을 죽을 곳으로 알고 싸우는 저희들입니다. 성주님은 여기 계시고 전투의 소용돌이에 끼여들지 마십시오."

"건방지다."

이에야스가 내뱉듯이 대답했을 때였다.

"보고입니다!"

다시 온몸이 하얗게 눈으로 뒤덮인 무사가 굴러 떨어지듯 말에서 내렸다.

"사쿠마, 타키가와 양군이 오야마다의 적군에게 원통하게 패배했습니다."

"뭣이!"

이에야스보다 먼저 타다츠구가 소리쳤다.

"그것 봐라, 타다츠구. 즉시 돌아가서 지원하라."

"아……아……아무 쓸모도 없는 오다의 군사들."

"그런 소리를 할 때가 아니다. 어서 가라, 나도 나가겠다. 여봐라, 소라고둥을 불어라!"

마침내 도쿠가와 군은 고전을 면치 못하게 되었다.

이에야스가 움직이기를 기다렸던 타케다 군은 명장 야마가타 마사카게. 그가 앞서 동미카와에서 항복받은 야마가山家의 세 무리 츠쿠데, 나가시노, 타미네 등을 앞세우고, 그 자신은 독전督戰 대형을 이루고 쳐들어왔다.

9

내리퍼붓는 눈보라의 기세가 더욱 거세어졌다. 하늘도 땅도 잿빛으로 물들어가고 있었다.

이에야스는 창을 든 부하와 더불어 곧바로 말을 몰았다.

"물러나지 마라, 전진하라!"

"와아!"

야마가의 무리들이 본진을 에워쌌다. 이에야스는 드디어 창을 들었다. 정면으로 불어닥치는 눈보라가 투구에 밀가루를 뿌린 듯 하얗게 달라붙었다.

"성주님을 경호하라."

"성주님을 지켜라."

오쿠보 타다요와 사카키바라 야스마사가 이에야스 앞을 막아섰다. 타케다 군의 선봉이 우르르 무너지기 시작했다.

"지금이다. 적을 칠 때는 바로 지금이다!"

이에야스는 등자를 딛고 일어나 다시 말을 질주시켰다.

"성주님, 위험합니다. 깊이 들어가지 마십시오."

야스마사가 제지하려 했을 때 이에야스의 말은 이미 화살처럼 적 한가운데로 달려갔다.

"나를 따르라!"

외치는 것 같았으나 그 소리는 바람에 지워지고, 기세에 밀려 타케다 군은 둘로 갈라졌다.

갈라진 전방에서 또 하나의 어린진이 홀연히 나타났다. 흰 바탕에 검정, 검정 바탕에 흰 문자가 쓰인 우마지루시馬印°는 타케다 시로 카츠요리의 것임이 틀림없었다.

"과연 훌륭하다!"

이에야스는 저도 모르게 감탄했다. 어느 한쪽이 패한다 해도 그 때문에 전군이 무너질 군사배치가 아니었다.

카츠요리의 군사를 약 4,000으로 본 이에야스는 말을 돌리려고 고삐를 당겼다. 그러나 바로 그때였다. 일단 갈라졌던 야마가타 군이 물샐틈 없이 퇴로를 차단하고 이에야스를 향해 공격해왔다.

"아차!"

오른쪽을 보니 역시 퇴로를 차단당한 사카이 타다츠구의 군사가 사방으로 흩어지고 있었다.

노장 신겐이 이 기회를 놓칠 리 없었다. 그는 막사에서 말했다.

"아마리의 무리를 불러라."

아마리 요시하루甘利吉晴가 죽은 뒤부터 요네쿠라 탄고米倉丹後가 맡고 있는 아마리의 무리는 지금까지 보급대에 속해 있었다.

"탄고, 지금 하던 일을 중단하고 적의 허리를 끊어라. 이것으로 오늘 전투는 끝났다."

"예."

탄고가 나간 뒤 얼마 안 있어 주위가 어두워졌다. 아마리의 군사가 적의 옆구리를 공격하는 것으로 타케다 군의 승리는 결정적인 것이 되었다.

"벼랑 끝으로 몰아넣었거든 장수들을 집합시켜라."

요란한 아우성소리를 들으면서 신겐이 명령했을 때, 이미 이에야스의 모습은 그 부근에서 찾아볼 수 없었다.

"성주님, 이 타다히로가 겁쟁이였습니까?"

감찰관인 토리이 타다히로는 이렇게 말하고 달려나가 전사했다. 이어서 마츠다이라 야스즈미松平康純도 젊은 피로 눈보라를 물들였다. 요네자와 마사노부米澤政信도 전사하고 나루세 마사요시成瀨正義도 죽었다. 도쿠가와 군은 약 300에 달하는 시체를 남기고 뿔뿔이 흩어지고 말았다.

그 무렵 이에야스는 사이가가케까지 정신없이 말을 달렸다. 뒤따르는 것은 오쿠보 타다요 한 사람뿐.

"성주님! 멈추지 마십시오."

타다요가 말했다.

"적이 추격해오고 있습니다. 뒤에 혼다 타다자네本多忠眞가 있으니 그대로 달리십시오."

그 말을 들은 이에야스는 일부러 말을 세우고 돌아보았다. 눈에 핏발이 서고 얼굴이 창백했다. 소름이 끼칠 정도로 참담하고 사나운 표정이었다.

10

"맨 뒤는 타다자네가 맡고 있느냐?"

이에야스는 깔린 목소리로 신음하듯 타다요에게 말했다.

"그렇습니다."

타다요가 대답했다.

"마음이 놓이지 않는다. 내가 보고 오겠다."

"성주님!"

타다요는 눈을 무섭게 뜨고 이에야스 앞을 가로막았다. 눈에 반사되어 지상에서 움직이는 사람의 그림자가 희미하게 보였으나 사이가가케의 벼랑에 떨어진 자도 적지 않았다.

"평소의 성주님답지 않습니다. 제가 모실 테니 이대로 성으로 돌아가십시오."

"닥쳐!"

이에야스가 소리쳤다. 그러면서도 왠지 자기가 우습기도 하고 처량하기도 했다.

검은 그림자 셋이 달려나가려 하는 이에야스의 앞으로 갑자기 튀어나왔다.

"이놈!"

이에야스는 다시 소리치며 그 하나를 창으로 찔렀다. 오쿠보 타다요는 이보다 앞서 그림자 둘을 처치하고 있었다.

"성주님, 서두르십시오."

"안 돼!"

그는 이미 자기 운명이 결정되었다는 것을 알았는지 이 운명 앞에서 한 걸음도 물러서지 않겠다는 결의를 보였다.

다시 벼랑 옆에서 검은 그림자 둘이 나타났다.

"아아, 성주님."

장수의 말을 돌보는 임무를 맡았던 타다요의 아들 오쿠보 타다치카大久保忠隣와 나이토 마사나리內藤正成가 모두 말을 잃고 걸어서 달려왔다. 투구도 갑옷도 눈으로 범벅이 되었으나, 여기저기 검게 보이는 것은 피가 묻었기 때문일 터.

"성주님…… 혼다 타다자네 님이 전사하셨습니다."

"뭣이, 타다자네도 전사했다고…… 그럼, 누가 남아서 지휘하느냐?"

"나이토 노부나리입니다. 성주님! 그동안에 어서."

이에야스는 순간 망연히 선 채 움직이지 않았다. 한 발짝도 물러설 수 없다는 결의가 더욱 굳어졌다.

'내 운명은 여기까지였던가?'

이렇게 생각하자 문득 온몸이 뜨거워졌다.

"타다치카, 마사나리, 돌아가 싸워라. 노부나리를, 노부나리를 죽게 해서는 안 된다."

"성주님!"

다시 타다치카가 외쳤다.

"성주님은 정말 우둔하신 대장이군요. 타다자네 님도 노부나리 님도 모두 성주님을 무사히 성으로 돌아가시게 하기 위해서 목숨을 버렸습니다."

"타다치카, 말이 너무 지나치다."

아버지인 타다요가 꾸짖었다.

"성주님, 어서 성안으로."

타다요가 고삐를 잡았을 때였다.

"와아!"

오른쪽에 있는 관목에서 함성이 일어났다. 바바와 오바타의 타케다 군 복병이었다.

"도쿠가와 님, 도망가지 마시오. 적에게 등을 보이렵니까?"

"뭣이!"

이에야스는 다시 뒤를 돌아보았다. 그 순간 탕 하고 총성이 울렸다. 탄환은 말의 머리를 스치고 벼랑에 맞았다.

말은 크게 울부짖으며 앞발을 높이 쳐들고, 이것을 신호로 눈에 덮인 죠이안城伊庵에 매복해 있던 타케다 군사들이 빗발처럼 화살을 쏘아댔다.

이미 적과 아군이 뒤범벅이 되어 누가 누구인지 식별할 수도 없었다. 이에야스는 창을 버리고 칼을 뺐었다. 그리고 말에서 뛰어내리려고 했을 때였다.

"성주님! 죄송합니다."

이렇게 외치고 이에야스의 말에 뛰어든 자가 있었다. 이에야스는 그가 누구인지 몰랐다.

11

"누구냐!"

어둠을 사이에 두고 노려보았다. 그러면서 자기 목소리가 거의 나오지 않게 되었다는 것을 깨달았다.

"누……누……구냐, 너는!"

"나츠메 마사요시夏目正吉입니다. 성에서 모시러 나왔습니다."

"이놈, 성을 지켜야 할 자가 무엄한 짓을 하다니."

"성주님! 스물다섯 기騎가 달려왔습니다. 제가 반드시 여기서 적을 저지하겠습니다. 어서 성으로 돌아가십시오."

"안 돼! 이 혼전 속에서 나만 살아 돌아갈 줄 아느냐, 이 멍청한 놈아."

"뭐……뭐라구요!"

마사요시는 눈을 크게 부릅떴다.

"어처구니가 없습니다. 성주님이 그런 졸장부였습니까."

"뭣이, 내가 졸장부라고."

"예, 졸장부입니다!"

나츠메 마사요시는 몸을 떨면서 대들었다.

"혈기에 못 이겨 전군의 지휘를 잊고 있으니 그것이 졸장부가 아니란 말입니까."

"이놈……!"

이에야스는 몸을 비틀고 무어라 소리쳤으나 목소리가 되어 나오지 않았다.

"더 이상 걱정시키지 마십시오. 제가 성주님을 대신하겠습니다."

이렇게 말하고는 난폭하게 말머리를 하마마츠 성 쪽으로 돌리고, 손에 들었던 창으로 그 엉덩이를 때렸다.

"이럇!"

말은 광분했다. 벼랑가의 눈길을 구르듯이 달리기 시작했다.

이에야스는 다시 무어라 소리질렀으나, 뒤따라 달리기 시작한 쿠로야나기畔柳와 오쿠보 부자 때문에 말은 계속 성 쪽으로 달렸다.

나츠메 마사요시는 이에야스의 모습이 보이지 않게 되자 훌쩍 말에 올랐다.

"도쿠가와 미카와노카미 이에야스가 여기 있다. 자신 있는 자는 덤벼들어 공을 세워라."

눈보라에 고함소리를 실려 보내고 십자창을 휘둘러 눈 깜짝할 사이에 적군 둘을 말에서 떨어뜨렸다.

"이에야스의 마지막 분전, 모두 내 뒤를 따르라."

"와아."

25기가 일제히 적진 속으로 뛰어들었다. 그리고 30분 정도 지났을 때 나츠메 마사요시 이하 25기는 모두 이 세상 사람이 아니었다.

타케다 군의 추격은 집요하기 짝이 없었다. 그중에서 아마노 야스카게天野康景가 이에야스를 뒤쫓고 다시 나루세 코키치成瀬小吉가 추격해왔다.

오쿠보 타다치카의 모습은 보이지 않고 그의 아버지인 타다요만이 이에야스의 곁을 떠나지 않았다.

이윽고 타카기 쿠스케高木九助가 아군을 격려하기 위해 큰 소리로 거짓말을 외치며 돌아다녔다. 어디서 베어왔는지 중의 머리 하나를 높이 쳐들었다.

"적장 신겐의 목을 이 타카기 쿠스케가 베었노라……"

이미 머리도 사람도 잘 보이지 않고 말도 역시 추위로 움츠러들기 시작했다.

목숨만 겨우 건졌다는 말이 그대로 들어맞는 참패였다.

이에야스는 일단 하마마츠의 하치만八幡 신사 앞의 큰 녹나무 곁에 말을 쉬게 하고 사색이 되어 성에 다다랐다.

질주할 힘도 없어진 말.

운명을 걸었다가 참패한 대장.

타카기 쿠스케만이 짙은 어둠 속에서 큰 소리로 외치고 있었다.

"적장 신겐의 목을 타카기 쿠스케가 베었노라. 성주님이 개선하셨다. 어서 성문을 열어라!"

눈보라는 이러한 비극의 성을 하얗게 감싸고 있었다.

보이지 않는 힘

1

이에야스는 자기가 어떻게 성문으로 들어섰는지 알지 못했다. 정신이 들었을 때는 정문을 피하여 곁문으로 들어와 비틀거리는 개 같은 모습으로 성안에 서 있었다.

"성주님, 성안입니다. 말에서 내리시지요."

그 말을 듣고 정신을 차리고 보니 오쿠보 타다요가 근엄한 눈으로 자기를 노려보고 있었다. 이에야스는 시키는 대로 말에서 내렸다.

성안은 고요하기만 하고 눈에 보이는 나무들은 하얗게 눈을 뒤집어쓰고 있었다.

"어째서 걷지 않으십니까."

다시 타다요가 꾸짖었다. 그러나 지상에 내려선 순간의 이에야스는 자기가 살았는지 죽었는지조차 분간할 수 없는 허탈상태에 빠져 있었다. 이에야스는 이번 전투에 모든 것을 걸고 싸웠다.

"성주님!"

또다시 타다요의 손이 이에야스의 어깨를 두드렸다. 그런 뒤에 큰 소리를 내며 웃었다.

"어쩔 수 없는 분이시군요, 성주님은."

"뭐……뭐야!"

"보십시오, 안장에 대변을 보셨어요. 아아, 이 구린내!"

"뭣이, 내가 대변을……"

이에야스는 비로소 번쩍 눈을 떴다. 비틀거리면서 안장에 매달려 그것을 만져보았다.

"이 멍청아! 이것은 내 허리에 찼던 볶은 된장이다."

그러면서 타다요의 뺨을 때렸다. 철썩 하는 소리가 났다.

그 소리에 답하듯 이에야스의 자세는 활기를 되찾았다.

"우에무라 마사카츠植村正勝, 아마노 야스카게는 정문을 지켜라. 모토타다!"

"예."

"그대는 현관 쪽을."

이 역시 걸어서 뒤쫓아온 토리이 모토타다에게 명했다.

"성문은 열어두어라. 돌아오는 사람의 눈에 띄도록 장작을 모두 쌓아 모닥불을 피워라."

큰 소리로 명하고 그대로 현관 마루에 엉덩방아를 찧었다.

타다요가 달려와 신발을 벗겼다.

"똥과 된장도 구별하지 못하다니, 이 멍청이 같은 녀석."

이렇게 말하고는 얼른 큰 방으로 들어가, 부들부들 떨고 있는 시녀 히사노久野에게 소리를 질렀다.

"밥상을 가져오너라!"

곧 밥상과 공기가 들어왔다.

한 공기는 잠자코 먹었다. 두번째 공기를 건넸을 때.

"모닥불은 피웠겠지?"

물끄러미 이에야스를 바라보는 타다요에게 말했다.

"결말도 나지 않는 싸움을 했어. 밥그릇 이리 줘."

타다요의 눈에서 갑자기 눈물이 쏟아졌다. 생기를 되찾은 이에야스. 역시 평범한 주군이 아니었다. 이런 생각을 하니, 그는 자기가 생각다 못해 대변을 보았다고 기지奇智를 발휘해서 한 말이 헛되지 않았다는 것을 알았다.

"하나 더."

이에야스는 세 공기째 물에 만 밥을 먹고 나서, 벌렁 그 자리에 드러누웠다.

"나는 잠시 쉬겠다. 모닥불을 잊지 말도록."

타케다 군은 승세를 몰아 성 밑에까지 아군을 추격해온 모양이었다. 눈보라에 섞인 함성소리와 화살소리가 점점 가까워졌다.

이런 잡음 속에 이에야스의 코 고는 소리가 섞였다. 피로에 지친 몸에서는 놀랄 정도로 크게 코 고는 소리가 나오는 모양이었다.

2

오쿠보 시치로에몬 타다요는 잠시 동안 이에야스의 코 고는 소리를 묵묵히 듣고 있었다.

'이렇게 고집스레 싸우지 않더라도……'

이런 생각을 하면서도, 인간과 인간의 가장 격심한 투쟁을 목격한 듯하여 옷깃을 여미게 하는 감동도 느꼈다.

'과연 이것이 성주님의 근성이었던가.'

전력을 다해 자고 있었다. 다시 눈을 뜨면 또 무어라고 할 것인가?

즉시 여기서 철수하여 요시다 성에서 오다의 원군을 기다리자고 할 것인가? 아니면 이 성을 베개로 삼아 싸우다 죽겠다고 할 것인가?

—여기까지 생각하다가 타다요는 흠칫했다.

세 공기씩이나 밥을 물에 말아먹고 코앞에 적을 두고 잠이 든 이에야 스에게 나중의 일을 생각할 겨를이 있을 리가 없다. 생사를 초월하여 오로지 싸울 뿐이라고 할 것이 분명하다.

이때 아마노 사부로베에와 이시카와 호키石川伯耆가 전신에 화살을 맞고 달려왔다.

"아, 주무시는군."

사부로베에가 말하자 이시카와 호키는 어이가 없다는 듯 고개를 가로저었다.

"이것은 코 고는 소리가 아니오?"

"분명 코 고는 소리 같군. 그런데 모닥불은?"

"기가 막히는 일이오! 대낮처럼 밝게 모닥불을 피우고 성문도 열어 놓은 채로 두다니. 지금 적은 성 밑에까지 쳐들어왔소. 어서 깨워서 지 휘하시도록 하지 않으면……"

"따로 분부는 계시었소?"

타다요는 몸을 앞으로 내밀었다.

"전투에 패하여 여기서 물러나는 것은 도리어 적을 불러들이는 일. 신겐도 귀신은 아니다. 잠시 쉬었다가 적에게 매운 맛을 보여주겠다 고……"

"아직도 고집을 꺾지 않으셨다는 말이오?"

"그렇소, 여기서 적을 섬멸하는 것만이 미카와의 체면을 살리는 길 이라고."

타다요는 갑자기 말을 끊고 사부로베에 쪽을 보았다.

"나는 지금부터 사이가가케로 진격할 것이오."

"아니, 또 공격을 한다고요?"

"성 밑에 난입한 적의 후방에서 총포를 퍼붓지 않으면 주군의 명령을 거역하는 것이 되오. 사부로베에 님, 총포를 쏠 아시가루를 모아주시오."

사부로베에는 잠시 타다요를 노려보았으나 곧 마음을 결정한 듯 고개를 끄덕였다.

"알겠소. 얼마나 남아 있는지는 모르지만 즉시 모아보도록 하지요."

사부로베에가 사라지자 타다요는 천천히 신발의 끈을 고쳐맸다.

"여러분, 나는 한발 먼저 갑니다."

그 무렵이 되어서야 겨우 방에 촛대 수가 늘어났다. 이에야스의 코 고는 소리는 아직 계속되고 있었다.

"그렇다, 나도 정문에서 죽을 결심으로 싸우겠다."

망루의 큰북이 눈 내리는 하늘을 압도하고 크게 울리기 시작한 것은 이시카와 호키가 다짐하듯 말하면서 소매에 박힌 화살 하나를 뽑았을 때였다.

모두 깜짝 놀라 서로 얼굴을 마주보았다.

누군가가 성으로 돌아오자마자 망루로 달려올라갔음이 틀림없다.

그 소리에 이에야스의 코 고는 소리가 뚝 그쳤다. 크게 기지개를 켜고 잠시 북소리에 귀를 기울이는 듯하다가 주위를 둘러보았다.

"이제 피로가 풀렸다. 싸워야겠다……"

3

활짝 열린 성문 앞에 쌓인 눈은 모닥불에 반사되어 기묘할 정도로 새하얗다.

그 공간을 열 보 간격으로 창을 든 아시가루가 왼쪽에서 오른쪽으로,

오른쪽에서 왼쪽으로 왔다갔다했다. 추위 때문에 서성거리는 것은 아니었다. 그곳을 수비하라는 명을 받은 아마노 야스카게가 열여섯 명의 아시가루를 수백 명으로 보이도록 하기 위해 자세를 바꾸어가며 왔다 갔다하도록 했다.

여기저기서 타오르는 모닥불이 성의 전경을 뚜렷하게 밤하늘에 드러내고 있었다. 이때 그곳으로 달려온 사카이 타다츠구의 부하가 망루에 올라가 계속 북을 쳤기 때문에 성 전체가 활력을 되찾은 생물처럼 보이기 시작했다.

카이의 난쟁이 야마가타 사부로베에 마사카게는 단숨에 성안으로 밀고 들어가려 했다.

"멈춰서라!"

정문 앞 2정쯤 되는 거리에서 그는 서두르는 부하들을 제지하고 말을 세웠다.

점점 더 북소리가 크게 울리고 모닥불은 밝기를 더해갔다. 활짝 열린 정문으로 부상당한 하마마츠 군이 삼삼오오 들어가고 있기는 했으나, 그런 것과는 상관없이 성을 지키는 군사들은 정연하게 수비에 임하고 있었다.

"이상하다. 지시를 내릴 때까지 움직이지 마라."

마사카게는 고개를 갸웃하고는 말머리를 돌려 오른쪽 후방에 있는 카츠요리에게 달려갔다.

말을 세운 카츠요리 역시 손을 이마에 대고 성을 쳐다보고 있었다.

"시로 님."

"사부로베에로군. 성안의 동정은 어떤가?"

"이젠 남아 있는 자가 없을 줄 알았더니……"

"저 북소리는 무슨 의미를 담고 있을까?"

"시로 님도 납득이 되지 않습니까?"

"이상한 일이야."

이때 오야마다 노부시게가 눈을 차며 달려왔다. 그는 눈섭에 흰 눈을 매단 채 물었다.

"아직 수비하는 자들이 남아 있었던 모양이군요."

카츠요리는 고개를 끄덕였다.

"누구 한 사람 바이세츠에게 다녀와야겠다. 사람과 말이 모두 지쳐 있어. 더 이상 무리한 싸움은 할 수 없어."

"예."

부하 한 사람이 가장 오른쪽에서 진격해오고 있는 아나야마 바이세츠의 진지로 달려갔다.

그 무렵 옆문으로 다시 눈 속으로 달려나간 오쿠보 타다요는 스물여섯 명의 총포병을 거느리고 아나야마 군의 곁을 지나 사이가가케의 벼랑 밑으로 나갔다.

손발이 얼어붙는 것 같고 더구나 아랫배가 무지근해졌다. 꾹 힘을 주자 물과 같은 배설물이 사타구니 사이로 흘러내렸다.

타다요는 진지한 표정으로 중얼거렸다.

"성주님, 죄송합니다."

그리고는 다시 걸었다. 말 위에서 배설한 대변을 볶은 된장이라고 한 이에야스의 기승스러운 성격이 생각났던 것이다.

벼랑 옆에는 무릎에 찰 정도로 눈이 쌓여 있었다. 타다요는 행진을 멈추고 스물여섯 자루의 총포를 아나야마 군의 배후를 향해 조준했다.

"겨냥 같은 것은 아무래도 좋다. 점화하여 발사하거든 목청껏 크게 소리질러라."

화승에 불이 당겨졌다. 화약냄새가 짙게 풍기고 드디어 탕탕 하고 스물여섯 자루──라기보다 하마마츠 성의 모든 화력이 일제히 요란한 소리를 냈다.

"와아!"

이어서 무서운 함성이 울렸다.

타다요의 급조된 총포부대에 허를 찔린 아나야마 군은 벌집을 쑤신 것처럼 우왕좌왕하기 시작했다.

"다시 한 방……"

진저리가 나는 것을 누르고 명령하는데 다시 타다요의 엉덩이에서 배설물이 나왔다.

4

두 번의 발포와 계속 울려대는 북소리에 타케다 군은 성 안팎에서 협공당하는 것이라 판단했다. 크게 동요하는 기색이 아나야마 진영에서 야마가타 진영으로, 다시 오야마다 진영으로 전파되어 마침내 퇴각이 결정되었다.

오쿠보 타다요도 이시카와도 아마노도 퇴각하는 적을 깊이 추격하지는 않았다. 그러나 최후의 끈기로 타케다 군의 간담을 서늘하게 만든 효과는 충분했다.

이에야스는 타케다 군이 철수했다는 보고를 받은 순간 온몸이 녹아드는 것 같은 피로를 느꼈다.

결코 훌륭한 전투는 아니었다. 아니, 평할 수도 없을 정도로 비참한 패전이었다. 그러나 이 패전을 경험한 자기가 지금 여기에 이렇게 살아 있고, 더구나 적의 진출을 저지했다. 물론 그것은 이에야스 자신의 힘은 아니었다. 밑에서 흐르는 무언가 보이지 않는 힘에 두 손을 모으고 싶은 심정이었다.

무장한 시동이 부엌에서 밤[栗]과 다시마와 공기가 하나뿐인 상을 가지고 들어왔다.

이에야스는 아직 그것을 분배하지 않고, 잇따라 돌아오는 사람들에게 노려보듯 시선을 던지고 있었다.

토리이 모토타다는 동생이 전사하여 눈이 충혈되어 있었고, 많은 부하를 잃은 혼다 헤이하치로 타다카츠도 피로의 기색을 온몸에 새기고 있었다.

스즈키 큐자부로鈴木久三郎가 이에야스의 지휘용 부채를 가지고 들어와 말했다.

"도중에 주웠습니다."

"그대에게 주겠다."

이에야스는 내뱉듯이 말하고 아마노 야스카게를 돌아보았다.

"타다츠구가 아직 안 보이는데."

"예. 사카이 님은 부엌에서 상처를 치료하고 있습니다."

"상처가 깊은가?"

"네 군데에 화살을 맞았습니다. 술로 치료하고 있습니다."

그러고 보니 누구 하나 상처를 입지 않은 사람이 없었다.

"이렇게 모이고 보니 모두들 밤에 나도는 귀신 같은 얼굴이 되어 있군."

이에야스의 말에 비로소 일동은 큰 소리로 웃었다.

오쿠보 타다요가 돌아오자 공기가 모두에게 돌려졌다. 따끈한 한 잔의 탁주. 묵묵히 마시는데 새삼스럽게 모두의 눈에 눈물이 고였다.

생사의 기로에서 살아 돌아온 그들의 눈에는 이에야스만이 거대한 바위처럼 점점 더 크게 두드러져 보였다.

'어쩌면 두려움을 모르는 것이 아닐까……?'

토리이 모토타다가 갑자기 잔을 높이 들고, 울부짖듯 말했다.

"잘 생각해보니 이번 전투는 우리가 이겼습니다. 축하 드립니다."

"맞아, 우린 지지 않았어. 팔천으로 삼만의 대군을 물리쳤으니까."

타다요가 이렇게 맞장구를 쳤을 때.

"허세 부리면 안 돼."

이에야스가 말했다.

"우리가 패했어. 패했지만 굴복하지 않은 것뿐이야."

"음, 패했지만 굴복하지 않았다…… 바로 그렇습니다. 패배를 축하 드립니다."

혼다 헤이하치로가 이렇게 말하고 비틀거리며 일어나 춤을 추기 시 작했다. 본인은 종규鍾馗°라도 된 기분인 모양이지만, 그것은 부상 입 은 투견鬪犬이 버둥거리는 모습을 연상시켰다.

이에야스는 웃지도 않고 가만히 그 모습을 바라보고 있었다.

5

하마마츠 성의 모닥불은 아침까지 피워져 있었고, 병졸들은 그 옆에 앉아 잠을 잤다.

아침 무렵에는 눈이 그치고 가는 비로 변했다.

타케다 군은 이튿날인 23일에 미카타가하라에서 인원점검을 하고 군사회의에 들어간 듯했다. 아직 양군 모두 삼엄한 경계를 늦추지 않고 있었다.

24일 아침에는 타케다 군이 철수했다. 카츠요리, 야마카다, 오야마 다 같은 장수들은 계속 전투를 해 하마마츠 성을 함락시키자고 주장했 는데 신겐이 받아들이지 않았던 모양이다. 도중에 분명히 오다의 원군 과 만나게 된다. 그때를 대비해 미카타가하라에서 군량소비를 줄이지 않으면 안 된다. 워낙 대군이기 때문에 장기간 머무는 것은 불리하다

——이런 것이 철수의 이유였다.

그때에야 비로소 하마마츠 성에서는 아군의 시체를 수습하러 갔다. 여기저기 무덤이 만들어지고 그 위에 매일같이 서리가 내렸다. 타케다 쪽 손해는 400, 도쿠가와 쪽은 오다의 원군을 포함하여 1,800.

이렇듯 비극의 극치를 이룬 겐키 3년은 저물고 겐키 4년(텐쇼天正 원년, 1573) 정월을 맞이했다.

하마마츠 성에서는 설을 맞이하고도 동료들끼리 새해인사를 나누는 사람이 없었다.

신겐은 지난 28일 교부刑部에 도착하여 그곳에서 설을 맞고 곧바로 노다 성野田城 공격준비를 하고 있었다.

이에야스는 설날 아침 신전에 참배하고 거실로 돌아와 갑옷을 준비해놓고 서기를 물러나게 한 뒤 창가로 향했다. 그리고는 명부에서 전사자의 이름을 붉은 선으로 지워나갔다.

"용서해다오……"

이름을 지울 때마다 한마디씩 했다. 어느 이름을 보아도 목이 메고 눈물이 떨어졌다.

나츠메 마사요시, 토리이 시로자에몬…… 그들을 잃은 대가로 평화가 찾아온 것은 아니었다. 거대한 적은 지금 미카와를 짓밟고 지나가려 하고 있었다.

이에야스는 탁자에 향을 피운 뒤 붓을 놓고 마루로 나갔다. 새해의 태양은 아직 떠오르지 않았는데 하늘도 지상도 붉게 물들어 있었다. 싸늘한 바람이 살에 닿아 하마터면 또 눈물을 쏟을 뻔했다. 다시는 볼 수 없는 사람의 수가 자꾸만 늘어나는데도 멧새들은 즐거운 듯 지저귀고 있었다.

"성주님, 신년축하 행사 준비가 끝났습니다."

뒤에서 맑은 소리가 들렸다. 오아이였다.

이에야스는 가볍게 고개를 끄덕이고 방으로 들어가 곧 무장을 하기 시작했다. 평복으로 맞이하는 신년이 아니었다. 허리를 질끈 동여매면서 웃어 보였다.

"오아이, 내가 졌어."

오아이는 눈을 크게 떴다.

"무슨…… 말씀인지요?"

"지난해의 전투 말이야. 좋은 경험을 했어."

"저는 그렇게 생각하지 않습니다."

"그래?"

이에야스는 웃고 큰 방으로 건너갔다.

그곳에는 이미 무장을 갖춘 장수들이 모여 있었다. 그들의 안색은 겨우 생기를 되찾고, 모두들 전보다 더 강한 전의戰意에 불타고 있었다.

이에야스는 장수들을 한번 둘러보며 무거운 어조로 말했다.

"금년은 우리의 운명을 결정할 해가 될 것이오."

모두들 크게 고개를 끄덕였다.

혼다 사쿠자에몬이 앞으로 나왔다.

"우선 새해인사부터 드립니다."

그 말에 이어 일동은 함께 신년하례를 했다.

"새해 복 많이 받으십시오."

절하는 장수들의 갑옷 소매에서 건조한 소리가 났다.

6

신년을 축하하는 행사가 끝나기가 무섭게 평일과 다름없는 바쁜 하루가 시작되었다.

무기를 손질하는 사람, 쌀과 말먹이를 창고에 들여놓는 사람, 공납을 성안으로 옮겨오는 사람 등.

이에야스는 일하는 사람들 사이를 뚫고 성의 동쪽으로 갔다. 비로소 하늘에 새해 첫 태양이 떠오르고 있었다. 이에야스는 그 태양을 향해 크게 가슴을 편 채 잠시 동안 움직이지 않았다.

"성주님 ——"

뒤에서 칼을 들고 있던 이이 만치요가 말을 걸었다.

"오만 님이 오셨습니다."

이에야스는 이이 만치요의 말을 들었는지 못 들었는지 그대로 묵묵히 서 있었다.

오만은 지난해 말에 유산을 하여 몸이 무척 쇠약해 있었으나 신년인사를 드리기 위해 억지로 일어난 듯했다. 이에야스가 돌아보지 않기 때문에 오만도 자연히 그 자리에 서서 새해의 태양을 쳐다보는 자세가 되었다.

"만치요."

이에야스는 잠시 후 오만을 무시하고 만치요에게 말했다.

"오카자키의 사부로도 열다섯 살이 되었던가……"

"예?"

"사부로가 새해인사를 위해 사람을 보낼 것 같으냐?"

"명석하신 작은 성주님이시니 반드시 새해인사를 위해 사람을 보내실 것입니다."

"미카와에 적이 쳐들어왔으나 그런 가운데서도 의연히 설을 보낼 수 있다면 더 바랄 것이 없지. 그러나 사람은 오지 않을 거야. 오만, 그대는 어떻게 생각하나?"

오만은 깜짝 놀란 듯 고개를 들고 당황해했다. 오만은 오카자키에 있는 츠키야마가 이에야스의 패전을 기뻐할 것이라는 생각을 떨쳐버릴.

수 없었다.

"왜 대답이 없나?"

"예…… 저어, 때가 때인 만큼."

"오지 않을 것이라는 말이지."

"예."

"그대에게 무슨 기별이라도 있었나? 츠키야마로부터."

"예……"

대답하고 다시 괴로운 듯 고개를 수그렸다. 오만이 유산했다는 소식에, 너 따위가 어떻게 제대로 된 아기를 낳을 수 있겠느냐는 잔인한 말을 쓴 편지가 도착했었다. 그러나 오늘은 설, 되도록 그런 말은 입에 담고 싶지 않았다.

"작은 성주님께 아기가 생길지도 모른다는 반가운 소식이 있었습니다."

"뭐, 나에게 손자가?"

"예, 축하 드립니다."

"그래, 토쿠히메가 임신을 했다는 말이지?"

"그리고 작은 성주님이 새로 소실을 두셨다는……"

"사부로에게 소실이…… 누가 주선했다고 하더냐?"

"오가 님이 주선했는데, 아야메 님이라고 아주 예쁜 분이라고 합니다. 토쿠히메 님의 시녀가 소식을 전해와서 알았습니다."

"음. 야시로가 주선했다는 말이지. 그렇다면 신분은 틀림없겠군. 그렇군, 사부로에게 자식이……"

토쿠히메가 임신했기 때문에 다른 소실을…… 그렇게 가볍게 생각하고 이에야스는 비로소 미소를 띠었다.

이때 그 자리에 오아이가 나타났다. 현재 오만은 병석에 누워 있는 몸이어서 오아이가 그녀를 돌보고 있는 중이었다.

뜻하지 않게 좌우에 애첩을 맞게 된 이에야스 위로 태양이 따뜻한 햇빛을 쏟았다.

"오아이, 그대는 어떻게 생각하나?"

"무엇을 말입니까?"

"오카자키에서 신년을 축하하러 올 것인가 아닌가 하는 것 말이야."

오아이는 고개를 갸웃하고 오만을 바라보았다. 오만이 츠키야마의 미움을 받고 있다는 것은 오아이도 알고 있었다.

"바쁜 때이기도 하고…… 도중에 어려움도 많을 것이니까……"

"역시 오지 않을 걸로 안다는 말이지?"

"예."

"온다고 생각하는 사람은 만치요뿐이군."

이에야스가 이렇게 말했을 때.

"성주님, 오카자키에서 사람이 왔습니다."

여전히 기름 먹인 종이로 만든 두건을 쓰고 창고를 둘러보며 다녔던 듯 혼다 사쿠자에몬이 소나무 사이로 허리를 구부리고 들어왔다.

"뭣이, 왔어?"

"예, 오가 야시로가 왔습니다. 기다리게 할까요, 이리 데려올까요?"

"야시로가 왔다는 말이지. 좋아, 정식 인사는 나중에 받기로 하고 우선 이리 보내게."

사쿠자에몬이 물러가자, 어느 틈에 옷을 갈아입었는지 예복 차림의 야시로가 금세 나타났다.

"야시로, 육로로 왔느냐?"

"아닙니다. 배로 왔습니다."

"알겠네. 사부로의 문안인사는 나중에 받겠다. 지난해의 공납은 잘

걷혔느냐?"

갑자기 묻는 쪽도 묻는 쪽이었으나, 야시로는 그것을 기다리고 있었다는 듯이 품안에서 장부를 꺼내 공손히 이에야스 앞으로 나갔다.

이에야스는 그것을 자세히 살펴보았다.

"수고가 많았다, 이 정도면 괜찮은 편이야. 그런데 사부로에게 아기가 생겼다면서?"

"글쎄요…… 저는 아직 그런 말을 듣지 못했습니다."

"허어, 그대가 모른다니 이상한 일이야. 오만, 그 소식을 전한 것은 누구였나?"

"예. 토쿠히메 님을 모시는 시녀들입니다."

"음, 그러면 토쿠히메가 아직 모두에게 알리지 않은 모양이군. 그런데도 벌써 소실을……? 야시로."

"예."

"사부로에게 아야메라는 소실이 있다고 하던데, 그 여자는 누구 딸이냐?"

"아야메 님이라면, 성 아래 사는 의사의 딸입니다."

"뭣이, 의사의 딸? ……가신의 딸이 아니란 말이지."

"예. 마님이 자주 부르시는 침술사의 딸인데 신원은 충분히 조사했습니다."

"누가 주선했나?"

"바로 마님이십니다. 아니, 마님이라기보다도 마님을 뵈러 가셨던 작은 성주님이 직접 보시고 청을 드렸습니다."

"그게 언제의 일이냐?"

"지난해 섣달 초순입니다."

"뭐, 섣달 초순…… 그렇다면 사부로 놈은 내가 악전고투하고 있을 때 소실을 얻었다는 말이냐?"

이에야스의 눈이 번쩍 빛나자 야시로는 저도 모르게 깜짝 놀라 고개를 움츠렸다.

8

이에야스에게 오가 야시로는 좀처럼 구하기 어려운 가신 가운데 하나였다. 남달리 계산에 밝아 언제나 수지균형을 맞추었다. 이에야스의 눈빛만 보고도 그 마음을 읽었고, 특히 백성들과의 접촉에 능했다.

그런 이유로 지금은 중신의 자리까지 올라 있었다. 그러한 야시로가 이에야스의 생애 중에서도 최악이었던 지난해 섣달 사부로의 소실 영입을 제지하지 않았다는 점이 불만이라기보다는 의아스러웠다.

"야시로, 거실로 오너라."

"예."

이에야스는 엄한 표정으로 걷기 시작했다.

인생의 밑바닥에 흐르는 것은 역시 불안인가? 타케다 신겐의 대군 앞에서도 훌륭히 자기를 지켜온 이에야스였으나, 이런 생각을 하니 참을 수 없는 초조감을 느꼈다.

'내부의 붕괴를 자초할 원인을 싹트게 하는 것은 아닐까?'

거실로 들어온 이에야스는 사람들을 나가게 하고 야시로와 단둘이 앉았다. 아직 실내에는 희미하게 향내가 남아 있었고, 창에는 햇빛이 가득 비치고 있었다.

"야시로, 숨김없이 말하여라."

"예. 작은 성주님의 소실에 대한 일 말씀입니까?"

"아니, 사부로의 됨됨이 말이다. 그 아이에게는 내 고뇌가 통하지 않는다는 말이냐?"

"황송합니다마는, 작은 성주님은 총명하신 분이지만 측근이……"

"보좌를 잘못했다는 말이로군. 이름을 말해보아라, 누구누구냐?"

"예……"

야시로는 자못 난처하다는 듯이 머뭇머뭇 말했다.

"히라이와, 히사마츠 두 분이……"

"음. 히사마츠와 히라이와가 말리지 않았기 때문에 사부로가 멋대로 놀아났다는 말이지?"

"예. 저는 때가 때이니 만큼 토쿠히메 님을 통해 그 사실이 기후의 성 주님께 알려지기라도 하면…… 하고 간했습니다마는, 두 분은 도리어 기뻐하는 눈치였습니다."

"츠키야마는 무얼 하고 있었다는 말이냐?"

"주위가 모두 그런 형편이므로……"

"으음."

이에야스는 크게 한숨을 쉬고 잠시 동안 천장을 노려보고 있었다.

흔히 있는 일이다. 아버지가 고심하여 쌓아놓은 토대를 그 자식이 서 서히 파멸의 길로 무너뜨리는 예는. 그 가장 대표적인 예가 이마가와 부자……

"야시로!"

"예."

"오카자키에 돌아가거든 사부로에게 분명히 일러라. 이번 일로 내가 크게 노하고 있다고."

"황송합니다. 모두 저희들이 부족한 탓입니다."

"그리고 이것은 앞으로도 두고두고 중요하게 새길 일이다. 모든 비 용을 절약하도록 하라. 절약이 아이들에게는 가장 훌륭한 약이다. 그렇 지 않으면 반드시 타케다 카츠요리 앞에 무릎을 꿇어야 할 때가 온다고 단단히 일러라."

이에야스는 자기 음성이 자신도 모르게 젖어오는 것을 깨달았다.

"그 교훈, 깊이 가슴에 새기겠습니다."

"알겠느냐. 사부로를 위해서나 나를 위해서도 올 한해는 한눈을 팔수 없는 중요한 때라는 것을!"

"예. 잘 알고 있습니다."

"부탁하겠다. 언제라도 출전할 수 있도록 만반의 준비를 게을리하지 마라."

이에야스는 신임의 뜻으로 자신이 지녔던 작은 칼을 야시로에게 주었다.

모략의 소용돌이

1

오카자키 성도 하마마츠 성에 못지않게 군비軍備를 강화하는 가운데 봄을 맞이했다.

같은 미카와 중에서도 야마가의 세 무리는 이미 타케다 쪽으로 돌아섰고, 새해가 되자마자 신겐은 노다 성으로 군사를 이동시켰다.

열다섯 살이 된 사부로 노부야스三郎信康는 신년을 맞은 새벽에 여러 장수들을 모아놓고, 엄하게 선언했다.

"만일 아버님의 허락이 내리면 나도 노다 성으로 나가 타케다의 주력과 일전을 벌이겠소. 모두 그렇게 알고 있도록."

그리고는 신년 일출을 마장馬場에서 맞았다. 일부러 무장을 하지 않은 평복차림이었다. 살을 에는 듯한 찬바람 속에서 눈썹을 치켜세우고 말을 달리는 모습이, 한시도 그 곁을 떠나지 않는 히라이와 치카요시平岩親吉의 눈에는 어릴 적의 이에야스 이상으로 늠름하게 보였다.

벚나무 나뭇가지만 앙상하게 남아 있는 마장을 종횡으로 달리다가 말의 목에 땀이 나는 것을 보고 말에서 내렸다.

"아버님이 나를 미카타가하라에 데려갔더라면 그렇게까지 참패는 당하지 않았을 텐데. 그렇지 않은가, 치카요시?"

분하다는 듯이 내뱉고 이번에는 활터를 향해 걸었다. 치키요시는 잠자코 그 뒤를 따랐다.

키소다니木曾谷에서 불어오는 아침바람이 지면 가득히 서리를 얼어붙게 하고 젊은 대장의 발 밑에서 울었다.

"치카요시, 그대의 생각을 알고 싶어. 아버님은 전투가 서투른 것이 아닐까?"

"당치도 않으신 말씀입니다."

"그럼 능숙한 분의 손에서 물이 새었다는 말인가?"

"그렇게 해석하시면 안 됩니다. 무장의 기상을 관철하시기 위한, 승패를 도외시한 기개를 생각하셔야지요."

"흐흥."

노부야스는 웃었다.

"나는 아버님보다 기개가 떨어진다는 말처럼 들리는군."

치카요시는 다시 입을 다물었다. 젊음은 단순하다는 것과 통했다. 때때로 노부야스가 자신의 기량을 아버지와 비교하는 것을 치카요시는 씁쓸하게 생각하곤 했다.

'이런 버릇이 언제부터 생긴 것일까.'

어머니인 츠키야마를 만날 때마다 그런 말을 자주 했다.

치카요시가 잠자코 있는 것을 보고 노부야스는 혀를 찼다.

"그대는 아버님 이야기만 나오면 입을 다무는군. 알겠어, 다시는 말하지 않겠어. 그러나 이 말 한마디만은 해야겠어. 내가 아버님보다 무술에는 뒤진다는 것을."

"알고 있습니다."

"오늘부터는 쉰 발을 쏘겠어."

활터에 이르러 활을 받아들고는 노부야스는 느닷없이 찬바람 속에서 한쪽 어깨를 벗어부치고 과녁을 노렸다.

"덥군……"

매일같이 단련하기 때문에 근육이 불끈 솟아 있었고, 젊은 피부에는 땀이 맺혀 있었다. 그러나 이에야스는 결코 이러지 않았는데…… 하고 치카요시는 생각했다. 하지만 충고를 하여 이를 말려야 할 것인가 아닌가 하는 데에 이르면 역시 망설이지 않을 수 없었다.

아버지보다 용맹하다는 말을 듣고 싶어하는 노부야스.

"아버님은 그런 일은 하지 않으셨습니다."

이렇게 말하면 아버지와의 경쟁심을 더욱 부추길 뿐이리라.

이윽고 노부야스는 시윗소리도 요란하게 활을 쏘았다. 지금까지는 서른 발, 그것을 놀라운 투지를 발휘하여 쉰 발이나 계속해서 쏘고 있었다. 더구나 그 화살은 거의 모두 과녁의 중심을 맞혔다.

"놀랍습니다!"

감탄하면서도 왠지 모르게 부족한 면이 있는 것 같아 치카요시는 마음이 개운치 않았다.

2

'성주님이 지나치게 뛰어나셨기 때문일까?'

히라이와 치카요시는 이렇게 생각하고 자신을 부끄럽게 여겼다. 노부야스가 자신과 아버지를 비교하는 것을 마땅치 않게 여기고 있으면서도 치카요시 자신 또한 노부야스와 이에야스를 비교하고 있었다. 노부야스를 섬기는 몸인 이상, 노부야스의 잘잘못은 그대로 자기 책임이기도 했다.

"오늘 활쏘기 훌륭했습니다. 자, 옷을 입으시지요. 감기에 걸리시면 안 됩니다."

"하하하……"

노부야스는 호탕하게 웃었다.

"이 정도로 감기에 걸리다니…… 그런 몸으로 무슨 일을 하겠어? 아버님은 오와리에 계실 때 한겨울에도 기후의 성주님과 수영을 하셨다는데."

노부야스는 다시 아버지에 대한 말을 하고 옷을 입었다.

"자, 돌아가서 설날이니 떡국을 먹도록 하세. 그대도 상을 같이하는 게 좋겠어."

"고마우신 말씀이지만, 그런 일은 선례가 없으므로 사양하겠습니다."

"아니, 함께 떡국을 들며 신년을 축하하겠다…… 이것은 전혀 잘못된 일이 아니야. 훌륭한 선례라면 내가 만들어도 아무도 반대하지 않을 거야. 어려워할 것 없어."

"어려워하는 것이 아닙니다. 사흘 동안은 내외분이 같이 드시게 하는 것이 해마다 시행하는 관습입니다."

"하하하……"

찬바람 속을 유유히 걸으면서 노부야스는 다시 큰 소리로 웃었다. 검술도 마술도, 창술도 궁술도 모두 아버지를 능가할 정도로 강해졌다. 하지만 그 몸 속에 흐르는 호기豪氣에서는 왠지 모르게 오만한 면이 느껴졌다.

"늙은이들의 생각이란 답답하고 고리타분해. 나는 사리의 좋고 나쁨을 분별하여 좋은 일이라 생각되면 과감하게 개혁하겠어. 그래야만 새로운 발전이 있는 법이지. 고여 있는 물은 썩기가 쉬워."

성으로 돌아왔을 때, 그곳에도 큰 방에는 무장들이 속속 모여들고 있었다. 본성의 안채에서 토쿠히메와 둘이 축하상을 받은 뒤에 나타날 노부야스를 기다리기 위해서였다.

노부야스는 치카요시를 데리고 그 옆을 지나 안채로 건너갔다. 어수선한 가운데 맞이하는 정월이었으나 정성을 다해 장식해놓은 것은 히사마츠 사도노카미의 세심한 지시에 의해서였다.

"영감이 또 공들여 꾸며놓았군."

노부야스는 미소를 짓고 토쿠히메가 기다리는 거실의 복도를 그대로 지나치려 했다.

"작은 성주님!"

"왜 그러나, 치카요시?"

"축하상은 여기서 받으셔야 합니다."

"아, 그 전에 속옷을 갈아입어야겠어. 땀을 많이 흘렸으니까."

노부야스는 이렇게 내뱉고 새로 방을 마련해준 아야메의 거실로 들어갔다.

"작은 성주님!"

다시 치카요시가 불렀으나 젊은 대장은 돌아볼 생각도 하지 않았다.

"아야메, 속옷을 가져와."

커다랗게 외치는 소리가 안에서 들렸다.

"나는 그대가 땀을 닦아주었으면 싶어서 일부러 찾아왔어. 아야메, 기쁘지?"

"예. 땀을 많이 흘리셨군요."

"자, 어서 닦아줘. 그리고 오늘은 그대와 같이 축하상을 받겠어. 뭐…… 토쿠히메가 눈총을? 하하하…… 토쿠히메는 그런 여자가 아니야. 내가 허락하는 일이니 상관없어. 아무도 말리지 않을 거야."

치카요시는 옆방에 앉은 채, 첩과 함께 축하상을 받으려는 젊은 대장에게 어떻게 간언을 할 것인지 고민했다.

3

남자의 정이란 것을 비로소 알게 된 아야메가 온몸을 뜨겁게 달군 채 노부야스의 땀을 닦기도 하고 옷을 입혀주기도 하는 모양이었다.

"어때, 늠름한 팔이지?"

"예……."

"만져봐, 손톱도 들어가지 않을 거야. 한데 그대의 팔은 왜 이렇게 부드러운지 모르겠어."

"아야, 그러지 마세요. 팔이 부러지겠어요."

"하하하…… 그렇게 얼굴을 찌푸리고 있을 때가 가장 사랑스러워. 이대로 부러뜨리고 싶어지는데."

"그러지 마세요, 아야……."

더 이상 참지 못하고 옆방에서 치카요시가 꾸짖는 어조로 불렀다.

"작은 성주님!"

"영감이 거기 있었군. 곧 가겠어. 자, 아야메, 그대도 같이 가는 거야."

"작은 성주님! 그것은 안 됩니다."

"왜 안 된다는 거야?"

"아야메 님은 동석하실 수 없습니다."

"이상한 말을 하는군…… 내가 허락했는데 그대가 안 된다니…… 이것도 전례가 없단 말인가, 답답한 늙은이로군."

"아니, 전례와 상관없이 어떤 일에나 공사의 구별은 중요합니다. 오늘의 축하상에는 누구도 동석시켜서는 안 됩니다."

아야메는 당황하여 노부야스가 잡고 있는 손을 뿌리치고, 작은 소리로 말했다.

"저는 사양하겠어요."

노부야스는 혀를 찼다.

"치카요시!"

"예."

"예로부터 처첩이 서로 다투면 집안이 문란해진다는 말이 있어. 나는 그런 일이 없도록 두 사람이 친해지도록 하려고 해. 이러한 내 생각에 잘못이 있다는 말인가?"

"죄송합니다마는 그것은 너무 엉뚱한 생각이십니다. 부부란 그러한 것이 아닙니다."

"그럼 부부란 어떤 것인가? 그 말이 듣고 싶군, 치카요시."

노부야스는 무섭게 눈을 빛내면서 다그쳤다.

치카요시는 안타까웠다. 이런 탈선이야말로 집안을 어지럽게 하는 요인이 된다는 것을 알고 있으면서도 그것을 깨우쳐줄 말주변이 그에게는 없었다.

"왜 잠자코 있나? 둘이 친해지는 것이 왜 나쁘다는 거야? 둘이 같이 축하상을 받는 것이 어째서 나쁜지 나는 납득할 수가 없어. 납득할 수 없는 일에는 따르지 않는 것이 내 성격이야."

"죄송합니다마는……"

치카요시는 이마에 흐르는 땀을 닦았다.

"세상에는 신분과 위계라는 것이 있습니다. 토쿠히메 님은 기후 성주님의 따님, 아야메 님은 이름도 없는 의사의 따님……"

"닥쳐!"

노부야스는 무섭게 일갈하고 방바닥을 힘껏 걸어찼다.

"그런 소리를 새삼스럽게 들어야 할 정도로 내가 어리석은 줄 아나! 누가 아야메를 토쿠히메의 상좌에 앉히겠다고 했느냐? 다만 친해질 수 있게 동석시키겠다고 한 의미를 모른다는 말인가?"

"알겠어요. 훌륭한 생각이에요, 사부로 님."

치카요시는 자기 등뒤에서 들리는 츠키야마의 음성을 듣고 자신도 모르게 입술을 지그시 깨물었다.

"히라이와 님, 사부로에게 내전의 위계를 가르치다니 좀 지나친 것 같군요. 아버님을 보세요. 이마가와 지부노타유의 조카인 나를 멀리하고 이름도 없는 자의 딸에게 넋을 잃고 있어요. 이에 비해 정실과 소실의 화합을 도모하려는 사부로 님…… 훌륭해요. 사부로 님, 아야메의 동석을 이 어미가 허락하겠어요."

치카요시는 입술을 깨문 채 잠자코 있었다.

<h1 style="text-align:center">4</h1>

"삼가십시오."

이렇게 츠키야마를 타일러도 되는 히라이와 치카요시의 입장이었다. 그러나 그의 온화한 성품과 분별력이 이를 허락하지 않았다. 만일 타이른다면 츠키야마는 미친 듯이 한탄할 것이 분명하고, 치카요시 또한 책임상 한 걸음도 물러설 수 없었다.

'한심한 일이야!'

치카요시는 생각했다.

이에야스와 츠키야마의 불화——그것만이 이 성의 어두운 그림자였다. 그 그림자를 더 이상 짙게 하지 않으려면 침묵하는 수밖에 달리 방법이 없었다.

"히라이와 님."

츠키야마는 더욱 빈정대는 조소를 떠올렸다.

"정실과 소실이 동석해서는 안 된다는 그대의 말이 옳은지, 정실 따위는 거들떠보지도 않고 첩만을 가까이하는 분이 옳은지…… 그대가 한번 하마마츠의 성주에게 알아보도록 하세요. 자, 아야메, 사부로 님이 허락하신다고 했다. 모시고 나가도록 해라."

순간 좌중은 찬물을 끼얹은 듯 정적이 흐르고, 그 말을 들은 아야메조차 어쩔 줄을 몰라 바들바들 몸을 떨고 있었다.

"음, 이것은 내 잘못이었어. 치카요시, 용서해주시오."

이때 잠자코 일동을 둘러보고 있던 노부야스가 뜻밖의 말을 했다.

"아야메를 동석시키겠다고 한 내가 너무 지나쳤어."

"예?"

치카요시는 자기 귀를 의심했다.

"무어라 말씀하셨습니까?"

"동석시키지 않겠어. 용서하시오, 치카요시…… 생각해보니 아버님은 하마마츠에서 혼자 축하상을 받고 계실 거야."

이 말을 듣고 치카요시는 그만 눈시울을 붉혔다.

"제 말을 들어주시겠습니까?"

"그렇소, 어머님이 안 계시는 성에 아버님 혼자 계시다는 것을 잊어버리고 나만이 주제넘게 셋이서 축하상을 받으려 하다니 지나친 일이었어."

"사부로 님!"

츠키야마의 찢어지는 듯한 목소리가 그 뒤를 이었다.

"아버님이 하마마츠에 홀로 계신 줄 알고 있나요?"

"어머님이 안 계신다고 했을 뿐입니다."

"무슨 소리! 내가 없는 것을 다행으로 여기고 오만 외에도 최근에는 오아이란 여자까지 가까이하고 있다는 말을 들었어요. 그런 아버님께 굳이 마음을 쓸 필요가 있을까? 어서 아야메를 데리고 나가요."

"어머님!"

노부야스의 눈썹이 치켜올라갔다. 정한精悍한 얼굴에 젊은이의 분노를 떠올렸다.

"어머님은 이 노부야스를 바보로 취급하십니까? 제 일은 저 스스로 판단하겠습니다. 치카요시, 어서 가세."

분명하게 말하고 그대로 토쿠히메가 기다리는 거실 쪽으로 걸어갔다. 이런 단호한 행동 역시 이에야스에게는 없는 성격이었다.

치카요시가 노부야스를 따라나간 뒤 츠키야마는 얼어붙은 듯이 복도에 서서 잠시 허공을 노려보고 있었다.

하늘은 활짝 개어 있었으나 바람이 강하게 불고 있었다. 지붕 위에서 윙윙 울리는 소나무 소리가 츠키야마의 가슴에 절망을 부채질했다.

"아야메!"

츠키야마의 분노는 옆에 움츠리고 있는 아야메에게로 돌려졌다.

"그대는 이러고도 여자라 할 수 있겠어? 자기 낭군을……그런 식으로 빼앗기고도 분하지 않다는 거야!"

아야메는 더욱 움츠러들며 방바닥에 엎드려서 몸을 떨고 있었다.

5

"그대는 누구 덕으로 사부로 님 곁에 있게 되었는지 잊어버린 것은 아니겠지?"

"예…… 예. 용서해주십시오."

츠키야마의 핏발선 눈을 보고 아야메는 숨도 제대로 쉴 수 없었다.

"여기서는 말할 수 없다. 따라오너라!"

츠키야마는 거침없이 아야메의 방으로 들어가 더 이상 서 있을 수 없다는 듯 털썩 주저앉았다.

"믿었던 보람도 없이……"

"예…… 예."

"이 세나는 너를 통해 분을 풀겠다고 하지 않았느냐?"

"용서해주십시오."

"오다의 딸은 나에게는 이마가와 집안의 원수, 그 원수에게 내 아들의 살이 닿지 못하게 하겠다고 울면서 하던 내 말을 잊었다는 말이냐?"

아야메는 와락 울음을 터뜨리고 그 자리에 엎드렸다.

아야메로서 지금 온몸을 바쳐 기댈 곳은 노부야스 한 사람뿐. 카이와 미카와 사이의 복잡한 음모와 마님의 원한까지는 알 리가 없었다.

아야메는 단지 계모의 학대를 벗어나기 위해 겐케이에게 이끌려 카이를 떠났을 뿐이었다. 그리고 카이 태생이란 말을 하면 안 된다는 엄한 명을 받고 그것을 숨긴 채 노부야스를 섬기러 들어왔다. 그 섬김이 여자의 몸을 바쳐 시중을 드는 일이라는 것을 알았을 때도 이 불쌍한 소녀는 별로 감정의 움직임이 없었다.

'미움이 없는 세상에서 살 수만 있다면……'

오직 그 작은 희망만을 안고 노부야스의 사랑을 받다가, 마침내 여기서 또 다른 기쁨을 발견하게 되었다.

동갑인 노부야스의 사랑은, 마치 봄날의 햇빛처럼 그녀의 마음을 눈부시게 감싸주었다. 조용히 그 행복을 지키려 하고 있을 때 뜻하지 않은 츠키야마의 질책을 받게 되었다.

누구 덕에 노부야스의 소실이 되었느냐는 질책을 듣고 보니, 그것은 분명히 츠키야마의 덕임이 틀림없었다. 츠키야마가 토쿠히메를 증오한다고 한 말은 자신의 행복에 도취되어 잊어버릴 뻔하고 있었다.

"울면 못써, 남이 들으면 어떻게 생각하겠느냐?"

"예."

"사부로 님을 독점하여 사내아이를 낳으면 그대는 이 성의 주인 마님이 된다고 기회 있을 때마다 말해줬다. 왜 그대는 아까 사부로 님에게 매달리지 않았느냐? 그대는 용모도 마음도 토쿠히메보다 뛰어나다. 그대가 잘 구슬리기만 하면 사부로 님은 그대의 것. 그대의 아이보다 먼저 오다의 손자가 태어나면 그대는 평생 동안 그늘에서 살아야 하는 거야."

"예…… 반드시…… 낳도록 노력하겠습니다."

"미덥지 못한 것……"

마님은 자신의 고독과 원통함에 감정이 북받친 듯 무서운 눈으로 허공을 노려보았다.

"나는 말이다, 이렇게까지 성주나 가신으로부터 미움을 받고 있다. 게다가 내 배에서 나온 사부로 님에게까지 미움을 받는다면 그야말로 살아갈 마음이 없는 몸. 아야메, 나를 가엾게 생각한다면…… 사부로 님을 꼭 그대의 품안에 붙들어놓도록 해."

말을 마치고 이번에는 하염없이 울기 시작했다.

6

아야메는 미친 듯이 울어대는 마님을 위로해야 할지 아니면 그 앞에 사과해야 할지 알 수 없었다. 아무리 풀이 죽어 있는 소녀라고는 해도 노부야스를 혼자 독점하고 싶다는 여자의 감정은 없지 않았다. 그러나 토쿠히메는 오다 노부나가라는, 코후의 성주와도 필적하는 대장의 외동딸…… 그 말만 들어도 여자의 감정보다는 두려움이 앞섰다. 노부야스의 비위는 거슬리더라도 나중에 사죄하면 그만일 것 같았으나, 토쿠히메의 감정을 건드리면 자기 보금자리가 산산이 부서질 것만 같은 예감이 들었다. 그 두려움이 아야메를 신중하게 만들었는데, 츠키야마는 그것이 여간 못마땅하지 않았다. 잠시 몸부림을 치며 울고 나서 츠키야마는 벌떡 일어났다.

"아야메."

"예."

"그대에게 분명히 명하겠다. 사부로 님이 돌아와서 토쿠히메 곁에 가시려 하거든 이 아야메를 내보내달라고 하여라. 아니, 말로만 해서는 안 된다. 실제로 그대에게 돌아오도록 해라. 그대가 그럴 만한 능력도 없는 여자라면 사부로 님 곁에 있어도 아무런 쓸모가 없어."

아야메는 예리하게 심장을 찔린 듯하여 아무 대답도 할 수 없었다.

"알겠느냐? 분명히 말해야 한다."

츠키야마는 이렇게 말하고 옷깃을 끌면서 빠른 걸음으로 방에서 나가버렸다.

아야메는 잠시 엎드린 채 있었다. 노부야스를 토쿠히메 곁으로 보내지 말라는 의미보다도 소실의 자리를 박차고 돌아오라고 한 말이 더 슬프게 가슴을 때렸다.

'아직 마음놓고 살 수 있는 보금자리가 이 아야메에게는 마련되어 있지 않다……'

이런 생각을 하자, 비로소 알게 된 노부야스에 대한 사모의 정이 뜨겁게 가슴을 찔러왔다.

'불행한 여자……'

'가련하게도 둥지조차 없는 작은 새……'

그 작은 새는 마침내 거실의 창 밑에 털썩 주저앉았다. 눈물을 머금은 채, 아야메라는 애처로운 소녀를 쓸쓸하게 객관화할 수 있는 거리로 떼어놓았다.

스스로 자기 자신을 멀리 두고 바라보며, 자신을 위해 운다…… 이렇게 하는 것이 쓸쓸함을 잊을 수 있는 가장 좋은 방법이었다.

얼마 되지 않아 노부야스가 돌아왔다. 토쿠히메와 축하상을 받은 뒤

넓은 방에 모인 가신들과 신년하례를 나누고 돌아왔다.

"아야메, 왜 그렇게 시무룩해 있나?"

"작은 성주님, 부탁 드릴 것이 있습니다."

"새삼스럽게 무슨 말을 하는 거야. 나는 그대와 둘이 즐겁게 지내려고 돌아왔는데."

"작은 성주님! 저를 내보내주십시오."

"뭐, 나가겠다고? 무슨 까닭인지 이유가 있을 테지. 어서 말해봐."

"저는 변변치 못한 사람이라 작은 성주님의 마음에 드시지 않을 것입니다. 큰 잘못을 저지르기 전에 떠나려고 합니다."

"내 마음에 들지 않을 것이라니…… 그래, 어디로 가겠다는 건가?"

"머리 깎고 세상을 등지겠습니다."

아양 아닌 교태는 그 나름대로 무섭다. 노부야스는 울컥 피가 역류하는 것을 깨닫고 눈썹을 치켜올렸다.

"토쿠히메가 그대에게 못할 짓을 했군, 그렇지? 그게 사실이지?"

7

노부야스와 아야메의 사랑싸움은 잠시 후에 풀렸다.

하나의 과일밖에 갖지 못했던 소년이 새로운 과일을 갖게 되어, 이것이야말로 정말 맛있구나 하고 생각했을 때 처음 과일은 멀리하게 된다.

"토쿠히메보다 그대가……"

이런 말을 듣자 아야메의 불안은 앳된 기쁨으로 바뀌었다. 그 뒤에 어떤 파란이 일어날지, 그 계산은 하지 못했다.

오가 야시로가 4일 하마마츠에서 돌아왔을 때, 노부야스는 아야메의 방에서 야시로를 맞이했다.

야시로는 자못 근엄한 표정으로 방에 들어와 몸을 기대듯이 하고 있는 두 사람을 쳐다보고 말하다 말고 머리를 조아렸다.

"오오, 작은 성주님을……"

"야시로! 무슨 일인가? 아버님께 무슨 일이라도 생겼다는 말인가?"

조아리며 눈물을 흘리는 야시로를 보고 노부야스는 몸을 앞으로 내밀었다.

"아니, 아무것도 아닙니다. 아무것도 아닙니다."

"왜 도중에 말을 중단하느냐? 그대의 눈에 고인 눈물을 이 노부야스가 깨닫지 못한 줄 아느냐?"

"아닙니다."

야시로는 손을 내저었다.

"아무 일도 아닙니다. 다만 성주님 말씀이 너무나 엄하시기에."

"아버님 말씀이…… 누구에게, 너에게 말이냐?"

"아닙니다. 누군가가 있지도 않은 일을 중상한 것이 분명합니다. 하지만 모른 체하시고 그냥 넘겨버리시기 바랍니다."

"야시로!"

"예."

"싱거운 소리를 하는군. 말하다 말고 그만두다니. 아버님이 무어라고 하셨느냐? 중상하는 자라니 그것은 누구냐?"

"모릅니다. 아니, 말씀 드릴 수 없습니다. 그런 말씀을 드리면 저의 집안이 원한을 사게 됩니다."

"점점 더 이상한 소리를 하는군. 아버님이 나에게 무슨 불만이라도 갖고 계시다는 말이냐?"

"참으로 난처하군요…… 하지만 용기를 내어 말씀 드리겠습니다. 제발 이 자리에서만 들으시고 잊어버리십시오."

"좋아, 그렇게 하겠다. 어서 말하라."

"사부로는 내가 생사의 기로에서 헤맬 때 여자에게 미쳐 있었느냐고 몹시 진노하셨습니다."

"뭣이, 내가 여자에 미쳐 있었다고……"

노부야스는 가만히 아야메를 돌아보았다.

"그건 아야메를 가리킨 것이냐?"

"예. 그밖에는 달리……"

"야시로."

"예."

"아야메에 대해서는 그대가 아버님께 말씀 드렸을 터, 아버님이 허락하셨다고 그대는 내게 분명히 말했지 않은가?"

"예. 그래서 이 자리에서만 들은 것으로 하시라고 말씀 드린 것입니다. 분명히 허락이 내리셨는데도…… 아무래도 중상하는 자가 곁에 있구나…… 하고 안타까이 여기면서 돌아왔습니다."

"으음. 하지만 그런 문제라면 걱정할 것 없어, 곧 사실이 밝혀질 테니까."

"간단하게 생각하시면 안 됩니다. 여자에게 미쳤을 뿐만 아니라 낭비를 일삼고 군비마저 소홀히하고 있다, 이대로 가다가는 카츠요리에게 무릎을 꿇게 될 것이라며 크게 진노하고 계셨습니다."

"뭐, 카츠요리에게 무릎을 꿇게 된다고……"

순간 노부야스의 얼굴에서 핏기가 가셨다.

8

카츠요리는 현재 노부야스가 젊은 피를 불태우며 증오하고 있는 적의 후계자였다. 그 카츠요리보다 못하다는 말을 듣는 것은 노부야스로서는 참을 수 없는 일이었다.

"분명히 아버님이 그런 말씀을 하셨다는 말이지?"

"황송합니다마는 성주님의 본심은 아니실 것입니다."

야시로는 심각한 표정으로 눈을 끔벅거렸다.

"누군가 작은 성주님을 중상하는 자가 있다…… 하고 저는 분한 마음을 품고 돌아왔습니다."

"음, 이 노부야스가 언젠가는 카츠요리에게 무릎을 꿇는다고 아버님께서 그러셨단 말이지……"

노부야스는 벌떡 일어나 마음속의 분노를 억누르고자 마루의 장지문을 난폭하게 열어젖혔다. 겨울 하늘에서 찬바람이 불어닥치자 아야메는 옷깃을 여미고 구원을 청하듯 야시로를 바라보았으나 그는 여전히 묵묵히 앉아 자못 침통하다는 듯 눈을 끔벅거리고 있었다.

"그렇군."

잠시 소나무 가지를 쳐다보던 노부야스는 사납게 방안을 서성거리기 시작했다.

"야시로! 치카요시를 불러라."

"아니, 히라이와 님을 불러 어떻게 하시렵니까?"

"치카요시 놈이 내 행동을 일일이 간섭하고 있어. 그 영감이 틀림없어, 아버님께 나를 중상한 것이야."

"작은 성주님, 제발 고정하십시오."

"그럼, 치카요시가 아니란 말인가?"

"설사 히라이와 님이라 해도 이 야시로 앞에서 꾸짖으시면 제 입장이 곤란해집니다."

"그렇다고 굴욕과도 다름없는 그런 말을……"

갑자기 노부야스는 주먹으로 눈물을 옆으로 털었다.

"나는 아버님께 뒤지지 않겠어…… 아버님의 이름을 더럽히지 않겠다는 생각을 잠시도 잊은 적이 없는데도……"

"잘 알고 있습니다. 참으십시오, 작은 성주님. 언젠가는 알게 될 것입니다."

"야시로!"

노부야스는 참지 못하겠다는 듯이 야시로 앞에 털썩 주저앉아 그의 손을 잡고 흐느껴 울었다.

"원통하다! 노부야스는……"

"참으셔야 합니다."

"아버님만은…… 아버님만은…… 이 노부야스를 이해하실 거라 생각했는데."

"간신들의 중상 때문입니다. 간신들은 성주님과 마님의 불화를 기화로 작은 성주님까지 따돌리고 멋대로 설치려 합니다. 작은 성주님! 그 간계에 넘어가시면 안 됩니다."

"알겠다. 그대만이 내 편이로구나…… 야시로, 수고가 많았다. 이것을 주마."

노부야스는 허리에 꽂았던 작은 칼을 그에게 주었다.

"황송합니다."

야시로는 머리를 조아리고 그것을 받았다.

"작은 성주님!"

"야시로!"

"부디 성급한 판단은 내리지 마십시오. 무슨 일이든지 이 야시로와 상의해주십시오."

"잊지 않겠다, 그대의 충성을."

"저는 이만 물러가 마님께 문안 드리겠습니다."

"그래, 어머님에게 언짢은 말씀은 드리지 말도록. 그리고 나의 문안도 대신 드려다오."

야시로는 다시 한 번 공손히 절하고 방을 나갔다.

순간 노부야스는 아야메의 어깨를 붙들고 참았던 울음을 터뜨렸다.

9

츠키야마는 침술사인 겐케이가 내미는 차를 잠자리에 누운 채 받았다. 머릿속은 화끈 달아오르는데 온몸이 나른했다.

"무릇 인간이란 자연의 섭리 앞에서는 약한 법입니다."

겐케이는 그녀에게 등을 돌리고 화로 앞에 앉아 혼잣말처럼 중얼거렸다.

"침과 뜸은 물론 안마나 탕약은 이 자연의 기능을 도와주는 데에 지나지 않습니다. 그러므로 일상적인 생활이 자연의 섭리에 어긋나면 어떠한 치료도 일시적인 것일 뿐, 병의 뿌리는 제거하지 못합니다."

츠키야마는 잠자리에 엎드린 채 뜨거운 차를 마셨다.

"그럼, 내 병의 뿌리는 어떻게 해야 뽑을 수 있을까?"

"황송한 말씀입니다마는, 마님은 아직 연세보다 사오 년은 더 젊으신 몸입니다."

"여기저기가 결리고 쑤신 이 몸이 말인가?"

"그것은 모두 자연에 어긋나는 생활을 하시는 탓, 바로 거기에 병의 뿌리가 있습니다. 여자 나이 서른셋이면 초로初老라고 하는 말은, 자식을 많이 낳고 자식을 키우는 데 모든 힘을 쏟아야 했던 천한 여자에게나 해당되는 말입니다. 마님께는 적합하지 않은 말입니다."

"그렇게 젊다는 말인가, 내가……"

"황송하오나 성주님 곁에 계시면서 남녀의 교합이 자연스러우시다면 아직 병이 드실 연세가 아닙니다."

"겐케이, 쓸데없는 소리는 하지 말게. 성주는 하마마츠에 계시면서 나 같은 여자는 잊어버리고 있다는 것을 그대도 잘 알고 있을 텐데."

"그래서 말씀 드리는 것입니다. 겐케이의 침술 따위는 듣지 않는다……고 하시니 저는 몸 둘 곳이 없습니다."

"알겠네. 다시는 그런 말을 하지 않겠어."

"저는 이렇게 잘 대해주시는 마님을 위해서라면 목숨까지도 바칠 각오입니다. 그렇기 때문에 외동딸인 아야메까지 작은 성주님께 바친 것입니다."

"알고 있어. 알고 있으면서도 공연히 신세 타령을 하게 되는군…… 겐케이."

"예."

"여자란 정말 따분한 것인 모양이야."

"글쎄요…… 과연 그럴까요?"

"생각해보게. 성주는 내가 알기에도 다섯 손가락이 넘는 여자들과 희롱하면서 아무 부자유 없이 지내고 있는데, 나는 스스로 병을 불러들이고 있는 처량한 신세가 되었으니 말이야."

"죄송한 말씀입니다마는, 성주님은 그렇게 하시기 때문에 활달하게 싸우실 수 있는 것입니다. 여자도 가까이하시지 못하는 분이라면 이런 번영은 어림도 없습니다."

"싸움 이야기가 나왔으니 말인데…… 그대가 보기에는 어떤가. 이번 타케다와의 싸움은."

"글쎄요…… 성주님은 욱일승천의 기세…… 그러나 카이의 신겐 역시 무로써 전국에 이름을 떨치고 있는 대장…… 저 같은 놈이 어찌 알겠습니까?"

어느 틈에 겐케이는 그녀 앞으로 돌아앉아 다시 새로운 차를 따르고 있었다.

이때 복도에서 시녀의 발소리가 들리고, 장지문 너머에서 노래하는 듯한 소리로 말했다.

"오가 님이 오셨습니다."

10

"오, 오가 님이라고. 어서 모셔라."

츠키야마는 그렇게 말하고 겐케이에게 손을 내밀었다.

"겐케이, 나를 좀 일으켜줘."

겐케이는 그녀의 뒤로 돌아가 침구 속에서 두 어깨에 손을 얹었다. 츠키야마는 그 손을 꼭 눌렀다.

"괜찮으니 그대도 동석하도록."

녹아들 듯한 눈길로 겐케이를 비스듬히 쳐다보았다. 겐케이는 두 사람만이 통하는 눈빛으로 어렴풋이 고개를 흔들었다.

"괜찮다고 했지 않아?"

"예…… 예."

"질투를 하는 건가. 야시로는 가신에 지나지 않아."

이렇게 말했을 때 장지문이 조용히 열렸다.

"실례하겠습니다."

야시로는 근엄한 표정으로 머리를 조아렸다.

"오, 야시로 님. 연말에 하마마츠로 갔다는 말을 들었는데 수고가 많았어요."

"먼저 새해 복 많이 받으십시오."

"딱딱한 문안 따위는 생략해도 좋아요. 보시다시피 나는 올해에도 정초부터 누워 있어요."

"몸은 좀 어떠십니까?"

"겐케이가 곁에 있으니 생명에는 지장이 없겠지. 자, 야시로 님. 가까이 오세요."

야시로는 흘끗 마주쳤던 겐케이와 눈길을 피하고, 츠키야마의 베갯맡으로 다가갔다.

"겐케이 님, 수고가 많군요."

"오가 님이야말로 이 혼란 속에 고생이 많으시겠습니다."

"야시로 님, 성주님은 여전히 건강하시던가요?"

츠키야마의 말에 야시로는 다시 겐케이를 흘끗 바라보았다.

"은밀히 드릴 말씀이 있습니다."

"괜찮아요. 겐케이는 누구보다도 입이 무거워요. 말이 새어나갈 염려는 없어요."

"그렇기는 해도 역시 마님께만 말씀 드리고 싶습니다."

야시로가 재차 말하자 겐케이는 자진하여 일어섰다.

"저는 잠시 옆방에 가 있겠습니다."

야시로는 발소리가 멀어질 때까지 츠키야마의 얼굴에서 눈길을 떼지 않고 물 끓는 소리를 듣고 있었다.

"왜 그렇게 바라보고만 있나요, 야시로 님?"

"마님!"

야시로는 상반신을 앞으로 내밀고 조심스럽게 주위를 돌아보았다.

"드디어 결심하실 때가 왔습니다."

"결심이라니?"

"성주님은 큰 오산을 하고 계십니다. 타케다 군을 이길 수 있는 전투가 아닌데도."

"그럼, 오카자키는 어떻게 되나요?"

"물론 지금과 같은 상태라면 작은 성주님도 전사하시게 되겠지요."

야시로는 이렇게 말하고 그녀의 얼굴에 떠오르는 고뇌의 빛을 즐기기라도 하듯 눈을 가늘게 떴다.

"만일 작은 성주님을 구하실 생각이라면 지금이 손을 쓸 때라고 생각합니다."

"……"

"그리고 누군가 밀고하는 자가 있는지 성주님도 마님의 행실을 어렴풋이 눈치채고 계신 것 같습니다."

"그게 무슨 소리요? 나의 행실이라니 무얼 말하는 거예요?"

"글쎄요. 이 야시로와의 관계, 그리고 겐케이를 가까이하시는 것 등. 마님! 남자와 여자는 다릅니다. 마님의 경우는 불륜에다 간통. 물론 이 야시로도 같은 죄이기는 합니다마는……"

야시로는 싸늘하게 내뱉고 다시 눈을 가늘게 떴다.

11

"뭐, 불륜에다 간통……"

츠키야마의 얼굴에서 핏기가 싹 가셨다.

야시로는 그것을 싸늘한 눈으로 바라보았다.

"누가 눈치를 채고 말씀 드렸는지는 모르나, 성주님은 이 야시로에게 츠키야마가 여러 모로 네게 폐를 끼치고 있다면서…… 하시고는 비웃으셨습니다. 저는 몸 둘 바를 모르고……"

"야시로…… 그대는 이제 와서 그 일을 후회하고 있지는 않겠지?"

"후회하다니요?"

"모두가 성주의 방자한 행동에서 비롯된 일. 나도 살아 있는 몸이니 잘못할 수도 있잖아?"

"그래서 결심할 때가 왔다고 한 것입니다."

"아니, 아니야. 설령 성주가 무어라 하건 그것은 당치도 않은 추측이라고 우겨야 해요. 그렇지 않으면 성주가 판 함정에 보기 좋게 빠지고 말아요."

"마님!"

야시로는 무릎걸음으로 한 걸음 다가앉았다.

"진정하십시오. 물론 저는 당치도 않은 억측이라고 주장할 생각입니다마는, 겐케이를 사랑하신 것을 본 증인이 있습니다."

"아니, 증인이라니…… 그게 누구란 말인가?"

"말씀 드리지 않아도 아실 것입니다. 토쿠히메를 모시는 시녀인 코지쥬小侍從입니다."

츠키야마는 깜짝 놀라 숨을 삼켰다.

동짓날에 토쿠히메가 팥떡을 보내온 일이 있었다. 심부름을 왔던 것이 코지쥬였는데 공교롭게도 옆방에는 츠키야마의 하녀가 없었다. 코지쥬는 그곳에서 기다리다가 어쩌면 거실에서 벌어진 일과 대화를 엿듣게 되었는지도 몰랐다.

"코지쥬는 오와리에서 토쿠히메를 따라온 하녀이므로 만일의 경우에는 그 입을 막을 수 없습니다. 그런데도 마님은 기억이 없다고 하시겠습니까?"

츠키야마는 입술을 바르르 떨며 잠자코 있었다. 야시로가 자기와의 정사만이 아니라 겐케이와의 일까지 들추어가며 다그칠 줄이야……

"그럼…… 그대가 말하는 결심이란?"

"카츠요리 님에게 몰래 밀사를 보내 성주님의 패전 후에도 노부야스 님의 신변을 보장받는 일이 상책인 줄로 믿습니다."

"카이에 밀사를……"

"만일 시기를 놓쳐 성주님께 불륜에 대한 처벌을 받게 되면 노부야스님을 구하실 길이 없어집니다."

츠키야마는 다시 침묵했다. 카이와 이마가와 집안은 친척이었다. 그런 만큼 이마가와 집안의 핏줄인 자신이 내통을 하면 노부야스의 생명을 구할 수 있을지도 모른다…… 그러나 그것은 다시 말하면 이에야스를 완전히 배신하는 일이었다.

잠시 창백한 얼굴로 침묵을 지키다가 힘없이 상대를 부르는 츠키야마의 태도에는 그 어디에도 오만한 데가 없었다.

"야시로 님."

절망에 빠진 애처로운 한 여자의 표정으로 바뀌어 있었다.

"내가 믿을 사람은 그대뿐이에요. 좀더 가까이 와서 어떻게 하는 것이 사부로 님을 구하는 길인지 자세히 말해주세요."

야시로는 바싹 다가앉아 무릎에 매달리는 츠키야마의 손을 거칠게 뿌리쳤다.

12

이미 츠키야마와 오가 야시로의 관계는 주종 사이가 아니라 하나의 교활한 사나이와 그에게 정복된 여자 사이였다. 이렇게 될 줄은 몰랐다. 주인은 가신에게 절대적인 존재이고, 남자가 가신의 여자를 사랑할 경우에도 그 관계는 그대로여야 하는 게 아닌가.

츠키야마는 그 주종의 위치를 너무 안이하게 생각했다. 사랑하건 배신하건 야시로 따위는 마음대로 할 수 있다고 여겼다. 그러나 이것이 어느 틈에 거꾸로 되고 말았다. 지금 야시로의 비위를 건드리면 어떤 일이 벌어질지 알 수 없었다.

불륜에 간통──그런 말로 매장될 바에는 차라리 성에 불을 지르고 죽는 편이 낫다는 생각이었다. 그러나 아무리 분통 터지는 일이라 해도 엄연한 사실. 무릎에 얹으려던 손이 뿌리침을 당하자 츠키야마는 다시 허둥지둥 야시로에게 매달렸다.

"야시로 님, 화나셨나요?"

"무엇을 말입니까?"

"무엇이라니…… 겐케이 말이에요."

"그렇다고 하면 어떻게 하시겠습니까?"

"용서를 구하겠어요. 일시적인 것이었어요. 그대와 같은 사이는 아니에요."

"마님, 이 야시로는 좀더 중요한 것을 말씀 드리고 있습니다."

"아니, 그건 그렇지만…… 그대는 화를 내고 있는 것 같아요."

"이 야시로의 문제가 아니라, 마님도 작은 성주님도…… 아니 오카자키 전체의 생명에 관해 중대한 것을 말씀 드리고 있는 중입니다."

"알고 있어요. 그러니 기분을 풀고 가르쳐줘요. 내가 상의할 상대는 그대밖에 없어요. 제발, 야시로 님……"

야시로는 혀를 차더니 생각을 바꾼 듯 무릎에 놓인 츠키야마의 손을 위에서 포갰다.

전에는 이 손의 부드러움이 고귀한 것으로 여겨지고, 그녀에게 접근하는 자신이 영광스러워 몸이 떨렸다. 그런데 언제부터인지 멸시로 변해버렸다.

'역시 보통여자군……'

이런 감각의 변화는 그의 사고방식을 보다 더 강력하고 야릇한 방향으로 변모시켜갔다. 전에는 무조건 '존경하는 주군'인 이에야스가 중심이었으나, 언제부터인지 '보통여자에 불과한 츠키야마'를 중심으로 모든 일을 생각하게 되었다. 이에야스는 그 보통여자의 남편에 지나지 않고, 사부로 노부야스는 그 보통여자가 낳은 자식이었다. 그리고 자기는 그 보통여자를 자유자재로 조종하는 그늘의 사나이라는 생각을 하게 되었을 때부터 야시로의 마음에서는 전혀 다른 인생의 설계가 시작되었다.

아시가루의 집안에서 태어났다고 해서 왜 가신의 말석에 있는 것만으로 만족해야 하는가? 왜 한 성의 성주가 되기를 꿈꾸어서는 안 되는가? 만일 성주가 되려고 한다면 지금이 그 절호의 기회가 아닌가?

카이의 타케다 일족과 결탁하여 오카자키 성을 안에서 뒤엎어나가면 충분히 가능한 일이다. 이런 생각을 하는 그의 눈에 비치는 츠키야마도 그 가치가 완전히 달라졌다. 그녀는 자신의 야심을 달성하기 위해 이용할 둘도 없는 미끼였다. 그는 먼저 겐케이와 짜고 그에게도 츠키야마의 육체를 정복하게 했다. 앞으로의 공격수단으로 삼기 위한 술책이었다.

야시로는 어느 틈에 츠키야마의 어깨에 손을 얹고 다시 눈을 가늘게 떴다.

13

츠키야마는 여자의 슬픔과 가련함을 온몸으로 드러내며 야시로에게 매달렸다. 이것이 억제할 수 없는 일시적인 욕망의 대가라면 얼마나 가혹하고 무서운가. 지금 츠키야마는 야시로에게 온갖 교태를 부리지 않으면 안 되는 절박한 감정에 사로잡혀 있었다.

"야시로 님, 겐케이와의 일은 정말 잘못했어요. 용서해줄 수 있겠지요?"

"이 야시로에게는 용서할 자격이 없습니다. 저도 성주님에게 발각되면 아무 힘도 없는 일개 간부姦夫에 지나지 않습니다."

"그러기에 그대의 말대로 하겠다는 거예요."

"그럼, 결심하시는 것입니까?"

"그것이 사부로 님을 위하는 길이라면…… 야시로, 나는 힘없는 어머니예요."

"이 야시로가 하는 말을 잘 들으십시오."

"듣고 말고요. 의지할 사람은 그대뿐이에요."

야시로는 어느 틈에 어깨를 안은 손으로 츠키야마를 가만히 쓰다듬고 있었다. 그러면서 마음 한구석에서는 그 불결함에 화가 치밀어오르는 것을 느꼈다.

"무엇보다도 겐케이를 사랑하시는 현장을 목격당한 것이 마님에게는 크게 불리합니다. 코지쥬의 입을 봉하지 않으면 안 됩니다."

"어떻게 하면 될지 말해주세요."

"우선……"

야시로는 일단 말을 끊었다가 힘주어 말했다.

"작은 성주님의 힘을 빌리는 수밖에 없습니다."

"사부로에게 부탁하여 소문을 내지 말라고 할까요?"

야시로는 혀를 차고 고개를 가로저었다.

"그 정도로는 안 됩니다."

"그럼, 어떻게……"

"그 입에서 토쿠히메의 귀에 들어가고, 토쿠히메가 오다에게 고하여 그것이 성주님께 알려지면 그때는 정말 목이 달아날 사람이 많아집니다. 누설되지 않게 하려면 목숨을 끊는 방법밖에 없습니다."

"아니, 그럼 코지쥬를 죽이라는 말인가요?"

"죽일 수 있는 사람은 작은 성주님밖에 없다고 말한 것입니다."

싸늘한 말에 츠키야마는 야시로의 얼굴을 가만히 올려다보았다. 질투로 불타오를 때의 그 맹렬한 모습은 찾아볼 수 없었다. 겁에 질려 떨고 있는 비참한 여자의 얼굴이었다.

"어떤 말로 사부로에게 죽이라고 해야 하나요?"

"마님이 알아서 하십시오. 거기까지 제가 지시할 수는 없습니다."

"코지쥬가 누설했다는 확실한 증거도 없는데."

"증거가 있다면 우리 목이 먼저 달아납니다!"

"아아."

츠키야마는 몸부림쳤다.

"정말 미칠 것 같아요. 말해주세요, 야시로 님."

야시로는 다시 잠자코 츠키야마의 등을 쓰다듬었다. 그렇게 하지 않으면 더욱 마음이 흐트러지는 츠키야마의 성격을 꿰뚫어본 야시로의 수법이었다.

"예를 들면……"

야시로는 중얼거리듯이 말을 이었다.

"아야메에 대한 일을 낱낱이 토쿠히메에게 고자질하는 방자한 여자…… 부부 사이를 갈라놓으려는 계집이라고 작은 성주님께 말씀 드리면……"

"오! 그게 좋겠어요. 그렇게 하겠어요."

츠키야마는 얼른 대답하고 배시시 웃었다.

14

야시로는 츠키야마가 지나치게 고분고분한 바람에 도리어 불안을 느꼈다.

지금 그가 꾀하고 있는 모략의 크기에 비해 현실은 너무도 유리하게 진행되고 있었다. 이에야스와 노부야스 부자의 사이를 갈라놓고, 노부야스와 토쿠히메의 이간에 성공한다면 그의 앞에는 한 성의 주인이라는 눈부신 길이 열린다.

"잘 아시겠지요. 코지쥬의 입에서 겐케이에 대한 말이 새어나오면 모든 것이 끝장입니다."

츠키야마는 두 손으로 야시로의 손을 감싼 채 긴장된 자세로 고개를 끄덕였다.

야시로는 그 손에서 전해오는 체온과 매달리듯 교태를 부리는 츠키야마의 눈길에서 증오를 느꼈다. 어쩌면 그것은 남편인 이에야스를 쉽게 배신하려 하는 여자의 불결함에 대한 분노인지도 몰랐다.

"그럼, 저는 이만 실례하겠습니다."

"아, 야시로 님……"

야시로가 무시하는 태도로 무릎에 놓인 손을 뿌리치자 츠키야마는 베개에 손을 찔러넣은 채 원망스럽다는 듯 야시로를 쳐다보았다.

"부디 겐케이에 대한 일은……"

"알고 있습니다. 곧 그를 이리 보내겠습니다."

"어머, 아직도 그런 빈정거리는 말을……"

야시로는 이미 일어나 거실 밖으로 걸어가고 있었다.

'혹시 허술한 점은 없을까?'

그는 엄한 표정으로 천천히 현관 옆 대기실로 향했다. 겐케이는 거기서 작은 화로에 바짝 붙어앉아 기다리고 있었다.

"겐케이, 우리가 할 일은 끝났어."

"예."

겐케이는 고개를 숙이고, 두 사람의 눈길이 마주치자 히죽 웃음을 교환했다.

"겐케이, 마님의 병세는 어떻던가?"

"글쎄요, 일진일퇴라 할 수 있겠지요. 혈로血路와 관계되는 병이라 큰 차도는 없습니다."

"그렇겠지. 어쨌든…… 타케다 군을 미카와로 맞아들일 중대한 시기인 만큼 눈을 떼지 말고 간병에 성의를 다해주게. 단단히 부탁하네."

"그야…… 말씀하지 않으셔도 모든 정성을 다하고 있습니다."

두 사람은 다시 눈길을 주고받으며 그대로 헤어졌다.

야시로가 현관을 나간 뒤 겐케이는 헛기침을 하고 일어나 츠키야마의 거실로 발걸음을 옮겼다.

그녀는 침구 위에 멍하니 앉아 하늘을 바라보고 있었다. 물 끓는 소리가 조용히 방안에 퍼지며 츠키야마의 체취와 뒤섞여 떠돌았다. 겐케이는 아무 말도 않고 다기茶器 옆에서 약이 든 약탕관을 집어 물주전자와 교대하여 불 위에 올려놓았다.

"겐케이……"

"예."

"사부로 님에게 좀 다녀와야겠어."

"예."

"내 병이 생각했던 것보다 중하니 문병을 와달라고……"

멍하니 하늘을 쳐다본 채 힘없는 목소리로 말했다.

15

겐케이가 나간 뒤 츠키야마는 베개에 얼굴을 묻고 몸을 비틀며 울기 시작했다.

왜 우는지 자기도 몰랐다. 행복했던 슨푸 성駿府城의 소녀시절부터 지금 여기서 이처럼 막막한 고독을 느끼며 울게 되기까지의 일이 주마등처럼 뇌리를 스치고 지나갔다.

'이것이 여자의 인생이란 것일까?'

만일 그렇다면 이 세상에 태어난 것에 대해 아무런 고마움도 가질 수 없었다.

지금은 이에야스를 원망할 자격조차 없어졌다. 야시로, 겐케이와의 정사가 발각되면 세상에서는 자신의 불행한 생애를 무어라고 비웃을 것인가? 아마도 이에야스의 냉담한 태도는 접어두고, 그런 음탕한 계집이기 때문에 소박을 맞았다고 평할 것이다.

'나는 죽을 수 없다!'

잠시 울고 나서 다시 일어나 앉아 하늘을 쳐다보았다.

'죽을 수 없다면 어떻게 해야 한다는 말인가?'

전 같았으면 두말할 것 없이 이에야스와 싸워야 한다는 마음을 가졌을 터였다. 그러나 지금은 왠지 기력이 약해졌다. 역시 도덕의 채찍을 느끼는 양심의 가책 때문이었을까?

"작은 성주님이 문병 오셨습니다."

장지문 밖에서 히라이와 치카요시의 목소리가 들렸다.

츠키야마는 깜짝 놀라 옷매무새를 고쳤다.

"방이 어지러우니 사부로 님 혼자 들게 하세요."

노부야스가 치카요시에게 물러가라고 하는 소리가 들렸다.

"어머님, 많이 편찮으시다는 말을 들었습니다마는."

노부야스는 방안에 가득한 탕약 냄새에 이마를 찌푸리고 머리맡에 와서 앉았다.

"그래요. 왠지 온몸이 나른하기만 하고…… 이대로 가면 이 어미의 목숨도 얼마 남지 않은 것 같아요."

노부야스는 쾌활하게 웃어넘겼다.

"어머님, 또 그러시는군요. 인간이란 병 때문에는 그리 쉽게 죽지 않습니다."

"그렇다고는 하지만, 몸이 너무 쇠약해져서 얼굴이라도 한번 보고 싶어 불렀어요. 그건 그렇고, 토쿠히메는 잘 있나요?"

"어머님, 아무래도 임신한 것 같습니다."

"어머! 어쩌면."

"아직 아버님께는 알리지 않았습니다마는, 생명…… 생명이란 이상한 것이더군요."

"사부로 님."

"예."

"요즘 토쿠히메에게 무언가 변한 점이 없던가요?"

"변한 점이라면…… 그야 물론 있습니다. 신 음식을 아주 좋아하고……"

노부야스가 눈을 빛내면서 말했다. 그 말에 츠키야마는 얼른 손을 내저었다.

"그런 일을 묻는 게 아니에요. 아야메 때문에 무언가 달라진 것은 없나요?"

"아야메 때문에…… 아니, 없습니다."

"그렇다면 이상하군요."

"이상하다니요, 무슨 일이 있었습니까?"

"토쿠히메의 시녀 중에 코지쥬라는 여자가 있지요?"

"코지쥬라면 토쿠히메의 곁을 떠나지 않고 입덧 시중을 들고 있습니다마는."

"내가 듣기로 코지쥬는 되바라진 애라서 아야메를 몹시 미워하고, 무슨 일 때문인지 사부로 님과 토쿠히메의 사이를 갈라놓으려고 한다던데."

츠키야마는 여기까지 말하고 조심스럽게 아들 노부야스의 기색을 살폈다.

16

노부야스는 아무렇지도 않다는 듯 고개를 흔들었다.

코지쥬가 아야메를 미워한다…… 그로서도 있을 법한 일이라는 생각이었다. 그러나 이런 일로 병상에 있는 어머니를 괴롭게 하고 싶지는 않았다.

"걱정하지 마십시오. 비록 코지쥬가 그런다 해도 토쿠히메나 아야메는 그런 일에 신경을 쓸 성격이 아닙니다."

노부야스가 대수롭지 않게 넘기자 츠키야마는 눈이 뒤집혔다. 지금까지는 희미하게나마 양심의 가책을 느끼고 있었다. 그런데 가볍게 넘기려는 노부야스의 마음을 살피기보다 오히려 반발로 받아들인 츠키야마는 강한 시기심이 치밀었다.

"사부로 님은 마음이 너그럽기 때문에 그런 말을 하지만, 여자 사이에서는 그렇지 못해요."

"어머님, 그런 이야기는 이제 그만 하십시오."

"그러면…… 그러면……"

츠키야마는 허덕이듯 몸을 앞으로 내밀었다.

"아야메를 내가 도로 데려와도 좋다는 말인가요?"

"무슨 말씀입니까?"

노부야스는 어머니를 똑바로 쳐다보았다.

"아야메가 그런 말을 어머님께 했습니까?"

"그랬다면 어떻게 하겠어요?"

"방자한 것, 그렇다면 어머님께 보낼 것까지도 없이 제가 직접 다스리겠습니다. 그러나 안심하십시오. 아야메는 그런 여자가 아닙니다."

츠키야마의 이마에 불끈 힘줄이 솟았다. 열다섯 살인 노부야스는 아직 여자들의 질투가 얼마나 무서운지 모르고 있었다. 그리고 이대로 두었을 경우 코지쥬의 입과 야시로의 추궁이 두려웠다.

"호호호……"

츠키야마는 갑자기 웃기 시작했다.

"사부로 님은 너무 순진하군요…… 코지쥬가 아야메를 몰아내려고 머리를 짜내고 있는 것도 알지 못하다니."

"어머님! 그 이야기는 더 이상 듣고 싶지 않습니다. 코지쥬가 무슨 말을 하건 곧이들을 토쿠히메가 아니니 걱정하지 마십시오."

"아니 그럼, 사부로 님은 토쿠히메가 아야메를 좋게 생각하는 줄 아나요?"

노부야스는 자신 있게 고개를 끄덕였다.

"진심으로 좋아하고 있습니다. 아야메는 겸손하고 착한 여자라면서요."

"사부로 님, 만일의 경우를 생각해서 말하겠어요. 돌아가신 나의 외숙부 이마가와 요시모토 님은 시동을 가까이 했다가 카이 마님에게 독살당할 뻔한 일이 있어요."

"원 저런, 그 말은 처음 듣습니다."

"요시모토 님만이 아니에요. 이 어미도 지금은 하마마츠에 있는 오만 때문에 하마터면 생명을 잃을 뻔했어요. 여자끼리의 질투란 인간을 악마로 만드는 거예요."

"마음에 새겨두겠습니다."

"대수롭지 않게 여기는 것…… 나는 그것이 걱정이에요. 앞으로 코지쥬가 하는 말이나 행하는 일에 절대로 방심하면 안 됩니다."

노부야스는 미소를 띠고 일어섰다.

"기운이 도시는 것 같으니 저는 이만 물러가겠습니다."

"잠시만 더 있도록 해요."

"그럴 수 없습니다. 아버님이 드디어 노다 성으로 진격하시게 되어,

저에게도 여러 가지로 지시를 내리실지 모릅니다. 그럼, 몸조리 잘하십시오."

"잠깐, 사부로 님! 아직 할말이 남았어요."

노부야스는 다시 앉을 생각을 하지 않았다. 이때 겐케이가 황송하다는 듯이 손을 비비며 들어왔다.

17

"마님."

겐케이가 불렀으나 츠키야마는 대답하지 않았다.

남편은 이미 자기 사람이 아니지만 사부로만은 그렇지 않다고 믿고 있었다. 그러나 이 사부로 노부야스도 자기편이 아니었다. 상대를 해주지 않는 데 대한 노여움은 이윽고 츠키야마를 끝없는 고독의 늪으로 끌어들였다.

"늠름하신 작은 성주님이십니다. 그런 기백이시라면 전쟁터에 나가셔도 타케다 군의 간담을 서늘하게 만들 것입니다."

"……"

"백성들 사이에서는 아버님 못지않은 대장이라는 소문이 자자합니다."

"잠자코 있어요!"

"예…… 예."

겐케이는 움츠리듯 고개를 숙이고 화로의 불을 살펴보았다.

"겐케이……"

"예."

"나는 농부나 장사치의 아내로 태어나고 싶어."

"원, 무슨 그런 말씀을."

"여자의 행복은 부부와 자식들이 함께 모여 화목하게 사는 데 있다는 것을 알게 되었어."

"그럴지도 모릅니다마는……"

"이대로 어디론가 사라졌으면 좋겠어. 겐케이! 나를 데리고 어딘가 먼 곳으로 가주지 않겠어?"

"농담이 지나치십니다. 자, 약이 다 되었습니다. 이것을 드시고 잠시 쉬시지요."

츠키야마는 다시 침묵했다. 이번에는 무슨 생각을 했는지 이를 부드득 갈고 그대로 베개 위에 쓰러졌다.

겐케이는 놀라는 체하며 침구에 그녀를 뉘고 손을 뻗어 약사발을 들었다. 혈로血路를 통하게 하는 약이라고 츠키야마에게는 말해두었다. 그러나 이질풀에 약간의 감초를 섞은 엉터리 약이었다. 순순히 받아 마시는 츠키야마를 보며 겐케이는 그만 자신의 목적을 잊어버릴 뻔했다. 한 여자로서의 츠키야마가 너무 가여웠다.

겐케이는 조용히 그 등을 쓰다듬어주면서 혼자 중얼거렸다.

"과연 여자의 행복이란…… 그런 것이겠군요."

이 여자에게 다른 새 남편을 갖게 한다고 해도 결코 잔인한 일이 아니라는 생각을 했다. 차라리 카츠요리에게 부탁해 노부야스에게는 원래의 영지를, 츠키야마에게는 그 신분에 맞는 남편을 갖게 하면 어떨까 하는 생각을 했다. 그러면 오카자키 성은 피를 흘리지 않고도 타케다의 수중에 들어온다.

그 시기가 이미 온 것 같다는 생각이 머릿속에서 떠나지 않았다.

"겐케이……"

"예…… 예."

"나는 지지 않을 거야! 마음먹은 것은 반드시 해내고야 말겠어."

"무……무슨…… 말씀인지요?"

"사부로 님과 토쿠히메에 대한 것 말이야. 아니, 코지쥬도 그냥 두지 않겠어. 반드시 그들 사이를 갈라놓고야 말겠어! 토쿠히메는 나에게는 원수의 딸, 코지쥬는 그 원수가 보낸 첩자야."

겐케이는 이 말에 대답하는 대신 츠키야마의 어깨까지 이불을 덮어주고, 머릿속에서는 벌써 카츠요리에게 보낼 밀서의 내용을 이리저리 생각하고 있었다.

운명의 별자리

1

어느 틈에 지상에는 봄 기운이 완연했다. 요시다가와吉田川를 사이에 두고 점점이 보이던 하얀 매화꽃에는 이미 파릇한 새싹이 돋아나고, 철 이른 벚꽃이 이를 대신하려 하고 있었다.

타케다 카츠요리는 뜻지 않게 오래 체류하게 된 임시막사의 처마 밑에서 손을 이마에 얹고 노다 성을 바라보고 있었다. 앞에 보이는 혼구산本宮山을 배경으로 하고 산허리에 울창한 대나무 숲이 있는 노다 성은, 이를테면 풀숲에 싸인 작은 성이었다.

이 성 하나 때문에 그토록 시간을 보내리라고는 전혀 생각지 못했다. 자기만이 아니었다.

"노다 성이 저것인가. 저 정도라면 지나가는 길에 짓밟아버리면 그만이야."

매사에 신중하기만 한 아버지 신겐조차도 카츠요리를 돌아보고 웃으면서 말했을 정도였다.

나가시노 성이 야마가 일당의 산채를 연상시킬 만큼 견고했던 것에 비하면, 사실 이 작은 성은 하룻밤 사이에 짓밟고 지나갈 수 있을 것 같았다.

성주는 나가시노 성의 스가누마 이즈菅沼伊豆와 같은 집안인 스가누마 신파치로 마사사다菅沼新八郎正定(사다미츠定盈라고도 함), 성병은 불과 900명 남짓.

막상 공격해보니 이 작은 성의 반격은 결코 만만치 않았다.

"여기를 한 발짝도 지나가게 해서는 안 된다. 이곳을 통과시키면 오카자키 성도 없다."

이에야스가 오른팔로 여기는 마츠다이라 요이치로 타다마사松平與一郎忠正를 파견하여 사수를 명령한 곳이었다.

맨 처음에 전투를 시작한 것은 정월 11일. 벌써 2월 20일이 되려 하고 있었다.

카츠요리는 단아한 얼굴에 미소를 띠고 손을 꼽았다.

"사십 일이나 됐어. 용케도 버티고 있군."

단숨에 짓밟을 수 있다고 믿었기 때문에, 지금 본진을 토도메키轟目木에 두고 이시다무라石田村에서 사사라세佐佐良瀨, 쿠로사카黑坂, 스기야마하라杉山原에 걸쳐 단계적으로 진을 쳤다.

이에야스도 물론 가만히 있지 않았다. 심한 타격을 받은 군사를 정월부터 재편성하여 3,000의 정예부대를 거느리고 직접 농성하는 아군의 지원에 나섰다. 이에야스의 본진은 카사기야마笠置山에 있었다.

결전의 기회는 몇 번 있었으나, 아버지 신겐도 아들 카츠요리도 이를 피했다.

카츠요리는 이곳에 진을 치고 있는 동안, 다음 거점인 오카자키 성을 내부에서 교란시켜 싸우지 않고도 입성할 책략을 쓸 생각이었고, 아버지 신겐은 그보다 더 깊은 생각을 하고 있었다. 신겐은 미카타가하라에서 대승을 거둔 이튿날 오다의 노신 히라테 켄모츠 나가마사平手監物長

政의 목을 일부러 노부나가에게 보내 절교를 선언했다. 그 이면에는 다분히 큰 자신감과 위협이 내포되어 있었다. 우호관계를 망각하고 우리가 대번에 패배시킨 이에야스 따위의 편을 들어 무슨 이익이 있겠는가 ─이런 뜻이 은연중에 담겨 있었다.

노부나가는 다시는 원군을 보내지 않겠다고 정중하게 사과해왔다.

그리고─

카츠요리 자신의 오카자키 교란책도 착착 효과를 나타내고 있었다.

노다 성에도 현재 마지막 군사軍使가 항복을 권하기 위해 파견된 상태였다.

"허사는 아니겠지, 사부로베에?"

카츠요리가 미소를 띠고 물었다.

"후후후."

뒤에서 야마가타 사부로베에 마사카게가 웃었다.

2

"이에야스는 이번에 우리 타케다 힘이 어떻다는 것을 뼈저리게 깨달았을 거야."

카츠요리가 웃으면서 걸상에 돌아와앉는데, 야마가타 마사카게는 다시 웃었다.

"무엇이 우스운가, 사부로베에?"

"인간의 생각이 모두 비슷해서 말입니다."

"모두 비슷하다니?"

"이에야스는 결전을 피하면서 노부나가의 원군을 기다리고 있고, 우리 성주님은 노부나가가 두려워 원조를 단념할 날을 기다리고 있습니다. 양쪽 모두 원군 생각을 하고 있으니."

"하하하…… 그 말이로군."

카츠요리는 크게 고개를 끄덕이고 허리에 찬 부싯돌 주머니에서 작은 향나무를 꺼냈다.

"사부로베에, 이것을 태우게. 향내라도 맡으면서 군사가 돌아오기를 기다리세."

"알겠습니다."

마사카게는 꺼져가는 모닥불에 향나무를 태웠다.

"노부나가가 어느 쪽을 택할지…… 작은 성주님은 어떻게 생각하십니까?"

"어느 쪽을 택하다니, 그대는 종종 말을 비약시켜. 나로서는 알 수 없네."

"이에야스는 노부나가야말로 자기편이라 믿고, 우리 성주님 또한 유사시에는 노부나가가 성주님 편에 서리라 믿고 계십니다."

"아무려면 무슨 상관인가. 그러는 동안 오카자키 성에 들어가, 이래도 우리를 따르지 않겠느냐……고 하면, 이해타산에 밝은 노부나가는 설령 본심이야 어떻든 적대감은 갖지 않을 거야."

"힘…… 힘으로 밀어붙이겠다는 말씀이군요."

"사부로베에, 그대답지 않은 말을 하는군. 이 난세에 힘말고 또 무엇이 있겠나."

"오카자키 성도 힘으로 공략하시렵니까?"

"하하하…… 그것은 예외일세. 츠키야마는 지금 아마 재혼을 가장 바라고 있을걸. 여자의 희망이란 알 수 없는 데에 있다니까."

"재혼이 가능하다면 우리를 성안으로 들여놓겠다는 것입니까?"

"음. 신분에 걸맞는 가신과 재혼하고 싶다. 미카와의 옛 영지만은 이마가와의 피를 받은 자기 아들에게 주고 싶다. 그러면 이에야스의 원군이 왔다고 속여 우리를 곧장 성에 맞아들이겠다고 하는 모양일세."

야마가타 마사카게는 배를 끌어안고 웃었다.

"하하하…… 이거 정말 우습군요. 보통여자가 아닙니다. 어딘지 좀 정신이 돈 것 같습니다. 푸하하하."

"사부로베에, 너무 웃지 말게."

"웃지 않고는 견딜 수가 없습니다. 무엇보다 그 말을 믿으시는 작은 성주님이 우습습니다."

"아니, 내가 우습다고?"

"작은 성주님! 조심하셔야 합니다. 아무리 색을 밝히는 여자라 해도, 그건 너무 지나친 일입니다."

"음, 나도 그런 생각을 했어. 그래서 츠키야마의 친서를 가져와라, 그렇지 않으면 오카자키 성을 짓밟고 지나가겠다고 대답해 보냈어."

"잘 하셨습니다. 하지만 아마 친서는 보내오지 않을 것입니다."

이렇게 말했을 때 갑자기 막사 앞이 시끄러워졌다.

노다 성에 파견한 군사가 돌아왔다.

3

두 사람은 대화를 중단하고 군사를 맞이했다.

군사는 나가시노 성의 스가누마 이즈, 츠쿠데 성의 오쿠다이라 미치후미奧平道文였다. 두 사람 모두 봄볕으로 까맣게 그을려 있었고 얼굴에는 투구자국이 선명했다. 그 얼굴에 활기가 넘치는 것을 보고 카츠요리는 마음이 놓였다.

"어떤가, 마사사다를 설득하고 왔겠지?"

"여간 민감한 일이 아니라서."

일족인 이즈는 큰 콧구멍을 벌름거리면서 카츠요리 앞에 한쪽 무릎을 꿇었다.

"원군으로 온 마츠다이라 요이치로가 뒤에서 신파치로(마사사다)를 엄중히 감시하고 있기 때문인지 마음에 있는 말을 하지 못하는 것처럼 보였습니다."

"그렇더라도 이미 둘째 성과 셋째 성을 공략당하고 본성으로 물러가 있는 자들이 아니냐. 더 이상 맞선다면 전멸이 있을 뿐인데."

"예. 그 점에 대해 자세히 설명했습니다. 곁에 요이치로가 있는 동안에는 절대로 응할 기색이 아니었습니다. 오다의 원군이 반드시 올 것이라고 하면서. 그러나……"

일단 말을 끊고 미치후미와 시선을 교환했다.

"혼자 있게 되자 상당히 누그러져서……"

"그럴 거야. 오다의 원군이 올 리 없지. 노부나가는 아버님께 사죄하는 사자까지 보내왔으니까."

"그 점에 대해서도 알아듣게 얘길 했습니다. 그랬더니 이번 전투에서 포로가 된 자들을 돌려보내주면…… 하고 말끝을 흐렸습니다."

카츠요리는 야마가타 마사카게와 얼굴을 마주보고 가볍게 고개를 끄덕였다.

당장에는 함락되지 않을 것이라 여겨 팔짱만 끼고 있지는 않았다. 이면에서 기후와 오카자키에 각각 모략의 수법을 쓰면서, 날이 밝으면 사사라세, 쿠로사카, 스기야마하라, 토도메키 등에서 교대로 성을 공격케 하고 있었다.

이에야스 군에도 몇 번이나 공격을 가했다. 오다의 원군이 오지 않는 것을 알면 스가누마 신파치로는 굴복하지 않을 수 없었다.

"사부로베에, 이제 결정은 났어. 그대는 앞으로 며칠이나 남았다고 생각하나?"

"글쎄요, 아마 이틀이면 충분할 것입니다."

카츠요리는 미소를 띠고 고개를 끄덕였다.

"포로의 송환은 승낙하겠다고 전하라. 나는 아버님의 본진으로 가서 진지를 옮길 준비를 갖추시라고 진언하겠다."

"그게 좋겠습니다. 어떤가, 그대들도 알았겠지. 앞으로의 전투는 노다 성을 위해 무익한 낭비일 뿐이야."

마사카게의 말에 두 사람은 무뚝뚝한 표정으로 고개를 끄덕이고 다시 얼굴을 마주보았다. 앞으로 이틀이라고 쉽게 말하는 것이 약간 납득하기 어려운 모양이었다.

카츠요리는 그렇게 생각하지 않았다. 본성으로 쫓겨들어가 공격해 나올래야 나올 수 없는 적. 이미 손발이 잘린 것과 다름없었다. 그는 막사를 나와 말에 오르면서 이에야스의 본진을 바라보며 웃었다.

"후후후."

이에야스와 자신의 나이를 비교해보고 왠지 짓궂은 생각이 들었다. 미카타가하라에서는 구사일생, 게다가 그렇게 조롱을 당하면서도 아직 이에야스는 오다의 원군이 도착하기를 고대하고 있었다.

'그동안 오카자키에서는 츠키야마가 함정을 파고 있는 줄도 모르고.'

오늘 일과인 전투는 이미 끝이 났다. 나날이 기온이 올라가는 지상에는 바람 한점도 불지 않아 카사기야마의 세 잎 접시꽃 깃발은 축 늘어져 있었다.

4

카츠요리는 츠키야마를 본 적이 없었다.

남편을 배신하고 재혼하기를 바라는 아내. 불결하고 추한 여자라는 생각밖에는 들지 않았다. 그와 함께 이에야스는 얼빠진 자라고밖에는 달리 할말이 없었다.

카츠요리는 남쪽으로 펼쳐진 요시다가와(토요카와豊川) 기슭을 돌아 토도메키의 성채로 말을 달리면서 몇 번이나 스스로에게 말했다.

"미친 여자야. 친서를 보내올 것이 틀림없어."

만일 그렇게 되어 오카자키 성에 카츠요리가 먼저 입성한다면 이에야스는 대관절 어떤 표정을 지을까?

신겐의 본진 앞에는 동백나무 두 그루가 빨간 꽃을 피우고 있었다. 조심성 많은 신겐은 이 성채 입구를 노다 성과는 반대쪽으로 내고, 막사로 통하는 길에도 네 군데나 울타리를 쳐놓았다.

어느 울타리나 경계가 엄중했으며, 두번째 막사와 그의 막사 사이에는 카게무샤影武士°를 배치해놓았다. 카게무샤는 저녁 무렵과 같이 어슴푸레할 때 보면 카츠요리조차 구별하기 어려울 정도로 아버지와 매우 흡사했다.

"카츠요리가 아버님을 만나러 왔습니다."

맨 안쪽에 있는 막사 앞에서 카츠요리는 갑옷의 매무새를 고치면서 말했다.

"들어오너라."

굵은 목소리가 들렸다. 신겐은 전쟁터까지 데려온 시의侍醫 한 사람에게 근육이 뭉친 어깨를 주무르게 하고 있었다.

"장기전을 펴면서 봄철을 맞으면 어깨가 몹시 결린다니까."

"아버님, 노다 성에 파견한 군사가 왔습니다. 스가누마 신파치로가 마침내 성을 열게 될 것 같습니다."

"그래? 이제는 그럴 때도 됐지. 보급대의 왕래가 빈번하여 길가 농민들이 부역을 두려워하고 있다더구나."

신겐은 이렇게 말하고 생각났다는 듯이 배를 흔들며 웃었다.

"그런데, 노다 성에는 누구를 남기는 것이 좋을까?"

"아버님 생각은 어떠십니까?"

"우리가 떠났다는 것을 알면 이에야스는 갑자기 강해질 것이다. 그렇다면 역시 사부로베에가 적당할 것 같다."

"저도 같은 생각입니다. 야마가 일당一黨에 사부로베에."

"좋아. 뒤를 추격당하면 귀찮으니 그렇게 하자."

신겐도 이미 하루이틀이면 성이 떨어질 것으로 보고 안심하고 있었다. 코후를 떠났을 때보다 살이 더 찌고, 봄 탓인지 혈색이 방금 목욕하고 나온 사람처럼 불그레했다.

"별다른 일은 없을 것이다마는 이에야스도 보통 녀석이 아니야. 스가누마 신파치로의 마음이 돌아섰다는 것을 알면 즉시 공격해올지도 모른다. 각 진지를 돌아보고 방심하지 않도록 엄히 일러두는 것이 좋을 게다."

카츠요리가 하루에 한 번씩 전황을 보고하러 올 때마다 반드시 '방심하지 말라' 는 말이 나왔다.

'방심이야말로 모든 비극의 근본.'

신겐이 보기에 자신의 아들 카츠요리는 아직 그 점에서 미덥지 못한 구석이 있었다.

카츠요리가 돌아간 뒤에도 신겐은 잠시 눈을 감은 채 묵묵히 어깨에 안마를 받고 있었다.

"오늘이 이월 십육일이군."

생각난 듯이 중얼거렸다.

"오늘 밤에도 아마 달이 밝을 거야."

"예? 무어라 말씀하셨습니까?"

"아니, 혼잣말일세."

다시 눈을 감았다.

5

신겐은 웅어리진 어깨의 근육이 기분 좋게 풀리는 것을 온몸으로 느끼고 있었다.

세상에서는 신겐이 노다 성 하나 빼앗지 못하고 초조하게 미카와에 머물러 있다고 생각할지 몰랐다. 그러나 신겐 자신은 그동안 유유히 승리의 전략을 짜고 있었다.

문제는 오다 노부나가의 태도였다.

미카타가하라에서 승리를 거둔 후 신겐은 먼저 이세의 키타바타케 토모노리北畠具教에게 밀사를 보내 동맹을 공고히 했다. 그리고는 노부나가의 다섯 가지 죄를 거론하며 히라테 히로히데의 목을 보내 절교를 선언했다.

노부나가는 정월 20일에 일부러 일족인 오다 카몬織田掃部을 미카와에 보내왔다. 카몬은 신겐에게 다른 마음이 없다고 변명했으나 신겐은 이를 받아들이지 않았다.

그리고 즉시 쇼군 요시아키에게 오다 토벌의 군사를 일으키도록 요청했다. 쇼군 요시아키는 신겐의 생각대로 군사를 일으켰다. 따라서 오다 군은 이미 이에야스에게 원군을 보낼 여유가 전혀 없었다.

"후후후."

신겐은 다시 눈을 감은 채 웃었다.

젊은 이에야스의 당황하는 모습과 이를 가는 모습이 눈에 보이는 듯했다. 이에야스도 결코 평범한 대장은 아니었다. 그는 1월 말에 이르러 신겐의 전략을 알아차린 모양이었다.

곳곳에 배치한 첩자의 보고에 따르면, 이에야스는 2월 초에 세 차례나 에치고의 우에스기 켄신에게 밀사를 보낸 흔적이 있었다. 지금 도쿠가와와 오다 양군을 구할 수 있는 것은 켄신말고는 없다고 허심탄회하게 원병을 요청했는지도 모를 일이었다.

그러나 북쪽 지방의 봄은 아직 오지 않았다. 토야마富山에서 잇코 종도의 완강한 저항에 시달리고 있는 켄신으로부터 원병이 때맞춰 올 리 없었다.

"그만 됐네, 아주 시원해졌어."

신겐은 어깨를 주무르고 있던 시의에게 말하고 나서, 서기에게 벼루를 가져오라고 명했다.

드디어 미카와에서 출발. 그전에 혼간 사의 코사光佐에게 글을 보내, 아사이 나가마사와 쇼군 요시아키에게 잇코 종도의 편이 킨키 일대에서 봉기할 것이니 노부나가 제거에 전력을 다하기를 청하는 친서를 쓰기 위해서였다.

신겐은 일사천리로 글을 써내려갔다. 어깨를 주무르게 하는 동안에 생각한 문안文案이었는데 거기에 적힌 전략은, 전면의 적 때문에 꼼짝 못하고 있는 노부나가를 후방에서 공격하여 마지막 쐐기를 박으라는 것이었다.

글을 다 쓰고 나서 미소를 떠올렸을 때 다시 막사 앞에서 그를 찾아온 사람의 목소리가 들렸다.

"야마가타 사부로베에가 주군께 보고 드리려고 왔습니다."

신겐은 시동을 돌아보고 가볍게 턱짓으로 신호를 보냈다.

야마가타 사부로베에 마사카게는 작은 어깨를 흔들면서 들어와 앉기도 전에 재빨리 보고했다.

"앞으로 이틀 정도 걸릴 줄 알았는데, 지금 노다의 성문을 연다고 합니다."

"그래? 잘 됐군. 그러면 스가누마 신파치로는?"

신겐은 다 쓴 서신을 서기에게 건넨 뒤 눈썹 하나 까딱 않고 살찐 얼굴을 가볍게 끄덕거렸을 뿐이었다.

6

"신파치로는 본성 옆에 울타리를 치고 가두어놓았습니다."

야마가타 마사카게가 대답했다.

"거칠게 다루면 안 돼."

신겐은 부드럽게 말했다.

"성은 내일 아침 그대가 접수하도록 하게."

"예. 그러면 진지의 철수는?"

"내일 오후가 되겠지. 노부나가가 기다리고 있을 테니."

"하하하하."

마사카게는 소리내어 웃었다.

"크게 계산을 잘못했군요."

"누가?"

"성주님도, 노부나가도."

신겐은 한쪽 뺨을 일그러뜨리고 쓴웃음을 지었다. 아닌 게 아니라 코후를 출발할 때의 신겐은 분명 계산을 잘못했었다. 노부나가의 내심이 어떻건, 자기와의 동맹을 파기하고 이에야스에게 원군을 보내리라고는 생각지 않고 있었다. 그 계산착오도 지금은 깨끗이 정리되었다. 분한 것은 신겐이 아니라 노부나가일 것이었다.

야마가타 사부로베에가 성의 인수절차와 카사기야마에 있는 이에야스에 대한 방비를 상의하고 돌아갔을 때는 이미 주위가 어두워질 무렵이었다.

'이 진지도 오늘 밤뿐이로구나……'

신겐은 시동이 가져온 국 한 그릇과 야채 세 가지로 식사를 끝내고 갑옷을 입은 채 정원으로 나갔다.

열엿새의 달이 이미 중천에 떠올라 해가 지는 것과 동시에 주위는 물속 같은 푸른 빛으로 변하고 있었다. 전면에 있는 산들이 거뭇거뭇하게 하늘을 가리고 그 밑에 가라앉아 있던 노다 성에서는 불빛 하나 보이지 않았다.

낙성落城 전야——

칼을 들고 뒤따라오는 시동을 돌아보고 신겐은 물었다.

"오늘 저녁에도 피리소리가 들릴까?"

"예."

대답했을 뿐 상대는 더 이상 말이 없었다.

신겐은 문득 하늘을 쳐다보며 달빛에 지워지려 하는 별을 발견하고 그 수효가 많은 데에 놀랐다.

달이 뜨면 보이지 않게 되는 별.

빛을 다투다가 보이지 않게 되어 사라지는 별.

지금 신겐이란 달빛 앞에서 이에야스, 노부나가 등의 별은 빛을 잃어 가고 있었다. 노다 성의 성주 따위는 그 별 축에도 끼지 못한다. 아니, 그 밑에서는 수많은 병졸들이 작은 희망, 작은 소원을 품고 몸부림치고 있는 것이 지상의 현실이었다. 지금쯤 성안에서는 그런 사람들이 아무렇게나 식사를 끝내고 슬픈 격론을 벌이고 있을 것이다.

감개에 젖어 잠시 그 자리에 서 있는 신겐의 귀에 희미하게 피리소리가 들려왔다.

"아니, 오늘 저녁에도 불고 있는 모양이구나."

"예, 다른 때와 똑같은 그 피리소리입니다."

시동은 얼른 대답했다.

"저 피리의 명수가 누구더냐?"

"예, 이세伊勢 야마다山田의 신관神官 출신인데 이름은 호큐芳休라고 합니다."

"그래? 신에게 바치던 피리소리가 오늘 저녁에는 낙성의 슬픔을 노

래하는 피리소리가 되었구나. 여기로 걸상을 가져오너라, 잠시 들어봐
야겠다."

"예."

시동은 늘 숨었다 나타났다 하며 신겐의 안전을 위해 호위하고 있는
측근에게 신호를 보냈다.

7

신겐 막사 뒤에는 층층으로 된 제법 넓은 언덕이 있었다. 군데군데에
나무가 검은 그림자를 늘어뜨리고 있었다. 봄바람이 노다 성 기슭을 감
돌아 이 언덕으로 불어왔다. 그 때문에 가끔 성안에서 말하는 이야기소
리가 똑똑히 들리기도 했다.

오늘 저녁에는 바람도 없고 사람의 목소리도 들리지 않았다. 정적에
휩싸인 달빛 아래에서 피리소리만 쓸쓸히 들려왔다.

그 피리소리는 오늘 저녁만이 아니었다. 벌써 20일은 되었다. 쌍방
의 대치상태가 길어지자 매일 밤 식사 뒤에 들려왔다. 날이 밝으면 싸
우고 해가 지면 무기를 거두는 대치상태, 듣는 자도 부는 자도 전선戰線
의 서글픔을 뼈저리게 느꼈다.

신겐도 언제부터인지 그 피리소리에 귀를 기울이게 되었다.

"노다 성 안에도 풍류를 아는 자가 있는 모양이군. 솜씨가 상당한 수
준이야."

그 말을 듣고 하타모토 하나가 종이쪽지를 묶은 화살을 쏘아 그 이름
을 물은 적이 있었다. 그때 이세 야마다 사람으로 무라마츠 호큐村松芳
休라고 적힌 쪽지가 화살에 묶여 돌아왔다.

그 피리소리를 오늘 저녁에는 듣지 못할 줄 알았다. 그런데 여느 때

와 똑같은 시각에 똑같은 장소에서 들려왔다. 낙성이 결정된 사실을 알고 이미 성안의 민심도 가라앉을 대로 가라앉은 것 같았다.

측근이 여느 때와 같은 장소에 걸상을 갖다놓았다.

"성안에서는 저 소리를 듣고 모두 울고 있을 게다."

신겐은 피리소리가 제일 잘 들리는 모밀잣밤나무 밑에 앉았다가 얼른 일어났다.

"걸상을 좀더 왼쪽으로 옮겨라."

"예?"

"내가 매일 밤 이 자리에서 피리소리 듣는 것을 성안에 있는 자가 알고 있을지도 모른다. 걸상을 옮겨라."

"예."

측근은 곧 시키는 대로 걸상을 옮겼다. 모밀잣밤나무에서 네다섯 간 떨어진 곳에 작은 삼나무 하나가 있었다.

"모름지기 전시에 방심은 금물. 내가 듣는 장소를 아는 자가 있고, 이곳을 낮부터 겨냥하고 있다가 총포라도 쏘는 경우 목숨을 지킬 수 없다. 오늘 밤이면 끝나는 일, 모두 조심해야 한다."

"예."

측근들은 칼을 받쳐들고 있는 시동 하나만 남기고, 이 위대한 주군의 흥을 깨지 않으려고 뒤와 좌우의 세 방향으로 나뉘어 소리 없이 달빛 속으로 숨어들었다.

신겐은 무릎에 지휘용 부채를 세우고 황홀한 듯 눈을 감았다.

달빛이 더욱 밝아졌다. 산도 골짜기도 나무도 성도 오늘 밤뿐인 그 기묘한 가락에 넋을 잃고 있는 듯했다. 아마 호큐 자신도 두 눈에 이슬을 머금은 채 피리를 불고 있는 것이 아닐까.

신겐의 뇌리에 열세 살 때 처음 출전한 이래 쉰두 살이 되는 오늘에 이르기까지 겪은 인생에 대한 허무감이 스치고 지나갔다.

순간 구름이 달을 가렸다. 어쩌면 피리소리가 구름을 부른 것인지도
몰랐다.

그 순간이었다.

"탕!"

주위 골짜기와 산, 강과 대지에 총포소리가 메아리쳤다.

"앗!"

바로 조금 전에 걸상을 놓았던 모밀잣밤나무 부근에서 비명이 들리
고, 신겐은 용수철에 튕기듯 걸상에서 일어났다.

8

일어서는 순간 신겐은 버럭 화가 치밀었다. 요지부동하기가 산과도
같은…… 비록 머리 위에 벼락이 떨어진다 해도 놀라지 않는 마음. 그
런 마음을 단련하려 했고 또 스스로 단련해온 줄로 알았던 신겐이었다.

카와나카지마의 본진에 켄신이 쳐들어왔을 때조차도 그는 꿈쩍하지
않았다. 그런데 오늘 밤은 총포를 쏠 자가 있을지 모른다고 생각하여
미리 대비하고 있었는데도 그만 기겁을 하고 말았다.

'이 얼마나 덜 떨어진 짓인가!'

스스로 자신을 꾸짖고 다시 걸상에 앉으려 했으나 거구가 앞으로 쓰
러질 듯 비틀거렸다. 오른쪽 반신…… 아니 오른쪽 허리에서부터 다리
에 걸쳐 심한 마비가 일어나 무릎이 둘로 푹 꺾였다.

신겐은 당황했다. 그대로 쓰러지려는 상체를 오른손으로 받치려다
가 깜짝 놀랐다. 오른손에도 전혀 감각이 없었다. 신겐은 뒤통수에 묘
한 통증을 느끼면서 오른쪽 뺨을 땅에 대고 쓰러졌다.

시동이 칼을 내던지고 큰 소리를 지르며 신겐에게 달려왔다.

"여러분, 성주님이 총포에······ 총포에 맞았습니다."

"이 멍청아, 무슨 헛소리를 하느냐. 총포에 맞은 것은 내가 아니야. 누군가 경호하는 자다. 가서 보고 오너라."

신겐은 이렇게 말하려 했다. 그러나 이가 딱딱 마주칠 뿐 말이 되어 나오지 않았다.

입술이 마비되어 침이 흐른다는 것을 알 수 있었다. 신겐은 왼손을 땅에 짚고 일어나려고 안간힘을 썼다. 그러나 오른쪽 반신이 땅에 뿌리를 내린 듯 무겁기만 했다. 초조감을 느끼게 되자 가슴이 못 견디게 메스꺼웠다.

울컥 무언가를 토해냈다. 음식인 것 같기도 하고 검은 핏덩어리 같기도 한 비릿한 감촉이 아직 감각이 남아 있는 왼쪽 뺨에 느껴졌다.

'결국······'

신겐은 생각했다. 이미 스스로도 자신의 상태를 인정할 수밖에 없었다. 용의주도하게 계획한 상경작전. 이마가와 요시모토의 실패를 거울삼아 서두르지 않고 초조해하지도 않으면서 조심에 조심을 거듭하여 승승장구하는 장대한 웅도雄圖가 지금 눈앞에서 크게 흔들리는 것을 깨달았다.

달빛에 광채를 빼앗기고 사라져가는 별의 운명이 눈앞에 있는 이에 야스나 노부나가보다도 먼저 신겐 자신을 삼켜버리려 하는 것일까.

'살아야만 한다! 죽을 수는 없다!'

"떠들지 마라!"

신겐은 다시 소리질렀으나 역시 말이 되어 나오지 않았다.

"떠들면 적이 알아차린다. 조용히 해라! 조용히 하지 못하겠느냐!"

말을 하지도 못하는 신겐의 상태는 급보를 받고 달려온 경호원들을 더욱 당황하게 했다.

"성주님이 저격당하셨다! 즉시 작은 성주님께 알려라."

"의사를 불러! 의사를!"

"그 전에 어서 막사로 옮겨라."

달빛 아래에서 검은 그림자들이 실처럼 뒤엉키기 시작했다.

피리소리만은 여전히 허공으로 퍼져나가며 녹아들고 있었다. 그러나 이미 그 부근에서는 아무도 듣는 사람이 없었다.

"성주님이 저격당하셨다."

"피리소리는 적의 계략이었어."

그런 말들이 뒤섞이는 가운데 시로 카츠요리를 비롯하여 각 중신의 진영을 향해 급사急使가 미친 듯이 말을 달렸다.

9

그 무렵 —

이에야스는 카사기야마 성채에서 아까부터 팔짱을 끼고 걸상에 앉아 꼼짝도 않고 있었다.

토리이 모토타다와 사카키바라 야스마사가 그 뒤에 책상다리를 하고 앉아 이따금 무슨 말을 걸었으나 '음'이라거나 '아니'라고 대답할 뿐 도무지 입을 열지 않았다. 두 사람도 그만 입을 다물고 달빛 아래 가만히 앉아 있었다.

그곳에서는 노다 성을 에워싼 타케다 군의 진용이 안개를 통해 달빛 아래 어렴풋이 눈에 들어왔다. 그 안개 속의 적이 지금 이에야스에게 하나의 결단을 촉구하고 있었다.

"노다 성도 오늘이 그 마지막……"

하타모토인 오쿠보 타다요가 고해왔을 때 이에야스는 용케 지금까지 견뎠다고 생각하면서도 강하게 말했다.

"자존심도 없는 것들!"

노다 성이 함락되면 거대한 타케다 군의 진격이 시작될 터.

사카이 사에몬노죠 타다츠구는 이미 요시다 성으로 떠났다. 그리고 이시카와 카즈마사는 오카자키 성에 있는 아들 사부로 노부야스에게로 보냈다.

이에야스 자신도 어떻게 할 수 없는 신겐의 대군을 앞에 두고는 요시다도 오카자키도 홍수가 난 골짜기에 놓인 외나무다리와 다를 것이 없었다. 그렇게도 기다리던 오다의 원병은 사정 때문에 오지 못한다고 했다. 유일하게 희망을 걸었던 우에스기 켄신의 원병도 더 이상 기대할 수 없게 되었다.

이러한 상황이었지만 당황하고만 있을 정도로 이에야스는 어리지 않았다. 그의 판단에 따르면 노다 성에 남아 수비에 임할 장수는 야마가타 사부로베에 마사카게. 그는 이에야스의 본진을 반드시 이곳에 못 박아놓으려 할 터. 이에야스가 신겐의 뒤를 쫓으려 하면, 그는 후방에서 하마마츠 공격을 가장하고 협공해올 것이 틀림없었다.

이렇게 양쪽으로 나뉘어 있는 적을 소수의 도쿠가와 군이 어떻게 대처해야 하는가. 지금 이에야스의 뇌리에서는 이에 대한 결정을 위해 여러 생각들이 긴박하게 회오리치고 있었다.

지상에 정토淨土를 이룩할 것인가, 아니면 무인답게 죽음을 택할 것인가? 아니, 죽음을 택한다는 따위의 생각은 버리고 자신의 목적을 달성하기 위해 어떻게 싸울 것인가의 결단만이 있을 뿐이었다. 이렇게 달빛 아래에서 생각에 잠겨 있으려니 전사한 가신들의 유령이 그의 주위를 에워쌌다.

나를 대신하여 죽은 나츠메 마사요시.

겁쟁이가 아니라고 외치며 쓰러진 토리이 타다히로.

스스로 패전의 뒤처리를 하겠다고 하며 눈 속에서 장렬하게 전사한 혼다 타다자네.

아직 꽃봉오리라 할 수 있는 일족인 마츠다이라 야스즈미와 요네자와 마사노부, 나루세 마사요시 등의 모습이 잇따라 나타나 무어라 말하고는 사라져갔다.

이에야스는 그들 한 사람 한 사람이 자신에게 무엇을 호소하는지 잘 알고 있었다.

"성주님! 겁내서는 안 됩니다."

타케다 신겐이라는 일본에서 제일가는 무장과 자기 힘만으로 싸우게 되었다는 것은 결코 불행한 일이 아니다.

"성주님이라는 구슬을 연마하기 위해 신은 신겐 같은 뛰어난 무장을 보내신 것입니다. 성주님, 신의 뜻을 받아들이십시오."

'알고 있네······ 잘 알고 있어······'

"탕!"

이때 밤의 정적을 깨뜨리는 총포소리가 들려왔다.

"아니, 이 총포소리는?"

이에야스보다 먼저 사카키바라 야스마사가 벌떡 일어났다.

10

"적일까, 아군일까?"

토리이 모토타다도 달빛 속에서 일어나 이마에 손을 가져갔다.

"이상하군. 성 주위는 조용하기만 한데."

야스마사가 말했다.

오쿠보 타다요도 고개를 갸웃거리며 막사 안으로 들어왔다.

"지금 그 소리는 큰 총에서 난 것이로군요."

"조용히 하게."

이에야스는 대답 대신 가볍게 말했다.

"총포 한 발, 그 뒤에는 아무 소리도 없으니 대수롭지 않을 것일세."

"무슨 신호일지도 모릅니다. 설마 성이 함락된 것을 알고도 야습할 리는 없을 것이고……"

생각이 깊은 야스마사는 성큼성큼 밖으로 나가 척후를 부르는 모양이었다.

처음 하는 말은 들리지 않았다.

"……알아보고 오너라."

무언가를 지시하는 소리.

"예."

대답하고 산을 뛰어내려가는 기척.

그날 밤은 그대로 지나갔다.

이튿날 아침 척후는 맨 먼저 야마가타 마사카게의 입성을 전했다. 이어서 신겐이 보낸 사자가 이에야스의 진중에 도착했다는 말을 토리이 모토타다가 전했다.

"뭣이, 사자가 도착했다고?"

이에야스는 잠시 생각에 잠겼다가 모토타다에게 물었다.

"누가 왔나?"

"나가시노 성의 스가누마 이즈 휘하에 있는 가신입니다. 그냥 쫓아버릴까요?"

모토타다가 이렇게 말한 것은, 신겐이 궁지에 몰린 이쪽의 사정을 알고 항복을 권하러 온 것이라 생각했기 때문이었다.

이에야스는 다시 잠시 동안 허공을 바라보고 있었다.

'이제 와서 무엇 때문에 사자를 보냈을까?'

신겐이 새삼스럽게 항복을 요구할 정도로 아군에게는 전혀 승산이 없는 전투……

"어쨌든 만나보기는 하겠다. 이리 들여보내도록."

"만나시고 나서 화내지는 마십시오."

"죽이려면 언제든 죽일 수 있어. 좌우간 들여보내게."

이윽고 타케다 쪽의 사자는 예상과는 달리 정중한 태도로 막사 안으로 들어왔다.

스가누마 이즈의 일족으로 도묘 미츠노부同苗滿信라는 예순이 넘은 노인이었다.

"제가 사자로 온 것은 야마가에서 신겐 공에게 제의하고, 신겐 공이 다시 저에게 지시를 내리셨기 때문입니다."

이에야스는 일부러 이와는 관계가 없는 말을 했다.

"신겐 공에게는 지병持病이 있다고?"

상대의 안색이 약간 변하는 것처럼 보였다.

"가슴이 안 좋아 가끔 각혈을 한다는 말을 들었는데, 오래 진중에 머무르다 보니 병세가 악화되기라도 했나?"

"저는 측근이 아니기 때문에 그런 것은 알지 못합니다. 다만 저를 사자로 삼아 지시를 내리실 때는 아주 건강하셨습니다."

"용건은?"

"성안과 연락이 없어 자세한 사정을 모르기 때문에 순서에 따라 말씀 드리겠습니다."

"스가누마 신파치로가 항복했다는 말이겠지?"

"예. 그것은 신겐 공이 코후에서 광부들을 불러들여 성내의 우물을 말려버리셨기 때문에 어쩔 수 없는 일이었습니다."

"뭐라구, 광부들을 불러 우물을 말려버렸다는 말인가?"

좀처럼 놀라는 일이 없는 이에야스도 그만 아연실색하여 사자의 얼굴을 새삼스럽게 바라보았다.

11

후타마타 성에서는 텐류가와의 수원水源에 뗏목을 떠내려보내 물을 말렸다. 이번에는 광부를 시켜 지하에 호濠를 파게 하여 우물의 수맥을 끊어놓았다고 한다……

무궁무진한 신겐의 전법에 이에야스는 소름이 끼치는 기분이었다.

"신겐 공은 참으로 용의주도한 일을 하는군."

"예. 스가누마 신파치로와 마츠다이라 요이치로 님 두 분은 자신들의 생명을 걸고 농성하는 장병들의 구명救命을 노만 사能滿寺의 승려를 통해 제의했습니다."

"그것은 언제 일인가?"

"십일일입니다."

"그래서?"

"신겐 공은 이를 허락하시고 두 분을 둘째 성에 억류한 뒤 코후 쪽에 가담하도록 정성을 다해 설득하셨습니다."

"그 결과 마침내 항복하게 되었다는 말인가?"

사자는 반백의 눈썹 밑에서 희미하게 웃었다.

"완강히 항복을 거부하면서 어서 목을 치라고 했습니다. 그래서 저의 주군이신 스가누마 이즈와 츠쿠데의 오쿠다이라 켄모츠 뉴도, 타미네의 스가누마 교부 등 세 사람이 신겐 공에게 구명을 탄원했습니다."

"으음……"

"아무리 권해도 뜻을 굽히지 않는 두 장수, 이 두 장수의 목숨과 야마가에서 하마마츠로 보낸 인질과 교환하라고."

"후후후."

이에야스는 저도 모르게 웃었다.

그 인질이 이번 전투에 반드시 큰 몫을 할 것이라 판단하고 은밀히 하마마츠에서 출발시켜놓았다.

"신겐 공은 이를 승낙하고 그대를 사자로 삼아 인질교환을 제의하라고 했다는 것이로군."

"그렇습니다."

"거절하면 어떻게 하겠나?"

이에야스가 이렇게 말하는 순간 상대의 안색이 눈에 띄게 변했다.

'무슨 일이 있었구나!'

이에야스는 직감했다.

"저는 기꺼이 배를 가를 수밖에 없습니다."

"기꺼이 배를 가른다면 사자로 온 보람이 없어진다. 누구에게 사죄하려고 그러겠다는 것인가?"

"억류되어 있는 두 분에게 면목이 없습니다."

"두 사람을 만나고 왔나?"

"예. 두 분 모두 신겐 님의 호의에 눈물을 흘리고 있었습니다. 성주님은 신겐 님의 마음을 움직이게 했을 정도로 용감히 싸운 두 장수를 버리시겠습니까?"

"아직 버리겠다는 말은 하지 않았어."

"저 역시 간청 드립니다. 깊이 생각해주시기 바랍니다. 특히 마츠다이라 요이치로 님은 여섯 살의 성주님이 슨푸에 보내졌을 때부터 계속 모셨다는 말을 들었습니다."

이에야스는 일부러 크게 낯을 찌푸렸다.

"말이 너무 지나치다. 신겐 공은 내가 볼 때 표리가 있는 사람, 우리는 이대로 군사를 이끌고 인질을 감시하면서 히로세가와廣瀨川 강변으로 갈 것이다. 그래도 좋다면 승낙하겠다."

사자는 조용히 고개를 숙였다.

"그 제안을 받아들이도록 생명을 걸고라도 신겐 공에게 말씀 드리겠습니다."

"좋아. 그럼, 즉시 실행에 옮기겠다. 모토타다, 사자를 도중까지 배웅해주어라."

두 사람이 나가자 이에야스는 다시 고개를 갸웃하고 걸상 주위를 거닐기 시작했다.

'아무래도 납득이 가지 않아……'

12

인질교환은 신속하게 이루어졌다. 양쪽 모두 2,000 남짓한 군사를 동원하여 히로세가와 강변으로 나왔다.

성안에는 이미 야마가타 마사카게가 들어가 있었고, 만일 신겐에게 책략이 있다면 타케다의 본진은 곧 행동에 들어갈지도 몰랐다. 만일의 사태에 대비해 이에야스는 하마마츠에서 고용한 이가의 첩자들을 사방에 풀어 적정을 살피게 했다.

인질교환이 끝난 지 얼마 되지 않아 신겐의 본진에서 나가시노 방향으로 가마가 이동하고 있다는 정보가 들어왔다. 이어서 들어온 정보에 의하면 가마는 하나가 아니라 셋이나 되고, 나가시노 성에는 들어가지 않고 다시 그 북쪽에 있는 호라이 사鳳來寺로 향하고 있다고 했다. 그 세 가마 중 하나에 진짜 신겐이 타고 있다면? 이는 분명 퇴각이다.

'무엇 때문에 퇴각하는 것일까?'

"방심할 수 없다."

이에야스는 하타모토들에게 경계를 더욱 강화하라고 명했다.

퇴각하는 척하여 이에야스를 하마마츠 성으로 철수하게 한 다음 일거에 요시다를 공격하는 수단도 생각할 수 있었다. 아니나다를까, 노다 성에 머물러 있을 줄 알았던 야마가타 마사카게 부대가 출격준비를 서두르는 기미가 있다는 보고였다.

인질교환이 끝난 이틀 후의 일이었다.

마츠다이라 요이치로 타다마사 휘하에서 노다 성에 농성하고 있던 토리이 산자에몬이 같은 일족인 토리이 모토타다를 찾아왔다.

"성주님께 은밀히 드릴 말씀이 있습니다."

"무슨 일인가, 산자에몬? 농성의 고생담이라도 말하려고 왔나?"

"남의 귀에 들어가면 안 될 이야기가 있어서……"

"일족인 나에게도 말인가?"

"예. 성주님을 비밀리에 만나고 싶습니다."

"이상한 사내로군. 좋아, 말씀 드려보겠네."

이에야스는 진중에서 계속 갑옷도 벗지 못하고 기거하고 있었기 때문에 온몸이 가려웠다. 물을 끓이게 하여 직접 몸을 씻으면서 시동에게는 옷에 붙은 기생충을 잡게 했다.

"아뢰옵니다. 노다 성에서 돌아온 산자에몬이 비밀리에 드릴 말씀이 있다고 합니다마는."

모토타다가 시동의 어깨 너머로 이에야스의 더러워진 내의를 바라보면서 말했다.

"나중에 만나겠어."

몸을 가린 판자 뒤에서 대답했다.

"지금 사타구니의 때를 씻고 있는 중일세."

"산자에몬에게 씻겨달라고 하십시오. 이 모토타다에게도 말하지 못할 은밀한 이야기라고 합니다."

"뭐, 그대에게도 할 수 없는 말……?"

"산자에몬, 이리 와서 판자 너머로 말씀 드리게."

이에야스보다 연장자인 모토타다는 그렇게 말한 뒤 산자에몬을 남기고 그 자리를 떴다.

산자에몬이 황송한 듯 판자 곁으로 다가갔다.

"버릇없는 녀석, 용건이 뭐냐?"

"예. 다름이 아니라……"

산자에몬은 이에야스의 나신에서 눈길을 돌리며 말했다.

"적장 신겐이 진중에서 숨을 거두었다는 소문이 있습니다."

"뭐야!"

이에야스의 목소리는 저도 모르게 떨렸다.

13

이에야스의 생애를 어둠 속에 빠뜨리게 할 것 같던 신겐. 와신상담한 30여 년의 세월을 산산이 부수고 앞길을 가로막은 거대한 바위 ─그 상대가 진중에서 죽었다는 소문은 엄청난 충격이었다.

"산자에몬!"

이에야스는 벌거벗은 채, 남보다 세 배는 더 크다는 국부를 가리지도 않고 눈을 부릅뜨면서 물었다.

"그 소문, 어디서 들었나? 거짓이라면 용서치 않겠다."

"예. 저도 이 소문이 너무나 중대해 일족한테도 말하지 않았습니다."

"바로 그 점이야. 책모를 잘 쓰기로 유명한 신겐, 그렇게 해서 우리의 사기를 꺾거나, 오다 님을 방심케 할 수 있다고 생각했다면 무슨 짓을 할지 모르는 사람이야. 그런데…… 이렇게 일부러 보고하러 온 것을 보면 믿을 만한 근거가 있을 텐데. 소문의 출처를 말해보라."

"예……"

산자에몬은 황홀한 듯 이에야스의 배꼽 언저리에서 눈길을 들었다.

"저는 농성을 하면서 어떻게 하면 신겐을 쓰러뜨릴 수 있을지 갖은 생각을 다 했습니다."

"음, 그래서?"

"카이의 군사력이 막강하다고는 하지만 그것은 결국 신겐 한 사람의 힘, 그를 쓰러뜨리는 것이 뿌리를 뽑는 것이라고……"

"말이 많구나! 전략강의는 듣기 싫다, 나는 소문의 출처를 묻고 있는 거야."

"황송합니다마는 저도 그 말씀을 드리고 있는 중입니다. 농성하던 성에는 이세의 야마다 출신으로 무라마츠 호큐라는 피리의 명인이 있었습니다."

"그 피리의 명인이 타케다 쪽에서 알아낸 정보라는 말인가?"

"우선 제 말씀부터 들어주십시오. 그 자가 밤마다 전투가 끝난 뒤에 부는 피리소리를 적도 아군도 귀기울여 들었다는 것을 생각해보십시오. 저는 그 점에 착안했습니다. 신겐도 피리를 좋아한다고 들었기 때문에 일부러 본진에까지 들릴 위치에 호큐를 데려가 같은 장소, 같은 시각에 피리를 불도록 했습니다."

"음, 그럴 듯하구나."

"신겐도 피리를 좋아하므로 틀림없이 들으려 할 것이다. 매일 밤 어느 위치에서 들을 것인가…… 이것이 제가 노리는 점이었습니다. 그런데 신겐의 가마가 호라이 사로 철수하기 이틀 전의 일이었습니다. 본진 뒤에 있는 언덕에 작은 종이쪽지가 달린 막대 하나가 떨어져 있었습니다."

이에야스는 자신이 벌거벗었다는 것도 잊고 계속 산자에몬을 바라보았다.

"그 막대를 보고 저는 무릎을 탁 쳤습니다. 그곳이 바로 신겐의 걸상을 놓는 자리라는 것을 알고, 총포를 성안의 소나무 가지에 붙들어매고 겨냥해놓았습니다."

"……"

"물론 호큐에게는 비밀로 하고, 그날 밤에도 역시 피리를 불게 하여 무아지경에 들어갔을 때 총포를 발사했습니다."

"……"

"순간 신겐의 진지에서는 때아닌 소동이 벌어져 우왕좌왕하는 모습이 눈에 보이는 듯했고, 그 이틀 후에 신겐의 가마는 호라이 사로……"

묵묵히 듣고 있던 이에야스가 갑자기 큰 소리로 꾸짖었다.

"이 멍청아, 닥쳐!"

14

이에야스의 음성이 너무나 컸기 때문에 토리이 산자에몬은 깜짝 놀라 입을 다물었다.

"그렇다면 그것은 소문이 아니라 그대가 신겐을 죽였다고 자랑하는 무용담이 아니냐."

내뱉듯이 말했다.

"여봐라, 내 옷을 가져오너라. 쓸데없는 말을 듣다가 감기에 걸릴 뻔했다. 바보처럼 상대의 꾀에 넘어가다니. 그 막대가 상대의 함정이라는 것도 모르느냐?"

산자에몬은 뜻밖이라는 표정이었으나, 이에야스가 시동이 가져온 옷을 입는 동안 잠자코 있었다.

"어처구니없는 짓을 했어. 애써 그물을 쳐놓고 그것을 상대에게 역이용당하다니…… 좋아, 내가 정신이 들도록 해주겠다. 모두 잠시 여기서 물러가 있거라."

이에야스는 갑옷을 걸치고 시동까지 거칠게 몰아냈다.

"이리 오게, 산자에몬."

그리고는 목소리를 낮추었다.

"예……?"

"이제 아무도 듣는 사람이 없네. 그 이틀 후에 분명 가마가 호라이 사로 떠났다는 말이지? 그 뒤 상황도 자세히 지켜보았을 테니 어서 말해보게."

산자에몬은 순간 어안이 벙벙했으나 겨우 이에야스의 치밀한 조심성을 깨달았다.

"예. 말씀하신 대로 자세히 지켜보았습니다."

산자에몬 역시 긴장하여 몸을 앞으로 내밀었다.

"제가 총포를 쏜 것과 진중이 소란해진 것은 동시의 일이었습니다. 그리고 사방으로 무사들이 말을 타고 달려가고, 이어서 많은 수효의 군사들이 돌아왔습니다."

"으음. 그리고 날이 밝자 인질교환을 위한 사자를 보냈군……"

"아닙니다. 날이 밝자 곧 야마가타 사부로베에가 노기를 잔뜩 띤 채 성안으로 들어왔습니다."

"알고 있어. 그대가 본 장소와 내가 본 장소는 같지가 않아. 그래서 어떻게 했나?"

"저는 그 한 방으로 신겐이 죽었다고는 생각지 않습니다. 그러나 부상을 입은 것만은 확실합니다."

"아직 단정하기에는 일러. 진중에서 죽었다는 말은 어디서 들었어?"

"야마가타 군이 입성할 때 짐을 운반해온 센슈千秋의 농부로부터입니다."

"그 농부가 무어라 하던가?"

"예…… 그 농부는 그날 밤 신겐이 먹을 닭을 가지고 진중에 갔을 때

요란한 총포소리를 듣고 기겁을 하여……"

"잠깐! 신겐은 불가에 귀의한 후 십년 동안 정진결재精進潔齋하고 있다는 말을 들었다. 그런데 어찌 그런 것을 먹겠는가, 그걸 물어보았느냐?"

"물어보았습니다. 신겐은 가슴을 앓고 있어서 진중에서도 늘 의사의 진찰을 받고 있었는데, 그 의사의 권고로 진중에서만은 매일 생선과 닭을 약으로 쓰고 있다고 합니다."

"으음."

이에야스는 팔짱을 끼고 잠시 생각했다.

"그래서, 그 농부는?"

"갑자기 주위에 소란이 일면서 주군께서 저격당하셨다, 총포에 맞으셨다……고 하는 소리를 확실히 들었다고…… 이어서 축 늘어져 움직이지 못하는 신겐을 두 사람의 무사가 메고, 의사 둘이 허둥지둥 그 뒤를 따라 막사로 들어갔는데 분명히 죽었을 것이라고……"

산자에몬은 여기까지 말하고 이에야스의 안색을 살피려고 입을 다물었다.

15

이에야스는 눈을 빛내며 산자에몬을 똑바로 바라본 채 깊이 생각에 잠겼다.

있을 수 있는 일이었다. 그렇다고 섣불리 믿을 일도 아니었다.

전쟁에 승패가 따르게 마련인 것처럼 인생에도 생사가 있다. 그러나 이에야스의 운명이 결정되었다고 여겨지는 순간 갑자기 상대편 당사자인 신겐이 쓰러진다…… 이런 우연이 과연 있을 수 있는 것일까?

"산자에몬……"

부르고 나서 이에야스는 또 입을 다물었다. 정체를 알 수 없는 흥분이 그의 온몸을 자극하여 섣불리 입을 열었다가는 말을 더듬거리게 될 것 같았다. 만일 그것이 사실이라면 인생의 엄숙함에 고개를 숙이고 조의를 표해야 할 것이지만, 현재의 이에야스로서는 그럴 여유가 없었다.

음침하게 흐렸던 하늘 한쪽에서 구름이 벗겨지고, 거기에서 파란 하늘이 고개를 내민 듯한 느낌이 들었다. 아니, 지금 방심하면 그 하늘은 다시 비를 머금고 이에야스를 휩쓸어갈 호우로 변할지도 몰랐다.

'서두르면 안 된다! 조급해져서는 안 된다……'

"성주님."

잠자코 있는 이에야스의 모습을 지켜보다가 산자에몬은 다시 주저하며 입을 열었다.

"만일 신겐이 죽었다면 타케다 쪽에서는 이를 한사코 숨기려 할 것이라 생각합니다마는……"

"음, 나도 그 점은 생각하고 있네."

"가령 그랬을 경우, 상대방은 세상에 무어라고 소문을 퍼뜨릴까요?"

"그야…… 호라이 사에서 잠시 정양한다고 할 테지."

"제가 호라이 사에 가서 사실인지 알아볼까요?"

이에야스는 고개를 저었다. 반대하는 것은 아니었다. 그러나 알아본다고 해도 아마 진상을 파악할 수는 없을 것이라 생각했다.

언제나 여러 명의 카게무샤를 데리고 다니는 신겐, 설령 그가 죽었다 해도 그 병상에는 카게무샤 중 하나가 누워 있을 것이고, 필적을 속이기 위한 서기도 준비되어 있을 것이 분명하다. 도리어 첩자는 그 눈으로 신겐을 보고 신겐의 손으로 쓴 필적을 보게 되어, 더욱 혼란에 빠질 뿐이다.

이에야스는 벌떡 일어났다.

"산자에몬."

"예."

"이 말은 누구에게도 하면 안 된다."

"저도 잘 알고 있습니다."

"그대는 이제부터 마을에 내려가서 타케다 쪽이 무어라 소문을 내고 있는지 알아보고 오너라."

"예."

"좋아, 그만 가거라."

"그럼, 저는 물러가겠습니다."

산자에몬이 사라지자 이에야스는 허공을 노려보고 저도 모르게 빙긋이 웃다가 곧 그러는 자신을 꾸짖었다.

'상대의 불행을 기뻐하면 안 된다!'

그러면서도 병이 든 것만은 확실하다는 생각을 하자 가만히 있을 수 없었다. 그는 천천히 걸상 주위를 한 바퀴 돌고 다시 조용히 걸터앉아 시동을 불러 이렇게 명했다.

"군사회의를 열겠다. 모토타다도 타다요도 요이치로도 야스마사도 모두 집합하라고 일러라."

비극의 보리

1

이에야스의 운명에 결정적인 영향을 끼친 겐키 4년(텐쇼 원년, 1573)의 봄은 노부나가에게도 숨 돌릴 틈 없는 위기의 연속이었다.

타케다 신겐, 아시카가 요시아키, 혼간 사의 코사, 아사쿠라 요시카게, 그리고 매제인 아사이 나가마사까지 가담한 노부나가 타도세력이 점점 힘을 증대시켜갔다. 그에 따라 사사키의 잔당, 키타바타케 토모노리, 미요시 요시츠구三好義繼, 마츠나가 히사히데도 모두 적으로 돌아설 우려가 있었다.

노부나가는 이같은 위기를 타개하기 위해 갖은 노력을 다했다. 그러면서 어떻게 타케다 세력과 대적할 수 있을까 그 대비책에 골몰하고 있었다. 정월에 오다 카몬을 신겐에게 보내 다른 마음이 없다고 변명한 것도 그러한 노력의 하나였다. 그러나 신겐은 이미 노부나가를 믿으려하지 않았다.

이렇게 되면 정치적으로 손을 쓸 수단은 오직 하나, 오다, 도쿠가와, 우에스기의 3국 동맹뿐이었다. 그렇다고 자신은 이에야스에게 원군을 보낼 여유는 없었고, 이에야스가 얼마나 미카와에서 신겐을 저지할 수 있을까 하는 것이 노부나가에게는 운명의 기로이기도 했다.

이런 절박한 상황에 처해 있을 때.

"신겐의 상경 중지."

뜻밖의 소식이 노부나가에게 전해졌다. 노부나가는 처음에 이를 믿으려 하지 않았다.

"늙은 너구리가 또 계략을 꾸미고 있군."

이에야스의 저항이 완강하기 때문에 오카자키는 단념하고, 이세의 키타바타케 토모노리와 연락하여 요시다에서 배를 이용, 사카이로 돌아 상륙을 시도하려는 것이 아닐까 하고 판단했다. 그렇게 되면 노부나가의 군사는 불가피하게 셋으로 나누어져야 한다. 한쪽에서는 미노로부터의 침략군에 대비해야 하고 다른 한쪽에서는 아사쿠라, 그리도 또 한쪽에서는 상륙군을……

노부나가는 곧 쿄토로 달려갔다. 그를 포위하고 있는 상대 중에서 제일 약한 것은 아무래도 쇼군 아시카가 요시아키였다.

'이 버러지 같은 것이……'

마음속으로는 이를 갈면서도 노부나가는 니죠 저택의 요시아키를 포위하고, 자신에게는 다른 마음이 없다는 것을 고하며 화의를 청했다.

이 책략은 효과가 있었다. 저택을 포위당한 가운데 행하는 담판이었다. 요시아키는 신겐이 상경할 때까지만…… 하고 그 역시 속셈은 따로 있었으나 표면적으로는 노부나가와 서약서를 교환했다. 4월 6일의 일이었다.

이튿날 노부나가는 이미 쿄토에 없었다. 전광석화와 같은 각개격파, 이것이 현재 그의 전략이었다.

노부나가는 오미의 나마즈에 성鯰江城에서 농성하고 있는 사사키 요시스케佐佐木義弼를 사쿠마 노부모리佐久間信盛와 가모 우지사토蒲生

氏鄕에게 공격하게 하고, 자신은 매제인 아사이 나가마사의 거성인 오다니 성에 대비하기 위해 쌓은 토라고제야마虎御前山 성채로 키노시타 히데요시를 찾아갔다.

4월 9일 저녁 무렵이었다. 이제는 나가하마長浜 5만 석의 다이묘로 출세한 왕년의 원숭이 토키치로 히데요시는 그가 용맹하기로 손꼽는 코쇼小姓°카토 토라노스케加藤虎之助, 카타기리 스케사쿠片桐助作, 후쿠시마 이치마츠福島市松, 이시다 사키치石田佐吉 등과 더불어 오다니 성의 공격 연습을 막 끝내고 타케나카 한베에의 강평을 듣고 있는 중이었다.

"토키치로, 수고가 많구나."

오다니 성이 내려다보이는 성채의 임시막사 앞에서 노부나가가 말에서 내렸을 때.

"아, 대장님이시군요!"

히데요시는 과장된 몸짓을 하며 노부나가 앞으로 달려왔다.

2

노부나가가 이렇게까지 가까이 온 것을 히데요시가 모르고 있었을 리 없었다. 그런데도 짐짓 처음 알았다는 듯이 뛰어나와 변명을 했다.

"이거, 큰 실수를 했습니다. 모두 방심하고 있다가 대장님이 오시는 것도 모르고 있었군요. 크게 실수했습니다."

이 말에 코쇼들과 타케나카 한베에도 달려와서 노부나가에게 절을 했다.

노부나가는 자기가 데려온 여섯 명의 부하에게 말고삐를 넘겨주고, 오다니 성을 상대하기 위해 쌓은 견고한 성채를 둘러보며 양미간을 찌푸렸다.

히데요시의 방위태세에 불만이 있어서가 아니었다. 이곳에서 부르면 바로 들릴 듯 가까운 거리에 있는 오다니 성. 저녁 햇빛을 받으며 조용히 저물어가고 있는 그 성에 자기 여동생과 사랑스러운 조카 셋이 있다고 생각하니, 대세를 내다보지 못하는 나가마사 부자에게 심한 증오심이 일었다.

"맑게 갠 날에는 여기서도 이치히메 님과 자녀분들의 모습을 볼 수 있습니다."

"토키치로, 안으로 들어가세. 한베에도 같이."

"예."

히데요시는 앞장서서 막사로 들어가 자기 손으로 걸상을 내놓았다.

"쇼군은 잠시 꼬리를 내린 것 같은데, 어쩐지 타케다의 대장 역시 상경을 단념한 것 같습니다."

"무슨 소식이라도 들었나?"

노부나가는 히데요시의 코쇼 이시다 사키치가 가져온 더운물을 한 모금 마시고 눈짓으로 물러가게 하라는 지시를 보냈다.

"한베에는 그대로 있게. 한베에는 토키치로의 군사軍師, 그대의 생각도 들어보고 싶군."

코쇼들을 내보낸 히데요시는 막사 안에 세 사람만이 남자 말했다.

"타케다의 대장이 죽었다는데 사실인 것 같습니다. 그렇지, 한베에?"

한베에는 약간 고개를 숙인 채 가만히 있었다.

"호라이 사로 들어간 뒤의 거취를 자세히 알아보게 했는데, 아무리 봐도 살아 있는 것 같지 않습니다."

"으음."

노부나가는 매와 같은 눈으로 한베에와 히데요시를 번갈아 바라보았다.

"이에야스가 탐색전을 벌인 것이 삼월 초였지?"

"예. 그때 신겐은 병이 완쾌되었다면서 미카와로 몰려가 자신은 히라타니平谷에 진을 치고 테쿠보手窪, 미야자키宮崎, 나가사와長澤에 성채를 쌓은 뒤 삼월 십육일에 야마가타 사부로베에로 하여금 요시다 성을 공격하게 했습니다."

"그 작전이 전과는 달랐나?"

"달랐다는 것이 미카와 쪽의 판단입니다. 아니, 미카와 쪽만이 아니라, 히라타니에 있던 신겐이 전보다도 젊어진 것 같더라고……"

"한베에!"

"예."

"그대는 어떻게 생각하나? 그 신겐은 카게무샤가 아닐까?"

노부나가의 질문을 받은 타케나카 한베에는 하얀 얼굴을 약간 갸웃했다.

"듣기로는 신겐의 넷째 동생 쇼요켄逍遙軒이 형과 모습이 꼭 닮았다고 합니다만."

노부나가는 이 말에는 대답하지 않고 다시 다그치듯 말했다.

"죽었다…… 만일 죽었다고 하면, 한베에, 그대라면 어떻게 하겠나? 타케다의 군사가 된 입장에서 말해보게."

한베에는 조용히 허리를 굽혔다.

3

"신겐이 정말 죽었을 때를 말하는 것입니까?"

"그래, 죽은 것이 확실한 경우에."

"저 역시 상喪을 숨기고 일단 군대를 철수시키겠습니다."

한베에의 대답에 노부나가는 더욱 날카롭게 물었다.

"어째서 상을 숨기겠느냐? 그럴 필요가 어디 있느냐, 한베에?"

"이에야스 님이 예사로운 대장이 아니기 때문입니다. 이런 말씀을 드리는 것은, 별로 전투에 능숙하지 못했던 이에야스 님에게 신겐이 전투란 이런 것이라고 낱낱이 가르쳐주었다는 뜻입니다. 그러므로 만일 죽었다는 것을 알리면 무사히 철수할 수 없을지 모릅니다. 이것이 첫번째 이유입니다."

"두번째 이유는?"

"신겐의 상경을 고대하고 있는 장수들이 분산되어 성주님의 힘이 막강해지시기 때문입니다."

"그밖에 또 다른 이유가 있나?"

"셋째는, 현재 심복하고 있는 야마가 일당을 비롯하여 가신들 중에서도 후계자인 카츠요리의 역량을 의심하여 이탈하는 자가 계속 나타날 것입니다."

"알겠네!"

노부나가는 소리지르듯이 말했다.

"과연 내가 그런 입장에 놓였더라도 상을 숨기겠어. 그런데 시로 카츠요리의 기량은 어떻다고 생각하나?"

"두 가지 면에서 아버지보다 못합니다."

"첫째는?"

"나이입니다."

"나머지 하나는?"

"성급한 성격입니다."

"하하하……"

노부나가는 웃었다.

"성급하다는 점에서는 내가 훨씬 더 위네. 그럼, 군사의 입장에서 상을 숨긴 다음에는 어떻게 하겠나?"

"사람은 자신의 그릇을 알고 있어야 합니다. 우선 상을 숨기고 철수한 뒤 스루가를 버리고 코후와 시나노 두 군데의 영지만을 공고히 다져놓겠습니다."

"카츠요리가 그 말을 받아들이지 않으면?"

"그것은 타케다 일족의 멸망을 의미하죠…… 죄송하지만 저는 그 자리를 떠나겠습니다."

"냉정하기 짝이 없군! 들었지, 토키치로? 한베에는 방심할 수 없는 녀석이야."

노부나가는 우스갯소리처럼 말했다.

"토키치로, 이번에는 그대가 말할 차례야."

"예."

"그대가 이에야스의 군사라면 어떻게 하겠나?"

"먼저 신겐의 생사부터 확인하겠습니다."

"첩자라도 들여보내겠다는 말인가?"

"히히히."

히데요시는 웃으면서 말했다.

"적의 군사가 어떤 속셈이라는 것은 지금 들었으니까…… 이 히데요시는 먼저 야마가 일당을 유인하거나 스루가를 공격해보거나 하겠습니다."

"그러면 대답이 두 가지 아닌가?"

노부나가가 반문했다.

"신겐이 죽었는지, 카츠요리가 바보인지 아무것도 모르고 있는 상태란 말일세."

"그렇지 않습니다. 바보라면 죽은 당장에는 더욱더 마음이 흐트러져 있을 것이므로 상대가 되지 않습니다. 요시다 성을 공격케 했다……
여기까지는 속일 수 있겠지만 뜻밖의 곳을 한번 찔러보면 곧 알 수 있
습니다. 이에야스 님에게 진언하여 그 수단을 강구하게 하겠습니다, 이
히데요시라면."

"알겠네! 그럼 두 사람이 나의 군사라면 어떻게 하겠나? 만일 그 대
답에 허점이 있다면 나는 비웃을 것일세. 자, 생각한 대로 말해보게."

히데요시는 자기 이마를 탁 치고 말했다.

"우리 대장은 교활하시군요!"

4

히데요시는 큰 소리로 웃었으나 노부나가는 웃지 않았다.

한베에와 히데요시를 번갈아 바라보는 시선이 더욱 예리하고, 무언
가 마음에 결정을 내린 듯한 모습이었다.

"제가 대장이라면 신겐의 사망이 확인되는 즉시 쿄토로 철수하겠습
니다."

히데요시는 한베에 쪽을 보면서 확신을 가지고 말했다.

"앞으로 일년이 천하의 갈림길, 히에이잔까지 불살라버린 대장님이
어째서 요시아키 따위를 용서하시는지 이 히데요시는 납득이 되지 않
습니다."

노부나가는 끄덕이는 대신 흘끗 한베에의 안색을 살폈다. 한베에는
무릎에 천천히 부채를 세운 채 가볍게 눈을 감고 있었다.

두 사람 모두 노부나가가 쇼군 요시아키와 화의를 맺은 것을 탐탁지
않게 여기고 있는 모양이었다.

노부나가의 얼굴이 빈정거리듯 일그러졌다. 그가 보기에도 이 화의

는 석 달도 채 지속될 것 같지 않았다. 노부나가가 쿄토를 떠나면 요시아키는 즉시 행동을 일으킬 것이 틀림없었다. 그런 경거망동은 요시아키의 숙명이라 해도 좋았다.

히데요시가 다시 말을 계속했다.

"대장님은 쇼군에게 너무 관대하십니다. 상대는 이것을 알지 못합니다. 세상은 냉혹한 것입니다. 겨울의 낙엽수에서는 절대로 새싹이 나오지 않습니다. 결국은 대장님의 뜻대로 하지 않아 멸망시켰다는 말을 듣게 될 것은 불을 보듯 뻔합니다. 그런 비판에 구애받지 말고 먼저 책략의 뿌리를 뽑는 것이 첫째라고 생각합니다."

타케나카 한베에도 같은 의견인 듯 여전히 가볍게 눈을 감고 있었다.

"후후후후."

노부나가는 웃기 시작했다.

"그렇군, 토키치로의 마음은 알겠다! 그 다음에는 어떻게 하겠나?"

"쇼군 요시아키를 쿄토에서 몰아낸 뒤에는 카와치와 셋츠를 청소하겠습니다."

"카와치와 셋츠의 청소가 끝나면……?"

어느 틈에 노부나가도 눈을 감고 있었다. 노부나가가 묻고 싶은 것은, 지금 저녁 햇빛 속에 묻혀 있는 오다니 성을 언제 공격하느냐는 것이었다.

이미 준비는 되어 있었다. 그러나…… 여전히 그 성에는 막내여동생 오이치와 세 명의 조카가 살고 있다……

히데요시는 민감하게 노부나가의 마음을 읽은 듯했다.

구제할 길 없는 이 난세에 새로운 질서를 세우려 하는 노부나가. 이를 위해 노부나가가 치른 육친의 희생은 너무나 컸다. 동생 노부유키를 죽이고 이복동생을 처벌했으며 자기 자식을 각각 적에게 보냈다. 난세는 지금 또한 아무 죄도 없는 조카들까지 제물로 바치라고 강요하고 있었다.

"그 다음에는······"

히데요시는 애써 명랑한 목소리로 말했다.

"바로 이 히데요시에게 아사이와 아사쿠라 공격을 명하시리라 생각합니다."

"그대는 이 노부나가더러 공격하지 말라는 것이냐?"

"대장님은 단지 출전만 하십시오. 한베에와 제가 반드시 양자의 연락을 끊어 상황을 유리하게 이끌겠습니다."

"하하하······"

노부나가는 갑자기 큰 소리로 웃었다.

"원숭이 녀석, 이 노부나가를 생각해주는군. 좋아, 그렇게 하겠다. 난세의 정령이 원하는 피, 대지가 마음껏 빨아들이게 하겠다."

"그러시면 곧 쿄토로 철수하시겠습니까?"

"멍청이 같은 녀석!"

노부나가는 비로소 무섭게 히데요시를 꾸짖었다.

5

"원, 이런."

히데요시는 머리를 긁었다.

"역시 꾸중하시는군요."

"토키치로!"

노부나가는 히데요시보다 오히려 한베에를 노려보았다.

"지금은 사월······ 보리가 여무는 중요한 시기야."

"예······"

"보리를 베고 모내기가 끝날 때까지 요시아키가 참고 있을 것 같나?"

히데요시는 탁 무릎을 쳤다.

"장하십니다!"

저도 모르게 말했다.

"물론 모심기가 끝나기 전에 무슨 일을 벌이겠지요."

"그때까지 나는 기후에 돌아가 쉬고 있겠어. 쿄토는 미츠히데에게 맡기고 왔다."

한베에는 안도한 듯 미소를 떠올렸다.

"아마 그때까지는 토토우미와 미카와의 사정도 호전되겠지요."

"음, 그대도 나와 같은 생각이군. 신겐이 죽었다면 나보다도 이에야스가 더 마음을 놓을 것일세. 좋아, 그때까지 성채를 더 굳게 지키도록 하게."

"여부가 있겠습니까."

노부나가는 그날 밤 성채의 임시막사에 머물렀다. 그리고 이튿날 아침 아직 아네가와에 안개도 걷히기 전에 약간의 부하를 데리고 기후로 떠났다.

이미 아사쿠라와 아사이에 대한 방어태세는 완비되어 있었으나, 보리가 자라는 강변을 바라보며 거성으로 돌아가는 노부나가의 마음에는 무거운 응어리가 남아 있었다.

신겐의 치밀한 포진 앞에서 노부나가가 취할 수 있는 전법은 각개격파밖에는 없었다. 그 시기는 순식간에 다가왔다가 순식간에 사라졌다.

모내기가 끝날 때까지 군사들을 쉬게 하고, 그 뒤 먼저 요시아키를 무찌르고 카와치에 달려간다. 가을 추수가 끝나기 전에 아사이와 아사쿠라의 숨통을 끊어놓지 않으면 츄고쿠中國의 모리毛利 세력까지 움직이게 될 위험성이 있었다.

인생 50년
하천下天에 비하면
꿈만 같은 것

'노부나가의 생애는 이것으로 족하다······'

많은 피의 흐름으로 대지를 맑게 하기를 비원悲願한다······ 그 피 속에 자기 피가 섞이는 것을 두려워해서는 안 된다.

'오이치······ 네 피도, 네 자식의 피도 나에게 다오.'

푸른 나무로 둘러싸인 기후 센죠다이의 거성에 도착했을 때 그곳에도 혈육이 수난당한 소식이 기다리고 있었다.

먼저 성을 지키고 있는 스가야 쿠로에몬菅谷九郎右衛門으로부터 그동안의 사정을 보고받았다. 그리고 다시 후세 토쿠로布施藤九郎와 타카노 토조高野藤藏에게 재정상태를 알아본 뒤 내전으로 가려고 했을 때였다. 이가의 첩자들을 관리하는 이노코 효스케猪子兵助가 내전의 정원까지 쫓아와, 한쪽 무릎을 꿇었다.

"잠시 드릴 말씀이······"

"알겠다, 따라오너라."

노부나가는 그대로 정실인 노히메의 거실로 들어갔다.

"효스케가 무슨 할 이야기가 있다는군. 차를 내오도록."

갈아입을 옷을 준비하고 기다리는 노히메에게 말하고 그대로 마루에 앉았다.

"무슨 이야기인가, 효스케?"

"별일은 아닙니다마는, 오카자키의 마님으로부터 좀 듣기 거북한 소식이 왔습니다."

"뭐, 토쿠히메로부터? 어서 말해보게."

이때 노히메가 손수 차를 가지고 왔다.

6

노부나가는 흘끗 노히메를 돌아보았다.

"그대도 같이 듣는 게 좋겠어. 오카자키에 무슨 일이 있다는군."

"오카자키에……"

노히메는 노부나가와 이노코 효스케를 번갈아 바라보고 몇 걸음 물러나 앉아 살며시 손을 무릎 위에 포개었다.

효스케는 두 손을 마루에 짚은 채 말했다.

"코지쥬라는 하녀로부터 제 부하에게 연락이 왔는데, 사부로 노부야스 님의 소실인 아야메라는 여자가 코슈甲州(카이의 옛 이름)의 첩자라고 합니다."

"뭣이, 노부야스가 소실을 두었어?"

노부나가는 저도 모르게 큰 소리로 말하고 쓴웃음을 지었다.

"노부야스를 비난할 수는 없겠지. 나도 그랬으니까. 하지만 코슈의 첩자라니……?"

말하다 말고 노히메를 돌아보았다.

"혹 토쿠히메의 질투가 아닐까?"

노히메는 약간 고개를 갸웃한 채 잠자코 있었다.

"그대도 알고 있지만 토쿠히메는 아직 어린아이요. 만일 질투에서 나온 것이라면 꾸짖어야겠지…… 그래 다음은?"

"토쿠히메 님은 아직 아무것도 모르신다고 합니다. 그러나 아야메와 한통속으로 보이는 그 아버지인 겐케이라고 하는 의사. 이에야스 님의 부인이 그 의사를 통해 은밀히 코슈와 내통할 우려가 있으므로 주의하시라는 연락이 있었습니다."

갑자기 이노코 효스케는 노히메를 쳐다보고 눈부신 듯 눈을 끔벅거렸다.

"부하의 보고를 그대로 말씀 드리겠습니다."

"그래, 말해보아라."

"이에야스 님과 부인 사이는 불화가 계속되고 있는데, 부인은 의사인 겐케이와 은밀히 정을 통하는 등 아래 사람들 보기에 민망할 정도라고 합니다."

"뭐야, 부인이 의사와…… 와하하하."

노부나가는 쾌활하게 웃었다.

"그런 황당한 일이 있을 수 있겠느냐. 그래, 소식은 그것뿐이냐?"

"또 있습니다. 가신 중에 겐케이, 부인과 연락을 취하며 카이에 접근하려는 자가 있다고 합니다. 그 이름은……"

"잠깐!"

노부나가는 무서운 표정으로 그의 말을 중단시켰다.

"도쿠가와 쪽과 우리는 보통 친척이 아니야. 그 이름은 듣지 않겠다. 그만 물러가거라."

"예. 별도의 지시를 내리실 때까지 부하를 그대로 머물러 있게 하겠습니다."

이노코 효스케는 근엄한 표정으로 말하고 무릎걸음으로 몇 걸음 물러나 조용히 일어났다.

노부나가는 얼른 일어섰다.

"옷을 갈아입겠어."

가볍게 말하고 노바카마野袴°의 끈을 풀면서 다시 뒤에 있는 노히메를 돌아보았다.

"이에야스의 부인이 요시모토의 조카딸이라지?"

"예. 그렇게 알고 있어요."

"여자란 그렇게도 독수공방 하는 것이 외로울까?"

노히메는 이 말에는 대답하지 않았다.

"코지쥬는 똑똑한 아이, 역시 무슨 일이 있는 것 같아요."

"나는 모르겠소. 그대라면 어떻게 하겠소?"

"또 그 능청스런 버릇이 나오는군요."

노히메는 옷을 벗어던진 노부나가의 어깨에 홑옷을 입혀주었다.

"토쿠히메가 걱정스러워요. 곁에 코지쥬 한 사람밖에 없으니……"

그러면서 못 들은 체하고 띠를 매고 있는 노부나가를 빤히 쳐다보며 말했다.

7

노부나가는 옷을 갈아입고 나서 그 자리에 털썩 앉아 저도 모르게 혀를 찼다.

이에야스는 오카자키 성에 머무르는 일이 거의 없다. 하마마츠, 요시다, 오카자키 등 그에게는 생명줄이나 다름없는 세 성을 어떻게 지킬 것인지에만 골몰하고 있을 것이다. 물론 이 세 성을 지키기 위해서는 코슈 군軍의 출구에 해당하는 나가시노, 츠쿠데, 타미네 등 야마가 일당의 요충지를 탈환하는 것이 급선무, 그것에 마음을 빼앗겨 부인을 돌볼 여유가 없을 것이 분명했다.

"있을 법한 일이라 생각되는군."

"예. 나도 그렇게 생각해요."

"어쨌든……"

노부나가는 부채로 가슴에 바람을 보냈다.

"가신 중에 카이와 내통하는 자가 있다는 것이 사실이라면 내버려둘 수가 없지."

"나도 같은 생각이에요."

"노히메."

"예."

"아까 일부러 효스케에게는 그 이름을 묻지 않았지만, 물을 것까지도 없겠지. 그 소식을 효스케와는 다른 경로를 통해 이에야스에게 알려주도록 하시오."

"그러면 토쿠히메는 그대로……?"

"내버려둬요! 토쿠히메 이야기가 나오면 일이 복잡해질 뿐이오. 자식을 염려한 나머지 근거도 없는 소문을 믿는다는 생각을 갖게 하면 화를 낼 테니까."

노부나가가 말하자 노히메는 천천히 고개를 갸웃했다.

노히메의 걱정은 다른 데에 있었다.

이에야스는 노부나가의 통보로 그 수상한 가신을 반드시 찾아내겠지만, 그 소용돌이에 말려들어 과연 토쿠히메가 같은 나이인 노부야스와 다투지 않고 무사히 고비를 넘길 수 있을까? 그렇다고 조심할 사항을 자세히 일러보냈다가 그것이 상대에게 알려지면 더욱 입장이 난처해질 것이었다.

코지쥬와는 충분히 의사를 전달할 수 있었으나 신분이 다른 토쿠히메에게는 그럴 수가 없었다.

노히메가 생각에 잠기는 것을 보고 노부나가는 정원에 시선을 던진 채 아무렇지도 않다는 듯이 내뱉었다.

"깊이 생각할 것 없소. 오이치도 토쿠히메도 또 아들들도 모두 이 난세에 바친 것들이오. 대지에게 오다 일족의 피를 마음껏 빨아먹으라고 합시다. 훗날 평화의 밑거름이 될 테니까."

노히메는 남편을 한번 노려보고 다시 고개를 갸웃했다.

'태연한 체하는 것은 남편의 버릇……'

지금은 그것을 너무나 잘 알고 있는 노히메였다. 나이 때문인지도 모

304

른다. 17, 8세 무렵부터 인생은 50년이라고 노래해온 남편의 비원. 자기 생명을 버리고 새로운 질서를 세우려는 남편.

모르고 있을 때는 차라리 편했으나 알고 나니 여간 안타깝지 않았다.

'이에야스 님의 부인은 남편의 비원을 모르는 것 같아……'

불행한 아내라고 생각했다. 그 생각과 함께 언제나처럼 남편을 위해 얼마 안 되는 생애를 어떻게 살아갈 것인지 가슴을 짓눌러왔다.

"토쿠히메에 대해서는 내게 맡겨주세요. 내게도 생각이 있으니까요."

잠시 후 작은 목소리로 말했다.

"그대는 건방진 여자로군."

노부나가는 이렇게 말하고 터질 듯한 소리로 웃었다.

8

집안 일로는 절대로 남편을 번거롭게 하지 않겠다──는 생각, 시대의 파도는 노히메의 그 작은 의지마저도 언제나 무섭게 휩쓸어버리려 하고는 했다. 지금 가장 마음에 걸리는 것은 오다니 성에 있는 오이치에 관한 일이었다…… 만일 양가가 싸운다면 오이치와 그 어린 세 딸은 어떻게 될 것인가.

전쟁을 피하게 하는 힘이 여자에게는 없었다.

'어떻게 해서든지 네 사람의 목숨만은.'

그 뜻을 기후에 있는 히데요시의 아내를 통해 토라고제야마 성채로 전달했다. 히데요시의 아내는 전에 야에八重라는 애칭으로 불리던 아사노淺野 씨인 네네寧寧 부인이다. 네네가 그 뜻을 전한 뒤 히데요시는, 구해낼 방법이 없지는 않으므로 만일 그렇게 되면 오이치를 자기에게 줄 수 없느냐…… 그런 뜻을 풍기는 편지를 직접 보내왔다.

노히메는 쓴웃음을 지으면서도 적이 안도했다. 히데요시에게는 가신들 중에서도 특히 책략이 뛰어난 타케나카 한베에가 같이 있었다. 두 사람이 도와줄 생각이 있다면 구할 방법이 없지 않을 것이다.

그러나 오카자키의 토쿠히메에게는 그처럼 믿을 만한 사람이 없었다. 츠키야마와 이에야스 사이에 약간의 틈이 벌어져 있다는 말을 들었는데, 노부야스에게 수상쩍은 소실이 생겼을 뿐 아니라 타케다의 마수까지 뻗치고 있다고 한다……

노히메는 노부나가가 술자리에 참석하러 바깥채로 나간 뒤 다시 이노코 효스케를 불러 사정을 물었다.

"효스케, 그대는 자세히 알고 있을 것 아닌가. 노부야스 님에게 소실을 권한 사람은 누구인가?"

"예, 츠키야마 마님이라고 합니다."

"마님이 일부러 그런 일을……"

"예. 제게 들어온 보고에 따르면 마님은 토쿠히메 님을 아주 미워한다고 합니다."

"그럼, 노부야스 님은 어떨까? 토쿠히메를 구박하기라도……"

"그것이……"

효스케는 말을 더듬으면서 말했다.

"젊으신 분이라 주위의 헛소문을 듣고는 점점……"

"싫증을 내기 시작했다는 말인가?"

"예. 전만큼 화목하시지는 않은 것 같습니다."

"알겠어. 이 말이 성주님의 귀에는 들어가지 않도록 하게. 담담하신 것 같지만 마음속으로는."

"예, 잘 알고 있습니다."

"그대가 직접 누구 한 사람, 코지쥬와 의논할 상대가 될 사람을."

"알겠습니다."

"절대로 남이 눈치채지 못하도록 주의를 해주게. 그리고 아까 그대가 말한 코슈와 내통하고 있는 사람, 그 사람의 이름을 내게 말해줄 수 없을까?"

"회계를 담당하고 있는 오가라고 들었습니다."

"오가……"

노히메는 가슴에 새기듯이 중얼거렸다.

"도쿠가와 집안은 우리 집안의 동쪽 방패, 조심에 조심을 거듭하여 큰일이 생기지 않도록 유념해야 할거야."

"예."

"토쿠히메를 소중히…… 토쿠히메가 불행해지면 양가 사이에 금이 가게 돼. 그러면 세상에 얼마나 큰 비극을 초래할지 몰라. 그 이치를 코지쥬에게 잘 납득시키도록."

노히메는 가만히 가슴을 껴안듯이 하며 한숨을 쉬었다.

토쿠히메와 노부야스의 불화, 격렬한 남편의 기질을 생각하고, 이것이 큰 비극의 싹이 될 것만 같아 노히메는 여간 불안하지 않았다.

여자의 싸움

1

아야메는 자기 방에서 뒤뜰 녹음을 뚫고 들려오는 요란한 나무망치 소리를 듣고 있었다.

이에야스가 4월 말부터 오카자키 성에 머물면서 밤낮을 가리지 않고 성을 수리하기 시작했다. 성이 이 난세에 어떤 의미를 가지고 있는지는 알지 못했다. 그러나 매일같이 계속되는 시끄러운 소리는 무언가 절박함을 느끼게 했다.

"저, 아야메 님."

뒤에서 부르는 소리가 들렸다.

"예……"

대답하고 돌아보니 토쿠히메의 하녀 코지쥬가 손에 쟁반을 들고 마루에 서 있었다.

"저의 마님이 주시는 것입니다."

쟁반 위에는 조릿대 잎에 싸인 떡이 열두서너 개 얹혀 있었다.

"어머, 고마워라."

정실이 소실에게 내리는 선물, 코지쥬는 그것을 충분히 의식하고 하는 말이었다.

"하녀들이 하나도 안 보이는군요. 어서 드세요. 내가 차를 따라드리겠어요."

코지쥬의 말을 아야메는 거절할 수 없었다. 한쪽은 열다섯 살 소녀, 다른 한쪽은 얼마 안 있으면 스무 살. 이 연령의 차이가 아야메를 위압하는 힘이 되었다.

"매일처럼 성의 공사로 여간 바쁘지 않군요."

코지쥬는 얼른 차를 따랐다.

"그런데 카이의 타케다 신겐 님이 돌아가셨다는데……"

태연한 눈으로 아야메의 안색을 살폈다. 아야메는 괜히 가슴이 덜컥 내려앉았다. 이 성에 들어와 있는 자신의 입장을 상대는 어렴풋이나마 알고 있었다. 확실하다고는 할 수 없었으나 자기 양아버지인 겐케이가 요즘 약간 불안해하고 있기 때문에 혹시…… 하고 생각하고 있었다.

"소문에는……"

코지쥬는 쟁반의 떡을 권하면서 말을 이었다.

"지난 사월 십이일 코후로 돌아오는 도중에 시나노의 코만바駒場에서 돌아가셨으나…… 병환인 것처럼 숨기고 계신다고 해요."

"정말일까요?"

아야메는 얼굴에 완연하게 불안한 기색을 드러내며 반문했다.

"정말인 것 같아요. 그래서 성주님은 급히 하마마츠 성을 비우시고 이처럼 오카자키 성을 수리하고 계시는 거라고 봅니다. 이에 대해 겐케이 님이나 작은 성주님으로부터 무슨 이야기를 듣지 못했나요?"

"아뇨……"

아야메는 거칠게 고개를 가로저었다. 듣지 못한 것은 사실이었다. 그렇지만 겐케이가 당황하고 있다는 사실은 알고 있었다.

"작은 성주님도 당분간 바빠지시겠군요."

"예, 매일 아버님과 바깥채에서 주무시고 계세요."

"쓸쓸하시겠어요."

코지쥬는 친밀한 표정으로 웃어 보였다.

"마님은 임신중이시라 아야메 님이 잘 모시라는 말을 전하라고 하셨어요."

"예…… 정성을 다해 모시겠어요."

"아야메 님은 작은 성주님이 좋으시죠?"

"예…… 저어…… 내 의무이니까요."

"다 같은 의무라도 즐거운 의무가 있고 괴로운 의무가 있어요. 나는 요즘에 그런 생각이 들어요. 괴로운 일이 많기 때문에……"

코지쥬는 말하고 나서 의미 있는 눈으로 바라보며 한숨을 쉬었다.

2

선발을 거쳐 토쿠히메를 따라온 코지쥬였다. 그런 만큼 언제나 도쿠가와 집안과 토쿠히메의 화목에 마음을 쓰며 만일에라도 대립이 생기지 않도록 애써왔다.

요즘 그것이 무너지는 기미가 있었다. 자기 자신도 노부야스와 츠키야마를 미워하게 된 것이 아닌가 하는 생각마저 들었다.

'왜 이런 생각이 드는 것일까……?'

자기 내면에 있는 애정이 이상하게 표출되어서인지, 아니면 토쿠히메의 몸을 통해 코지쥬 자신도 노부야스를 사랑하고 있었기 때문인지. 노부야스에게 안겨 황홀해 있는 토쿠히메를 보면 그녀의 마음도 부드럽게 녹았다. 그러나 아야메의 경우는 정반대였다.

아야메를 껴안고 있는 노부야스를 보면 노부야스도 아야메도 미웠다. 이 미움은 마음속의 미움으로만 끝나지 않았다. 그 미워하는 마음을 상대가 깨닫게 되었는지, 노부야스는 토쿠히메를 더욱 싫어하고 있었다.

풀이 죽은 토쿠히메의 모습을 보고 코지쥬는 가만히 있을 수 없었다.

"아야메 님, 아야메 님에게 부탁이 있어요."

"새삼스럽게…… 부탁이라니……"

"마님은 임신중이어서 작은 성주님을 모실 수 없어요."

"예."

"그러나 가끔 얼굴을 대하시고, 우리 아기의 아버지라고…… 하는 그 안도감이 무엇보다도 훌륭한 태교胎教가 될 것이라고 생각해요."

"예."

"나는 일부러 오와리에서부터 모시고 온 시녀, 건방진 소리 한다고 생각지 마시고 이 말씀을 작은 성주님께 들려주세요."

아야메는 순진한 표정으로 코지쥬를 바라본 채 고개를 끄덕였다.

'작은 성주님께 마님한테도 가시도록……'

이렇게 말하면 될 것이라 생각하고……

"마님은 때때로 외로우신 듯 물끄러미 하늘을 쳐다보고 계십니다. 그럴 때마다 나는 마님 모시기가 어렵다는 생각이 들어 울고만 싶어집니다."

아야메는 다시 고개를 끄덕였다.

강한 의지를 가진 코지쥬의 눈에 이슬이 맺힌 것을 보고 그만 아야메도 가슴이 찡하게 울렸다.

뒤에서 듬직한 발소리가 들렸다. 이어 미닫이가 활짝 열렸다.

뜻밖에도 노바카마 차림의 노부야스였다.

"아야메!"

노부야스는 방에 들어와 있는 코지쥬를 보고 깜짝 놀란 듯이 걸음을 멈췄다. 그리고 선 채로 두 사람을 번갈아 바라보고 다시 거기 있는 찻잔과 떡을 보았다.

"방해해서 죄송합니다. 작은 성주님이 돌아오셨으니 저는 이만 실례하겠어요."

코지쥬는 고개를 옆으로 돌리듯이 하고 일어났다.

코지쥬는 울고 있었다. 아니, 아야메도 눈물짓고 있었다. 이 모두가 노부야스의 눈에 이상하게 비쳤다.

코지쥬가 나가자마자 급하게 물었다.

"아야메! 무슨 일이야? 코지쥬가 무엇 때문에 왔어?"

노부야스가 다그치자 아야메는 그만 저도 모르게 흐느꼈다. 응석을 부리는 것도 같고, 무어라 말할 수 없는 감정에 북받쳐서……

3

흐느끼는 아야메의 모습에 노부야스는 코지쥬가 사라진 쪽을 향해 눈을 부릅떴다.

"왜 대답이 없어, 코지쥬가 무엇 때문에 왔어?"

"예…… 마님으로부터 이 떡을……"

노부야스는 책상다리를 하고 앉아 한 팔로 아야메를 껴안으며 쟁반 위의 떡을 집어 눈 높이로 들어 살펴보았다.

"보통 떡이로군. 그런데 왜 울었어, 말해봐."

"작은 성주님, 마님한테도 종종 가시도록 하세요."

"뭐……뭣이, 코지쥬가 그런 말을 했어?"

"예…… 예. 저 역시 부탁 드리고 싶어요."

노부야스는 떡을 들어 거칠게 정원을 향해 내던졌다.

"그래?"

매처럼 날카로운 눈으로 아야메를 노려보았다.

양쪽 모두 아직 젊었다. 서로의 말이 상대의 가슴에서 어떻게 어긋나게 될지 전혀 알지 못하고 있었다.

"아야메! 이 노부야스는 남의 지시를 받는 것이 제일 싫어."

"……"

"나는 오늘도 아버님과 다투었어. 식량창고와 돈창고 수리문제 때문에. 돈은 세로로 쌓아야 한다고 아버님이 말씀하시는 거야. 내가 옆으로 쌓게 하는 것을 보시고 오가 야시로를 꾸짖으시다가 그 꾸짖음이 나에게도 날아왔어. 쌀창고도 마찬가지야. 내가 볏섬은 언제든지 쉽게 셀 수 있도록 쌓아야 한다고 야시로에게 지시하고 있을 때 나타나셔서, 이 창고에 몇 섬이나 있느냐고 물으시는 거야. 나는 화가 났기 때문에 모른다고 대답하고 얼른 나와버렸어. 그런데 그런 지시를 하다니. 방자한 짓은 용서하지 않겠어."

한 손을 여전히 그녀의 어깨에 얹은 채 격한 어조로 노부야스가 말하자 아야메는 더욱 응석을 부리고 싶은 마음이었다.

"제가 어찌…… 작은 성주님께 감히 지시를…… 저는 작은 성주님의 종입니다."

"그렇다면 코지쥬가 그대에게 지시한 것이로군. 누가 토쿠히메의 시녀 따위한테 지시를 받는다는 말이야…… 오늘쯤 그쪽에 가려고 했는데 그만두겠어!"

"그러시면…… 제가 곤란합니다."

"걱정할 것 없어. 그대 뒤에는 이 노부야스가 있어…… 그리고 또 그 방자한 것이 다른 말도 했을 테지, 들은 대로 말해봐."

"예……"

아야메는 이미 노부야스의 말을 듣고 있지 않았다. 어깨를 안은 팔을 통해 점점 감미로운 마비가 온몸에 퍼져 의식이 가물가물해지는 것 같았다.

"저어…… 코지쥬 님은 코슈의 신겐 님이 돌아가셨다는 것을 알고 있느냐고 물었어요."

노부야스는 깜짝 놀라 아야메의 얼굴을 들여다보았다.

아야메의 상기된 얼굴에 가만히 입술을 가져가면서 나직하게, 그러나 격한 어조로 중얼거렸다.

"역시 그렇구나…… 야시로의 말이 모두 사실이었구나…… 코지쥬란 년이!"

4

"야시로 님의 말씀이라니요?"

아야메는 황홀한 듯 눈을 감은 채 자기 입술이 어떻게 움직이고 있는지조차 의식하지 못했다.

왜 이렇게 되는 것일까? 자기 얼굴에 노부야스의 눈길이 머물러 있다는 생각만 해도 입과 귀와 눈이 모두 저절로 교태를 띠게 되곤 했다.

노부야스는 난폭하게 아야메의 뺨에 있는 까만 점에 입술을 댔다.

"코지쥬는 토쿠히메에게 헛소문을 불어넣는 못된 계집이라는 것이었어."

"어머…… 코지쥬 님이."

"음. 어쩌면 나와 그대 사이…… 아니, 토쿠히메와 그대 사이를 갈라 놓으려 하고 있는지도 몰라."

"싫어요…… 싫어요, 저는 작은 성주님 곁을 떠날 수 없어요."

"알고 있어! 코지쥬 따위의 말에 속아넘어갈 노부야스가 아니야. 그 년은 어머니와 그대의 아버지가 타케다 쪽과 내통하고 있다거나, 오가야시로까지 한몫 끼어 일부러 토쿠히메와 나의 사이를 벌려놓기 위해 그대를 나에게 접근시켰다거나 하는 헛소문을 퍼뜨리고 있다는 거야. 토쿠히메를 따라온 년이 아니었다면 벌써 죽여버렸을 텐데."

아야메는 대답 대신 무섭다는 듯 몸을 떨고 더욱 바싹 안겨들었다. 말이 중단되고, 다시 도끼소리가 녹음을 헤치고 들려왔다.

이때—

"작은 성주님! 작은 성주님, 어디 계십니까?"

내전으로 통하는 복도 밖에서 히라이와 치카요시가 부르는 소리가 들렸다.

노부야스는 혀를 차고 아야메와 떨어졌다.

"왜 그래, 치카요시."

성큼성큼 마루로 걸어나가면서 큰 소리로 말했다.

치카요시도 단정히 노바카마를 입고 정원을 가로질러 왔다. 이마에 땀방울이 맺히고 눈에 약간의 노기를 띠고 있었다.

"작은 성주님, 뭘 하고 계십니까?"

"뭘 하고 있다니, 왜 그래?"

노부야스는 선 채로 되물었다.

"나는 자기 성에서 길을 잃을 정도로 어리지는 않아. 큰 소리를 지르며 다니지 마라."

"작은 성주님! 왜 아버님을 노하게 하십니까? 아버님 말씀을 거역하시다니, 이 치카요시는 몸 둘 곳을 찾지 못하겠습니다."

노부야스는 홍 하고 웃었다.

"아버님이 노하시는 것도 천성, 내가 꾸중듣기 싫어하는 것도 천성. 내버려둬!"

"당치 않은 말씀입니다. 오늘의 이 보수공사를 누구 때문에 하시는 줄 아십니까. 작은 성주님이 지키시는 성, 만일의 경우가 생겨서는 안 되기 때문에 촌각을 아끼고 달려오셔서 갑옷도 벗지 못하고 지시하시는 성주님의 마음을 작은 성주님은 모른다는 말씀입니까?"

"말도 안 되는 소리…… 노부야스의 성은 바로 아버님의 성, 나만을 위해 지시하고 계시다는 말인가? 다들 뙤약볕을 쬐어 머리가 좀 돈 모양이군."

치카요시는 그 말에는 대꾸하지 않았다.

"작은 성주님, 어서 나오십시오. 방에 계신 것을 아시면 성주님이 더욱 노하십니다."

"흥, 고약한 성격이군. 아야메에게 다녀오겠어."

이렇게 말했을 때 방금 치카요시가 지나온 복도 옆 소나무 그늘에서 이곳에는 올 리가 없는 이에야스의 목소리가 들렸다.

5

이에야스의 눈에 이상한 빛이 감돌고 있었다. 격노와 비탄과 반성과 탐색이 뒤섞인, 가신에게는 일찍이 보인 일이 없는 표정으로 성큼성큼 마루 앞으로 걸어왔다.

"사부로!"

낮게 가라앉은 목소리로 노부야스를 불렀다.

"왜 그러십니까, 아버님?"

"화내지 않겠다. 화내지 않을 테니 가까이 오너라."

노부야스는 얼굴이 잔뜩 부은 채 아버지 앞에 섰다.

이에야스의 입안에서 혀를 찬 것 같기도 하고 이를 가는 것 같기도

한 소리가 났다. 동시에 그 손이 뻗어와 노부야스의 뺨을 잡았다.

"사부로!"

뺨을 잡힌 채 노부야스는 반항하는 눈으로 아버지를 노려보았다.

"많이 자랐어! 키도 나보다 크고……"

이렇게 말하고 이에야스는 눈초리를 치켜올렸다. 입가의 근육이 꿈틀꿈틀 떨리고 있었다.

히라이와 치카요시는 여간 조마조마하지 않았다. 분노를 초월한 아버지의 애정과 탄식이 돌파구를 찾아 내부에서 소용돌이친다는 것을 알 수 있었다.

"사부로, 너는 나의 유일한 후계자야. 알고 있느냐?"

"알고 있습니다."

이에야스의 이마에 땀방울이 맺히고, 입 가장자리에서 다시 경련이 일어났다.

"대체적으로 이 아비가 하는 소리는 달콤하지가 않다. 가슴에 쌓인 애정을 백의 하나나 둘밖에는 입밖에 내지 않는다."

"……"

"그밖에는 내가 걸어온 길이 얼마나 험악했다는 것을 가르치고, 너도 그런 것을 견딜 수 있는지 없는지 몹시 걱정하고 있다."

이렇게 말하고는 분노의 그림자와 탄식의 빛이 갑자기 뒤바뀌었다. 울 것 같으면서도 울지 않으려 하는 아버지의 얼굴.

문득 노부야스는 시선을 떨구었다. 동시에 이에야스의 눈도 아야메에게로 향하고, 떨면서 움켜쥐고 있던 아들의 뺨에서 손이 떨어졌다.

"그대가 아야메인가……"

잔뜩 겁을 먹고 조그맣게 움츠리고 있던 아야메는 기어들 듯한 작은 소리로 대답하고 머리를 조아렸다.

"예…… 그렇습니다."

"심성이 착해 보이는구나. 사부로는 아직 철이 없어. 그대가 잘 보살펴주도록 하라."

"예."

"이왕 여기까지 왔으니 사부로의 안사람을 만나보고 싶다. 그대가 가서 데려오너라."

"예……"

"사부로, 더운물이 마시고 싶다."

"예."

노부야스는 얼른 대답하고 서둘러 주먹으로 눈물을 닦으면서 직접 물을 가지러 갔다.

이에야스는 정원의 짙푸른 녹음에 눈길을 보낸 채 천천히 마루에 걸터앉았다.

"치카요시."

"예."

"그대들은 내 생각을 해서 사부로를 별로 꾸짖지 않는 모양인데, 앞으로는 잘못된 게 있으면 꾸짖도록……"

말끝을 흐리면서 길게 한숨을 내쉬었을 때 토쿠히메가 급히 복도를 건너왔다.

토쿠히메의 배는 이미 누가 보아도 알아볼 수 있을 정도로 불러 있었고, 푸른 나뭇잎이 반사된 얼굴은 백지장처럼 창백했다.

6

"오오, 토쿠히메인가……"

이에야스의 얼굴이 비로소 부드러워졌다.

"축하한다, 축하해. 그 아이가 다음 타케치요였으면 하고 늘 빌고 있다."

토쿠히메는 쓰러질 듯한 자세로 마루에 두 손을 짚었다.

"아버님, 변함없이 건강한 모습을 뵙게 되어 기쁘옵니다."

"오, 그런 딱딱한 문안은 하지 않아도 좋아. 너무 바쁘다 보니 자주 찾아올 수가 없구나. 그런데 오늘은 사부로가 뜻하지 않은 효도를 해주었어."

자리로 돌아온 노부야스는 가만히 고개를 돌리고 입술을 깨물었다.

'역시 아버지는 아버지였구나……'

민감한 그의 감정은 은연중에 풍기는 아버지의 사랑에 압도되어 어느새 순진한 소년으로 돌아와 있었다.

토쿠히메를 마중하러 갔던 아야메가 차를 가지고 들어왔다. 공손하게 그것을 이에야스 앞에 놓고 뒤로 물러나 노부야스 곁에 앉았다.

"그러면 못써."

이에야스는 찻잔을 손으로 감싸듯이 하고 부드럽게 아야메를 나무랐다.

"마님이 여기 계시다. 마님은 내전의 주인. 그대는 비켜서도록 하라. 토쿠히메, 좀더 이리 가까이 오도록."

토쿠히메 뒤에 대령하고 있던 코지쥬가 안도한 듯 이에야스를 쳐다보았으나 아무도 그것을 깨닫지 못했다.

아야메는 허둥지둥 뒤로 물러나고, 코지쥬에게 손을 잡히고 있던 토쿠히메가 조용히 노부야스 곁에 올 때까지 이에야스는 눈을 가늘게 뜨고 차를 마시고 있었다.

"사부로."

"예."

"토쿠히메도 아야메도 잘 들어라."

"예."

"전쟁이 계속되는 이 세상에서는 만남이란 헤어짐의 시작. 그래서 하는 말이다마는, 이런 세상에서 가장 중요한 것은 가신이다."

노부야스는 한 손을 무릎에서 떼고 고개를 끄덕였다.

"나 혼자서는 아무 일도 하지 못해…… 이것이 서른두 해를 살아오는 동안에 깨달은 이에야스의 경험이다. 사부로."

"예."

"가신은 보배, 가신은 스승, 가신은 나의 그림자야. 사부로, 내 말 알겠느냐?"

노부야스는 가만히 고개를 끄덕였으나 그것은 쉽게 이해할 수 있는 말이 아니었다.

"추호라도 가신을 소홀히 대하면 안 된다."

"예."

"스승이라 생각하고 가신들이 간하는 말을 들어야 한다. 가신에게 부족한 점이 있으면 그것이 곧 자신의 부족함이라 여기고 반성해야 하는 거야."

이에야스는 강조하듯 힘들여 말하고 나서 손에 들었던 찻잔을 쟁반에 내려놓았다.

"사부로, 오늘은 네 덕에 토쿠히메도 만날 수 있었다. 토쿠히메, 내전의 일도 역시 마찬가지야. 하인들을 따뜻이 보살펴주어야 해."

"깊이 마음에 새기겠습니다, 아버님."

"여자의 빛은 그 보살핌 속에서 저절로 빛나게 되는 거야. 아, 너무 오래 앉아 있었군. 사부로, 치카요시, 어서 돌아가자."

이에야스가 일어나자 노부야스는 얼른 신발을 신으러 달려가고, 여자들은 일제히 마루 끝으로 나와 머리를 숙였다.

이에야스는 이제 뒤도 돌아보지 않았다.

7

자신의 감정을 억제하고 노부야스와 가신들을 생각하는 이에야스의 애정은, 토쿠히메나 아야메보다도 토쿠히메 뒤에서 듣고 있던 코지쥬의 마음을 크게 움직였다.

이에야스가 사라진 뒤 코지쥬는 토쿠히메 쪽으로 돌아서서 재촉했다.

"아야메 님에게 한 말씀하십시오."

"아야메."

토쿠히메는 선 채로 부르면서 바르르 입술을 떨었다.

남편의 사랑을 앗아간 여자…… 그런 질투가 가슴에 싹트고 있었다. 저도 모르게 목소리가 떨리려 했다.

"지금 아버님이 하신 말씀, 소홀히 여겨서는 안 돼."

아야메에게보다 자기 자신에게 하는 말이었다. 아야메는 공손히 두 손을 짚고 토쿠히메를 쳐다보았다.

"깊이 명심하겠습니다."

"매일같이 수고가 많아요. 작은 성주님을 잘 모시도록."

"예."

"코지쥬, 그만 돌아가자. 뱃속의 아기가 움직이는구나."

코지쥬는 달려가서 토쿠히메의 손을 잡았다. 이에야스로부터 받은 감동이 아직 가슴 가득히 남아 있었다.

'훌륭하신 성주님……'

코지쥬의 눈에 비친 츠키야마는 오다 집안의 노히메와는 비교도 되지 않았고, 노부야스도 별로 믿음직스럽지 못하다는 생각이 들었다. 그러나 이에야스는 목숨을 걸고라도 모든 것을 고하고 싶을 정도로 훌륭해 보였다. 애정도 분별력도 꾸중도…… 코지쥬는 토쿠히메의 거실로 돌아와 그녀를 사방침에 기대게 하고 눈을 빛내며 말하기 시작했다.

"마님, 여자에게는 여자의 싸움이 있습니다."

"아니…… 그게 무슨 소리냐?"

"저는 성주님을 뵙고자 합니다."

"금방 뵈었는데…… 드릴 말씀이 더 있었더냐?"

코지쥬는 이 말에는 대답하지 않았다.

"이대로는 도쿠가와 가문이 위태롭습니다. 가문이 위태로워지면 마님은 물론 새로 태어나실 아기도 불행해질 것은 당연한 이치…… 코지쥬는 이 가문을 위해서라면 목숨을 버려도 아깝지 않습니다."

정열로 눈을 불태우며 말했다.

"아, 또 아기가 움직이는구나……"

토쿠히메는 사방침에 몸을 기댄 채 물었다.

"코지쥬, 아무래도 이상하다. 무슨 일이 있었느냐?"

"예. 저는 아까 성주님을 뵙고 있는 동안 문득 목숨을 버릴 장소를 찾은 듯한 생각이 들었습니다."

"어디서, 무엇 때문에……?"

"성주님은 틀림없이 가신의 마음을 알아주신다…… 가신의 진심을 받아들이실 분이라고……"

말하다 말고 얼굴이 달아오르는 것을 깨닫고 얼른 입을 다물면서 고개를 돌렸다.

"토쿠히메를 위해 목숨 바칠 각오를 하라."

노히메에게 이런 말을 듣고 토쿠히메를 따라온 그녀가 새삼스럽게 목숨을 바칠 장소를 찾았다니……

지금 코지쥬의 마음속에는 이에야스에게 호소하고 싶은 것이 무수히 있었다.

츠키야마 마님의 불륜도 그중의 하나였고, 오가 야시로의 표리가 맞지 않는 말, 겐케이와 그 딸인 아야메, 그들의 말장난에 놀아나 점점 더 토쿠히메를 불행에 빠뜨릴 것만 같은 노부야스의 어리석음 등……

"마님! 저는 성주님을 다시 한 번 뵙겠어요. 이것이 그 따뜻하신 말씀에 대한 보답이라고 생각합니다."

8

토쿠히메로서는 코지쥬가 하는 말의 뜻을 잘 이해할 수 없었다. 알고 있는 것은 언제나 자기를 위해 헌신하다가 도리어 노부야스의 미움을 받게 될 것 같은 위험뿐이었다.

"코지쥬, 네 마음은 얼마나 고마운지 몰라. 그러나 주제넘은 짓을 하여 작은 성주님의 심기를 불편하게 만들어서는 안 돼."

"그것은 이미 잘 알고 있습니다."

"곰곰이 생각해보았다. 나는 대를 이을 아기만 낳으면 그만이야. 아야메는 하녀와 다름없는 몸, 결코 질투 같은 건 하지 않아. 걱정할 것 없어."

코지쥬는 웃으면서 고개를 끄덕였다.

나는 대를 이을 아기만 낳으면 그만이야──라니 이 얼마나 순진한 말인가.

코지쥬가 우려하는 것은 그런 단순한 것이 아니었다. 우선 토쿠히메가 낳을 아기가 딸일지도 모르고, 아야메가 임신하게 될지도 모를 일이었다. 아니, 코지쥬가 두려워하는 것은 그 이전의 돌풍이었다.

오카자키 성 내전에 타케다 쪽의 손길이 뻗친다면 그야말로 아버지와 아들이 피로써 피를 씻는 비참한 사태가 벌어질 수도 있었다.

얼른 보기에는 노부야스와 토쿠히메라는 한 쌍의 부부이지만, 그것은 각각의 야망과 희망과 집념의 끝에 놓인 순진하고 아름다운 인형에 지나지 않았다. 이 인형을 쉴 새 없이 뒤에서 조종하고 있는 것이 있었다. 그것은 노부나가와 이에야스가 품고 있는 천하통일의 의지였다. 더심하게는 그들의 야망을 위해 바쳐진 공물이라 할 수도 있었다. 그것만으로도 코지쥬로서는 충분히 안타까웠는데 이번에는 마수까지 뻗어오고 있었다.

코지쥬는 이 같은 현실에 심한 분노를 느끼고 있었다.

"코지쥬."

토쿠히메는 어느 틈에 사방침에 몸을 기댄 채 황홀한 듯 눈을 가늘게 뜨고 창 밖의 녹음을 바라보고 있었다.

"얼마 전에 작은 성주님의 누님인 카메히메 님이 오셔서 눈물을 흘리셨어."

"카메히메 님이…… 그것이 언제의 일인가요."

"네가 바늘을 사러 성 밖으로 나갔을 때였어."

"좀처럼 오시지 않는 분인데 무슨 일이었나요?"

"아버님으로부터 혼담 이야기를 들었다고 하시면서."

"그랬군요. 나이로 보면 이미 과년하신 카메히메 님, 그런데 상대는?"

"그게 말이지, 아직 적인지 아군인지도 모르는 츠쿠데의 성주 오쿠다이라 가문이라는 거야…… 코지쥬, 카메히메에 비한다면 나는 얼마나 다행인지 몰라."

"정말이에요. 그렇다면 인질과 다름없는 것…… 역시 여자는 불쌍하군요."

코지쥬는 더욱 이에야스를 만날 결심을 굳혔다.

노부야스의 누나까지 보내 자신의 기반을 공고하게 다지려는 이에야스. 그 이에야스의 주위에서 괴이한 불길이 계속 타오르고 있었다. 잠자코 보고만 있는 것은 참을 수 없는 두려움이었다.

"마님, 잠시 누워 쉬시지요."

"아니, 좀더 이대로 있고 싶어. 저 못박는 소리, 그 소리가 들릴 때마다 뱃속의 아기가 움직이는 거야. 아기는 자기 성이 생긴다고 뱃속에서 기뻐하고 있는지도 몰라."

문을 열어놓은 마루에서 흘러드는 바람이 솜털처럼 부드러웠다.

감도는 먹구름

1

이에야스는 본성 남쪽 망루에 서서 후로타니風呂谷에서 카고사키籠崎, 다시 선착장을 가리키면서 노부야스에게 작전을 지시하고 있었다. 만일 적이 남쪽에서 공격해와 스고가와菅生川에 놓인 다리를 장악했을 경우를 가상하고 자세히 설명했다. 노부야스는 눈을 빛내며 계속 고개를 끄덕였다.

부모의 욕심인지도 몰랐다. 그러나 결코 평범한 자식이라고는 생각되지 않았다. 용기는 오히려 아버지인 자기를 능가하고 있는지도 모를 일이었다.

'단련시키는 보람이 있는 아들이 될 것 같다.'

속으로 생각하면서 물었다.

"올해에는 첫 출전을 해보겠느냐?"

노부야스는 만면에 웃음을 띠고 대답했다.

"요시다 성에 보내주십시오, 아버님!"

이에야스는 큰 소리로 웃었다.

"만일 요시다 성에서 패하면 어떻게 하겠느냐? 오카자키가 벌거숭이가 될 텐데."

"아닙니다. 오카자키 성에는 아버님이 계시면 됩니다. 저는 아버님의 웃음거리가 될 싸움은 하지 않습니다."

"사부로, 서두르면 안 된다. 너에게는 앞으로도 긴 세월이 있어."

"그렇기는 하지만, 열다섯 살이란 나이는 제 생애에 두 번 다시 찾아오지 않습니다."

이에야스는 번쩍 정신이 든 듯이 자기 아들을 바라보았다.

"알겠다! 그러나 첫 출전이 수비여서는 안 돼, 공격해보는 거야. 요시다와 오카자키 두 성을 등에 업고, 전법에 뛰어나다는 코슈 군과 싸워보도록 하여라. 자, 그만 망루에서 내려가자. 그리고 오늘 밤은 내전에서 자도록 해라."

"아닙니다."

노부야스는 단호하게 대답하고 아버지를 따라 망루를 내려왔다.

"아버님은 갑옷조차 벗지 못하고 계신데 어찌 저 혼자 편히 잘 수 있겠습니까."

이에야스는 우습다는 생각이 들어 다시 미소지었다. 낮에는 머리끝까지 화가 나서 아야메의 방으로 갔었는데, 지금은 손바닥을 뒤집듯이 생각이 바뀌어 있었다.

'내 손으로 좀더 가르쳤으면 좋으련만……'

그것은 지금처럼 절박한 상황에서는 불가능한 일이었다. 이에야스 자신이 오늘은 동쪽, 내일은 서쪽으로 종횡무진하며 잠자리도 일정치 않을 만큼 바빴다.

성의 보수는 대강 끝났다.

지금 예정으로는 5월 5일에 오카자키 성을 떠나 도중에 요시다 성의 방비태세를 점검하고, 하마마츠 성에 들렀다가 질풍처럼 오이가와를 건너 스루가로 쳐들어갈 생각이었다. 그때의 반응을 보면 신겐이 죽었는지의 여부를 확실히 알 수 있을 것이었다.

'그것을 확인하면 즉시 야마가 일당을……'

무엇보다도 먼저 후타마타 성을 탈환하고 나서 나가시노 성을 공략하여 카이로부터의 출구를 봉쇄해야 했다. 그러기 위해서는 어떤 희생도 감수할 각오였다.

이미 해는 지기 시작했다. 그러나 어느 공사장에서도 아직 일을 그만두려는 기색은 없었다.

"사부로, 너는 마구간의 지형을 살펴보고 오너라. 나는 잠시 여기서 쉬겠다."

이에야스는 자신의 어렸을 적 추억이 남아 있는 후로타니가 내려다보이는 둑에 남아, 치카요시와 함께 가슴을 활짝 펴고 사라져가는 노부야스의 모습을 미소를 띠고 바라보았다.

2

바람이 멎어 나뭇잎도 정적 속에 휩싸여 있었다. 바람도 잠시 쉬고 있는 듯. 망치소리와 일꾼들의 말소리가 한결 더 또렷하게 들려왔다.

이에야스는 곁에 있는 나무 그루터기에 걸터앉아 후로타니 여기저기서 자라고 있는 목화를 바라보았다. 지금 셋째 성에 있는 생모 오다이가 이 성으로 시집올 때 목화씨를 가져다 심은 것이라고 했다……

그때의 성주는 아버지 히로타다였다. 그랬던 것이 자기 것이 되고, 다시 아들인 노부야스의 것이 되었다.

'다음에는 어떤 성주가 이곳에 서서 석양을 바라볼 것인가……?'

신겐의 생사를 추측해보다가 우연히 떠오른 생각이었으나, 순간 자기마저도 이대로 과거에 묻혀버릴 것 같은 마음이었다.

"저어, 성주님."

옛 기억을 더듬고 있을 때 뒤에서 맑은 목소리가 들렸다.

이에야스는 천천히 돌아보았다.

"누구냐?"

"예. 토쿠히메 님의 시녀 코지쥬입니다. 성주님께 드릴 말씀이 있어서 왔습니다."

이에야스는 땅에 한쪽 무릎을 꿇고 말하는 코지쥬를 똑바로 내려다보았다.

억척스러워 보이는 이목구비가 오래 전에 이 부근에서 이에야스에게 매달리던 카네可禰를 연상케 했다. 어쩌면 오와리 여자들에게 공통된 향기일 수도 있었다.

"코지쥬로군, 기억하고 있다. 그런데 무슨 일이냐?"

"외람되오나, 성주님께 은밀히 말씀 드릴 것이 있어서 여기서 기다리고 있었습니다."

"은밀히……라니 옳지 못한 일이다. 앞으로 다시는 이런 일이 없도록 하라. 반드시 절차를 밟아야 한다. 그런데, 하고 싶은 말이란?"

"예……"

코지쥬는 조심스럽게 주위를 둘러보고 아무도 없다는 것을 확인하고 나서 말했다.

"이 성을 노리는 자가 있으므로 조심하시라고……"

"그것은 소문이냐?"

"예…… 예."

"노리는 자는 많다. 바로 그래서 성을 수리하는 것이다. 염려하지 마라."

"그런데…… 노리는 자가 내부에 있다는……"

"그것도 소문이냐?"

이에야스는 갑자기 양미간을 모으고 말을 중단시켰다.

"헛소문 따위를 일일이 내게 고할 것은 없다. 아니면 무슨 증거라도 있어서 하는 말이냐?"

코지쥬는 움츠러들지 않고 도리어 미소지었다.

"저는 오다 가문에서 온 여자, 소문……만 듣고 말씀 드리는 것을 용서해주십시오."

"음, 그렇다면 나머지는 나더러 조사하라는 것이냐?"

"현명하신 판단에 맡길 뿐입니다."

"성안에 다른 마음을 가진 자가 있다면…… 그럼 그 사람은 남자일 테지. 여자들 입에서 나온 소문이라면 듣지 않겠다."

"예. 남자들도 가담해 있다는……"

"가담해 있다니……"

이에야스는 코지쥬가 하는 말을 그대로 반복하며 웃었다.

"후후후. 너는 그것을 걱정하고 있었느냐?"

"예."

"내가 그런 것도 깨닫지 못하고 있는 줄 아느냐?"

"예?"

코지쥬의 눈이 휘둥그레지자 이에야스는 얼른 덧붙였다.

"알고 있어. 알면서도 잠자코 있는 거야."

3

이에야스의 어조가 갑자기 바뀐 것을 깨닫고 코지쥬는 깜짝 놀랐다.

"나도 장님은 아니야. 이렇게 직접 성을 수리하러 온 것도 그것을 어렴풋이 알게 되었기 때문이다."

"아시고 계셨군요."

"가령 모르고 있었다 해도 와서 보면 금세 알 수 있는 일. 노부야스는 아무래도 속고 있었던 것 같다…… 그러나 그 일이 너와는 관계없다. 알겠느냐, 너는 토쿠히메를 모시는 몸. 그 신변에 이상이 없도록 유념하여라."

"예."

"너에게 특별히 부탁하겠다. 노부야스는 아직 어려. 어리기 때문에 내전에서 이런저런 소문의 표적이 되고 있는지도 몰라. 그러나 그것을 그대로 토쿠히메에게 고하거나 기후에 알려서는 안 되는 거야."

"잘 알고 있습니다."

"세상일이란 걱정한다고 해서 다 해결되는 것은 아니다. 노파심이 도리어 잘못의 원인이 되어서는 안 돼. 명심하여라."

"예."

"좋아, 그만 돌아가거라."

코지쥬는 불만이었다. 최소한 잘 말해주었다는 칭찬 정도는 받을 줄 알았다. 그런데 사실은 그 반대여서, 생각하고 있는 것을 10분의 1도 이야기하기 전에 돌아가라는 말을 들었다.

"그러면…… 아무쪼록."

아쉬운 듯이 말했을 때였다.

"서로가 깊이 조심하도록 하자."

이에야스는 더 이상 아무 말도 말라는 듯이 못을 박았다.

코지쥬가 사라졌다.

이에야스는 그 뒷모습이 안 보이게 되는 것과 동시에 일어섰다.

알고 있다, 말하지 말라고 했으나 이에야스의 가신 중에 적과 내통하는 자가 있다는 말은 너무도 뜻밖이었다.

"아닌 게 아니라 이상한 점이 없지도 않아……"

노부야스의 태도에 종종 반항하는 면이 있다는 것도 이상했고, 여기와 보니 의외로 경리가 엉망인 점도 납득할 수 없었다.

이에야스는 다시 추억이 담긴 하치만 성곽으로 돌아가면서 고개를 갸웃하지 않을 수 없었다.

'무언가가 있다……'

문으로 들어섰을 때 안에서 달려나오는 하인 하나와 부딪칠 뻔했다. 이미 주위는 어두워지고 있었다.

"죄송합니다."

달려나온 하인은 이에야스인 줄도 모르고 당황한 채 잠깐 고개를 숙여 보이고는 그대로 밖으로 뛰어나갔다.

"서라! 네 놈이 몰래 엿듣고 있었구나."

그 뒤를 급하게 쫓아오던 자가 있어 이에야스와 정면으로 부딪쳤다. 아니, 마음만 먹었으면 충분히 비킬 수 있었으나 이에야스는 일부러 부딪치게 했다.

"잠깐!"

그런 뒤 이에야스는 불러 세웠다. 상대는 깜짝 놀라 걸음을 멈췄다. 그는 상대가 이에야스라는 것을 깨달은 듯 꿀꺽 마른침을 삼키고 그 자리에서 부들부들 떨기 시작했다.

어둠 때문에 저지른 실수다. 사과한다면 노할 이에야스가 아니다. 그런데도 상대가 겁먹은 모습은 보통이 아니었다.

"너는 지금 뭐라고 했느냐, 얘길 엿들었다고 했느냐?"

이렇게 말하는 동안 벌써 이에야스는 상대가 누구인지 알았다. 마을에 내려가 행정과 정찰을 담당하고 있는 하급무사의 하나인 야마다 하치조山田八藏였다.

"굳이 엿들을 것까지도 없다. 그리고 그런 것을 내가 모를 줄 아느냐. 어서 지나가거라."

이에야스는 부드럽게 말하고 안으로 들어갔다.

4

성의 수리는 예정대로 5월 5일 끝났다. 안의 해자가 깊이 파이고 사방의 망루에는 여기저기 견고한 총안銃眼이 만들어졌다.

우물은 열여덟 군데로 늘어나고, 각 문의 돌담은 두서너 자씩 더 높이 쌓아올렸다. 지금까지 신겐과 싸운 경험을 살려, 만일에 농성하게 될 경우를 생각하여 모든 것을 이에야스 자신이 설계했다.

식량과 무기창고는 3,000명이 반 년간 농성에 대비할 수 있도록 준비했다. 이튿날인 6일, 이에야스는 오카자키를 떠나기에 앞서 노부야스를 불러놓고 말했다.

"코슈 군에 대한 대비는 끝났다. 이제부터 나는 신겐의 생사를 확인하기 위해 슨푸까지 공격해들어갈 생각이다. 알겠느냐, 이 성은 난공불락이어서 외부의 공격으로는 절대로 함락되지 않는다. 내부를 조심해야 한다, 내부를."

노부야스는 그 마지막 말을 납득할 수 없었다. 성은 난공불락이지만 너로서는 마음이 놓이지 않는다 —— 이렇게 말한 것처럼 생각되어, 10리 정도 아버지를 배웅하고 돌아와 곧 치카요시를 불렀다.

"내부를 조심하라 —— 는 말이 무슨 의미인 것 같은가?"

"그것은……"

치카요시는 조심스럽게 노부야스를 거실로 안내했다.

"내부에서 적과 내통하는 자가 있으면 성이 함락된다……는 의미라고 생각합니다."

"뭣이, 내부에서 적과 내통하는 자라면, 그것은 모반이 아닌가?"

"예. 그 점을 조심하라고 말씀하신 것입니다."

노부야스는 고개를 갸웃하고 옷을 갈아입었다. 갑옷을 입기 시작하자마자 땀이 흐르는 무더위였다.

"음, 그런 뜻이란 말이지……"

적이라면 누구일까? 현재 싸우고 있는 상대는 코슈, 하지만 그것만이 적은 아니었다. 이해가 상반되면 하루아침에 적으로 돌아서는 것이 이 난세의 상식. 어머니 말에 따르면 오다 가문 역시 마음을 놓아서는 안 될 존재였다.

"그렇군, 그런 의미로군……"

노부야스는 어린 마음으로도, 아버지의 그 말은 깊이 음미해야겠다고 생각했다.

"치카요시, 내전에 다녀오겠다."

"아야메 님의 거실에 말씀입니까?"

"아니, 토쿠히메의 방에. 방심하지 말고 내전을 잘 단속하라고 일러야겠어. 나도 올해 첫 출전 때는 성을 비우지 않으면 안 될 테니까."

치카요시는 꾸벅 고개를 숙였다. 기뻤다. 아버지 뜻에 따르겠다는 마음만 잃지 않는다면 노부야스는 결코 우매한 작은 성주가 아니었다.

"다녀오십시오. 바깥일은 제가 처리하겠습니다."

"토쿠히메도 기뻐하겠지. 곧 아기도 태어날 것이고……"

노부야스는 의젓하게 말하면서 코쇼도 동반하지 않고 내전으로 통하는 복도를 건너갔다.

내전에서는 토쿠히메가 향을 피우고 코지쥬와 함께 냄새를 맡고 있었다. 노부나가가 쿄토에 간 선물로 보내준 십종향十種香의 향구香具였다.

"토쿠히메, 나야."

노부야스는 성큼성큼 들어와 손에 들었던 칼로 향구를 툭 쳤다.

"이건 뭐지?"

선 채로 물었다.

"예, 지금 향내를 맡고 있었습니다."

방안에 가득 퍼진 향기 속에서 토쿠히메는 미소 띤 얼굴로 대답했다.

5

노부야스는 향기 따위에는 흥미가 없는 듯했다.

불룩해진 토쿠히메의 배를 익살스러운 눈으로 바라보고 그 자리에 앉아 코지쥬에게 말했다.

"치워버려."

코지쥬는 잘 알아듣지 못했는지 흘끗 토쿠히메를 쳐다보았다.

"치우라고 하지 않았느냐!"

노부야스의 음성이 커졌다.

"예…… 예."

코지쥬는 다시 토쿠히메를 바라보고 지시를 기다리는 표정이었다.

"코지쥬."

노부야스는 손으로 향구를 탁 쳤다.

"앗……"

코지쥬는 나직하게 외치고 당황하여 향구를 치우기 시작했다.

노부나가로부터의 선물——그것을 난폭하게 다룬 데 대한 불만이 토쿠히메의 얼굴에도 코지쥬의 얼굴에도 나타났다.

노부야스는 눈썹을 치켜올리고 두 사람을 노려보았다.

"토쿠히메!"

"예."

"그대는 이 노부야스를 거역할 생각인가?"

"아닙니다. 흥미가 없으신 것 같으니 얼른 치우게 하겠습니다."

"코지쥬!"

"예."

"너는 자기 분수도 모르는 년이로구나."

"황송합니다. 삼가겠습니다."

"너는 지난번에 아버님을 뵙고 고자질을 했다고 하는데 사실이냐?"

코지쥬는 깜짝 놀랐다. 이에야스를 만난 것은 사실이지만 그것을 노부야스가 어떻게 알았을까?

"왜 대답이 없어, 귀가 먹었느냐?"

노부야스는 다시 코지쥬를 무섭게 노려보았다. 작은 감정의 불만이 자꾸 커지는 것이었다.

코지쥬의 당당한 얼굴에 오다 가문의 위광威光이 깃들여 있는 듯했다. 입으로는 사과를 하면서 속으로는 무시하고 있는 것 같은 느낌.

"코지쥬."

"예."

코지쥬는 겨우 향구를 치우고 노부야스 앞에 두 손을 모으고 조아렸다. 침착한 그 태도가 다시 노부야스의 분노를 부채질했다.

"아버님께 말씀 드린 그대로를 이 자리에서 털어놓아라. 무어라고 했느냐?"

"예…… 단지 건강하시기를 빈다고…… 문안 드렸을 뿐입니다."

"그것이 주제넘은 말이라는 것을 모르느냐. 그 전에는 또 아야메에게 무어라고 했느냐?"

"글쎄요……"

"토쿠히메한테도 가게 하라고…… 그렇게 지시한 것을 잊었다는 말이냐?"

"예…… 아니, 절대로 그런 지시는."

"안 했다는 말이지. 좋아, 그럼 아야메가 거짓말을 한 것이로군……
이 자리에 불러 규명하겠다."

노부야스는 이렇게 말하고, 벌떡 일어나 큰 소리로 부르며 복도로 나
갔다.

"아야메! 아야메……"

6

노부야스가 잔뜩 화를 내고 나간 뒤.

"코지쥬……"

토쿠히메는 겁을 먹고 말했다.

"어떻게 하려느냐, 저렇게 화를 내시게 하다니."

코지쥬는 냉정했다.

"무언가 오해를 하고 계십니다. 잘 사과 드릴 테니 마님께선 걱정하
지 마십시오."

이때 노부야스가 거친 걸음으로 돌아왔다.

"이리 들어와! 아야메……"

아야메는 노부야스에게 끌려들어와 그 자리에 쓰러지듯 앉았다.

"아야메!"

"예."

"네가 이 노부야스를 속였지?"

"무……무……무슨 말씀인지요?"

"너는 코지쥬가 나에게 토쿠히메한테 가도록…… 시켰다는 말을 내

게 했다. 그런데 코지쥬는 그런 지시를 한 일이 없다는 거야. 어느 것이 사실이냐? 거짓말을 하면 용서치 않겠다. 분명히 대답하라."

"말씀 드리겠습니다."

코지쥬가 아야메를 감싸듯이 말했다.

"여러 가지 이야기를 나누다가 무심코 그런 말이 나왔는지도 모릅니다. 용서해주십시오."

"뭣이! 그럼, 지시하지 않았다는 말이냐?"

"지시라고 할 것도 못 됩니다. 이야기 끝에 지나가는 말로……"

"닥쳐!"

소리지르는 순간 노부야스의 손이 움직였다.

"앗!"

코지쥬는 뒤로 넘어지며 손으로 머리를 눌렀다.

노부야스가 무의식적으로 휘두른 칼끝에 닿아 손가락 사이로 검은 실 같은 피가 흘렀다.

"앗! 어쩌면……"

토쿠히메와 아야메가 양쪽에서 코지쥬를 부축했다.

노부야스는 그대로 망연히 서 있었다.

물론 베려는 생각이 있었을 리 없다. 아니, 도리어 오랜만에 토쿠히메를 위로하려고 찾아왔는데 전혀 예기치 않은 결과가 되고 말았다.

"괜찮습니다. 아무렇지도 않습니다."

코지쥬는 종이를 꺼내 상처를 누르고 당당한 자세로 노부야스에게 머리를 숙였다.

"죄송합니다. 심기를 불편하게 해드려서."

노부야스는 선 채로 몸을 부르르 떨었다. 머리 위의 검은 머리카락이 한줌 정도 방바닥에 떨어져 있었다. 다시 손가락 사이에서 끈적끈적한 피가 흘렀다.

"무……무……무례한 것."

노부야스는 느닷없이 코지쥬의 어깨를 발로 걸어찼다. 왜 이런 몹쓸 짓을 하는지 자기도 알 수 없었다.

"오늘은 이것으로 용서하지만, 다음에 또 이런 일이 생기면 그땐 용서하지 않겠다. 갈가리 찢어놓겠어."

"용서해주십시오."

휙 몸을 돌려 거실에서 나가는 노부야스 뒤에서 코지쥬는 다시 머리를 숙였다.

"코지쥬…… 용서해다오."

노부야스가 나가자 토쿠히메는 코지쥬를 붙들고 와락 울음을 터뜨리고, 아야메는 당황하며 세숫대야를 가지러 뛰어나갔다.

7

"냉정하십시오."

코지쥬가 다시 말했다.

"작은 성주님은 이렇게 될 줄 모르고 하신 일, 법석을 떨면 더욱 화를 내시게 됩니다."

"그렇다고 해도, 이것은 너무나 생각이 모자라는 짓이야."

"아닙니다, 제가 지나쳤습니다. 잘못은 두 분에게 있지 않고 이 코지쥬가……"

이렇게 말하고 가만히 머리에서 손을 떼자 코지쥬의 한 손이 흥건하게 피로 물들어 있었다. 감정이 격앙되었을 때 머리에 상처를 입으면 출혈이 많다. 코지쥬는 그것을 알고 있었으나 토쿠히메와 아야메는 알지 못했다.

"아······ 이런······"

아야메가 먼저 소스라치게 놀랐다. 하마터면 세수대야를 뒤엎을 뻔하면서 얼른 수건으로 상처를 눌렀다. 순식간에 수건도 빨갛게 되고, 아야메의 손도 떨어지는 피로 물들었다. 코지쥬의 이마와 뺨이 소름 끼칠 정도로 무서운 형상으로 변했다.

"너무 하셔요······ 너무 지나치셔요."

이렇게 말한 것은 토쿠히메가 아니라 아야메였다.

토쿠히메는 겁에 질려 본능적으로 피에서 눈길을 돌리고 있다.

"냉정하셔야 합니다. 그렇지 않으면 뱃속의 아기에게도 지장이 있습니다. 만일 이렇게 소란을 피우는 것이 작은 성주님의 귀에 들어가면 그야말로 큰일이 날 것입니다."

아야메는 몇 번이나 손수건을 갈면서 자기 손과 상처를 씻고 다시 코지쥬의 얼굴을 닦아주었다. 그럴 때마다 코지쥬의 얼굴이 점점 더 창백하게 일그러지는 것 같았다.

'코지쥬가 죽는다면······'

아야메는 심장이 멎는 줄로만 알았다.

코지쥬가 예사 시녀가 아니라는 것은 아야메도 알고 있었다. 이 일이 만일 오다 쪽에 알려져 그 증오가 자기에게 터뜨려진다면 어떻게 할 것인가.

카이를 떠나던 날 만난 카츠요리, 카츠요리의 밀령을 받고 온 겐케이, 그리고 자기에게 파멸이 올 것 같아 마음이 떨렸다. 아니, 아야메가 두려워하는 것은 그것만이 아니었다······ 자기가 노부야스의 사랑을 받고 있다는 것을 알게 된 순간, 전에 카츠요리가 한 말과 겐케이의 존재가 무서운 것으로 생각되었다.

아야메는 노부야스에게 타케다의 첩자로 여겨지는 것이 참을 수 없을 정도로 저주스러웠다. 처음에는 아무것도 몰랐으나 지금은 진심으로 노부야스를 위해 힘이 되겠다는 생각이었다. 그러나 자기에게는 겐케이를 멀리할 힘도 없거니와 그런 비밀을 노부야스에게 고백할 용기도 없었다.

"코지쥬 님, 용서하세요. 나는 철이 없어 코지쥬 님에게 오해를 받게 만들었어요. 코지쥬 님이 한 말을 내가 작은 성주님께 고해바친 것이 잘못이었어요."

"아니에요. 그 얘기는 이제 하지 말아요. 아…… 현기증이 나는군요. 아야메 님, 나를 방으로…… 잠시 누워 있고 싶어요."

토쿠히메가 당황하며 일어나려는 것을 말렸다.

"아무도 부르지 마세요. 다른 사람에게는 제가 현기증을 일으켜 마루에서 떨어졌다고……"

그 세심한 배려에 아야메는 코지쥬를 부둥켜안고 그 어깨에 대고 와락 울음을 터뜨렸다.

8

코지쥬는 토쿠히메가 따라오려는 것을 한사코 말렸다. 그리고 아야메의 도움을 받으며 자기 방으로 돌아와 이부자리를 깔게 하고 누웠다. 상처에 피를 멎게 하는 풀을 붙이고 그 위를 수건으로 동이면서 아야메에게 말했다.

"이제 피는 멎었어요. 어서 돌아가세요."

아야메는 베갯맡을 떠나지 않았다. 왜 그러는지 자기도 알 수 없었다. 하지만 마음 어딘가에서 초조감이 무섭게 타오르는 것을 억제할 수 없었다.

'이대로 끝나지는 않을 것이다……'

코지쥬는 자기를 걱정해서 그러는 줄 알고 다정히 웃어 보였다.

"걱정하지 마세요. 이미 나는 웃고 있어요. 자, 어서 돌아가세요."

"코지쥬 님."

아야메는 더 이상 가만히 있을 수 없었다.

"혼자 가슴속에 묻어주시겠어요?"

"무슨 말인데요?"

"나는…… 이 아야메는…… 겐케이의 딸이 아니에요."

순간 코지쥬의 눈이 번쩍 빛났다. 그러나 대답은 하지 않고 위로하듯 가만히 고개를 끄덕여 보였다.

"겐케이는…… 저어, 카이 태생입니다."

"……"

"겐케이는 카츠요리 님이 츠키야마 마님께 보낸 사람입니다."

"쉿."

코지쥬는 그 말을 가로막았다. 그러나 비로소 알게 된 이성異性에 대한 순수한 마음을 피력하려는 아야메의 입을 끝까지 막을 수는 없었다.

"겐케이는 츠키야마 마님의 편지를 카츠요리 님에게 전달했습니다. 내용이 무엇인지는 몰라요. 하지만 아마도 이 성을……"

"쉿."

코지쥬는 아야메의 무릎을 꼬집었다.

"아니, 말하지 않을 수 없어요!"

아야메는 신들린 것처럼 고개를 젓고 말을 계속했다.

"코지쥬 님, 나는…… 나는 정말 작은 성주님의 편이 되고 싶어요. 나는 잘 알고 있어요. 코지쥬 님도 마님도 모두 작은 성주님 편, 나도……나도……"

이렇게 말했을 때.

"아야메, 거기 없느냐? 아야메! 아야메!"

복도에서 노부야스의 목소리가 들렸다.

아야메는 깜짝 놀라 입을 다물고 코지쥬와 눈길을 나누고는 얼른 일어섰다.

아야메가 코지쥬의 방에서 나갔을 때 거기에 노부야스가 창백한 얼굴로 서 있었다. 노부야스는 두 사람의 대화를 듣고 있었던 듯, 그의 입술은 전보다 더 희고 바싹 마른 채 떨고 있었다.

"부르셨습니까?"

"아야메!……"

"예."

"어쨌든 내 방으로 와. 그대는……"

이렇게 말했으나 지금으로서는 화를 낼 용기조차 없는 것 같았다.

'어머니가 젠케이와 짜고 타케다 쪽과 내통하고 있다……'

아야메의 말이 노부야스에게는 입밖에 낼 수도 없을 정도로 무서운 일이었다……

매미

1

코잔 사甲山寺 경내에 있는 겐케이의 집 주위는 매미소리로 요란했다. 밖을 내다보니 나뭇잎이 어렴풋이 흔들리고 있었다. 그러나 창으로 바람은 들어오지 않고 집 안에는 후텁지근한 더위가 들어차 있었다.

"안녕하십니까?"

입구에서 부르는 사람이 있었다.

겐케이는 일어나는 대신 상반신을 비틀고 물었다.

"예, 누구요?"

"소쿠리를 팔러 왔습니다. 싸게 드리겠습니다."

입구에 서 있는 소쿠리장수를 발견했다.

"소쿠리가 필요 없는 것은 아니지만."

옷매무새를 고치며 밖으로 나갔다.

하나밖에 없는 하인인 노파는 심부름을 가고 집 안에는 겐케이 혼자 있었다.

"천지天地."

겐케이가 말했다.

"현황玄黃."

소쿠리장수는 작은 소리로 대답하고 슬쩍 뒤를 돌아보았다.

"이 소쿠리입니다마는."

작은 소쿠리 안에 봉한 편지 두 통이 들어 있었다. 타케다 카츠요리로부터의 밀서였다.

"얼마요, 이 소쿠리는?"

"여든."

"일흔닷 푼이면 사겠소."

겐케이는 작게 접은 종이쪽지를 소쿠리 장수에게 건넸다.

"아저씨는 깎는 데도 선수로군요. 그럼……"

상대가 그것을 품속에 넣었다.

"신겐 공이 별세하셨다는 소문이 있는데."

"아뇨."

상대는 고개를 가로저었다.

"병상에 계십니다…… 그럼, 다시."

소쿠리장수는 얼른 문 밖으로 나가 다시 소쿠리를 사라고 큰 소리를 지르며 사라졌다.

신겐은 앞서 4월 12일 시나노의 코만바에서 죽었으나, 그 죽음은 가신들에게조차 굳게 비밀에 부쳐져 있었다.

겐케이는 고개를 갸웃하고 다시 안방으로 돌아왔다. 밀서 중에서 한 통은 겐케이에게 보낸 것이고 또 하나는 츠키야마에게 보낸 것이었다.

겐케이는 조심스럽게 일어나 헛기침을 하면서 변소까지 살펴보고 나서 봉함을 뜯었다. 그때 츠키야마의 편지 내용은 지금도 겐케이의 머릿속에 또렷이 남아 있었다.

"노부야스는 제 자식이므로 어떤 수단을 써서라도 반드시 타케다 쪽

편을 들게 하겠습니다. 도쿠가와, 오다 두 장수는 이 사람의 계획이 성공하면 틀림없이 쓰러질 것입니다. 일이 성취되었을 때는 도쿠가와의 옛 영지를 그대로 노부야스에게 물려주십시오. 또 이 사람의 문제에 대해서는 귀하의 막료 중에서 신분에 맞는 분의 아내가 되게 해주십시오. 이 청을 들어주실 수 있으면 확실한 회답을 보내주셨으면 합니다."

겐케이는 그 편지를 보았을 때 자신의 계략이 성공한 것을 기뻐하기보다도 여자의 간사한 마음에 온몸을 부르르 떨었다.

오늘 편지는 그 회답이었다.

겐케이는 자기에게 지시를 내린 편지를 자세히 읽고 나서 그것을 말아 품속에 넣었다. 다음에는 츠키야마 앞으로 보낸 편지를 펼쳤다. 왠지 가슴이 떨려 이 무더위에도 오싹 소름이 끼치는 느낌이었다.

2

겐케이는 전쟁처럼 무거운 죄도 없다는 생각이 들었다. 츠키야마의 질투심이 드디어 이에야스에 대한 보복으로까지 번져가고 있었다.

"그렇게까지 해서라도 이겨야 하는 것이 전쟁——"

겐케이는 혼자 중얼거리면서 카츠요리의 친서를 읽었다. 지시를 내린 편지 안에 그대도 읽어보라는 말이 있었다.

——지난번 겐케이를 통해 보내신 서신은 잘 받았습니다.

어떻게 해서라도 아드님 사부로(노부야스) 님으로 하여금 이 카츠요리 편을 들도록 하십시오. 계략이 성공하여 노부나가와 이에야스를 멸망시켰을 때는 이에야스의 영지는 물론이고 노부나가의 영지 중에서 원하시는 한 곳을 드리겠습니다.

다음에 츠키야마 님에 대해서는, 오야마다 효에小山田兵衛라는 장수가 지난해에 상처하고 홀아비로 살고 있으므로 그의 아내가 되시면 좋겠습니다. 노부야스 님과 상의가 끝나시면, 츠키야마 님을 코슈로 모시겠습니다.

겐케이는 다시 주위를 가만히 둘러본 뒤 얼른 편지를 둘둘 말고 급히 일어나 부싯돌을 꺼냈다. 우선 자기에게 온 지시편지를 태워버리기 위해서였다.

아직 하녀인 노파는 돌아오지 않았다. 뜰의 디딤돌 위로 흰 재가 하늘하늘 날아 떨어지는 것을 보고 있으려니 온몸에 땀이 솟았다.

이것으로 츠키야마와 카츠요리의 밀약은 성립되었다.

카츠요리는 옛 영지의 보존을 청한 츠키야마의 제의에 대해 노부나가의 영지 중에서 한 곳을 떼어주겠다고까지 했다. 코슈에 있는 오야마다 효에의 지위 역시 독수공방의 외로움을 견디지 못하고 있는 츠키야마를 신분상으로도 실망시키지 않을 터.

"아내의 음모로 생명을 잃게 될 이에야스……"

적은 밖에서가 아니라 자기 발 밑에서 발톱을 갈고 있었다. 그것도 모르고 스루가로부터 야마가를 탈환하려고 오카자키를 떠난 이에야스가 왠지 인생의 비극을 상징하는 것처럼 생각되었다.

겐케이는 일부러 뜰에 내려가 재를 발로 비벼 없애고 서둘러 츠키야마를 찾아가기 위해 옷을 갈아입었다.

닦아도 닦아도 땀이 흐르는 것은 더위 때문만은 아니었다. 얼어붙을 것 같은 긴장이 무섭게 마음을 자극하는 탓이었다. 이때 심부름을 갔던 노파가 돌아왔다.

"나는 중요한 일을 잊어버리고 있었소. 지금 성에 다녀올 텐데 내가 없는 동안 오가 야시로 님이 약을 가지러 올지도 몰라요. 약은 내가 나중에 전해드리겠다고 말씀 드려요."

이 말을 하는 동안에도 몇 번이나 마른침을 삼키고 밖으로 나왔다.

집에서 성까지는 별로 먼 거리가 아니었다. 그러나 품안에 있는 밀서를 생각하니 계속 가슴이 두근거렸다.

내전에 도착하여 마중 나온 코토죠琴女를 보았을 때는 그만 무릎을 현관 마루에 부딪칠 뻔했다. 코토죠는 츠키야마의 머리를 손질해주는 하녀였다.

"마님은 좀 어떠신가?"

"예. 이미 오실 때가 지났는데 하시며 머리 손질을 끝내고 기다리고 계십니다."

겐케이는 짚신을 벗으면서 왠지 모르게 몸이 떨리는 것을 깨달았다.

3

츠키야마는 코토죠를 따라 들어오는 겐케이를 보고 물었다.

"아직 회답이 없나?"

겐케이는 깜짝 놀라 코토죠를 바라보고 나서 재빨리 눈을 깜박거리며 화제를 피했다.

"예. 갑자기 더위가 심해져서 소나기나 한바탕 퍼부었으면 하고 기다리고 있는 중입니다마는."

츠키야마도 얼른 그 눈치를 챈 듯.

"정말이지 어느 틈에 소나기를 기다리는 계절이 되었군."

그리고는 코토죠를 보고 말했다.

"볼일이 생기면 부를 테니 나가 있거라."

코토죠가 나갈 때까지 겐케이는 부채를 펴고 가슴에 바람을 보내면서 탐스럽게 살이 찌기 시작하는 츠키야마의 몸을 바라보고 있었다. 피부는 딱딱하게 굳은 떡 같았으나 눈동자만은 전과 다름없이 요염하게 불타고 있었다.

"겐케이, 코토죠에 대해서는 걱정하지 않아도 좋아. 후지카와 큐베에藤川久兵衛의 딸인데 성심으로 나를 도와주고 있어."

"마님, 중요한 일을 앞두고 있습니다. 더구나 코토죠의 동생은 토쿠히메 님의 시녀……"

"호호호…… 코토죠의 동생 키노喜乃는 내가 일부러 토쿠히메에게 들여보냈어. 걱정하지 말아요."

츠키야마는 사방침에 기댄 자세로 녹아들 듯한 눈길을 던져왔다.

"가까이 와요."

그 눈은 이렇게 부르고 있었다. 눈만이 아니었다. 차가운 기름덩어리는 겐케이라는 이성을 받아들이려고 이미 번쩍번쩍 비늘을 세우고 있었다.

'큰일을 앞두고 있다……'

겐케이는 체념하는 심정으로 앞으로 나갔다.

피부의 감촉은 뱀처럼 차갑기만 한데 어째서 토해내는 입김은 이렇게 뜨거운 것일까?

요즘의 겐케이는 인간의 욕망에 대한 신의 의사를 이해할 수 없는 경우가 종종 있었다. 결국 여자의 일생은 아이를 낳는 데 있고, 그 무의식적인 목적을 위해 움직이고 있는 것뿐인가. 어쨌든 인생의 개화기를 마감할 나이가 되면 여자의 욕망은 일종의 처참한 광기를 띠게 된다. 츠키야마는 그런 여자들 중에서도 특히 심했다.

이에야스를 증오한다는 감정의 이면에 있는 것은 '사랑의 목마름'이라고 겐케이는 생각하고 있었으나 지금에 와서는 그 마음마저 흔들렸다. 만나기만 하면 우선 뱀처럼 휘감겨오고, 그런 다음이 아니면 침착하게 이야기할 수도 없었다.

오늘도 그 지겨운 욕망의 늪에서 조금이라도 빨리 벗어나고 싶어 말했다.

"마님, 카츠요리 님으로부터 서신이 왔습니다."

"뭣이, 그렇다면 왜 먼저 그 말부터 하지 않았지?"

츠키야마는 여전히 겐케이의 손을 잡은 채 눈을 가늘게 뜨면서 어리광부리는 듯한 소리로 말하고 겐케이의 귓불로 손을 뻗어 애무하듯 만지작거렸다.

"이리 줘, 친서일 테지. 그대와 같이 그것을 읽고 싶어."

4

겐케이는 츠키야마의 손을 뿌리치지도 못하고 시키는 대로 품에서 보자기에 싼 편지를 꺼냈다.

츠키야마는 그것을 흘끗 바라보았다.

"친서임이 틀림없지?"

"예, 분명히 수결手決이 있습니다."

"그래, 이대로 좋아. 어서 읽어봐요."

츠키야마는 겐케이에게 몸을 기대고 황홀한 듯 눈을 감았다.

"이렇게 한 채로 읽으라는 말입니까?"

"그래, 아직 떨어지고 싶지 않아. 이대로 듣고 싶어."

겐케이는 겁먹은 듯 주위를 둘러보고 츠키야마의 귀에 입을 가까이 가져갔다.

"지난 번 겐케이를 통해 보내신 서한은 잘 받았습니다."

"그 다음."

"어떻게 해서라도 사부로 님으로 하여금 이 카츠요리의 편을 들게 하십시오."

겐케이는 가끔 주위를 둘러보고 땀을 흘리면서 읽어내려갔다.

종래의 영지 외에 한 곳을 더, 그리고 마님은 오야마다 효에의 아내로…… 그 대목에 이르러 가만히 츠키야마의 얼굴을 바라보니 그녀는 눈을 반짝이며 생긋 웃었다.

겐케이는 왠지 소름이 돋는 것 같았다.

"우리 제의를 모두 받아들인 것입니다."

"겐케이 ——"

"예."

"그 오야마다 아무개라는 사람을 그대도 알고 있나?"

"예. 코슈에서는 모르는 사람이 없는 장수입니다."

"그래?"

츠키야마는 아무 주저도 없이 만족한 듯 고개를 끄덕였다.

"나이는 얼마나 됐을까?"

"글쎄요, 아마 저와 비슷할 것입니다."

"기량은?"

"위엄과 온화함 양면을 두루 갖춘 훌륭한 대장입니다."

"그래? 그렇다면 나도 마음이 놓이는군. 그렇구나……"

다시 두서너 번 계속해서 고개를 끄덕였으나, 여전히 겐케이를 놓아주려 하지 않았다.

겐케이는 처음의 혐오감이 점점 놀라움으로 변해가는 것을 느꼈다. 간통에 대한 죄책감은 전혀 없고, 겐케이의 무릎에서 담담하게 앞으로 남편이 될 사람의 환상을 좇을 수 있는 여자…… 그런 여자가 여기 있었구나 하는 놀라움이었다.

"마님……"

"왜 그러지, 겐케이?"

"이것으로 마님의 혼처는 정해졌습니다."

"그대도 고생이 많았어, 정말 수고했어."

"그런데…… 앞으로 이 겐케이는 어떻게 될까요?"

"그대 마음대로 해도 좋아. 나는 아무런 이의도 없으니까."

"아뢰옵니다."

문 앞에서 코토죠가 얼굴이 빨갛게 되어 무릎을 꿇고 있었다. 귀까지 물들어 있는 것은 두 사람의 추태를 보고 있었다는 증거였다.

"왜 그러느냐, 코토죠가 아니냐?"

"예. 작은 성주님이 오셨습니다."

"뭐, 사부로가……?"

겐케이는 용수철에 튕기듯 츠키야마 옆에서 방구석으로 물러나 머리를 조아렸다.

5

츠키야마도 당황하며 자세를 바로 했다.

사부로 노부야스는 성큼성큼 방안으로 들어와 거기 겐케이가 움츠리고 있는 것을 보고는 잔뜩 눈썹을 치켜올리고 주먹을 쥐었다.

"겐케이!"

"예…… 예."

"그대는 이 노부야스에게 거짓말을 했어."

"그 무슨 당치도 않은 말씀을……"

"그대는 아야메를 딸이라고 했어. 양녀라는 말은 하지 않았어. 어쨌든 좋다! 그 점에 대해서는 나중에 조사하겠다. 물러가라!"

겐케이는 더욱 납작 엎드렸다.

"예. 그럼, 저는 물러가겠습니다."

온몸을 땀으로 흠뻑 적시고 도망치듯 물러갔다.

그동안 츠키야마는 방바닥에 떨어져 있던 카츠요리의 밀서를 얼른 무릎 밑에 감추었다.

"한여름 같은 무더위에도 점점 더 건강해지시는 걸 보니……"

이렇게 말하기 시작하는 것을 노부야스는 거칠게 제지했다.

"어머님!"

츠키야마는 침착하게 물었다.

"무슨 일이 있었나요? 안색이 몹시 안 좋은데."

"어머님!"

노부야스는 다시 한 번 외치듯이 부르고 쓰러지듯 어머니의 윗자리에 앉았다.

마음속의 파도가 그대로 전신의 떨림이 되어 당장에는 말이 나오지 않았다. 아야메가 노부야스의 추궁을 받고 울면서 호소한 한 마디 한 마디가 다시 무섭게 마음을 태우고 있었다.

겐케이가 카이의 첩자—라는 것만으로도 노부야스는 마음이 뒤집힐 지경인데, 어머니와 겐케이의 불륜관계까지 알게 되었다. 아니, 그뿐만이 아니었다. 겐케이의 친딸인 줄로만 알았던 아야메가, 실은 어머니와 겐케이가 짜고 자기한테 들여보낸 독배毒杯임을 알았다.

이 독배를 노부야스는 미워할 수 없었다. 그녀는 이미 노부야스에 대한 사랑이 싹터 지난 일을 털어놓았다. 아야메가 나쁜 것이 아니었다. 그녀는 단지 이 세상의 풍파에 시달려 꺾이려 하는 한 포기 풀에 지나지 않았다.

"어머님은……"

마구 뛰는 마음을 억누르고 노부야스는 겨우 입을 열었다.

"아야메가 겐케이의 친딸이 아니라는 사실을 알고 계셨습니까?"

"글쎄……"

츠키야마는 전혀 동요하는 기색도 없이 말했다.

"딸이라는 말은 들었지만 친딸인지 아닌지는 몰랐어요. 아야메가 어떻게 했나요?"

"그럼, 어머님은 아야메가 겐케이로부터 무슨 명령을 받고 이 노부야스에게 왔다는 것을 모르신다는 말씀입니까?"

"사부로 님."

츠키야마는 얼굴에 부드러운 미소를 떠올렸다.

"비록 무슨 명령을 받고 왔다고 해도 이쪽에서 대비만 하면 되는 일, 하녀들에게도 귀는 있어요. 무슨 일이 있었는지 침착하게 이 어미한테 말해보세요."

노부야스는 저도 모르게 츠키야마의 무릎 앞으로 다가앉으며 부르짖듯 말했다.

"아야메는…… 아야메는…… 이 노부야스에게 고백했어요…… 겐케이와 둘이 어머님을 농락하고 이 오카자키를 뺏으려고……"

갑자기 츠키야마는 손을 내저으며 웃기 시작했다.

"호호호…… 사부로 님, 그대는 이 성의 주인. 좀더 침착해지세요."

6

"가령……"

츠키야마는 눈을 가늘게 뜨고 말했다.

"아야메가 한 말이 사실이라고 하면 사부로 님은 어떻게 하겠나요? 단지 노하는 것만으로는 일이 해결되지 않아요."

노부야스는 말문이 막혀 잠시 무릎 위에 얹은 주먹을 부르르 떨고만 있었다.

"이 성의 주인이라면 주인다운 분별이 있어야 해요. 코슈가 이 성을 노리고 있다는 것은 겐케이나 아야메가 나타나지 않았더라도 뻔히 알고 있는 사실이에요. 어떻게 할 생각인가요, 사부로 님?"

"어머님!"

"예."

"그럼…… 그럼…… 아야메가 저에게 거짓말을 했다는 것입니까?"

"그렇지는 않겠지! 사실일 거예요."

"한 가지 더 묻겠습니다. 어머님은 겐케이를 총애하여 넘어서는 안 될 선을 넘으셨다는 말을 들었습니다. 이것 역시 거짓말입니까?"

"호호……"

츠키야마는 다시 밝게 웃었다.

"사실이라고 말하면 사부로 님은 어떻게 하겠나요?"

"그럼, 역시."

"내 말을 들어봐요. 적은 여러 가지로 책략을 꾸미고 있어요. 그렇다면 이쪽에서도 이에 대응할 책략이 있어야 하는 거예요."

"어머님, 그렇다면 신분을 아시면서 아야메를 제게 권한 것도 책략이란 말씀입니까?"

"물론이에요."

"겐케이를 가까이하신 것도?"

"당연하지요."

"그리고…… 그리고…… 아버님을 배신하신 것도?"

"호호호…… 아버님을 배신했다니 듣기 거북한 말이군요. 아내로서 배신당한 것은 바로 나예요. 그것은 그대도 잘 알고 있을 것 아닌가요…… 하지만 나는 그 원한을 보복하려고는 하지 않아요. 만일 이에

356

야스 님이 타케다 군에게 패해 목숨을 잃게 된다고 해도, 이 가문과 이 성은 남을 수 있게 만반의 대비를 하고 있을 뿐이에요."

노부야스는 다시 말문이 막혀 똑바로 어머니를 바라보고만 있었다.

'어쩌면 그럴 수도 있을지 모른다……'

자식으로서 어머니를 미워하고 어머니를 멸시하는 것처럼 괴로운 일은 없었다. 가능하다면 어머니의 행동에도 어머니 나름의 이유가 있기를 바라는 것은 자연스러운 일이었다.

'그럼, 어머니는…… 만약의 경우를 생각해서 자신의 몸을 겐케이 따위에게까지 바쳤던 것일까?'

만일 그렇다면 노부야스가 어머니를 나무라는 것은 지나치게 잔인한 일이었다.

아버지로부터 버림받고 게다가 자기 자식을 너무 사랑하는 나머지 적의 첩자에게 도리어 접근한다…… 그게 사실이라면 말로 표현하기 어려울 정도로 수치스러운 어머니라 생각했던 분노가 어느새 세상에서는 찾아보기 힘든 어머니의 위치로 바뀌었다.

"어머님……"

노부야스는 자신의 어지러운 생각을 어떻게 정리해야 할지 몰라 어머니 앞에 무릎을 꿇었다.

"이 노부야스에게 맹세해주십시오. 다시는 겐케이를 가까이하지 않겠다고 맹세해주십시오."

"호호…… 그 일이 그렇게까지 걱정된다면 사부로 님이 원하는 대로 하겠어요."

"……"

노부야스는 어머니가 순순히 대답하자 왠지 눈물이 왈칵 쏟아졌다. 어머니를 의심한 자신이 세상에 둘도 없는 불효자인 것 같기도 하고, 한편으로는 불안하기도 했다.

7

해가 서쪽으로 기울고, 방안에는 한층 더 심한 무더위가 짙게 깔렸다. 어머니와 아들이 서로 탐색하는 듯한 잠시 동안의 정적 속을 매미의 울음소리가 요란하게 헤집고 들어왔다.

어머니를 믿으려 하면서도 왠지 노부야스는 불안을 떨쳐버릴 수 없었다. 적도 바보가 아닌 이상 그렇게 호락호락 어머니에게 속을 것 같지 않았다. 책략을 꾸민 어머니가 도리어 궁지에 몰릴 경우가 두렵다. 아니, 그보다도 더 절박한 문제는 그러한 어머니의 동정이 이미 아야메와 코지쥬에게 알려져 있다는 사실이었다.

코지쥬의 입을 통해 그것이 토쿠히메에게 알려지고, 다시 토쿠히메에게서 기후의 노부나가에게 누설되지 않는다는 보장이 없었다. 노부나가에게만이 아니라, 그것이 아버지한테 알려졌을 경우를 생각하자 자식으로서 더더욱 두려웠다.

어머니에 대해서는 싸늘한 아버지. 그 아버지는 가문과 가신들에게 없어서는 안 될 주춧돌이었다. 그러한 아버지가 하루도 편할 날이 없이 생사를 걸고 싸우고 있을 때 어머니의 불륜을 알게 된다면 아마 그대로는 두지 않을 것이었다.

노부야스가 입술을 깨물고 땀과 눈물을 닦는 모습을 바라보면서 츠키야마는 입을 열었다.

"사부로 님, 그대만은 이 어미의 마음을 이해해주었으면 싶어요. 어미는 그대밖에 의지할 데가 없어요."

츠키야마는 어느 틈에 자신도 눈물을 흘리고 있었다. 처음에는 노부야스를 적당히 구슬려 넘길 생각이었으나, 어느새 정말로 노부야스를 위해 일을 도모한 애절한 어머니가 된 듯한 착각에 빠져 있었다.

"어머님! ……이 노부야스는 어머님의 심정을 잘 이해합니다."

358

"알 수 있겠나요?"

"어머님 혼자 일을 진행하시면 안 됩니다."

"그럴 테지요."

"이 노부야스에게도 생각이 있으니, 어머님은 그 일에서 손을 떼십시오."

"손을 떼라니?"

"우선 겐케이를 멀리하십시오."

츠키야마는 흘끗 노부야스를 바라보고 얼른 시선을 피했다.

'차라리 모든 것을 털어놓을까……'

겐케이야말로 카이와 미카와를 연결하는 중요한 통로라고…… 그러나 츠키야마는 망설였다. 지금 그 사실을 밝히면 노부야스는 도리어 감정이 격해 일을 그르칠 우려가 있었다.

"둘째로 하녀들의 소문에 오를 행동은 엄격히 삼가십시오."

"사부로 님 말이라면 싫다고는 할 수 없지요. 마음에 새기겠어요."

"그 말씀을 듣고 저는 안심했습니다."

노부야스는 크게 어깨를 흔들고 정말 안도의 숨을 내쉬었다.

겐케이를 멀리하여 불륜에 대한 소문을 없애는 것이 어머니를 구할 수 있는 유일한 방법. 노부야스의 생각은 지금 그 하나에 집중되어 있었다.

'어떻게 하면 이 저주스런 소문을 지울 수 있을까.'

현재 이 성에서 그 내용을 알고 있는 것은 당사자인 겐케이와 어머니, 그리고 자기와 아야메와 코지쥬…… 이렇게 손을 꼽아보니 다섯 명이었다.

노부야스는 눈을 번쩍이면서 일어났다.

'겐케이와 코지쥬를 죽여야만 한다!'

이 결심은 노부야스가 어머니에게 바치는 사랑이고 효성이었다.

8

노부야스가 일어났는데도 그 안색의 변화까지 읽을 수 있는 여유가 지금의 츠키야마에게는 없었다.

츠키야마는 겨우 호랑이 입에서 벗어난 것처럼 휴우 하고 안도하는 숨을 쉬었다.

"작은 성주님이 나가신다, 모셔라."

옆방을 향해 말하고 저도 모르게 사방침에 기대었다.

노부야스는 거실을 나와 뒤따라오는 하녀를 무서운 눈으로 돌아보았다.

"네 이름은?"

"예, 코토죠라고 합니다."

"누구의 딸이냐, 가신의 딸일 테지?"

"예, 후지카와 큐베에의 딸입니다."

"음, 큐베에의 딸이로군."

노부야스는 안심했다는 듯 그대로 현관 옆 대기실을 들여다보았다.

겐케이가 아직 돌아가지 않고 그곳에 움츠리고 있었다. 노부야스는 그를 보고 마치 똥이라도 밟은 듯한 불결함을 느끼면서 성큼성큼 다가가 소리질렀다.

"겐케이!"

"예…… 예."

겁을 먹고 고개를 드는 것과 노부야스가 그 입을 향해 퉤! 하고 가래침을 뱉은 것은 동시의 일이었다.

겐케이는 말없이 이마에 손을 올려 그 다음에 올 매질을 기다리고 있었으나 노부야스는 그대로 발을 돌려 현관을 통해 석양 밑으로 나갔다. 뒤에서는 오직 한 사람 노나카 고로 시게마사野中五郎重政만이 따르고 있을 뿐.

내전을 나와 두서너 정을 걷는 동안 노부야스는 굳은 표정으로 아무 말도 하지 않았다.

"작은 성주님, 무슨 일이라도 있었습니까?"

시게마사가 예사롭지 않은 노부야스의 태도를 의아하게 여기고 말을 걸었다.

"시게마사!"

이에야스가 어렸을 때 손수 심었다는 오동나무 밑에서 노부야스는 걸음을 멈추었다. 얼굴에도 입술에도 혈색이 없고 눈만이 무섭게 불타고 있었다.

"지금 성을 나가 겐케이 놈을 처치하라."

노나카 시게마사는 고개를 갸웃했다. 무엇 때문에? 하고 무언의 질문을 하고 있었다.

"놈은…… 이 노부야스를 속였어!"

"작은 성주님을…… 무엇 때문에 그랬습니까?"

"닥쳐! 이유를 알지 않고는 죽이지 못하겠다는 말이냐!"

시게마사는 침착하게 고개를 끄덕였다.

"이유 없는 살상은 작은 성주님의 덕망을 손상시킵니다."

노부야스는 신경질적으로 땅을 걷어찼다.

"좋아, 말해주겠다. 놈은 아야메의 친아버지라고 했지만 사실은 남이었어. 더구나 카이 태생…… 이 정도만 알고 그 다음은 묻지 마라."

"알겠습니다. 카이는 우리 주군의 적입니다."

"어서 가라!"

"예."

등짐장수들이 드나드는 문 쪽으로 사라지는 시게마사를 바라보고 나서 노부야스는 다시 한 번 크게 숨을 내쉬었다. 시게마사는 겐케이의 집에 먼저 가 있다가 그가 돌아오면 무조건 베어 없앨 것이다.

나머지 하나인 코지쥬는 어떻게 죽일 것인가. 아야메는 내 품안에 있는 한 비밀은 누설하지 않을 것이다. 그러나 코지쥬는 아무리 생각해도 안심할 수 없었다.

"어머니를 위해서야!"

노부야스는 스스로를 납득시키고 다시 힘찬 걸음으로 본성으로 돌아왔다.

——7권에서 계속

《 오다 노부나가의 이름과 관직 변천사 》

◆**오다 킷포시**織田吉法師 | 0~13세 |
· 오와리의 오다 노부히데의 셋째아들로 태어남.
· 2세 때 아버지에게 나고야 성을 받음.

◆**오다 사부로 노부나가**織田三郎信長 | 13~18세 |
· 13세 때, 아버지의 후루와타리 성에서 관례식.
· '노부信' 자는 오다 가의 세습 글자. 타쿠겐 소온澤彦宗恩 대사가, 장래, 천하를 호령하라는 뜻으로 이름으로 선택했다는 설도 있다.
· 14세 때, 첫 출전.
· 15세, 사이토 도산의 딸 노히메와 결혼.
· 소년 시절은 '멍청이', '바보'라고도 불렸다.

◆**오다 카즈사노스케 노부나가**織田上總介信長 | 18~33세 |
· 18세, 상속을 받는다.
· 카즈사노스케는 자칭.
· 이 무렵, 후지와라 노부나가藤原信長라고도 불렸다.
· 21세, 슈고다이의 거성에 진출, 오다 일족을 장악한다.
· 26세, 오와리 통일을 완성.

◆**오다 오와리노카미 노부나가**織田尾張守信長 | 33~35세 무렵 |
· 교토 입성을 앞두고 오와리노카미로 관직명을 고쳤다.

◆**오다 단죠노츄 노부나가**織田彈正忠信長 | 약 35~42세 |
· 40세, 종3품 산기參議.
· 41세, 천황으로부터 관직 승서의 내명이 있었지만 사퇴한다.
· 종3품 후쿠다이나곤에 취임. 우콘에 대장도 겸임. 장남 노부타다에게 가장의 자리를 넘기고, 오와리의 미노를 준다.

◆**오다 노부나가**織田信長 | 42~49세 |
· 42세, 정3품 나이다이진
· 43세, 종2품 우다이진
· 44세, 우다이진과 우콘에 대장의 자리에서 사임.
· 44세, 정2품.
· 47세, 사다이진左大臣 취임의 명이 있었지만 받지 않음.
· 48세, 조정으로부터 다죠다이진, 세이이타이쇼군으로 추대되지만 받지 않음.

《 주요 등장 인물 》

노히메濃姬

사이토 도산의 딸. 오다 노부나가의 정실正室이지만 아이를 갖지 못해 고민한다. 그러나 소실의 자녀들을 친자식처럼 사랑하며 성의를 다해 돌본다.

도쿠가와 노부야스德川信康

도쿠가와 이에야스와 츠키야마 사이에서 태어난 장남으로 오다 노부나가의 장녀인 토쿠히메와 결혼하지만, 소실로 들어온 아야메와 그 주변 사람들의 계략에 의해 토쿠히메를 미워하게 된다. 또한 츠키야마의 부정 사실을 알고 아버지 이에야스와의 사이에서 심한 갈등을 한다. 통칭은 사부로.

도쿠가와 이에야스德川家康

아사이·아사쿠라 군과 벌인 아네가와 전투에서는 자진해서 오다 노부나가의 선봉을 맡아 큰 승리를 거둔다. 그러나 이어서 벌어지는 타케다 군과의 미카타가하라 전투에서는 1만의 병력으로 3만 대군을 맞아 끝까지 분전하지만, 수적인 열세를 극복하지 못하고 대패한 후 목숨만 간신히 건진다.

아사이 나가마사淺井長政

아사이 히사마사의 아들로, 오다 노부나가의 여동생인 오이치의 남편이지만, 노부나가와 동맹 관계를 깨고 아네가와 전투에서 오다 군과 대치하게 된다. 그러나 오다의 우군인 도쿠가와 군의 분전인지, 아니면 아사이의 우군인 아사쿠라 군의 무력함인지, 오다·도쿠가와 연합군에게 대패한다.

아야메

타케다 가의 첩자이자 의사인 겐케이의 양녀로 노부야스의 소실이 된다. 아야메를 노부야스의 소실로 들여보낸 것은 오다 노부나가의 장녀인 토쿠히메를 미워하여 노부야스와의 사이를 갈라놓으려는 츠키야마의 계략이었다.

오가 야시로大賀彌四郎

이에야스의 가신으로 회계 담당관이다. 그러나 츠키야마와 타케다 가 사이를 오가면서 첩자로 활동한다. 츠키야마와는 내연의 관계를 맺으며 이에야스와 노부야스 부자의 사이를 갈라놓으려고 모략을 꾸민다.

오다 노부나가織田信長

아케치 미츠히데의 중개로 아시카가 요시아키를 알게 된 노부나가는 요시아키를 쇼군으로
옹립하고, 쿄토 진입의 교두보를 마련한다. 그러나 요시아키가 자신을 배신하고 아사이 ·
아사쿠라 연합군과 손을 잡자, 아사이 · 아사쿠라 연합군을 아네가와 전투에서 물리친다.

오쿠보 타다요大久保忠世

통칭 시치로에몬이라 불리는 대표적인 미카와 사람이다. 미카타가하라에서 타케다 군에게
대패한 이에야스를 적진에서 구출해오며, 실의에 빠져 성으로 돌아오는 이에야스에게 순간
적인 기지를 발휘해서 생기를 되찾게 해준다. 타다치카의 아버지이기도 하다.

츠키야마築山

이름은 세나히메. 이에야스의 정실이지만 자신을 돌보지 않는 이에야스의 행동에 배신감을
느끼며 타케다 가와 내통하게 된다. 이에야스가 소실에만 빠져 있다며, 자신도 겐케이, 오
가 야시로 등과 부정을 저지르는데, 이들은 모두 타케다 가의 첩자들이었다. 또 자신의 외
삼촌인 이마가와 요시모토를 죽게 한 오다 노부나가의 장녀인 토쿠히메를 미워하여 노부야
스와의 사이를 갈라놓기 위해 겐케이의 양녀인 아야메를 소실로 들여보낸다.

키노시타 히데요시木下秀吉

노부나가의 하인으로 출발하여 다이묘로 출세하게 된 키노시타 토키치로가 개명한 이름이
다. 노부나가에게 여전히 원숭이라 불리면서, 뛰어난 지략과 전술을 발휘하여 "오다 가에
는 키노시타가 있다"라는 말을 들을 정도로 노부나가에게 두터운 신임을 받는다.

타케다 신겐武田信玄

영화 「카게무샤」로 우리들에게 잘 알려진 타케다 신겐은 미카타가하라 전투에서 도쿠가와
군에 치명적인 패배를 안긴 센고쿠 시대의 대표적 무장이다. 미카타가하라 전투에서 승리
를 거둔 후 진중에서 피리소리를 들으며 휴식을 취하다 총탄을 맞고 사망한다.

타케다 카츠요리武田勝頼

타케다 신겐의 장남으로 진중에서 횡사한 신겐의 뒤를 이어 타케다 가를 이끌게 된다. 츠키
야마에게 오가 야시로와 겐케이라는 첩자를 심어놓고 이에야스와 노부야스 부자의 사이를
갈라놓으려 한다.

《 센고쿠 용어 사전 》

노바카마野袴 | 옷자락에 넓은 단을 댄 무사들의 여행용 하카마.

노부시野武士 | 산야에 숨어살면서 패잔병 등의 무기를 빼앗아 무장한 무사나 토민의 무리.

다이묘大名 | 넓은 영지와 많은 부하를 둔 무사의 우두머리.

세이이타이쇼군征夷大將軍 | 무력과 정권을 장악한 바쿠후의 실권자. 쇼군의 정식 명칭.

쇼군將軍 | 바쿠후 최고의 실권자.

아시가루足輕 | 평시에는 막일에 종사하고, 전시에는 병졸이 되는 최하급 무사.

어린진魚鱗陣 | 4권 부록 349쪽 참조.

우마지루시馬印 | 전쟁터에서 대장의 말 옆에 세워 그 위치를 알리던 표지.

종규鍾馗 | 역신疫神을 몰아내고 마魔를 물리친다는 중국의 귀신.

진바오리陣羽織 | 전쟁터에서 갑옷 위에 걸쳐 입는 소매 없는 겉옷.

카게무샤影武者 | 적을 속이기 위해 대장으로 가장시킨 무사.

카마야리鎌兒輪 | 끝에 낫 모양으로 된 가지가 달린 창.

카이샤쿠介錯 | 할복하는 사람의 뒤에 있다가 목을 치는 것. 또는 그 사람.

코쇼小姓 | 주군을 측근에서 모시며 잡무를 맡아보는 무사.

쿄쿠스이노엔曲水宴 | 궁중에서 삼짇날 참석자들이 정원의 개울가에 앉아 상류에서 띄워 보낸 잔이 자기 앞을 지날 때까지 시가를 짓고 그 잔을 들어 술을 마시던 놀이.

쿠사즈리草摺 | 갑옷 허리에 늘어뜨려 대퇴부를 보호하는 것.

하치만八幡 보살 | 하치만 신의 다른 말로, 일본의 국가적인 불교 수호신이다.

하타모토旗本 | (진중에서) 대장이 있는 본영. 또는 그곳을 지키는 무사.

학익진鶴翼陣 | 4권 부록 349쪽 참조.

호로母衣 | 갑옷 뒤에 장식용으로 걸치거나 때로는 화살을 막기 위해 입는 옷.

《 도쿠가와 이에야스 관련 연보(1568~1573) 》

◆ ─ 서력의 나이는 도쿠가와 이에야스의 나이

일본 연호	서력	주요 사건
에이 로쿠 永祿	11 1568 27세	2월, 오다 노부나가는 북이세를 공략하고, 아들 산시치 마루(노부타카)에게 칸베 가를 잇게 한다. 9월 26일, 오다 노부나가는 아시카가 요시아키를 쇼군 으로 옹립하고 쿄토로 들어간다. 10월 18일, 요시아키는 15대 세이이타이쇼군이 된다. 12월 18일, 이에야스는 토토우미의 히쿠마노(하마마츠) 를 공격한다. 12월 27일, 이에야스는 이마가와 우지자네를 토토우미 카케가와에서 공격한다. 12월 29일, 타케다 신겐의 부장인 아키야마 노부토모가 토토우미에 침입한다. 이에야스는 신겐의 위약에 대한 책임을 추궁하며 노부토모를 스루가로 쫓아낸다.
	12 1569 28세	9월 16일, 이에야스는 마츠다이라 사네노리에게 명해 이시카와 이에나리와 함께 카케가와 성을 지키게 한다.
겐키 元龜	원년 1570 29세	2월 25일, 노부나가는 아사쿠라를 공격하기 위해 비밀 리에 기후에서 쿄토로 간다. 3월 7일, 이에야스가 쿄토에 도착한다. 4월 20일, 노부나가는 에치젠의 아사쿠라 요시카게를 토벌하기 위해 쿄토를 출발한다. 6월 28일, 노부나가·이에야스 연합군이 오미의 아네 가와에서 아사이·아사쿠라 연합군을 격파한다(아네가 와 전투).
	2 1571 30세	4월 29일, 타케다 신겐이 미카와 요시다 성을 공격하여 이에야스와 전투를 벌인다. 5월 12일, 노부나가는 이세 나가시마의 잇코 종도와 전

일본 연호		서력	주요 사건
			투를 벌인다. 9월 12일, 노부나가가 히에이잔 엔랴쿠 사를 불태운다. 이해 겨울, 사가미의 호죠 우지마사는 에치고의 우에스기 켄신과 절교하고, 카이의 타케다 신겐과 화친한다.
	3	1572 31세	7월 19일, 노부나가가 기후를 출발하여 오미의 아사이 나가마사를 공격한다. 10월 3일, 타케다 신겐은 이에야스를 공격하기 위해 대군을 이끌고 토토우미로 들어간다. 12월 22일, 이에야스는 타케다 신겐과의 미카타가하라 전투에서 대패한다.
텐쇼 天正	원년	1573 32세	2월 26일, 요시아키는 아사이 나가마사 · 아사쿠라 요시카게 · 타케다 신겐 등과 함께 노부나가 토벌을 외치며 오미 이시야마에서 거병한다. 4월 4일, 노부나가는 요시아키를 니죠 성에서 포위한다. 6일, 요시아키는 노부나가와 강화한다. 4월 12일, 카이의 타케다 신겐이 시나노에서 53세의 나이로 사망, 아들인 카츠요리가 상속을 받는다. 7월 3일, 요시아키는 우지에서 군사를 일으킨다. 7월 18일, 노부나가는 요시아키를 공격하여 추방한다(무로마치 바쿠후 멸망). 8월 27일, 노부나가는 아사이 히사마사 · 나가마사 부자를 오미 오다니 성에서 공격한다. 8월 28일, 히사마사 부자가 자살하고, 노부나가는 아사이 가의 영지를 하시바 히데요시에게 준다. 9월 10일, 이에야스는 나가시노 성을 함락시킨다.

옮긴이 **이길진**李吉鎭

1934년 황해도 출생. 1958년 서울대학교 사회학과를 졸업하였다.
일본 문학 작품 및 일본 문화에 관련된 많은 책들을 유려한 우리말로 옮겼다.
주요 역서로는 가와바타 야스나리의『설국』, 이마이 마사아키의『카이젠』,
오에 겐자부로의『사육』, 기쿠치 히데유키의『요마록』,
야마오카 소하치의『오다 노부나가』,『사카모토 료마』등이 있다.

| 부록의 자료 제공 및 감수는 고려대학교 일어일문학과 최관 교수님께서 해주셨습니다.

도쿠가와 이에야스 제6권

1판 1쇄 발행 2000년 12월 10일
2판 3쇄 발행 2023년 5월 1일

지은이 야마오카 소하치
옮긴이 이길진
펴낸이 임양묵
펴낸곳 솔출판사

주소 서울시 마포구 와우산로29가길 80(서교동)
전화 02-332-1526
팩스 02-332-1529
이메일 solbook@solbook.co.kr
홈페이지 www.solbook.co.kr
출판 등록 1990년 9월 15일 제10-420호

ISBN   979-11-86634-31-8   04830
ISBN   979-11-86634-22-6   (세트)

• 잘못된 책은 구입한 곳에서 바꿔드립니다.
• 책값은 뒤표지에 표시되어 있습니다.

나가시노長篠 전투(1575) 병풍도 뒷부분.
오다·도쿠가와 연합군이 타케다 군을 공격하는 모습.